新潮文庫

罪の水際

ウィリアム・ショー
玉木 亨訳

︵

新潮社版

12044

トムへ

それと、みずからのトロール漁船〈ヴァレンタイン〉号に乗せてわたしを海上へ連れていってくれたルーク・ノークスへ（フォークストーンのトロール漁の漁師たちが形成する素晴らしい地域社会を実際とは異なる形で描いてみせたことへの謝罪の念とともに）

罪の水際(みぎわ)

主要登場人物

アレックス・キューピディ……休職中の女性刑事
ゾーイ……………………………アレックスの一人娘
ヘレン……………………………　〃　　母親
カーリー…………………………トロール漁師
ダニー・ファッグ………………　〃
ティナ……………………………同性婚の花嫁
ステラ……………………………ティナの結婚相手
フランク・ホグベン……………　〃　元夫
マンディ…………………………フランクの母親
アイマン・ユニス………………引退した実業家
メアリ……………………………アイマンの妻
ロバート（ボブ）・グラス……元軍人の路上生活者
ウィリアム（ビル）・サウス…アレックスの元同僚
ケニー・アベル…………………ケント野生生物トラスト職員
テリー・ニール…………………元大学教授、生化学者
ジョージア・コーカー…………フリーの写真家
ジル・フェリター………………アレックスの同僚
コリン・ギルクリスト…………　〃
トビー・マカダム………………警部

1

とてつもなく悪いことが起きようとしている。

だが、それはいったいなんなのか？

アレクサンドラ・キューピディはひとりカフェのベンチに腰かけ、まあまあ飲めるコーヒーをまえに、ずっとそればかり考えていた。よく晴れた日で、あたりには幸せそうな人たちがあふれていた。浜辺の砂利の隙間（すきま）から生えでた野生の草花。そのあいだを飛びかう夏の虫たち。七月の青い空をすばやく横切る色とりどりのナイロン製の凧（たこ）。

そして、アレックスの胸に巣くう黒くてひんやりとした邪悪なナメクジ。

とてつもなく悪いことが起きようとしている。

だが、いくら懸命に周囲に目を配ってみても、アレックスにこれほどの不安をもたらしそうなものは、なにも見当たらなかった。

〈ライト・レールウェイ・カフェ〉は、ロムニー－ハイズ&ディムチャーチ鉄道という軽量軌道鉄道（ライト・レールウェイ）の終点であるダンジェネス駅に併設されていた。アレックスが娘とふたりで暮らす海沿いの高台にある家から、歩いてすぐのところだ。

七月のいま、ダンジェネスに住まう厭世家（えんせいか）、芸術家、自然愛好家、および奇人変人たちはすでに、この時期にさいはての地に押し寄せてくる観光客にうんざりしていた。訪問者たちは滑稽（こっけい）なくらいちっぽけな客車から降り立つと、古いほうの黒い灯台の石段をのぼるために列をなし、あたりをほっつき歩いて、そこいらへんの家や地元住民の写真を――まるで、それらが展示品であるかのように――撮りまくる。そして、それらをすませると、この平坦（へいたん）で奇妙な地でほかになにをしたらいいのかわからずに、途方に暮れるのだ。

ダンジェネスでは、平屋建ての家や掘っ立て小屋が低木のあいだに無造作に――投じられたあとのさいころといった感じで――散らばっている。〈ライト・レールウェイ・カフェ〉もこれらの建物と似たり寄ったりの外観をしており、長方形っぽい形をした建材が作り手の気のむくままの角度で組みあわされ、塗料で接着されていた。なにかがおかしい。

アレックスは肌がむずむずするのを感じていた。この違和感の正体がわかりさえすれば……。

砂利浜沿いにカーブしてつづく線路の上を、がたごとと列車がちかづいてきていた。その客車がいつもとはちがっていることに、アレックスは気がついた。どこもかしこも花で飾り立てられており、窓からぶら下がる花飾りが風に吹かれて揺れている。アレックスは午後の陽射しのなかで目を細めた。

煙突から吐きだされた蒸気が列車を追い越して、ゆっくりと南下してきた。

この狭い軌道の上を走る小ぶりな列車には、どこか滑稽なところがあった。もともとは観光客を呼ぶために敷設されたロムニー＝ハイズ＆ディムチャーチ鉄道は、完成から十数年後に第二次世界大戦がはじまったのを期に軍に徴用され、イギリス南岸の防衛に必要な資材をはこぶのに使われるようになった。そして、わずかばかりいた観光客は、このとき完全に姿を消した。それにもかかわらず、このこぢんまりとした列車はいまなお広大な風景に圧倒されつつ、車輛の寸法からすると不釣合いに大きな男たちの手によって管理／運行されつづけていた。西にそびえる巨大な原子力発電所のせいで、うち捨てられた子供の玩具っぽい感じをよりいっそう強くただよわせながら。

突然、笑い声が風にはこばれてきて、列車よりも先にアレックスのもとに到着した。どうやら花で飾られた客車では、パーティが進行中のようだった。

「結婚パーティだな」と誰かがいった。そのとおりだった。ぽっぽーという汽笛とともにダンジェネス駅のホームにはいってきた客車のなかには、白いドレスが見えていた。平日の結婚式だ。まずはじめに、風で赤い髪の毛をもみくしゃにされた花嫁が降りてきた。つづいて、発泡ワインのボトルの首をつかんだ客たちが大声で騒ぎながら姿をあらわす。みんな酔っぱらっていて、すごく楽しそうだった。

そのとき、白いドレスがまたひとつ客車から登場した。こちらの花嫁はひとり目よりも若く、みじかい髪は脱色されていた。これは花嫁どうしの結婚式だった。

結婚パーティの一行はぞろぞろと駅から出てくると、アレックスのいるカフェのほうへと歩いてきた。

「おめでとう」観光客たちが口ぐちに声をかけた。

赤毛のほうの花嫁は遠目で見たときの印象よりも年が上らしく（三十代後半といったところか）、恥ずかしそうに小さく笑みを浮かべて、「ありがとう」と応じていた。花嫁たちはヒールを履いており、砂利の上をよろめきながら進んでいた。まわりにいる男たちのシャツは裾が半分はみでており、目はアルコールでとろんとしていた。

その男たちのなかに、アレックスの知っている顔があった。カーリーだ。彼は地元の漁師一家の出身で、このちかくの木造家屋で育ってきており、いまもまだ自分の双胴船をもっていた。

アレックスに気がつくと、カーリーは腑抜けた笑みを浮かべてみせた。

「この幸せなカップルは誰なの？」アレックスはたずねた。

「あっちはティナだ」カーリーが赤毛の花嫁を指さしていった。「もうひとりはステラ。このカフェで、いまから昼食会なんだ」

スーツ姿のカーリーをアレックスが目にするのは、これがはじめてだった。どこかしっくりこなかった。浜辺で毎日をすごす人ならではの日焼けしたなめし皮のような肌。やや薄くなった白髪まじりの砂っぽい黄色の髪。「一杯どうだい？」カーリーが〈線路わきのビール〉という看板を掲げた小屋のほうを示しながら訊いてきた。

アレックスのまえには、ぽっかりと大きく空いた一日があるだけだった。「いいわね」

きょうやらなくてはならないことは、なにもなかった。頭がおかしくなりそうだった。

ピクニック用のテーブルを二卓連ねた宴の席には、フィッシュ・アンド・チップスとサンドイッチが用意されていた。花嫁たちはテーブルの片端でむかいあってすわっており、アレックスはその反対端のベンチシートに身体を押しこんで、パーティに参加させてもらった。

「結婚したことは？」カーリーがたずねてきた。

「一度だけ。ゾーイの父親と。あなたは？」

「誰もおれとは結婚したがらなかった」カーリーがいった。

「まあ、あまり驚かないわね」

「いい娘だよ、ティナは」カーリーがいった。「彼女のことは、赤ん坊のころから知ってるんだ。彼女の親父さんと、底引き網漁船でいっしょに働いてたから。すこしくらい幸せになっても、罰は当たらない娘だ」

アレックスは隅っこの席から花嫁たちの様子をうかがった。ふたりはぐらぐらするテーブルの上で手をつなぎ、笑みをかわしていた。すこしどころか、かなり大きな幸せを感じているように見えた。そのとき、はらわたがひきつるような感覚が戻ってきた――なにかがおかしい。その感覚は、どうやっても消えてくれそうになかった。

「きょうは仕事じゃないのかい?」カーリーがたずねてきた。

「病欠よ」アレックスはいった。

「そうか。重い病気でなきゃいいけど」

アレックスは、それにはこたえなかった。カーリーがもってきてくれたワインを手にとって、ごくごくと飲む。まわりでは客たちがおしゃべりに興じており、夏の陽射しを浴びて、なにもかもが輝いていた。アレックスはあらゆるものに目を凝らし、場違いなもの、この完璧(かんぺき)な日を台無しにしかねないものを見つけだそうとした。

駐車場で鬼ごっこをして遊ぶ子供たち。平坦な地表にむかって急降下してはまた舞いあがる、句読点のカンマみたいな形をした凧。手をつないで、灯台のそばの小さな画廊のまえを歩いていく恋人たち。

そのとき、遠くのほうにいる女性の姿が目にはいった。目的ありげに大またでこちらにむかって歩いてくる。

客たちのおしゃべりがつづくなか、女性はどんどんちかづいてきていた。

「ちょっと失礼」アレックスはカーリーにそう声をかけると、混みあったテーブルから立ちあがった。女性は五十代か六十代で、夏に抗(あらが)うかのように無地の灰色のレインコートと手袋を身につけていた。

アレックスは皮膚がちくちくするのを感じた。この距離からでも、女性の頬が流れ落ちる涙で光っているのがわかった。女性はその涙を拭おうともせず、ときおり大きく息を吸いこんでいた。

そのころには、アレックスはすでに宴の席をあとにして、コンクリートの小道を女性のほうへとむかっていた。「大丈夫ですか？」と声をかける。

だが、女性はその問いかけを無視して歩きつづけ、そのままアレックスのわきを通過していった。彼女がどこへむかおうとしているのか確かめようと、アレックスはふり返った。女性はレインコートのボタンを外そうとしているところだった。

アレックスは不安をおぼえ、泣いている女性の先まわりをするため、結婚パーティの会場へ駆けて戻ろうとした。追い越しざまに、女性のひらいたレインコートの隙間から灰色の長い鋼の刃がのぞいているのが目にはいる。ドレスのベルトに刀が差しこまれているのだ。

その瞬間、アレックスは全身をアリが這いずりまわるような感覚をおぼえた。「わたしは警察官よ」できるだけ小さな声でいう。「あなたの力になれるわ」

だが、女性はそれにかまうことなく右手で刀の握りをつかんでひき抜くと、まっすぐまえに突きだした。

「止まりなさい」アレックスは先ほどよりも大きな声でいった。

女性はまばたきをして右のほうへ身体をねじり、山刀(マチェテ)の切っ先をアレックスの上腹部にむけた。

「余計なお世話だよ」女性が叫んだ。

おしゃべりと笑い声がいきなりやんだ。

アレックスは両手をあげてあとずさり、腹部を山刀から遠ざけた。その刃は研がれたばかりらしく、明るい光のなかでぎらぎらと輝いていた。女性は全身を震わせていた。

「それをおろして。話しあいましょう」

パーティの参加者のひとりが山刀に気づいて、悲鳴をあげた。それから、その悲鳴は始まったとき同様、唐突に止まった。

「それをおろして」アレックスは懇願した。

あたりは急に静まりかえっていた。風がやんだように感じられ、カモメが空中にじっと浮かんでいた。

アレックスが驚いたことに、女性はいわれたとおり山刀を地面に落とした。鋼がアスファルト舗装にあたって、がちゃんと音をたてる。

レインコート姿の女性は山刀をはなした手をもちあげ、赤毛の花嫁をまっすぐ指さした。

「人殺し！」女性が叫んだ。「血も涙もない人殺し」

そう呼ばれた赤毛の花嫁は、唖然（あぜん）として大きく目を見開いていた。血の気のひいた顔は、いま着ているドレスとおなじくらい白かった。

2

結婚パーティはおひらきとなった。ほとんどの招待客はいましがたの出来事に動揺しており、ハイズへ戻るつぎの列車に乗りこんだ。詫(わ)びの言葉を口にしてから、呼んだタクシーで帰っていく客もいた。カーリーは、ふたりの花嫁とともにあとに残った。ショックを受けている花嫁たちはおたがいの身体に腕をまわしてベンチにすわり、なにやらささやき交わしていた。

最初に到着したパトカーは、ちかくの原子力発電所から駆けつけた民間核施設保安隊（ＣＮＣ）のものだった。それを運転してきた警察官はアレックスに手錠を渡すと、自分は客たちが帰っていくまえに全員の名前と住所を集めはじめた。そのあいだ、灰色のレインコートを着た女性はパトカーの後部座席にすわって、ケント警察からくる警察官に連行されるのを待っていた。

「それじゃ、この近所に住んでいる警察官というのは、あなたなんだ」ＣＮＣの若い警察官がいった。どうやら彼は新入りらしく、アレックスがはじめて見る顔だった。

「そうよ」アレックスの手には、もう一杯必要そうな顔をしているからといってカーリーが買ってきてくれたワインのグラスが握られていた。

「住むにしては変わったところですよね。あれのすぐとなりだなんて」若い警察官は原子力発電所のほうにうなずいてみせた。

「そういうあなたは、変わったところで働いてるのね。あそこはなにもすることがないのに」アレックスはいった。

若い警察官は傷ついたような表情を浮かべたが、いまのは真実だった。ＣＮＣは重武装の部隊で、それが警護している核施設を襲おうとするものはめったにいない。

「きょうは非番なんですか?」

「心の健康のために、すこし仕事から離れているようにといわれたの」アレックスはいった。

「病気休暇中?」

「ええ」アレックスはグラスを掲げてみせた。

「それなのにこんな事件に遭遇するなんて、運が悪かったですね。話を聞いた感じでは、ほかの人たちにとっては運が良かったみたいだけど。山刀をもっていたあの女性は知りあいなんですか？」

「生まれてこの方、一度も会ったことないわ」アレックスはいった。

「というのも、こんなふうにいってる人がいて……」若い警察官はあたりを見まわした。「あなたは彼女が山刀をとりだすよりずっとまえに立ちあがって、彼女のほうへと歩きはじめていた」警察官は手もとの濃紺の小さな手帳に目を落としてつづけた。「あと、あなたは彼女とすこし言葉をかわしていた。どうして彼女にちかづいていったんです？」

「白状すると」アレックスはいった。「わたし自身もそれとおなじ質問をずっと自分にしているの」

「彼女は挙動不審だった？」

アレックスにいえるのは、あの女性がきょうの天気にそぐわない服装をしていたということくらいだった。「そうでもなかった。ただ……」アレックスは自分にああいう行動をとらせた原因について思いをめぐらせた。「とてつもなく悪いことが起きそうな予感がして」

「警察官の直感ってやつですね。場違いなものを目にして、なにかがおかしいと察知する」

アレックスはぶるりと身体を震わせた。

「ほんと、すごいな」若い警察官がいった。「ぼくもあなたに一杯おごりたいところだけど、あいにくこっちはまだ勤務中なんで」

アレックスがテーブルに戻っていくと、そこにいたカーリーが煙草に火をつけてからいった。「かわいそうな婆さんだ」

「あの女性を知ってるの？」アレックスはたずねた。

「マンディだ。ティナの義理のお袋さん。元義理の母親だな。調子が良くないんだ」

「義理の母親？　ということは……？」

アレックスは、パトカーの後部座席でじっとすわっている女性に目をやった。まっすぐまえをみつめており、その顔には自分の行動に対する後悔の色は微塵もなかった。

カーリーは花嫁たちの耳にはいらないように声をひそめていった。「あの女はマンディ・ホグベン。ティナは彼女の息子のフランク・ホグベンの嫁さんだった。若いもんどうしの結婚で――ほら、よくあるだろ？――ティナはそのときまだ十八歳だった。フランクはもう亡くなってる。漁に出ていたときの事故で。ティナはそれとはまったく無関係なんだが、マンディはそれを信じようとしなかった」

「どんな事故だったの？」

「フォークストーンから出港したトロール漁船に乗ってて、海に転落した」

「それなのに、どうしてマンディはティナを責めてるわけ？」

「さっきもいったとおり、調子が良くないんだ。頭の調子が。まあ、本人のせいじゃないけど。ただ、ティナにとってはきついよな」

テーブルの反対端ではティナが涙を流しており、結婚したばかりのもうひとりの花嫁がその様子を茶化しながら、ベールで涙を拭ってあげていた。

「結婚式の日には、あまり起きてほしくない出来事よね」アレックスはいった。

「同感だな」カーリーがいった。

「それじゃ、彼はただ船から落ちたの？」

「救命胴衣をつけてなかった。安全ベルトも。助かる見込みはゼロだった」

「誰も彼を救おうとしなかった？」

「彼が落ちるところを、誰も見てなかった。船に乗ってたもうひとりの男は、下で仮眠をとってた。甲板に戻ってみると、エンジンはかけっぱなしで、フランクの姿はなかった」

すこし考えてから、アレックスはいった。

「だったら、どうして彼が船から転落したと断言できるわけ?」

「きょうは仕事じゃないんだろ」

アレックスには、あと二週間のカウンセリングが残っていた。じきに仕事に復帰することになっていたが、その仕事が〝軽めの業務〟と呼ばれていることに、彼女は強い危惧(きぐ)の念を抱いていた。「それで?」アレックスはカーリーに返事をせっついた。

「トロール漁船に乗ってる人間がつぎの瞬間いなくなってたら、考えられる説明はそれくらいしかない」

アレックスはカーリーの顔をみつめた。日光はしわの奥まで届いておらず、赤茶色の皮膚の下に三角形の白い部分が残っているのがわかった。

「おれも昔、その船でときどき海に出てた」カーリーがいった。「〈希望の星〉号だ」

「ご大層な船名ね。現場にひき返して彼をさがしたの?」

「海で人がいなくなるのがどういうもんか、まるでわかってないだろ? これ以上ないくらい最悪の出来事だ。もちろん、沿岸警備隊を呼んで、あらゆる手は尽くしたさ。けど、あまり意味はなかった。そのとき船は英仏(えいふつ)海峡にいて、時期は三月だった。耐暴露服(イマーションスーツ)でも着てないかぎり、水中に十分か二十分いるだけで、もう助かりゃしない」

「死体は見つかったの？」

「救命胴衣をつけてなかったから、発見されずじまいだった」

アレックスは首をめぐらせた。パトカーにいる女性の顔は鉄の仮面のようだった。

「それはいつのこと？」

「七年まえだ」

「で、彼の死体はいまもって出てきていない？」

遠くで砂利浜を洗う波の音がしていた。「そうだ」

七年目の死——生死不明の不在者が死亡したものとみなされるまでには、七年間の失踪期間が必要とされていた。「だから、結婚はいまになったのね。死体が見つからなかったから、ティナはいままで再婚できなかった」

カーリーは返事をしなかった。

「ふたりはつきあってから、どれくらいになるの？」

カーリーはむきなおって、しばらくアレックスを見ていた。それから、ようやく口をひらいた。「ほんと、あんたってひねくれた女だよな、アレクサンドラ・キューピディ」

その瞬間、ここでの会話の内容を知っているかのように、死亡認定された男の母親が左に首をまわし、ふたりをじっとみつめた。その目に危険な空虚さがあるのを、アレックスは見てとった。この女性は、もはや誰からどう思われようとかまわないところへといってしまっていた。

年若いほうの花嫁のステラが立ちあがると、ワインのボトルとグラスを手にとって、アレックスにちかづいてきた。「あなたにお礼をいいたくて」ステラがいった。美しい青い目をしていた。「かっこよかった。あの女に怪我(けが)させられてたかもしれないのに」

「結婚式の日には、あまり起きてほしくない出来事よね」

ステラはアレックスにグラスを手渡すと、飲むかとたずねもせずにワインを注いだ。

「まあ、なにはともあれ、一生忘れられない日にはなりそう」

「お客さんがみんな帰ってしまって、残念ね」

「どうせ、ふたりきりになりたかったから。いま、わたしたちはハネムーン中なの」

「ハネムーンをここで?」アレックスはあたりを見まわした。ダンジェネスは、ふつう新婚旅行で訪れるような場所ではなかった。

「あそこに滞在するの」ステラは、あたらしいほうの灯台の先にある水色の平屋建ての家を指さしてみせた。「まるまる一週間。ほとんどをベッドのなかですごす」いたずらっぽい笑みを浮かべて、そうつけくわえる。

彼女の肩のむこうでは、ティナがひとりでテーブルの反対端にすわっていた。ウェディングドレスは、すでに裾が汚れてしまっていた。ステラが先ほどの出来事を笑い飛ばしているのに対して、ティナはまだ動揺しているらしく、顔面蒼白で、目は真っ赤だった。「待ちきれないわ」ステラがいった。

アレックスがふたたび水色の平屋建ての家のほうへとむきなおったとき——窓枠は白だった——青い光を点滅させながらちかづいてくる一台の車が目にはいった。

3

フロントグリルの奥で青い光を点滅させている車は緑色のシュコダで、マンディ・ホグベンを連行しにきた地元警察の覆面パトカーだった。家や低木の茂みに隠されてたびたび見えなくなりながら、まっすぐな道路を突き進んでくる。この距離からでも、車内にはふたりの人間がいることがわかった。古いほうの灯台をまわって一車線の道路にはいったところで、そぞろ歩きする観光客たちに阻(はば)まれ、車がスピードを落とす。そこでようやく、アレックスは運転席にいる人物の顔を認識した。

「おいでなすったか」若い警察官は、拘束中の女性が自分の手を離れようとしていることにほっとした様子でいった

CNCのパトカーのとなりにシュコダが停止し、小柄でこざっぱりとした若い女性が降りてきた。「彼女がそうなの?」パトカーの後部座席でひとり憎悪を発散させているマンディ・ホグベンのほうを見ながら、女性がいう。

あいさつもなにもないことに、アレックスはひっかかりをおぼえた。というのも、ジル・フェリター刑事はアレックスの同僚であり、親友でもあるからだ。例の身体で感じられる不安が戻ってきた。なにかがひどく間違っているという、ぼんやりとした感覚。そして、その原因は灰色のレインコートを着た女性ではなかった。

頭のなかで警報ベルが鳴りつづけている状態のまま、アレックスはこの確信にちかい感覚を裏づける場違いなものがほかにないかと、まっ平らな周囲を見まわした。

「こちらはキューピディ部長刑事」アレックスよりも若くてずっと美人な女性警察官をまえにして、CNCの警察官は急に口数が多くなっていた。「彼女が、襲撃を計画していたと思われるこの女性を逮捕してくれたんです。もしかして、おふたりは顔見知りだとか?」

「こんなことのために、どうしてあなたがくることになったの、ジル?」

「ちょうどこのちかくで……あることをしてたから」ジルの声は震えていて、顔からは血の気が失せていた。

「なにを?」

「不愉快なことよ」ジルが小声でいった。

そのとき、シュコダの助手席にすわっていた制服警官がドアをあけて外に身をのりだし、車のわきの密集した砂利にむかって嘔吐した。

「あれはコリン・ギルクリストじゃない？」アレックスはそういって、ふたりの同僚に交互に目をやった。「なにがどうなってるの？」

「さっきもいったとおり、不愉快なことをしてきたから」ジルのほうも動揺しているようだった。

「だから、その不愉快なことって？」

ジルは覆面パトカーの後方へと歩いていった。「ねえ、アレックス。あなたはこうしたことから離れていなくちゃならないはずでしょ。わたしたちはこの女性をひきとりにきただけよ。質問はなし」

「なにが起きてるの？　あなた、ほんとうにひどい顔をしてる」

「やめて。とにかく、いまは。いい？　お願い」

ジルはトランクをあけると、自分とコリン・ギルクリストのために装備用ベストをとりだした。そして、アレックスがとなりに立っていることに気づくと、急いでトランクを閉めた。だが、そのまえにアレックスは、そこにほかになにが収納されているのかを目にしていた。

透明なビニール袋に押しこまれた現場用の白い作業衣と青い靴カバー。どちらも使用済みで、靴カバーは血をぐっしょりと吸いこみ、青い繊維が濃い茶色になっていた。作業衣のほうも、あちこち血だらけだった。これまで数多くの犯行現場に立ち会ってきた経験からいわせてもらうと——そのせいで、いまアレックスはこうして病気休暇をとっているわけだが——鑑識用の衣類があれだけ汚れているということは、さぞかし血なまぐさい現場だったにちがいない。

ジルはすでにCNCのパトカーの後部座席のドアをあけ、被疑者の女性を覆面パトカーのほうへと誘導していた。マンディ・ホグベンはまったく抵抗せずにシュコダに乗りこんだ。それがすむと、ジルがCNCの警察官に声をかける。「目撃者の氏名と住所は聞いてあるのよね？」

警察官はうなずいた。「こいつもいりますよね」といって、手袋をはめた手にもっている山刀をもちあげてみせる。「証拠品です。そっちの車のトランクに突っこんどきますか？」

ジルは武器を見て、うろたえていた。「だめよ。それは受けとれない」

警察官は困惑の表情を浮かべた。「でも、必要でしょ」

ジルは山刀を目にしたときとおなじくらい、いまの言葉に慌(あわ)てふためいているように見えた。

アレックスは両者のあいだに割ってはいった。「この人たちは、それをもっていくことができない」若い警察官にむかって説明する。「彼女のいうとおりよ。その武器を容疑者のいる車内にもちこめないのはもちろんのこと、トランクにいれるわけにもいかない。なぜなら、証拠品が相互汚染される危険があるから」

警察官は親指と人さし指でつまんだ山刀をさしだしたまま、とまどった表情でまばたきをしていた。

「この人たちは……すでにトランクのなかにいろんなものをいれているの。べつの事件に関連したものを。ちかくで起きた重大犯罪の現場から直接駆けつけたから」

アレックスがコリン・ギルクリストのほうに目をやると、かすかなうなずきが返ってきた。

「それをとりにきてくれる人を、別個に手配するしかないわね」

ジルは感謝のまなざしをアレックスにむけてから、覆面パトカーに乗りこんだ。助手席にいるコリンは、ここに着いてからひと言もはっしていなかった。「あとでうちに寄って」アレックスは、エンジンをかけているジルに声をかけた。「話し相手が必要なの。なにもすることがなくて、もう頭がおかしくなりそう」それが半分以上真実であることに、アレックスは気がついた。

ジルはなにもいわずにギアを入れると、被疑者を連れて去っていった。あとには、コリンの吐いたわずかばかりの嘔吐物を残して。

休職中でなければ、かれらが目にした現場を見ていたのは自分だっただろう、とアレックスは考えていた。そして、それがなんであれ、決して楽しいものでないことは確かだった。

アレックスは、ふたりの花嫁が手をつないで去っていくのをながめていた。でこぼこした砂利の上を、頼りない足どりで小さな平屋にむかって歩いていく。ハリエニシダやハマナを避けるようにして進んでいるため、動きがぎごちなかった。テーブルには、ワインのボトルがそのまま残されていた。

二十メートルほどいったところで、ティナがよろめいて転んだ。ステラが身をかがめて新妻の腕をとり、ひっぱって立ちあがらせる。だが、それから数メートルもいかないうちにティナは足をとめてドレスの裾をもちあげ、しゃがみこんだステラの背中に飛びのった。そして、そのままハネムーンをすごす平屋建ての家まではこばれていった。

カーリーがいった。「〈パイロット〉で、もうすこし飲んでくかい？」

彼は酔っぱらっていた。そして、気がつくとアレックスも。恐ろしいくらいなにもやることのない空虚な一日。なんだったら、ここにずっといて飲んでいくこともできた。ロンドンの若き警察官だったころなら、そうしていただろう。だが、アレックスはためらったのちに、こういった。「せっかくだけど、やめとくわ、カーリー」

アレックスはむきなおって、小道を自宅へとむかいはじめた。風が吹いてきて、歩いていく彼女の顔に髪の毛がかかった。

昼間から飲んだのは、あまりいい考えとはいえなかった。いまは頭のなかをごちゃごちゃにするのではなく、整理すべきときだというのに。とはいえ、おかげで午後はぼうっとすぎていった。

アレックスはテレビをつけたまま――音は消してあった――夕方になるまでソファにすわって、母親が訪ねてきたときに置いていった本を苦労して読み進めた（母親は、週に二、三冊は小説を読んでいた）。休職中の暇つぶし。だが、あいにくアレックスは読むのがものすごく遅いうえに、話はどれも嘘っぽく感じられた。

アレックスは読書を断念し、無音のテレビ画面に目をむけた。マイクを手にした若い女性が、大きな家の門のまえに立っていた。門には警察の立ち入り禁止のテープが張られており、画面の下には〝ニュー・ロムニー〟という字幕が出ていた。ここから海岸沿いにすこし北へいったところにある町だ。

「ああ」アレックスは思わず声をあげ、ジルの車のトランクにあった血まみれの白い作業衣を思いだした。

手探りでリモコンをさがすあいだも、画面では若い女性レポーターがものすごく悪いニュースを伝えるとき用の厳粛な面持ちでカメラにむかってしゃべっていた。その右肩の後方に見えている正面玄関のドアから、全身白ずくめの鑑識官たちがあらわれた。ジルも現場にいたのなら、それとおなじ恰好(かっこう)をしていたはずだ。

リモコンはどこよ？　さっきまで、ソファの上のすぐとなりにあったのに。

アレックスは苛立(いらだ)ちをおぼえた。いつもならもう、彼女の手もとには凄惨(せいさん)な詳細がすべてそろっているところだった。それがいまは、ここからちょっとしか離れていないあの家でなにか酷(ひど)いことが起きたらしい、と推察することしかできない。

クッションのあいだにもぐりこんでいたリモコンをアレックスが見つけたときには、ニュースはすでに老人ホームの話題へと移っていた。

4

ゾーイは遅くに帰宅すると、なにもいわずにキッチンへとむかった。タイルに泥だらけの足跡が残された。

「いい一日だった?」アレックスは娘にたずねた。

ゾーイは無言のまま、食器棚の扉をつぎつぎと開け閉めしていった。それから、冷蔵庫のまえにいき、余った半分のアボカドを見つけた。中身を皮からすくいだしてフォークでたっぷり二分間ていねいにつぶし、そこへレモンをすこし絞ったあとで、さらにいくらかすりつぶす。

「希少種の小モリバトは見かけた?」

「小アカゲラよ」

「大きなおっぱいは?」

「ノガンでしょ」

「なら、小さなクソ野郎(リトル・バスタード)は?」

「ママ、ちっとも可笑(おか)しくないんだけど」

「それじゃ、きょう一日どこにいたの?」

「どこだと思う? 野生生物トラストのボランティアをしてたのよ。けさ、いったじゃない」

「そうだった?」アレックスの娘はまわりにうまく適応できない変わり者で、人間よりも野生生物のほうを愛していた。小さなお碗(わん)にはいっている粥(かゆ)状のものを見て、アレックスはいった。「なにか作ってあげられたのに」

「いいの」ゾーイはそういうと、お碗をもって階段のほうへむかった。

「それしか食べないの?」アレックスは階段をあがっていく娘の背中にむかって声をかけたが、ゾーイはそれにはこたえず、自分の部屋にはいるとドアを閉めた。

アレックスはいい母親ではなかった。そして、本人もそれを自覚していた。

夕方になってもまだ暖かく、アレックスは外へ出た。空中には無数の小さな昆虫が飛びかっており、それを狙(ねら)ってツバメたちが急降下してきていた。アレックスが娘とふたりで暮らす家は、ナポレオン一世時代の要塞(ようさい)の一部をなすスレート葺(ぶ)きの低い塁壁の内側にあった。北のほうで煙があがっていた。小石でできた丘のむこうにある砂利浜で、誰かが焚(た)き火をはじめたのだ。

十時になると、アレックスはジルの携帯電話にかけた。「いま自宅なの？」

「ちょうど帰ってきたところ。ほんと、長い一日だった」

「そうなった理由は？」

ジルはこたえなかった。

「あなた、ニュー・ロムニーにいってたんでしょ？　そこから直接、あの女性をひきとりにきた。人が殺されたあの家から」

「その件にかんしては、なにもあなたに話すべきではないと思うの」ジルがいった。

「どうして？」

「だって、あなたはいま、こうしたごたごたを忘れていることになっているんだから。そこが肝心な点でしょ」

「なにがあったの？」

「あなたはいま精神を病んでいる。それはわかっているわよね？」

「だから、休職してるじゃない」

「真面目(まじめ)な話、ほんとうに知らないほうがいいわ。とにかく……とんでもなく凄惨な事件だから。目をそむけたくなるくらい」

「セラピーが必要なのは、わたしじゃなくて、あなたのほうかもね」

「現場の様子ときたら、アレックス。見なくてすむんなら、そのほうがいい。かわいそうなコリン。あなたのまえでも吐いてたけど、あれはきょう三度目だったの」

どこかで誰かの爪弾くギターの音がしていた。ちかくでしているのか遠くでしているのか、よくわからなかった。この平坦な地では音が伝わりやすく、パブの〈ブリタニア〉のまえでたむろする酒飲みたちのたてる物音が聞こえてくることもあった。

「それなのに、あなたときたら仕事から離れているべきときに、人を逮捕してまわってる」ジルがいった。「あれはいったい、どういうことだったの？」

「自分でもわからない。顔をあげたら、あの女性が目にはいったの。そして、彼女がなにかやりそうなのがわかった。悪いことが起きそうなのが。そしたら、彼女が刃物をとりだした。あのけったいな代物を」

「虫の知らせみたいなものかしら？」

「ええ、そうね。それから、やってきたあなたを見て、ほかにもなにかが起きていたことがわかった。また虫の知らせよ。でも、わたしはそんなもの信じていない」アレックスはいった。

「よくそんなことがいえるわね？　自分で体験しておいて」

「わたしは筋のとおった世界を信じてるの」

「わたしはちがう。感受性の鋭い人にだけ降ってくる霊感を信じている」ジルはいった。「ヨガの行者とか、悟りをひらいた人とか」

「〝感受性が鋭い〟ってそしりを受けたのは、これがはじめてよ」

ジルはしばらく黙りこんでから、ようやく口をひらいた。「そもそも、どうやったら筋のとおった世界を信じられるわけ？　きょうわたしが目にしてきたものには……」

アレックスの頭上では星々が輝き、すぐそばにある原子力発電所のぎらぎらとしたオレンジ色の光に対抗しようと頑張っていた。

「……筋のとおったところなんて、これっぽっちもなかった」ジルがいった。


その晩、またべつの恐ろしいことが起きた。ベッドに横たわっているアレックスの上に、天井が落ちてきたのだ。目がさめると、胸に瓦礫（がれき）が重くのしかかり、息ができなくなっていた。

屋根裏には土が詰まっていたにちがいない。湿った土に押さえつけられ、身動きがとれないのがわかった。まわりを取り囲むじめっとした腐敗臭。土のなかでうごめく無数の生物。起きあがって娘をさがしにいき、無事を確かめなくては。だが、土に捕らわれていて、手足を動かすことができなかった。
そのとき、ひたいに冷たい手があてられるのを感じた。「しーっ」と落ちついた声がいう。「もう大丈夫よ。あたしはここにいるから」

アレックスが目をさましたときには、ゾーイはすでに出かけていた。朝のけっこう遅い時間になっていた。よく眠れなかったような気がしたが、自分がどんな夢を見ていたのかは思いだせなかった
電気代の請求書の封筒に、書き置きが残されていた。
11時にカウンセリング　忘れないで　Z　x
そう、きょうは金曜日だ。そして、朝から暑かった。
カウンセラーから運動がいいといわれていたので、アレックスはなるべく自転車を使うようにしていた。この日も、自転車で彼のオフィスへとむかう。途中で、手をつないで歩く花嫁さんたちとすれちがったが、あちらは会話に夢中で、手をふっても気づいてもらえなかった。いつもなら内陸寄りのもっと狭い道路をとおって沼沢湿原を抜けていくところを、きょうは海岸沿いの道路をそのまま進んで、海風で涼んでいく

ことにした。

自転車を使うことのもうひとつの利点は、サドルにまたがっているときにはあまり考えすぎずにすむ、というのがあった。運転に集中していなくてはならないからだ。とりわけ、ほとんど見通しの利かない急カーブでもせっかちに追い越しをかけてくる大型トラックのいる海岸沿いの道路では。

——きょうの気分？　退屈して、いらいらしている。仕事に戻りたくてたまらない。

——その準備は、もうできている？

——正直なところ？　いいえ。

——なぜです？

——おかしな話になるけれど。

——聞かせてください。

——ほんとうにけったいな話なの。

——つづけて。

——なんていうか……自分には未来を予知する能力があるような気がして。

——というと？

――虫の知らせがあったんです。実際、何度か。そして、それらは現実になった。

――超能力みたいなものですか？

――ときおり、なにかが起きそうな悪い予感がして、それがほんとうになる。それって、イカれてるでしょ？

――職業柄、〝イカれてる〟という表現は避けるようにしています。

――でも、わたしにはそう感じられる。だって、これまでわたしが考えていた〝自分〟というものが、それによってすべてひっくり返されてしまうんだもの。わたしは理性にしたがって判断し、行動する人間で、神や超自然的な力を信じていない。物事は偶然の連続で起きている、と考えている。犯罪捜査にたずさわる警察官としてのわたしの仕事は、その偶然の連続を理解することよ。日々それをおこなっている。物事の起きた流れを理解し、それに判断をくわえることはしない。ただ解き明かすだけで。なにが原因で、なにが起きたのか。でも、いまのわたしは、悪いことが起きそうだという恐ろしい予感をおぼえると、あとで実際にそうなるような気がしている。それって……物事の順番が間違ってるでしょ。それどころか、自分がその予感どおりのことを起こしてるような気さえしている。もしもいまみたいな話を誰かから聞かされたら、わたしはその人のことを頭がおかしいと思うでしょうね。

——でも、あなたは自分の頭がおかしいとは考えていない？

——人は、みずからの精神疾患を自覚できるものなのかしら？　そこが厄介なところなのでは？　きのう、わたしはとてつもなく悪いことが起きると確信した。そしたら……。

——実際に、そうなった？

——ええ。

——いまもまだ、そんなふうに感じていますか？　なにか悪いことが起きそうだと？

5

　殺人が起きた家を見つけるのは、そうむつかしくはなかった。自転車で帰宅する途中、村のすぐ北のところで、邸内路への入口を横向きのパトカーでふさがれた家が目にとまったのだ。家の正面と北側には、背の高いよく手入れされた生け垣が連なっていた。これらはプライバシーを守ると同時に、この平坦（へいたん）な地に冬のあいだじゅう吹きつづける風を遮断する役割も担（にな）っているものと思われた。南側には小さな木立があり、発育不良のヤナギとトネリコが見えていた。アレックスは一車線の道路で自転車の速度をゆるめ、パトカーのすぐうしろでとまった。

　自転車を草の上に横倒しにして、邸内路のほうへ歩いていく。靴につけたペダル専用の固定具（クリート）がアスファルト舗装にあたって、かちゃかちゃと音をたてた。ひらいたままの門には変色した銅製の小さな銘板がついており、そこに〈巣（ネスト）〉という屋号が記されていた。邸内路の奥に目をやると、家の左側の空き地に何台もの車がとまっていた。家のなかではいまごろ、鑑識班の面々が念入りにすべてを調べているのだろう。

「なにかご用ですか?」パトカーのなかにいた若い巡査が、家にじっと目を凝らすアレックスに気づいて声をかけてきた。

「なかは、そうとう酷いことになってるんでしょうね?」

「家族のお友だちか、ご近所の方ですか?」巡査が訊いてきた。

「いいえ……ただ、とおりかかっただけよ」アレックスはいった。

「なるほど」巡査はそういうと、物見高い連中に対して警察官が抱く蔑みの念をこめてアレックスを見た。「さあ、もういってください」

「おいはらうわけ?」アレックスはいった。「本気で?」

だが、その場にとどまって言い争うかわりに、アレックスはむきなおった。というのも、そのとき大きなイトスギの生け垣のむこうから、ひょろりとした長身の若い男性が耳に携帯電話をあててあらわれたからだ。コリン・ギルクリスト。自分がこうして殺人事件の現場のまわりをこそこそうろつきまわっているのを、彼に見られたくなかった。そこで、アレックスは自転車を起こすと、それを押して道路を進んでいった。

門のまえをとおりすぎて三十メートルほどいったところで、反対方向から走ってきた一台のキャシュカイがアレックスのならびでとまった。

「タイヤのパンクかな？」赤ら顔の男性が窓から顔をのぞかせていった。「手を貸そうか？」

身体の線が浮きあがるスパンデックスを着た、ひとりでいる女性。「いえ、大丈夫よ」アレックスはいった。

「前輪をはずしたら、そいつをトランクに積みこめる。よかったら、車で送るよ」

「わたしがどこへいこうとしているのか、知らないでしょ」

「きみも、わたしがどこへいこうとしているのか知らない」男がいった。

「そうやって、よく女性をひっかけてるの？」

男は傷ついたような表情を浮かべた。「こっちは力になろうとしただけだ。このへんは安全じゃないから。聞いてないのか？」男は両手をハンドルに戻して、走り去ろうとした。

「聞くって、なにを？」

「殺人事件のことを？　あそこに警察がいるのが見えただろ？　彼はおなじゴルフ・クラブの会員だった」男がいった。

「彼？」

「アイマン。奥さんといっしょに惨殺された男だ。すぐそこのあの家で」男は背の高い生け垣のほうを指さしてみせた。「ふたりともいい人だった。どこかのイカれた野郎のしわざさ」

「どうしてわかるの？」

「警察に友だちがいてね」

「ゴルフ・クラブのお仲間とか？」

男は顔をしかめた。「ああ、図星だ。だから、さっきもいったとおり、このあたりは安全とはいえない。わかったかな？」男は気分を害したまま、車で走り去っていった。アレックスはしばらくその場に立ちつくしてから、ペダルに足をのせて自転車をまえに押しだし、反対の脚をふりあげてサドルにまたがった。

ファイブ・ベンツ・レーンまできても、あの家の邪悪さにつきまとわれているという感覚はなくならなかった。これだけではすみそうにないという感覚。

バーマーシュの教会のまえでアレックスは自転車をとめ、水筒の水を飲んだ。ノルマン建築様式のアーチ形の門の内側は涼しく、尖った歯をもつ小鬼が上から彼女をにらみつけていた。掲示板によると、教会は海抜マイナス四メートルの地点にあった。この土地が押し返している水の重みを、アレックスは想像することができた。悪いことがさらに悪化しそうだという確信。

突然、アレックスは疲労感をおぼえて、カタバミまじりの芝生の上に寝転がった。きのうの夜はよく眠れなかったのだろうか？　だが、それを思いだそうとしても、すべてはぼんやりとしていた。


「ねえ、ちょっと」

そう声をかけられたとき、アレックスは家まであとすこしのところまできていた。ブレーキをかけて自転車をとめる。

〈スナック・シャック〉のまえにならべられた木製のテーブルのひとつに、ジルがすわっていた。この食堂は夏の期間だけ営業されており、改造された貨物コンテナが店舗として使われていた。

「ここでなにしてるの、ジル？」

水泳パンツ姿の観光客たちがデッキチェアにだらしなく横たわり、腹の上にのせた皿から魚料理を食べていた。「もちろん、あなたに会いにきたに決まってるでしょ。朝からなにも食べてなくて、ようやくいまチップスをがっついてたの。あなたを見たって、コリン・ギルクリストがいってた。例のあの家で」

アレックスはうなずいた。「そうだったの？　たまたまとおりかかったから」

「よくいうわ、アレックス」

「気になった。それだけよ」

「あなたは健康を取り戻すために、こうしたクソみたいなことから自分の身を守ることになっている。なのに、いまもまだ勤務中みたいに、あちこち嗅ぎまわったりして」

アレックスは自転車をテーブルにたてかけ、自分も腰をおろした。「わたしはカウンセラーのところへいってたの。その帰りがけにとおったにすぎないわ」

「あなたがカウンセリングを受けないいんじゃないかって、心配してたの。どうだった？」

「そうね。まだはじめたばかりだから」

「とはいえ、あの家のまえは、まわり道をしなければとおらない」

「わたしはいまも警察官なの。興味がある、それだけよ」

ジルが不服そうな声をあげた。「残りのチップスを食べてくれない？　全部は無理。おなかがいっぱいなの」

「あらあら、かわいそうに」アレックスはそういうと、ひとつもらおうと身をのりだした。「それじゃ、手伝ってあげる」

ジルは立ちあがると、水をもう一本買いにいった。子供たちといっしょにフィッシャーマンズ・ロールを食べていた父親が、ジルがそばをとおった際に顔をあげた。そして、すぐ横に奥さんがすわっているのもおかまいなしに、砂利の上を歩いていくジルの姿をずっとみつめていた。

「ゾーイは元気？」戻ってくると、ジルがたずねた。

「ほとんど顔を見てないの。いまは、ランが育つように草地をきれいにしてるらしいわ」

「そういう仕事についたの？」

「まさか。ボランティアでやってるだけよ」

カーリーが浜辺を横切り、ゆっくりとふたりのほうへちかづいてきた。膝上(ひざうえ)まであるゴム長靴は履き古されており、擦り切れた箇所からは裏地の粗布がのぞいていた。大きな魚のえらに指をとおして、右腕にぶらさげている。

「ご機嫌な一日だったの？」アレックスはいった。

「バスだ」カーリーがにやりと笑ってみせた。「でかいだろ。三匹釣れた。こいつはティナと、彼女の、えーと……奥さんにもってく」まだすこし言い慣れてないような感じだった。「夕食にどうかと思って」

「釣っていいのは一匹までじゃなかった」

「ああ、そうだ」カーリーがおずおずとした笑みを浮かべていった。「自分用にも一匹とってあったら、こうして警察官のまえでべらべらしゃべったりしないさ。あとの二匹は海に戻した」

「いまのを信じてたら、なんだって信じることになるわね」かたわらでジルがぼそりといった。

「ほんとうにそうしてなきゃ困ったことになるわよ、カーリー」アレックスはいった。

「ティナは大丈夫？——あんなことが起きたあとで」ジルがカーリーにたずねた。

「すこし動揺してる。ホグベンの婆さんは、頭の具合が良くないんだ」

「マンディ・ホグベンは署へ連れていかれる車のなかで」ジルがカーリーを見あげていった。「息子はティナに殺されたといってたわ」

カーリーの顔から笑みが消えた。「フランクは海でいなくなった。それが実際に起きたことだ」

「そのとおりよ」ジルがいった。「署に着いたあとで、記録を調べてみたの。そこには事故死とあった。船から転落して行方不明になったと」

日が落ちてきており、まわりの平坦な土地は赤い光に包みこまれていた。「ああ、それで間違いない」カーリーはそういうと、それ以上はなにもいわずに、また歩きはじめた。銀色の魚をわきでぶらぶらさせながら去っていく。

彼が道路を渡って、ティナとステラがハネムーン用に借りている平屋建ての家へとむかうのを、アレックスはずっと見送っていた。「それじゃ、過去の記録をあたってみたのね？」

「もちろん。頭の具合がどうなっていようと、とにもかくにも彼女は殺人の告発をしたんだもの」

「ひっかかる点があった？」

「大ありよ。でも、だからといって、なにかあるとはかぎらない」

アレックスはほほ笑んだ。ジルは優秀な刑事だった。「だったら、今度はユニス家について聞かせて。あの夫妻にはなにが起きたの？」

アイマンとメアリのユニス夫妻。その名前は、〈巣（ネスト）〉という屋号をもつ家で殺された被害者として、けさのテレビで報じられていた。六十代はじめの隠退したカップルだ。

「だめよ」ジルがいった。「その話はおことわり」

もうしばらくそうやってすわったまま、ふたりは空が赤く染まっていくのをながめていた。

「どうせわたしが探りだすことになるのは、わかってるでしょ」

「だめ」

「だったら、どうぞご勝手に」

結局は、ジルが折れた。「この件のせいで、頭がおかしくなりそう。あなたもそうなるかも」ため息をつく。「チップスなんて食べなきゃよかった。わたしの話を聞いたら、あなたも後悔することになるわよ。きのうのお昼から、なにも食べてなかったの」ジルはあたりを見まわした。「もっと静かなところへいきましょう」〝もっと静かな〟というのは、南へむかうことを意味していた。小屋やシャレー風の建物をあとにして、威容を誇る原子力発電所のほうへとむかうことを。

ふたりでならんで背の高い境界フェンスのちかくまで歩いてくると、ジルが話しはじめた。

その木曜日の朝、ユニス夫妻の家には午前十一時に高級スーパーの〈ウェイトローズ〉から配達の品が届くことになっていた。配達員の女性は家に着くと、一階と二階のカーテンがすべて閉まっていることに気づいたが、この地域で働きはじめてからまだ半年しかたっておらず、ユニス家に配達にきたのはこれがはじめてだったので、とくにおかしいとは思わなかった。

　彼女は食料雑貨品のはいった箱を車からおろすと、呼び鈴を鳴らした。そして、返事がなかったので、呼び鈴が壊れているのかもしれないと考え、張り出し玄関のドアをあけて、内側のドアを叩いた。

　内側のドアには透明なガラス板がついており、家のなかの明かりがついたままなのがわかった。はじめのうち、彼女はなかをのぞきこんだりせず、さらに二、三回ドアを叩いて、声をかけてみた。だが、誰も出てこなかったので、まえに身をのりだし、ガラス板に顔を押しあてた。

　すぐには、自分が目にしているものがなにかを理解できなかった。

　階段の下の床のところで、女性が脚をのばしてすわりこんでいた。階段の親柱に背をもたせかけ、股をややひらき気味にして。配達員がまず考えたのは、女性が階段から転げ落ち、そこでそのまま気絶したのでは、ということだった。だが、とぼしい明かりに目が慣れてくると、女性がなにも身につけていないのがわかった。彼女は素っ裸だった。上半身に黒っぽく見えていたのは、服ではなく血だった。

　こうした場面に遭遇したとき、パニックを起こす人もいれば、そうでない人もいる。

後者は、精神を乗っ取られたみたいに、妙に冷静沈着になる。理由は自分でもよくわからなかったものの、配達員はこのときわめて理性的に行動した。ポケットのなかをさぐって携帯電話をとりだすと、ライト機能を起動させてから、もう一度しっかりと室内を確認したのだ。

6

「最初に現場に駆けつけた警察官は、コリン・ギルクリストだった」ジルが夕方の海を見渡しながらいった。海上では、航海灯をつけたフェリーがゆっくりとフランスへと南下していこうとしていた。「かわいそうに、彼は現場にひとりでいた。〈ウェイトローズ〉の配達員は、ヴァンに戻って大声で泣いてたから」

「階段の下で亡(な)くなっていたのは、奥さんだった？」

「ええ。ミセス・ユニスよ。喉(のど)を切り裂かれていた。重大犯罪班で最初に着いたのはわたしで、現場用の作業衣を身につけてから家にはいった」

「それだけではなかった？」

ジルは黙って歩きつづけた。浜辺には大勢の釣り人がすわっていて、原子力発電所の排水パイプにむかって釣り糸を投げていた。パイプから排出される水は原子炉で温められており、そこに魚たちが集まってくるのだ。

釣り人のいないところまでくると、ジルは足をとめ、英仏海峡にのぞむ砂利浜に腰をおろした。「わたしは侵入者の形跡がないか調べようと、いったん外へ出た。そして、家の裏手でご主人を見つけた。奥さん同様、全裸だった。首に銃創がひとつ。頸静脈に命中していて、芝生に大量の出血があった。鼻と唇がなくなっていたけど、鑑識によると、それはどうやらキツネかアナグマのしわざらしいわ。それと、犬が二頭。どちらも刺し殺されていた」

「ご主人の服はどこにあったの？」

「キッチンよ」

「犯人はまず夫妻に服を脱ぐように指示し、それから殺害した？」

「そう見えるわね」

空には星があらわれはじめており、はるか上のほうで金星と火星が明るく輝いていた。「いったでしょ？」ジルがいった。「ほんとうにおぞましいって」

「大変だったわね」

「仕方ないわよ。これで給料をもらってるんだもの。ほら、そういうところへいくことで」

アレックスはうなずいた。「犬種は？」

「ラブラドールよ。なぜ?」

「ただ、すべてを頭に叩きこんでおきたくて」

薄れゆく光のなかで、ジルはアレックスを見た。「頭に叩きこむ?」

「まずい表現だったわね」

「あなたの問題点は、すでに頭のなかにあまりにも多くのものを詰めこみすぎてるところよ」息を吸いこんでから、ジルがつづける。「まだあるの」

「だと思った」

東の海上では、一隻の漁船が左舷の明かりを海岸に見せながらフォークストーンへとむかっていた。英仏海峡は大忙しだった。

「ご主人のほうは、発見された場所で殺されていた。でも、奥さんが殺されたのは寝室のベッドのなかだった。ベッドは血をぐっしょり吸いこんでて、胸が悪くなったわ」

「犯人は奥さんの死体をわざわざ一階まではこんでいったの? でも、ご主人のほうは死んだ場所に放置しておいた?」

ジルはうなずいた。「しかも、それだけじゃないの。犯人は寝室の鏡に、奥さんの血でメッセージを書き残していた」

「なんですって？」

「皆殺しにせよ。神にはみずからの民がわかる」ジルはかぶりをふった。「イッちゃってるわよね。いかにも連続殺人犯っぽい感じで。コリンがウィキペディアでその文句を見つけた。どうやら、十字軍からきているものみたい」

「そのとおりよ」

「あなた、知ってたの？」

「修道士がいった言葉でしょ」アレックスはいった。「十字軍の戦士たちは、ある町を攻撃しようとしていた。ローマ法王が異端と断じた宗派の人たちとカトリック教徒とが肩をならべて暮らしていた町よ。十字軍の大将は、その修道士にこうたずねた――〝カトリックの住民をどうやって見分ければいいのです？　かれらは全員おなじに見える。いっしょに仲良くやっている〟。すると、修道士はこうこたえた――〝皆殺しになさい。選別は神にまかせればいい〟」

「神にはみずからの民がわかる」

「そのとおり」

「不気味でしょ？」

「指紋は？」

「意味のある指紋は、まだ見つかっていない」

「時期も時期だし、大変な捜査になりそうね」

ジルには、説明するまでもなかった。このあたりはほぼ一年じゅう閑散としているのだが、七月だけはべつだった。夏の盛りのあいだ、沼沢湿原や海岸沿いに点在する移動住宅(トレーラーハウス)の駐車場は観光客で埋めつくされるのだ。

「コリン・ギルクリストは、どれくらい現場にひとりでいたの？」

「二十分よ」

「かわいそうに」

「ええ、ほんとうにそう。わたしなんて、きのうの晩は一年ぶりに煙草(たばこ)を買って帰って、気分が悪くなるまですぱすぱ吸っていた」ジルは腕時計に目をやった。「もういかないと」

「うちに泊まってけば。ゾーイはもう長いこと、あなたと会ってないし」

ジルは首を横にふって、海岸沿いにユニス夫妻の家のある方角へ目をむけた。「せっかくだけど、やめておく。あしたはものすごく長い一日になりそうだし、このあたりにいたら、自分がべろべろに酔っぱらうことになるのは目に見えてるから」

自分のあしたがものすごく長い一日になるのは間違いない、とアレックスは考えていた。ふたりはむきなおって、ジルの車がとめてある〈スナック・シャック〉のほうへとひき返しはじめた。

「凶器は？」

「まだ見つかっていない。銃は9ミリ口径よ」

「べつべつの凶器。奇妙よね。奥さんの死体は移動してあり、ご主人のほうはそのまだった。それぞれに犯人がいるとか？」

「かもしれない。それか、男と女に対してちがう考えをもっている単独犯なのかも。正直、いまの時点ではなんでもありよ」

　ふたりは北にむかって歩きつづけた。煉瓦（れんが）造りのがっしりとした建物――沿岸警備隊の見張り所を豪勢な休暇用の宿泊施設に改装したもの――のそばをとおって、古い一等客車のまわりに雑然とならぶ物置小屋や木造の離れ家のまえを通過する。さらには、所有者のうちのひとりが運営も手がけている小さな画廊のまえも。

　ジルの車はミントグリーンのフィアット500で、彼女はそれを日曜日ごとに自分の手で洗車していた。ジルがキーフォブを操作すると、道路わきにとめてある車のライトが点滅した。

「夫妻に子供は？」

ふたりは車のすぐそばまできていた。「あなた、とことんまで疑ってかからないと気がすまないのね」

「そうなの」

「息子がひとり。でも、彼が犯人かもしれないと考えてるのなら、答えはノーよ。息子は重い学習障害をいくつも抱えていて、いまはタンブリッジ・ウェルズにある民間の介護施設で暮らしている」

車のエンジンがかかったところで、アレックスはもうひとつあることを思いついた。

「夫妻はなにを注文してたの？」

ジルが首をまわして、ひらいた窓越しにアレックスを見た。「なんですって？」

「夫妻がスーパーマーケットでなにを注文していたのかを知りたいの」

ジルの顎(あご)がかすかにもちあがった。「これもまた、例の〝すべてを頭に叩きこんでおきたい〟ってやつかしら？」

「あしたはいい一日になるといいわね」アレックスはそういうと、窓の奥へ手をのばして、ハンドルにかかっているジルの手にのせた。うなずきが返ってくる。ちょうどそのとき、ティナとステラが滞在している平屋建ての家に明かりがつくのが見えた。

――はじめてのカウンセリングのとき、アレクサンドラ、あなたは自分の精神的外傷の原因となったかもしれない出来事が三つある、といっていた。それについて話してもらうことはできますか？

――ええ、なんの問題もないわ。

――ここは明るいな。ブラインドをすこし下げましょう。

――ほんとうに、大丈夫。

――でしたら、はじめてください。

――まずひとつめは、刺傷事件ね。もう一年以上まえのことになる。わたしはその犯行現場に最初に到着した警察官で、被害者はわたしがすこし知っていた若い巡査だった。とにかく、彼が大量に出血しているのがすぐにわかった。薄暗い寝室の壁にぐったりともたれかかっていて……。要は、どこもかしこも血だらけで、彼がどこを刺されたのか突きとめられなかったってこと。傷口を圧迫する必要があるのは承知していたけど、それを見つけられなかった。脈をとろうとしても、すくなくともわたしの指先にはなにも伝わってこなかった。それでも、わたしはずっと彼のそばに付き添っていた。ほかの警察官たちがくるまで。そのあとで、救急車が到着するまで。そこで彼がまだ生きていることが判明したけど、かろうじてだった。彼の血が温かかったのを覚えている。わたしはその血のなかにひざまずいていて、それがあらゆる着衣に沁みこんでいた。寝室をあとにして外の通りに出たとき、みんなの顔にはぞっとしたような表情が浮かんでいた。わたしは文字どおり、全身血まみれだったから。両手。顔。髪の毛まで。

――それはひどい。彼はどうなりました？

――助からなかった。意識が戻らないまま、亡くなった。

――残念です。

――同感よ。彼のことは、好きではなかった。こう考えたのを覚えている。彼のことをもっと好きだったら、もっと一生懸命に彼を救おうとしていたんじゃないかって。

――そんなことはありませんよ。

――言い切れるかしら？

――つづけて。

――ふたつめは、グレイヴセンドにある家の地下室で起きた一件ね。地下室といっても、ほんとうの地下室ではなかった。その家の所有者は、精神を病んでいたの。すごく奇妙な家だった。彼は何年もかけて家の下の土を掘り、地下道と部屋をこしらえていた。建物全体が不安定だった。かいつまんでいうと、わたしはそうした地下室のひとつに男といっしょに閉じこめられることとなった……わたしを殺そうとしていたといってもかまわない男と。ふたりで揉みあっているうちに、天井を支えていた支柱がなぎ払われて……。

——なんてことだ。

——でしょ？　いま天井といったけど、実際にはただのむきだしの土だった。

——ああ。

——それがわたしたちの上に崩れ落ちてきた。大半は彼の上に……。完全な暗闇のなか、ふたりとも瓦礫に埋もれて、身動きがとれなくなっていた。最終的に彼は救出されたものの、いまも下半身不随のままよ。土の重みで背骨が折れたの。わたしは運が良かった。

——もうだめだ。

——大丈夫？　具合が良くなさそうに見えるけど。

——すみません。閉ざされた空間があまり得意ではなくて。神経が過敏になってしまう。

——わたしもそうなった。土煙で息ができなくて。

──想像しただけで、この有様ですから。水かなにかいりますか？　わたしには必要だ。

──けっこうよ。

──失礼しました。では、つづけましょう。それで、三つめは？

──これまた悲しい話よ。わたしは友人を刑務所に送りこんだ。仲間の警察官を。ある捜査の過程で、この警察官が子供のころに自分の父親を殺していたことを知ったから。父親は暴力的な男で、長年にわたって奥さんを殴っていた。ある日、息子は堪忍袋の緒が切れて、父親を殺した。父親の所有する銃を見つけて、それで父親を撃った。当時も捜査がおこなわれたけれど、犯人は捕まらなかった。北アイルランド紛争が盛んだったころのアーマーでは、ほかにもいろんなことが起きていた。そして、父親もそうしたことにかかわっていた。そこいらじゅうで人が撃たれていたし、なにもかもがうやむやのままで進んでいた。誰も十三歳の少年が父親を殺したとは考えず、息子は上手く逃げおおせた……わたしが真相を突きとめるまでは。結局、わたしは彼を逮捕しなくてはならなかった。彼は刑務所にはいったわ。お母さんを守ろうとしただけのいい子だったのに、そのときに罰を受けなかったせいで。わたしのおこないの結果、彼は職を失い、恩給を失い、すべてを失った。

――それで？

――以上よ。彼はすでに出所しているけれど、まえとおなじというわけにはいかないでしょうね。このあたりでは敬意を払われていた人だったのに。

――あなたは自分を責めている？

――でも、ほかにどういう行動をとれたのかわからない。

――最初のふたつの件には、暴力がかかわっていました。最後のはちがう。すくなくとも、わたしにはそうは見えない。

――これには暴力が関係しているなんて、ひと言もいってないわ。ただ、自分の精神的外傷の要因になったと思われるものについて話すように求められただけで。

――では、最後の件は……。

――ある意味、ほかのふたつとよく似ている。警察官であるがゆえに、そうせざるを得ないことがある。たぶん、それはあとあとまで尾をひくんじゃないかしら。


アレックスは自転車を押して砂利の上を進んでいった。めざすは、白い窓枠をもつ水色の平屋建ての家だった。子供が絵に描く家といった感じの可愛(かわい)らしい建物。左右対称の屋根。その片端から突きだしているテラコッタの煙突。いちばん広い部屋には、明かりがついていた。木製のドアを叩いても返事がなかったので、アレックスは右側に一歩寄って、ガラス窓に顔をちかづけた。

7

小石を踏む足音につづいて、ステラが家の横手から姿をあらわした。「ああ、あなただったの」そういうと、まえに進みでてアレックスの身体に両腕をまわし、驚いている訪問者をぎゅっと抱きしめる。

平屋建ての家のむこうから、べつの女性の声がした。「誰だったの？」

「あなたの命をあのイカれ女から救ってくれた美人の警察官よ。沿岸警備隊の小屋に住んでる。こっちへどうぞ。一杯ごちそうさせて。いま家の裏手でくつろいでるの」

ティナは砂利の上に置かれた小さな二人掛けのソファにすわっていた。片方の手にグラスをもっており、ソファのまえの小さな竹材のテーブルの上には手巻き煙草の巻き紙の箱が置かれている。箱の厚紙がすこしちぎりとられているところからして、ふたりがなにを吸っていたのかはだいたい想像がついた（マリファナ煙草の場合、フィルターとして安くて手軽な厚紙が使われることが多い）。

「カーリーがいってたわ。あなたは警察官にしちゃ悪くないって」

「その文句をいれたTシャツでも作ろうかしら」

「ふたりでカヴァを飲んでるんだけど、すこしどう?」ステラがたずねてきた。

「まだお祝いしてるの?」

「ええ、もちろん。ここまでくるのに、すごく時間がかかったんだから」

ステラはいったん家にひっこみ、キッチンから発泡性ワインのはいったグラスを手に戻ってきた。反対の手には、デッキチェアをぶらさげている。彼女はグラスをアレックスに手渡してから、椅子をひらきはじめた。

「あなたにはお礼をいわなくちゃ」ティナが落ちついた声でいった。「ああいう行動をとってくれたことに対して。ほんとうに、すごかった」

ステラはまだ椅子と格闘していた。「ねえ、ロムニーで起きた二重殺人だけど、カーリーの話では……あなたはその手の事件を担当するんでしょ?　殺された女性は喉を切り裂かれてたって聞いたけど」

「誰から?」

「友だちが配送サービスのオカドで働いてるの。彼女を発見したのは、そこの従業員のひとりだった……。で、話を戻すと、それって、どこか頭のイカれたやつがこのへんをほっつきまわってるってことよね?」

「わたしはその捜査にかかわっていないの。病気休暇中だから。でなければ、きのうも駅のカフェでコーヒーを飲むかわりに、現場にいってたはずよ」

「それじゃ、病気休暇に乾杯」ステラがグラスを掲げた。「どこが悪いの?」

「ステラ! 失礼でしょ」

「ストレスよ」アレックスはいった。

ティナはまえに身をのりだすと、灰皿を手にとって巻き紙の箱の上にのせた。アレックスがまだその存在に気づいていないことを願っているのだろう。それから、もとの姿勢に戻って小さなソファの上で横にずれ、アレックスのために場所をあけた。ステラはデッキチェアに腰かけた。

暖かくてさわやかな空気のなか、まわりに生えているハマナやハリエニシダのあいだではコオロギが鳴きはじめていた。

「それで、あなたたちはつきあってどれくらいになるの?」

ティナとステラが目と目を見交わした。「八年よ」とティナがいう。

「そうなんだ」

ステラがくすくすと笑った。「ティナはフィッシュ&チップスの店で働いてたの。彼女の旦那(だんな)は、そこに魚を卸している漁師のひとりだった。気まずい状況よね」

「ザ・ステードにあるお店？」アレックスはたずねた。ザ・ステードはフォークストーンの古い波止場にある通りで、そこに密集している建物からは港を見渡すことができた。

「いいえ、あのお洒落な店じゃないわ」ステラがいった。「昔ながらのフィッシュ＆チップスを出しているほう」

「それじゃ、ティナのご主人が行方不明になったときには、もうそういう仲だったのね？」

コオロギの鳴き声が静寂を埋めた。ステラがぐいとグラスをかたむける。

「そのことは秘密にしてたの」ティナがそっといった。

「当時、わたしはもう同性愛者であることを公言していた。町じゅうの人が、わたしはレズビアンだと知っていた。でも、ティナがそうだとは、誰も知らなかった」ステラはテーブルから刻み煙草をとりあげると、ティナが隠した巻き紙をさがしはじめた。

「ティナ本人でさえ。彼女からはじめてキスされたときには、びっくりしたわ」

「わたしもびっくりだった」ティナがいった。

「旦那のいる彼女がよ」

「やめて」ティナがいった。「笑いごとじゃないわ。わたしは彼と結婚したとき、自分が同性愛者だと知らなかった。すごく若かったの」

ステラはテーブルの下をさがしはじめていた。アレックスはまえに身をのりだして灰皿をもちあげ、その下にあった巻き紙の箱をステラに手渡した。

ティナの顔が赤くなった。

「あなたたちのことをちくったりしないわ」アレックスはいった。「聞くところによると、わたしは警察官にしては悪くないらしいから」

どこかでパーティがひらかれており、ヒップホップの反復される低音が薄闇ごしに響いてきていた。

「ティナはほんとうにイカしてた。自分で服を作って、それを着てたの。一度、彼女がピンクと黄色のゴム手袋でこしらえたスカートをはいて町を歩くのを見たことがある。そりゃ、もう――」ステラはあんぐりと口をあけてみせた。「もっとも、あのスカートにお目にかかったのは、あれ一度きりだったけど。かなり汗をかきそうだしね」そういって、ステラは笑った。

「わたしも、あなたのことをすごくイカしてると思った。それまで、まわりにあなたみたいな人はいなかった」

「女房がべつの女に恋してると気づいてたら、ティナの旦那は怒り狂ってたわね」

「そういう人だったの？」アレックスはたずねた。

うなずきが返ってくる。

「でも、彼は気づいていなかった？」

ステラがティナに目をやった。「ええ。最後まで」そういって、煙草に火をつける。

夜の闇のむこうから、鳥の鳴く声が聞こえてきた。みじかくて哀愁をおびた悲しげな声。フクロウかもしれなかった。ゾーイならわかるだろう。

「旦那が海に出ているあいだに女に走った漁師の妻は、べつにこれがはじめてってわけでもなかったんだろうけど」ステラがつづけた。

ベランダからこぼれてくる明かりのなかでも、アレックスにはティナの顔がさらに赤くなるのがわかった。とはいえ、そこには笑みが浮かんでいた。

「最高だった」ティナがそっといった。「フランクが海に出ている時間が長いほど、わたしは幸せだった。いけないことだけど、このまま彼が帰ってこなければいいと、よく祈った。そしたら、ある日、実際にそうなった」

「船から転落したのよ」ステラがいった。「聞いてない？　わたしがその船に乗ってたら、自分で突き落としてたんだけど」

「やめて」ティナがやや大きすぎる声でいった。

ステラはそれを無視した。「その一年後、わたしたちはいっしょに暮らしはじめた。それ以来、あのイカれ女のマンディ・ホグベンはずっとティナを責めつづけてる。息子はおまえに殺されたんだといって」

「彼女は具合が良くないのよ、ステラ」

「それじゃ、マンディ・ホグベンから人殺しといって責められたのは、きのうがはじめてではなかったのね？」アレックスはたずねた。

「見せてあげなさいよ、ティナ」

ティナはため息をついてから頭をかたむけ、アレックスの手をとって、それを自分の頭皮にあてた。「わかるかしら」

アレックスの指先が二センチほどの長さのこぶにふれた。「〈アズダ〉で買い物をしているときに、彼女にやられたの。彼女もスーパーマーケットにきていて、わたしを見るなり、わめいたり叫んだりして、いろんなものを投げつけはじめた」

「ティナは脳震盪（のうしんとう）を起こしたのよ」

「なにかの缶が頭にあたって、通路じゅうが血だらけになった。ほんと、散々だったわ」

いまや怒りをあらわにして、ステラがいった。「死因審問では、こう認定された

——フランク・ホグベンは船で海に出て、そのまま戻らなかった。それ以上、なにが必要だっていうの？　あの女も死因審問にいたのに、信じようとしないんだから」

「いいのよ、ステラ」ティナがやわらかい声でいった。

遠くでしている低音の振動は、まだつづいていた。今夜は岬に大挙して人が押しかけてきているようだった。

ステラが煙草の吸いさしを指ではじき飛ばし、それが赤い弧を描いて闇のなかへと消えていくのを見送った。「もっと飲みたい人は？」そういって、腰を浮かせる。

「彼がいなくなったことは、いつ知ったの？」アレックスはたずねた。

「あの日、フランクはフォークストーンの港から漁に出ていった。乗組員は二人だけで。乗船していたもうひとりは、フランクが船から落ちたことに気づくと、すぐに沿岸警備隊に助けを求めた。でも、彼はフランクが船から落ちる瞬間を実際に見ていたわけではなかった。だから、それがいつ起きたのかもはっきりしなくて、捜索範囲は広大なものになった。そもそもが海は広いから、フランクが生きて発見される可能性はまずないって、みんなわかっていた。警察官がうちにきて、フランクが船から落ちて行方不明になったとわたしに告げた。〝彼のお母さんにはもう知らせたの？〟とわたしはたずねた。もちろん、まだだった。わたしにそうしてもらいたいと考えていたのよ。ほんと、ありがたい話よね」

「それじゃ、マンディ・ホグベンにフランクの死を知らせたのは、あなただった？」

ティナはうなずいた。

アレックスはグラスを口もとにはこんだ。「でも、あなたたちは結婚するのに七年待たなくてはならなかった。彼の死体が発見されなかったから」

「あん畜生は、死んだあとでも支配しつづけてたってわけ」

「ステラ！」ティナがたしなめた。

三人は、しばし黙ってワインをすすっていた。頭上では人工衛星や飛行機が小さな光の点となって移動しており、アレックスはあらためてこのあたりの空の広さに驚嘆した。「ご主人とのあいだに子供はいなかったの？」

「フランクは欲しがっていたけど、わたしはちがった。あなた、お子さんは？」ティナがたずねてきた。

「十代の娘がひとり。十七歳よ。いまごろ、そのあたりをほっつき歩いてるわ。野生返りしたような子だから」アレックスはビッグ・ピットのほうに手をふってみせた。

彼女の娘は、ちかごろではほとんど家にいることがなかった。

「それって、みじかい金髪の子かしら？ 留め針みたいに痩せてる？ バックパックを背負って?」ステラがいった。

「ゾーイっていうんじゃない?」ティナがつづける。

「その子よ」

「彼女、素晴らしいわ」

「うちの娘を知ってるの?」

「まさに、きょう出会ったの。けさはやく、区画（パッチ）にいるキアシセグロカモメをながめていたら、彼女もそこにきていた」

「そうだったの?」

区画（パッチ）というのは、一部の地元民が原子力発電所のすぐそばの海域を指すときに使う名称だった。発電所から排出される温水に魚がひき寄せられ、今度はそれに海鳥がひき寄せられてくる場所だ。アレックスは、けさ目をさましたときにゾーイがもう出かけていたことを思いだした。

「彼女があなたの娘さん?」ティナが笑った。「完全にイカれてる子よね。わたしたち、ふたりとも彼女にぞっこんなの」

「わたしもよ」アレックスはいった。

「ステラは鳥とかそういったものに夢中だから」ティナがいった。「新婚旅行先をこここにしたのも、彼女よ。わたしではなく」

「いつか夜に蛾の捕獲に連れてってあげるって、娘さんからいわれたわ」

「新婚旅行で蛾を捕りにいく人がどこにいるわけ？」ティナが不平を口にした。

「ここにいるわよ。あなたはすでに新婚旅行を一度体験してるけど、わたしはこれがはじめてなの。ふたりでなにをするかは、わたしが決めさせてもらうわ」とくにこれといった理由もなくステラは立ちあがると、狼のように暗い空にむかって吠えた。

「ああ。でも、このあたりには頭のイカれた殺人犯がいるんだった。それも、ふたり殺した」

アレックスはいった。「そうね。ほんと、ぞっとするような事件だわ」

「娘さんのことが心配じゃないの？　ひとりで外を出歩いてて？」

「そりゃ、心配よ。いつもなにかで」

しばらくは誰も口をひらかなかった。アレックスはさらにいくらかワインを飲み、自分がすこし酔っていることに気がついた。ティナが沈黙を破って、小声でたずねてきた。「マンディ・ホグベンが刃物をとりだすのが、どうしてわかったの？」

「わかってなかった。そこが不思議なの。わたしは立ちあがって、彼女のほうへ歩いていった。でも、自分がなぜそうしたのかは、いまもって謎よ」

「あなたにはクモ感覚があるのかもね」そういって、ティナはくすくすと笑った。

「え?」

「スパイダーマンの直感よ」

「ティナはそういうのを信じてるの。第三の眼とか、占いとか、運命とか」ステラがいった。「あなたの運命の人は、わたしよ。そうでしょ、ダーリン?」身をのりだして、ティナの頭に――ちょうど、フランクの母親の投げた缶が命中した箇所に――キスをする。それから、彼女は薄闇のなかにすわっているアレックスとティナを残して、あたらしいボトルをとりに家のなかへはいっていった。


帰宅する途中で、アレックスはウィリアム・サウスの家のまえをとおった。そして、そこの張り出し玄関に娘の自転車が鍵をかけずに立てかけられているのに気づいて、玄関のドアを叩いた。

この平屋建ての小さな赤い家は〝アルム・コテージ〟と呼ばれていて、原子力発電所のすぐとなりに位置していた。

家の主がドアをあけた。

「うちの娘がお邪魔してるかしら、ビル?」

「返してもらいたいのかな?」そういって、ビル・サウスは大きくドアをあけた。

ゾーイは食卓のまえにすわって、両手をそこにのせていた。手はどちらも血だらけだった。

8

「いったいなにをやらかしたの？」

「土を掘ってたのよ」ゾーイがこたえた。

「わたしの墓穴？」

「ママを土に埋めたりしないわ」ゾーイはいった。「カラスたちのために野ざらしにしておく」むかいにすわっているビルから目を離さずにつづける。「鳥葬よ」

「それはどうも」

「血マメだ」ビルが脱脂綿を手にとりながら落ちついた声でいった。「見た目ほどひどくはない」

「きょうはロムニー沼沢湿原の自然保護区でボランティアをするといってあったでしょ。忘れた？　みんなで排水路をきれいにしたの。それを頑張ったあとで、今度は長い柄の鎌（かま）でランのために草刈りをした。そこにはスピランテス・スピラリスが自生してるの。絶滅危惧種よ」

「秋の貴婦人のふさふさ髪だ」ビルがそのランの通称を口にする。まるで、それがアレックスの理解の助けになるとでもいうように。

ゾーイは大学進学のための第六学年カレッジを途中でやめて以来、ずっと抗議活動をするかボランティア活動をするかしてきた。アレックスがアルバイトのための履歴書を書かせようとするたびに、自分にはお金は必要ないし、実際いまではもう誰も若い人を雇いたがらない、と反論してきた。アレックスはあきらめて、文句をいわなくなっていた。

「どうして手がそんな状態になるまで、かれらはあなたに仕事をさせたの？」

「ゾーイなら大丈夫」ビルがいった。「楽しい時間をすごしてきたってだけだ」

ゾーイは誇らしげに自分の傷をながめていた。「シャベルと草刈り鎌で八時間。そういえば、ママのお仲間も何人かきてた」

「わたしのお仲間？」

「警察官よ。怪しい人物を見かけなかったか、みんなに訊いてまわってた」

ビル・サウスが問答無用で、アレックスのまえに紅茶のはいったブリキのマグカップを置いた。

「あなたはフランク・ホグベンが行方不明になったとき、このあたりの地域警察官をしてたのよね、ビル？」

ビルはアレックスの娘の指を治療する作業に戻り、鋏をとりあげると、絆創膏の筒からさらに三センチほどを切りとった。「ああ。どうしてだ？」

ゾーイは指を曲げ伸ばしして、絆創膏の感触を確かめていた。話を聞いていないふりをしながら、ふたりをしっかりと観察している。

アレックスは目を細めた。「あなたに質問があるの。フランク・ホグベンの死にはどこか胡散臭いところがあるとは思わない？」

ビルは絆創膏を切るのに使っていた小さな鋏を置き、しばらくしてから、ようやく口をひらいた。「きみはいま仕事から離れていることになってるんじゃないのか？」

「それなら、耳にたこができるくらい聞かされてる」

ビルがけんもほろろにいった。「もしかしたら、その助言にはしたがうべきなのかもしれない」

アレックスは顔をしかめた。ビルはいつにも増して物分かりが悪かった。「あなたが話してくれないのなら、ジルに訊くまでよ」

「彼女はまだここにいなかった」そういって、ビルは立ちあがった。「その件については、なにも知らないだろう」部屋を横切って、扉に赤十字のマークが描かれた白い木製の小さな戸棚に絆創膏をしまう。

「休職中であろうとなかろうと、わたしはきのうフランク・ホグベンの母親の身柄を確保した。彼女が刃物を所持していて、息子のお嫁さんだった女性を責め立てたから——〝おまえが息子を殺した〟といって」

「フランクのお袋さんは具合が良くないんだ」

「なにもかも知ってるのね？」

「ああ。マンディ・ホグベンは数年まえから、健康とはいえない状態になっている」アレックスはビルをみつめたが、むこうは目をあわせようとしなかった。「そんなこと、ありうると思う？　マンディ・ホグベンのいっているとおりだなんてことは？」

「それって、ティナとステラの話？」ゾーイが口をはさんできた。「きのう結婚した？」

「ええ」

「ふたりともいい人よ。ステラはフォークストーンで年代物（ヴィンテージ）の古着屋さんをやってるの。わたしに割引してくれるって」

「あなた、いつから服に興味をもつようになったの？」アレックスはたずねた。

「興味あるに決まってるじゃない」ゾーイはなにかの賞品みたいに両手を掲げながらいった。

「フランク・ホグベンのことも知ってた？」アレックスはビルにたずねた。

「あいつの親父(おやじ)さんのマックスのこともな。あの一家のことを知らないものはいなかった。マックスは、まず拳固(げんこ)をふるってから、運が良ければ話をする、ってタイプの男だった。誰からも恐れられていた。息子からも。一度、やつがザ・ステードでフランクをさんざんぶちのめすのを見たことがある。つまらない家庭内のもめごとで」

「まだ生きてるの？」

「マックス・ホグベンは、シートベルトをせずに運転していて命を落とすこととなった。馬鹿(ばか)な男さ。やつが乗りまわしていたフォード・エスコートＲＳ１６００－ｉには過給機(スーパーチャージャー)が装備されてた。国内に二千台しかない車だとかで、事実上レーシングカーと変わらなかった。色はいわゆる〝強烈な陽射しのような赤(サンバースト・レッド)〟ってやつで、目立つから何キロ先からでもわかった。ほんと、ご自慢の愛車だった。それがある日、シエリトン・ロードの交差点で、信号無視をしてきたべつの車に横から突っこまれた。よくある事故だった。相手の車は、たしか時速三十キロくらいしか出してなかったんじゃないかな。ところが、運転手が車から降りて謝りにいくと、マックス・ホグベンは死んでいた。怪しい点は、なにもなかった。マックスは前部座席と後部座席のあいだにある柱に頭をぶつけて脳出血を起こし、それで死んだんだ。運が悪かったのと、シートベルトをしていなかったせいで」

「あなたも現場に？」

「事故の十分後にはな。マックスのことは、好きじゃなかった。やつが自分の息子をあつかうやり方も」

しばらく間をおいてから、ビルはつづけた。「驚いたことに、息子のフランクはその車を手放さなかった。大した衝突ではなく車台(シャーシ)は壊れていなかったから、修理すると、またそいつを乗りまわした。親父さんがやってたみたいに」

「父親がその車のなかで亡(な)くなったっていうのに？」

「ああ。座席もなにもかも、そのままだった。窓から腕をだして、あちこちいってた。そうとうやばいだろ？」

「やばいわね」

そのとき、ゾーイがいきなりまた口をはさんできた。「ねえ、幽霊って信じる？」

「なんですって？」

「聞こえたでしょ。幽霊を信じてる？」

「いいえ、信じてないわ」アレックスはいった。「わたしは、この目で見えることしか信じていない」

「ママが信じてないのは、知ってる」ゾーイがいった。「ちょっとでも不思議なことは、なんだって信じないんだもの。あたしはビルにたずねたの」

ビルは首を横にふった。「おれもきみのお母さんと同意見だな。幽霊なんて見たことないし、その存在を信じる理由もない」

「なんでまた、そんなことといいだしたの？」アレックスはたずねた。

「ケニー・アベルを知ってるよね？」ゾーイはビルにたずねた。

「もちろん」ビルはいった。

アレックスも、名前だけは知っていた。ケニー・アベル。ケント野生生物トラストの職員のひとりで、ゾーイも参加しているボランティアの集団を統括している人物だ。

「彼は水曜日の晩、仕事帰りにパブに寄ったの。そして、外へ出たときに、殺された人たちの霊魂が空にのぼっていくのを見たらしいわ。そのときはどういうことなのかわからなかったけど、翌日のニュースで殺人のことを知って……」

「ケニー・アベル本人がそういってたの？」

「うん。きょうね」

ビルがいった。「その謎を解く手がかりは、〝パブの外へ出たとき〟ってところにあるんじゃないかな」

ゾーイは頰の内側を嚙み、しばらくしてから窓の外へ目をむけた。「年とると、どんどん頭が固くなるんだ。ほんと、かわいそう。なにかを信じるってことができなくなって」

「今夜のあなたは、ちょっとおかしいわよ」

「ううん、そんなことない。だって、もしも霊魂が人の目に見えるものだとしたら？ 全員に見えるわけじゃないってだけで？」

「たぶん、ビルがいってたみたいに、彼は酔っぱらっていたのよ。そういったことは、現実には起きたりしない」

「ママは夜中に起きて死んだ人たちと話をしてるじゃない。それなのに、なにがふつうかがわかるわけ？」

「お母さんはそんなことしてるのか？」ビルがたずねた。

「ゾーイ！」アレックスは娘を叱った。「いいえ、してないわ」

「してるもん」ゾーイがぼそりといった。

アレックスはビルに目をやった。「ときどき悪夢を見るの。心的外傷後ストレス障害の症状のひとつよ」

ビルがゾーイのほうをむいた。「びっくりするだろうな」

ゾーイは頭を横にかたむけていった。「毎晩じゃないから」

「そうか、なにか力になれることがあるなら……」ビルはそういって立ちあがると、北側の窓からあたらしい灯台のほうを見た。「なんだってかまわない」

ダンジェネス・ロードのほうから聞こえてきたバイクの爆音が静寂をかき乱した。照明を浴びて、黒と白のツートンカラーのロケットみたいな姿を夜空に浮かびあがらせているコンクリート製の灯台。その明るい光線は十秒おきに湿り気をおびた夏の空気を貫き、刻々と移りゆく世界で、じっと動かない点を提供していた。

母娘(おやこ)はおのおの自転車にまたがり、連れ立って帰路についた。

ビルのところよりも頑丈な造りのふたりの家は、一車線の道路をいったすぐ先にあった。

「どのパブだったの？」アレックスはたずねた。

「なにが？」

「霊魂を見たって男の人がいたパブ。どれだったの？」

「ケニー・アベルが飲んでたパブ？　知らない。でも、殺された人たちの家にちかかったんじゃないかな」ふたりは家の裏口に到着しており、ドアに鍵をさしこむ母親にむかってゾーイがつづけた。「それは家の屋根から空にむかって飛んでいった、っていってたから」

家の屋根から空にむかって飛んでいった――その晩、アレックスは眠れないままベッドに横たわり、フクロウの鳴き声に耳をかたむけながら、それについて考えていた。

翌朝、目をさますと、自分では淹れた覚えのないミント・ティーが、冷たくなったカップにはいってベッドわきに置かれていた。

9

ゾーイはカーキ色のショートパンツに骨ばった肩からだらりとぶらさがるだぶだぶのTシャツという恰好で、片方の手にナイフをもち、トースターの内側を突いていた。

「コンセントは抜いてあるの？」

ゾーイが顔をあげた。「うん、ママ。あたし、馬鹿じゃないから」しばらく作業をつづけていると、トースターからは割れたパンのかけらがあらわれはじめた。

「そこに塗られているのはピーナッツバター？」アレックスはたずねた。

「まあね」

「まあねって、どういうこと？」

「ピーナッツバターとマーマイト」

ゾーイは決まり悪そうな顔をするだけの恥じらいをもちあわせていた。

「そう、馬鹿じゃない人が表面になにかを塗ったパンをトースターにいれるとはね」

「ホットプレートは嫌いなの」ゾーイがいった。「すごく時間がかかるんだもん」

日はすでに高くのぼっており、きょうもまた素晴らしい夏の一日になりそうだった。ゆっくりとすぎていく一日に。それをなにで埋めようかを考えると、アレックスの気分は重く沈みこんだ。

ゾーイは、すでに満杯のごみ箱に焦げた断片を押しこもうとしていた。アレックスはため息をひとつついて部屋を横切ると、ごみ袋を容器からひっぱりだして、その口を結んだ。そして、外へともっていった。

キッチンへひき返していくとき、マニック・ストリート・プリーチャーズのTシャツを着た若い男性から声をかけられた。男性はとなりの家の裏口に立っており、煙草を手に、アレックスのほうを落ちつかない様子で見ていた。「立ち入るつもりはないんだけど、その……なにも問題はないのかな?」

アレックスは困惑してこたえた。「ええ、大丈夫よ」

何事もなく家のなかに戻ると、アレックスは娘にたずねた。「いまのはなに? なにも問題はないのかって?」

「それじゃ、覚えてないんだ」

アレックスは目をしばたたいた。「覚えてないって?」

「自分が叫んでたこと」

アレックスはうなずいて、記憶にないことを認めた。あたらしいごみ袋をひきだしからとりだす。「ひどかったの?」

ゾーイは精いっぱい無頓着に首をふってみせた。「それほどでもない。あたしは慣れてるし」

「あなたがミント・ティーを淹れてくれたのね」

「それを飲むと、ママは落ちつくから」

「そうなの?」ミント・ティーは好きじゃないのにと思いながら、アレックスはいった。

となりの家を借りている人たちは、ご近所さんがどうして夜中に叫んでいるのかを怪訝に思っていたわけだった。だが、それなのに翌朝まで問題がないことを確認せずに放っておくなんて、いったいどういう料簡をしているのか? 自分だったら絶対にそうはしない、とアレックスは考えていた。となりの家のドアをばんばん叩いていただろう。とはいえ、そこが彼女のいけないところなのかもしれなかった。

ゾーイのトーストは台無しになっており、アレックスはあたらしく作り直そうかと申しでた。だが、ゾーイはかぶりをふっていった。「いい。どうせ、あまりおなか空いてないし」

アレックスは娘を見た。ここ数週間、自分のことばかりにかまけていて、あまり母親らしいことをしていなかった。「なにか食べなきゃだめよ。きょうもまた土掘りをするつもりなら、なおさらのこと」

ゾーイは返事をしなかった。

「ねえ。なんだったら、車で送っていってあげるわよ」

うなずきが返ってきた。「でも、だからといって、あたしが車をよしとしているわけではないからね」

二十分後、アレックスはロムニー沼沢湿原にあるケント野生生物トラストの案内所のまえに車をとめていった。「ごめんなさいね。夜中に叫んだりして」

「いいの」

「怖くなかった？」

「うん」ゾーイはあっさりといった。「あたしは大丈夫。たぶん、怖がってるのはご近所さんたちだけよ」

子供は相手が親だというだけで、その人のやることをなんでも受けいれるものなのだ。

ゾーイは車から降りずに、しばらくリュックサックを膝の上にのせたままで席にとどまっていた。「あたしはただ、ママに良くなってもらいたいだけ」そういうとドアをあけ、アレックスがなにかいうまえに出ていく。

アレックスは、娘が緑の屋根をもつ平屋建ての建物の正面玄関へと大またで歩いていくのを見送っていた。そして、鏡で自分の顔を確認してすこし間をおいてから、車を降りて娘のあとをおった。

アレックスが建物のなかへはいっていくと、ゾーイはすでに三十代の体格のいい男性と話をしていた。もじゃもじゃの長い髪。青いシャツの上にカーキ色の多機能ベスト。

「ケニー・アベルさん？」

「ママ」ゾーイがやめてというような口調でいった。

「娘さんの手のことなら……」男性はいいかけた。

「それはいいんです。娘なら大丈夫。自分が好きでしていることで、それを止めようなんて、わたしだって怖くてできない。そうではなくて、うかがいたいことがあって。あなたが水曜日の晩に目撃したものについて」

「ごめんなさい」ゾーイがぼそぼそといった。「ママがこんなに興味をもつとわかってたら、話さなかったんだけど」

ケニー・アベルは頭をぐいとあげた。「それはまた、どうして?」

「娘の話では、あなたは霊魂がのぼっていくのを見たのだとか」

「ああ」男性はすこし顎(あご)をまえに突きだしていった。「仕事終わりにロムニー・ホテルのパブで一杯やってて、煙草を吸おうと外へ出て妻に電話しようとしたときに、それを目撃した。そして、すぐにそれがなんなのかわかった。近所で事件が起きていたことを知ったのは、翌朝になってからだ。アッシュフォード・ロードをとおって出勤しようとすると、全面通行止めになっててね。それから、ニュースで報じられるのを耳にした」

「あなたには霊魂が見える」

「そのとおり」疑うのなら疑ってみろといわんばかりに、ケニー・アベルの顔の筋肉がこわばった。「誰にでも見えるわけではないが、わたしには見える」

「霊魂が?」アレックスはくり返した。

「ああ」

「では、まえにも見たことがある?」

男性のとなりでは、ゾーイが決まり悪さのあまり身をよじっていた。

「祖母の魂をね。ただし、そのときは昼間で、場所はホスピスだった。祖母は膵臓癌を患っていて、ひどく衰弱していた。もう虫の息で、モニターでしか生きていることを確認できなかった。その祖母が肉体を離れてのぼっていくところが、はっきりと見えたんだ。わたし以外は、誰も目にしていなかった。うっすらとした雲状のものが上昇していくような感じだった。その十秒後くらいかな。モニターが心停止を告げた」

ケニー・アベルは、アレックスの顔に懐疑の色があるのを見てとった。「そちらがなにを考えているのかは、わかるよ。たしかに、わたしは疲れていたし、悲しみに暮れていた。でも、そういうものを目にした人は、わたしだけではない。おなじことが、あの詩人のウィリアム・ブレイクの身にも起きた。彼は弟が死の床から起きあがり、空中へとただよっていくのを目撃した。このときも、それを目にしたのは彼ひとりだった」

アレックスは、病気のかかりはじめのときのような感覚をおぼえていた。世界が自分の理解している現実から解き放たれていくような感覚を。「それは実際、どんなふうに見えたのかしら？　あなたが水曜日の晩に見たものは？」

「銀色の線といった感じで、まっすぐのぼっていった。そして、あっという間に見えなくなった」

「銀色の光線だった可能性は？」

「いや。どうだろう……やっぱり、ちがうな。それよりも、物体がふわりと浮かびあがっていくような感じだった。勢いよく」

アレックスはうなずいた。「それを目にした時刻は？」

「十時ごろ」

「ごろ？」

「ちょっといいかな」ケニー・アベルは携帯電話をとりだしてメッセージアプリをひらくと、画面を上にスクロールしていった。「十時七分すぎで、間違いない」

「どうしてわかるのかしら？」

「そのことを妻に話したから。電話している最中に」ケニー・アベルは画面をさしだし、アレックスに通話記録を見せた。

それをみつめるアレックスの身体に戦慄きが走った。「あなたがいた場所は？」

「ホテルの裏だよ。そこに喫煙エリアみたいな場所があってね」

アレックスは、挑むように携帯電話をさしだしつづけている男性を見た。「ありがとう」という。

「もういって」ゾーイがきっぱりといった。

アレックスは家に帰る道すがら、ロムニー・ホテルのある通りをとおっていくことにした。もの思いにふけりながら、ホテルのまえに車をとめる。それは十五世紀に建てられたクリーム色の細長い建物で、狭い舗道に面していた。朝のこの時間、ホテル内のパブはまだやっていなかったが、受付に呼び鈴があった。

それに応えて、奥のドアから白いもののまじる長い頬ひげをたくわえた六十代の男性があらわれた。

「ちょっと確認させてもらいたいことがあるんだけど」アレックスはいった。

「はあ？」

「わたしは警察官よ」気がつくと、アレックスはそういっていた。

「例の殺人事件に関係したことかい？」男性がたずねてきた。

アレックスはいった。「ここの喫煙エリアを見せてもらいたいだけだから、時間はとらせないわ」

男性はアレックスを連れて高級バーを抜けると、ドアを解錠して押しあけた。「こいつはいったい、なんなんだ？」

アレックスは局所用の電気ヒーターの下で足をとめた。まわりには吸い殻のあふれた灰皿がいくつもあった。ユニス夫妻の家のある北西の方角へ目をむける。

「なにかさがしてるものでも？」男性が訊いてきた。

「例の事件が起きた家は、あっちのほうにあるのよね？」

「ほんと、とんでもない話さ」男性がいった。「このあたりじゃ、みんなぴりぴりしてる。さっきもウェイトレスから連絡があって、いまはこっち方面にきたくないから、当番をすべて休ませてくれとさ。まあ、そんなのは大したことじゃないが」男性は身勝手な愚痴をこぼしてしまったことを恥じて、小声でつけくわえた。

問題の家の屋根は、地元のグラウンドの縁に生えるヤナギやポプラによって、パブの庭からは隠されていた。だが、あいだの土地が平坦なので、家のてっぺんから霊魂がのぼっていくのを――そんなことがあり得るとして――目撃することは、じゅうぶんできそうだった。

アレックスはパブの亭主に礼をいい、その場をあとにした。彼はこの訪問に困惑していたが、それはアレックスも同様だった。

幹線道路をそれ、車で例の家にちかづいていく。家の邸内路は、きょうもパトカーでごった返していた。アレックスは自分の車を草地のへりにとめると、生け垣のむこうのパブのあるほうをふり返った。

　携帯電話が鳴った。

「見えてるわよ」ジルの声が告げた。電波の状態が良くなく、聞き取りづらかった。

「そうなの？」

「とりあえず、あなたの車がね。そこでこそこそと、なにしてるの、アレックス？」

「ゾーイを野生生物センターに送ってきただけよ」

「ええ、そうでしょうとも」

「ほんとうよ」アレックスはいったが、すでに通話は切れていた。

　十秒後、ふたたび携帯電話が鳴った。「家に帰る途中にしては、ずいぶん遠回りね。ほんとうは、首を突っこまずにはいられないんでしょ？」

「それじゃ、あなたはまだ現場にいるのね？」

　ジルのため息が聞こえてきた。「これから休憩をとって、あなたと――」だが、ここでまたしても通話が途絶えた。直後に、ジルからメッセージが届いた。

ほんと使えないケータイ。そこにいて。誰とも話さないこと。ものすごく奇妙なの。

10

アレックスは家の内部を見たくてたまらなかった。そこでふるわれた暴力について詳しく知りたかった。死体はどんなふうに倒れていたのか。鏡の血文字はどんな感じで書かれていたのか。

その思いの強さには本人でさえ驚いたが、理解できなくはなかった。いつもならアレックスは現場にいるか、そこの写真や画像を自由に見ることのできる立場にいる。それがいまは、部外者として現場の家からすこし離れた場所にいて、ジルがくるのをただ待つしかないのだから。

バックミラーにジルの姿があらわれた。表門から出てきて、ちかづくにつれて小走りになる。その手には、煙草の箱がしっかりと握りしめられていた。

「どこかコーヒーの飲めるところへ連れてってくれない？」車のドアをあけるなり、ジルがいった。「ここにいたら、頭がおかしくなりそう」

「この近所で？　ご冗談でしょ」

「あの家にいると、携帯までおかしくなるの。薄気味悪いったらありゃしない」

アレックスは車を走らせて、ジルの要望にいちばん添えそうなところへむかった。十分ほどいった先のリトルストーンにある、〝TVでサッカーの試合が見放題〟を売り文句にしているパブだ。店のまえの旗ざおに掲げられたイングランド旗はぼろぼろで、力無く垂れさがっていたが、とりあえず店は営業していた。

アレックスはバーでコーヒーをふたつ注文すると、それをテラスにすわっているジルのところへもっていった。まわりには土曜日の午前中から飲んでいる人たちがいた。

「もっと自分を大切にして」ジルがいった。「あなたは、こういったことを考えちゃいけないことになっている。だって、そのせいであなたは……」

「イッちゃった？」

「そこまではいわないけど」ジルはいった。

「それはどうも」

「吸ってもいい……？」そういいながら、ジルはすでに煙草を一本ひっぱりだしていた。「わ、わ、わたしはイッちゃいそうになってる。この捜査にかかわってる全員がそうなっても、驚きはしない。今度みたいな事件にぶちあたると、みんなおかしくなっちゃうものなのかも」ジルの目の下には、黒い隈ができていた。

　十代の若者の乗ったバイクが、制限速度を大幅に超えたスピードで通過していった。それが道路の先へと消えていくのを、ふたりは黙って見送った。

「それで、なにがそんなに奇妙なの？」

「まずはじめに、手がかりがなにもないの」ジルがようやく口をひらいた。「それがいちばん奇妙な点ね。家のなかは、まっさらな状態だった。証拠の面では、ブラックホールと変わらない。いまのは鑑識の言葉よ。被害者以外の指紋はなし。足跡もそう。タイヤ痕についても同様。ＤＮＡもまだ見つかっていない。かといって、きれいに掃除した痕跡もなし。拭きとった痕とか、最近になって洗浄液を使った痕とかも。そんなことって、ある？」

「あるわよ。指紋や皮膚の断片をまったく残さないように思える人って、ときどきいるじゃない。めずらしいけれど、絶対にいないわけではない」

「精神異常者っぽいやり口で人がふたり殺されてたら、それは考えられない。ねえ、殺人の現場にまったく痕跡を残していかない犯人なんて、いる？　まるで、現場まで飛んできて、またそこから飛び去っていったみたい」

「犯人は幽霊なのかもね」アレックスはいった。

「ハハハ、笑える。考えてたんだけど、すごいやり手の殺し屋が目くらましのために精神異常者を装（よそお）った、ってのはどう？」

「このあたりで？」

「どこがいけないのよ？」ジルはコーヒーカップを手にとると口をつけ、顔をしかめた。「それに、あの〝皆殺しにせよ。神にはみずからの民がわかる〟ってのは、なに？　そのくせ、手がかりとなる痕跡はなにも残していかない……。それができるのは、きちんと頭のなかが整理されてる人じゃないと無理よ。ほらね？　わけがわからないでしょ」

「たしかに、そうね」

しばらくしてジルがふたたび口をひらいたとき、その口調は用心するような感じになっていた。「あとひとつ、えらく奇妙なことがあるの。それをあなたと話しあいたくて、アレックス。あなた、おかしな質問をしてきたわよね。夫妻はなにを注文していたのかって」

「それで？」

「なんで、そんな質問をしたの？」

「夫妻が注文していた品物を教えて」

「こっちが先に訊いたの。ほら、いいなさいよ」

「あなたが教えてくれたら、わたしもその質問をした理由を教えてあげる」

ジルは顔をしかめ、すこし考えてから手を下にのばした。バッグをとりあげ、手帳をひっぱりだす。「いくわよ。夫妻が注文したのは、以下のとおり。食器洗い機用のタブレット。ワイン四本。ドッグフード。ジン」

「それで全部？」

ジルが顔をあげた。「ええ。わざわざネットで買うのなら、もっと注文しててもよさそうなもんだけど」

「戸棚のなかは確認してみた？」

ジルは笑みを浮かべた。「ええ、やったわよ。ジンはまだあった――ドッグフードも」

「金額は？」

「しめて四十一ポンド六十五セント」

「それだけ？」

「一週間分の買い物にしては、あまり多くないわよね？」

アレックスは返事をしなかった。その目は、パブのむかいにあるニュー・ロムニー駅のまえをゴルフ道具一式をもって歩いていく人をおいかけていた。

「それで？」

「ああ、その質問をした理由ね。ユニス夫妻は、あなたがいまあげた品を必要としていなかった。すくなくとも、ジンを切らしてはいなかった。配達してもらうには、いくら以上注文する必要があるんだっけ？　たしか、四十ポンドくらいじゃなかった？」アレックスは、すこし間をおいてからつづけた。「だから、なにを注文したのか訊いたの」

「ちょっと待って。そうか、わかった」ジルの目が大きくなった。「その注文がされたのは、犯人が配達の人に死体を発見してもらいたかったからにほかならない、ってこと？」

「その可能性はある」

「ああ、もう、まったく。そう、そうよね。どうして気づかなかったんだろう？」

アレックスは角砂糖をひとつカップにいれ、それでコーヒーになにかしらの風味がつくことを期待しながらかきまわした。

「だから犯人は、奥さんの死体を階段のいちばん下まで移動させたのね？　配達の人が呼び鈴を鳴らしたときに、それが目にはいるように？」

「それで、その注文は誰がしてたの、ジル？」

「奥さんよ。ネットで。でも、本人ってことはないわよね？　死体を見にこいと誘ってるような注文なんだから。ほんとうに不気味」

アレックスは足もとに視線を落とした。テラスの敷石の隙間から生えているタンポポのあいだを、数匹の蝶が舞っていた。「ええ、同感よ」

若いカップルがパブの庭にいるアレックスたちのそばにきて、ラガービールを飲みながら煙草に火をつけた。アレックスは声をひそめていった。「財政状況はどうなの？　夫妻の銀行口座を調べた？」

「いま見ていってる。家からは、なにも盗られてなさそうだから」

「依然として容疑者はなし？　まったく？」

「怪しそうな親類縁者はいないわ。そういう愛人とか、同僚とかも。ひとつだけ、殺される数日まえにアイマン・ユニスが誰かと激しく口論していた、という証言がある。でも、相手が誰かはわかっていない。それを耳にしたのは郵便配達人で、家の裏側にある庭で怒鳴り声がするのに気がついたの。どうやら、こんなことをいってたらしいわ――〝きみのせいで、わたしはもうおしまいだ。そいつはわかってるよな？〟。声の主はアイマン・ユニスだったと、郵便配達人はかなりの確信をもっている。ただし、断言まではできずにいるけど」

アレックスは、あの家の位置関係を頭に思い浮かべた。邸内路に面した正面玄関は建物の左側にあり、家の裏側にある広い庭はそこからは見えなかった。「アイマン・ユニスが口論していた相手が奥さんだった可能性は？」

「ないわ。郵便配達人によると、もうひとりの声はもっと小さかったけど、間違いなく男性のものだったとか。夫妻の友人たちに、その人物に心当たりはないかと訊いてまわっているところよ」

「〝きみのせいで、わたしはもうおしまいだ〟？」

「聞き間違えでなければね。マカダム警部はこの人物を〝未知の男〟と呼んでいる。なんか、いい響きじゃない？　わたしにはまだ出会っていない男性がたくさんいる、って思わせてくれる」

「死亡時刻はどうなってるの？」アレックスはたずねた。

ジルは顔をしかめた。「なんでそんなことを訊くわけ？」

「ただ、ちょっと気になって」アレックスは、ケニー・アベルが目撃したという霊魂のことを考えていた。いまここで正直に理由をジルに説明したら、これまで以上に頭がおかしいと思われてしまう可能性があった。「もうわかってるの？」

「もったいぶらずにいいなさいよ、アレックス。どうして知りたいわけ？」

　アレックスはそれにはこたえず、ただ肩をすくめてみせた。

「じつをいうと、その点では、わたしたちはツキに恵まれているのかもしれない」ジルがつづけた。

「というと？」ちかごろでは、病理医は死亡時刻を特定することにうしろ向きになりつつあった。死体の腐敗は、異なる速さで進む。場所によって、温度が異なるためだ。かつては精密化学であるとされていたものは、いまやそうではないことが判明していた。そのため、現在ではおおよその死亡時刻ですら、なかなか教えてもらえなかった。

「調べてみてわかったんだけど、メアリ・ユニスは脈搏調整装置（ペースメーカー）をつけていたの。いま分析中で、病理医の話では、運が良ければ、それが停止した正確な時刻がわかるそうよ」

　アレックスはジルをふたたび現場まで送っていき、家の五十メートル手前で車をとめた。門の正面にはＢＢＣニュースの取材班の車がいて、カメラの準備が進められていた。

「このあとの予定は？」ジルがたずねてきた。

「なにもなし」

「それでいいのよ。家に帰って、ゆっくり休んで」

アレックスはうなずいた。「ええ、そうするかもしれない。それが十時七分ごろだったら、教えて」

「それって？」

「メアリ・ユニスが亡くなった時刻」

「十時七分。やけに刻んでくるわね」

「だから、きっとちがってる。ちょっと……けったいな話なの。とにかく、そうだったら連絡して。いい？」

そのあと、アレックスは車で自宅へむかうかわりに、リトルストーンにひき返した。そして、しばらくあたりを流したすえに、ようやくさがしていたものを見つけた。

そのゴルフ・クラブは、巨大な美術工芸品を思わせるエドワード様式の建物のなかにはいっていた。赤煉瓦（あかれんが）。モルタルに小石が埋め込まれた外壁。黒い梁（はり）。白い欄干。

アレックスはクラブハウスの正面ちかくの路上に車をとめると、徒歩で建物のまえをとおりすぎ、コースに出ていった。アレックスの父親は、上司が全員ゴルフをやっている時代に警察官をしていた。だが、ラウンドをまわったことは生まれてから一度もなく、それは娘のアレックスも同様だった。もっとも、父親の場合は、ＰＴＳＤになったことも一度もなかったが。

ゴルフコースというのは起伏のある丘と木立からなるものだ、とアレックスは考えていた。ところが、ここはちがった。このあたり一帯のすべてのものとおなじく、ただひたすらのっぺりと平らだった。真夏の太陽が照りつけているきょうは、とりわけその感が強かった。

一番ホールのティーグラウンドにむかっているときに、楽しそうにゴルフカートをひいている三人組の女性とすれちがった。いずれも六十代以上で、中間色のズボンをはき、スポーツ用の帽子をかぶっていた。

アレックスはちかくにある白いベンチに腰をおろして、女性たちが腕時計にちらちらと目をやるのをながめていた。四人目のプレーヤーがあらわれるのを待っているのだろう。

ついに、三人のなかでやや小柄なひとりが声をあげた。「あなた、プレーはしないのかしら？」

アレックスは物思いからさめた。「えっ？」

「一ラウンド、いかが？　わたしたち、待ちぼうけを食らわされてるの」

「わたしはここの会員ではないんです」

女性たちがちかづいてきた。

「あら、それは心配いらないわ。わたしたちで、こっそり潜りこませてあげられるから」いたずら好きな女学生のような笑い声がいっせいにあがる。

「それに、じつはゴルフができなくて」

「なおさらいいわ。ドーンにはハンディをつける必要があるの」ふたたび笑い声があがる。

アレックスは女性たちを見あげた。「お訊きしてもいいかしら？　どなたか、アイマン・ユニスをご存じだった方は？」

すぐさま笑い声がやんだ。「あなたは何者なの？　ジャーナリスト？」

アレックスは首を横にふった。「もっと悪い。警察官です」

「証拠を見せて」小柄な女性が疑わしそうにいった。

アレックスはたしかに警察官ではあるが、ここで身分証明書をちらつかせる権利はなかった。それでも、ショルダーバッグに手をいれて財布をとりだし、ぱっとひらいて見せる。

「あたらしい人みたいね」小柄な女性がちかくに寄ってじっくりと見ながらいった。

「知らない名前だわ」

アレックスはベンチにすわったまま、明るい陽射しのなかに立つ女性をまばたきしながら見あげた。「わたしの名前をあなたが知っているべき理由でも？」

「わたしは警視だったの。勤続三十一年よ。このあたりの警察官は、ほとんど知っている。あなたはここの人ではない」

「ええ。ロンドン警視庁からきました」

女性は顔をしかめてから、はっと気づいて小さく眉をあげた。「ああ。あのかわいそうなビル・サウスを刑務所送りにした警察官ね」

アレックスは、自分が同僚たちのあいだで人気者でないことを承知していた。「ええ、そうです」

驚いたことに、女性はこうつづけた。「ああいうことをしなくてはならないなんて、決して楽ではなかったでしょうね」

「まあ、たしかに」

女性はその場に立ったまま、アレックスをしげしげとながめていた。それから、これといった理由もなく、ゴルフカートからウッドをひき抜いた。「どちらかというと、あなたの行為には感心しているの。もちろん、わたしたちにとって、あれはものすごくショックな出来事だった。ビル・サウスはいい人よ。でも、あなたは正しいことをした。そうとうの勇気がいったはずよ」

「このあたりの大方の人は、そういう見方をしていないと思います。とりわけ、ウィリアム・サウスは」

みじかくて甲高い笑い声。「その彼には、隠された内面がある。きっと彼も、あなたの決断に敬意を抱いているはずよ。彼はしょっちゅう、ここに姿を見せているの。去年は、ゴルフコースの生態調査をするために。いまでもときおり、バードウォッチングをしにきてるわ。若い女性といっしょに。たぶん、姪御さんね」

ほかの女性たちの口からも賛同のつぶやきが漏れる。

「彼の姪？」

「親戚であるのは間違いないわ。その子は学校とかにはかよってないみたい。彼が面倒を見てあげてるのね。家庭に問題があるかなにかして。ほら、彼はとってもいい人だから」

アレックスは怒りをおぼえていたが、なにもいわなかった。この三人のゴルフ好きの女性たちがビルとアレックスの娘のことをああだこうだとうわさしているところを想像する。ゾーイは、母親にはよく理解できない生活を送っていた。

「それで、ユニス夫妻のことは?」

「かわいそうなメアリは、ここの会員ではなかった。実際、ゴルフはしないいんじゃなかったかしら?」

「そうなんですか?」

「ええ。そのことは、もう知ってるんでしょ」

女性が目を細めて、訝しげにアレックスを見た。事件の捜査にあたっている警察官ならば、そうした情報はすでに入手済みのはずではないのか。

「では、ご主人のほうは?」アレックスはたずねた。

「アイマン・ユニスのことなら、あそこにいるテリーに話を聞いたほうがはやいわ」

スポーツマンらしい体形の男性が、すぐちかくの十八番ホールでパッティングをしていた。濃紺のポロシャツに白い靴というでたちで、野球帽をかぶっている。

「でも、お手柔らかにね。テリー・ニールは、今回の件でものすごく動揺している。よくアイマンと組んでプレーをしていたから」

「〝テリー・ニール〟ですね?」

女性たちがティーから球を打つあいだ、アレックスはその男性がひとりでプレーするのを見守っていた。カップにむかって軽く打たれた球が、逸れてグリーンの反対側へと転がっていく。彼がその球を沈め、ゴルフカートをひっぱってクラブハウスへとむかいはじめるのを待ってから、アレックスは立ちあがって声をかけた。「ニールさん」

男性は足をとめ、アレックスをみつめた。彼が白い手袋をはめた手をもちあげて野球帽を脱ぐと、その下から白髪まじりのふさふさとした髪があらわれた。

アレックスはちかづいていった。「警察のものです。あなたはアイマン・ユニスさんのお友だちだったとか」

野球帽をもつ男性の手が、そのまま日焼けした顔のほうへとむかう。その頬は、涙で濡（ぬ）れていた。

11

男性の目のふちは赤くなっており、そのせいで瞳の青さが際立っていた。

「すみません。涙もろいたちでして」ふたりは午後の暖かい陽射しを浴びながら、ならんでベンチに腰をおろした。「でも、今回の件はこたえた。まさか、このあたりで起きるとは夢にも思わないようなことだったので。なにもかもが現実ばなれしている」

テリー・ニールは四十代後半くらいで、アレックスがけさコースで見かけたほかの会員たちの大半よりも若かった。

「実際、彼がいまここにいないなんて信じられない」テリー・ニールは平坦でひと気のないコースを見まわしながらいった。「彼抜きで、一ラウンドまわってきたところです。この二年間、毎週土曜日の朝になると、ふたりでここにきていた。けさも、球をスライスさせたりラフのちかくへ打ちこむたびに、彼のからかいの言葉を待ちました。でも、彼はいなかった。バーで一杯やろうと彼が誘ってくることは、もうない」

アレックスは、さらにバッグからティッシュをとりだして手渡した。

「男は、そう簡単に友だちを作れないんです。すくなくとも、わたしの場合は。悲しみというのは、物理的なものでもある。でしょう？　統計上、どちらかの配偶者が亡(な)くなると、その数カ月以内にもう片方も亡くなることが多いのだとか。喪失は、わたしたちの肉体に大きな影響をおよぼすんです」

アレックスは警戒の目でテリー・ニールを見た。「もしかして、あなたはカウンセラーだったりしませんよね？」

テリー・ニールは吹きだした。「まさか。わたしは学者です。生化学の。元学者といったほうがいいかもしれないが。ご覧のとおり、ほぼ引退状態なので。どうしてです？　あなたはいまカウンセラーをさがしているとか？　だとしたら、ここでさがしはじめるのは見当違いな気が……」

「いえ。わたしにはもうカウンセラーがいるみたいなので。では、あなたは悲しみをたんなる化学作用の不均衡にすぎないと考えている？」

テリー・ニールは白い手袋をはずしながらこたえた。「それはじつに傲慢(ごうまん)な考え方といえるでしょう。悲しみは、ひじょうに大きなものだ。とはいえ、それを神経学の観点からとらえるのも、ひとつの見方としてはありかもしれない。〝ストレス心筋症〟というのを、ご存じですか？　強烈な感情が心臓の機能に物理的な影響をおよぼすことで発症する病気です。心が傷つくことで、実際に死に至ることがある」

アレックスの母親はちがった。夫を亡くしたあとも、死ぬことはなかった。それどころか、生き生きとなっていた。アレックスは娘ならではのやり方で父親を愛していたので、そのことに憤（いきどお）りをおぼえていた。

「あなたはカウンセリングを受けているんですね？」テリー・ニールが目の下を手で拭（ぬぐ）いながらいった。「ご感想は？」

「実際のところ、そう悪くはないです。話をするのは、助けになる。それでは、あなたはカウンセリングを馬鹿（ばか）げたものとは考えていない？」

「ちっとも。わたし自身も何度も受けています。カウンセラーは、われわれ生化学者のいうことをやや鼻であしらいがちです。けれども、効くときは効く……たとえ、かれらがその理由をいつでも理解しているとはかぎらなくても」

「ユニス夫妻は、どんな方たちでした？」

「ふたりとも、いい人だった」テリー・ニールがいった。「メアリはやさしくて、とても内気だった。読書家で、頭が切れた。わたしはご主人のアイマンのほうとより親しくさせてもらっていた。彼は絵に描いたようなイギリス人だった」テリー・ニールが悲しげに笑った。「ユニス家は、祖父母の代に移民としてこの国に渡ってきたんです。そして彼は、なんとかしてこの一部になりたいと考えていた」そういって手をふり、まわりを示してみせる。「素敵な家をかまえ、素敵な家族をもつ。犬を飼い、ゴルフ・クラブの会員となる。実際、あなたやわたしなんかよりも、彼のほうがよっぽどイギリス人らしかった。ゴルフでわたしを負かすたびに、謝ってきたくらいだ」テリー・ニールは友人の話をする機会ができたことに感謝するかのように、かすかに笑みを浮かべた。「彼の父親は電気工学技術関係の商売をしていて、アイマンはそれを二十年ほどまえに売却しました。ここで妻や息子といっしょにすごせるようにと……」ここで言葉をきり、ひと息いれる。彼の目がふたたび潤みはじめているのがわかった。

アレックスは、すこし間をおいてからたずねた。「ひとつ訊かせてください。アイマン・ユニスは誰かから脅されていたことがありますか？」

「あなたの同僚からも、おなじ質問をされました。若い女性です」

「もっと美人の？」

「もっと若いというだけです。もっと美人というわけではなく」

「嘘つきね」

テリー・ニールはほほ笑んだ。

ジルは彼の事情聴取をすませており、そこからすでに仮説を導きだしているのかもしれなかった。「それで、ユニス氏が身の危険を感じるようなことは？」

「なにもなかった。あなたの同僚にもいいましたが、彼はみんなから好かれていた。尊敬されていた」

三人の女性ゴルファーは四人目のプレーヤーを待たずにコースをまわりはじめており、すでに二番ホールのグリーンまできていた。

「このまま話をつづけてもかまいませんか？」

「むしろ、ありがたいくらいです。これからクラブハウスへいくところだったんですが、正直、あそこは今回のニュースのあとで、教会みたいになっています。誰もが小声でしゃべっている。この手のことを話題にするのを恐れて」テリー・ニールはティッシュをズボンのポケットに押しこむと、立ちあがった。「クラブハウスまで、おつきあいいただいても？」

アレックスも立ちあがり、ふたりはゆっくりとちかくのクラブハウスへむかった。

「アイマン・ユニスがもっとも気にかけていたのは、なんですか？」

「もちろん、メアリのことです。それと、カラム」

「カラム？」

「息子さんです。アイマンは息子にすべてを捧げている……いや、いた。カラムは身体障害者で、脳性小児麻痺とその他の合併症を抱えています。超未熟児だったんです。それでは、ふつうの生活は送れない。でしょう？」

アレックスは、すこし考えてからいった。「彼の面倒は誰が？」

「アイマンが。もちろん、〝金銭的な面で〟という意味でですが。夫妻だけで息子さんの面倒を見るのは無理だった。カラムには痙攣性の四肢麻痺と大脳性視覚障害がある。目がほとんど見えないんです。夫妻はしばらく頑張ってみたが、カラムには二十四時間ぶっとおしで専門家による世話が必要だ」

テリー・ニールはドアをあけてアレックスを先にとおすと、バーへと案内した。ウィリアム・モリスの生地でできたカーテン。革張りの椅子。ガラス戸の奥に銀のカップがずらりとならぶマホガニー材の家具。「アイマンの原動力となっていたのは、それだったのだと思います。しっかりとお金を稼いで、息子が最高の状態でいられるようにする。わたしと親しくなったのにも、いくらかそれが関係していた。彼は息子さんの症状について話したがった。科学の力でなにかできることはないかと、常に期待していたんです」

「息子さんと会ったことは?」

「一度だけ。彼の二十一歳の誕生日に、夫妻といっしょにタンブリッジ・ウェルズにある介護施設を訪れたときに。そうまえの話ではありません。夫妻はカラムのために、ロフティングスウッド邸でパーティをひらいた」アレックスは困惑の表情を浮かべていたにちがいなく、テリー・ニールがつけくわえた。「介護施設のはいっているお屋敷のことです。夫妻がケントへ越してきたのは、そのためだった。息子のそばにいるため。夫妻の生活は、息子を中心にまわっているような感じでした。アイマンは、なにもかもきちんとやらないと気がすまないたちだったんです。そういう人がいるでしょう? ちょっと失礼。靴を履き替えてこないと」テリー・ニールはいった。「すこし待っていてもらえますか?」

バーは静かだった。ユニス夫妻の家のまえでアレックスに車で送ろうかと声をかけてきた男性が、ドアから顔をのぞかせた。アレックスの姿に気づいて、怪訝そうに顔をしかめる。それから、アレックスが笑みを浮かべて小さく手をふってみせると、気まずそうに退散していった。そのあとで、アレックスは椅子に腰をおろして、ぱらぱらと雑誌をめくった(〝あなたのショートゲームに手っ取り早く磨きをかける三つの方法〟)。そして、すこし場違いな人の気分を味わいはじめたころに、テリー・ニールが戻ってきた。ゴルフ靴をスニーカーに履き替え、顔を洗ってきていたので、泣いていたことはほとんどわからなくなっていた。

ドアのそばに、さまざまなパンフレットのならぶ小さなオーク材のテーブルがあった。テリー・ニールはそのまえで足をとめると、財布をとりだして、十ポンド札を〈CP活動〉と書かれた黄色い募金箱にいれた。アレックスのほうへむきなおったとき、彼の顔にはふたたび涙が戻ってきていた。

それを見て、アレックスは理解した。〝CP〟というのは脳性小児麻痺(セリブラル・ポールジー)の頭文字で、募金箱はおそらくアイマン・ユニスが置いたものなのだろう。

テリー・ニールはアレックスのむかいに腰をおろすと、小さな笑みを浮かべて謝罪し、あらためて手の甲で頬を拭った。「ほかにお訊きになりたいことは?」

「アイマン・ユニスは息子さんの状態について怒りを感じていましたか? そのことで誰かを責めていたようなことは?」

「それが今回の殺人と関係あると?」

〝殺人〟という言葉に反応して、バーでグラスを磨いていた男性の顔がこちらへむけられた。

「たぶん、ありません」アレックスはいった。

「あれはイカれたやつのしわざだ。でしょう？　みんなそういっている」

「学者の先生らしくないお言葉ですね」

「アイマンを殺した犯人をイカれたやつ呼ばわりすることには、なんの抵抗もありませんよ。ずっと考えているんです。自分の家のなかに頭のおかしな男がいて、おそらくそいつに殺されるとわかっているというのは、どんな気分のものなんだろうって。ぞっとしませんか？　亡くなるまえに、アイマンと話をしたかった。そしたら……なんだろう」声がしだいに小さくなっていく。「犯人を捕まえてくれますよね？」

「じつは、わたしはこの事件の捜査にかかわっていないんです」アレックスはいった。

「たまたま、ここにきていただけで」

「なるほど。では、なぜいまわたしと話を？」テリー・ニールが困惑してたずねてきた。

「すみません」アレックスはいった。「声をかけるべきではなかった。もういかなくては。ちょうどちかくまできていて、好奇心を抑えられなかったんです。出すぎた真似をしました」

しばらくアレックスを見てから、テリー・ニールは口をひらいた。「いいんです。

ほんとうに、かまいませんよ。こういうことが起きると、人はとにかく誰かとそれについて話がしたくなるものだ。ちがいますか？　それを処理する必要がある。だからこそ、人はカウンセリングを受けるんです。今回の件は、このあたりで起きた最悪の出来事だ。それなのに、どうです？　人びとはまるで何事もなかったかのように、それぞれの土曜日をすごしている。もしくは、クラブハウスのバーで黙りこくっている」テリー・ニールはバーを見まわした。「わたしだけでなく、みんなが涙を流しているべきなんだ。おかしなものですよね？　ある事柄については、人はどんなことをしてでもふれずにおこうとする。たとえば、死とか暴力とかが起きても、それをお話のなかの出来事としてしか聞きたがらない」

「たしかに」

「ですから、わたしはまったくかまいませんよ。実際、あなたには感謝したいくらいだ」

「ほんとうに」そういいながら、アレックスは立ちあがった。「もういかないと」

「もっと話がしたければ、わたしはほぼ毎日ここにいます。天候に関係なく、コースに出ているか、このバーにいる」テリー・ニールは立ちあがると、やや堅苦しい感じでアレックスと握手をした。アレックスがドアのところでふり返ると、彼はふたたび腰をおろして、テーブルにひとりですわっていた。

ロフティングスウッド邸は簡単に見つかった。それは赤煉瓦造りのヴィクトリア朝風の建物で、ユニス夫妻の家からは北に二十五キロほどいった敷地のなかにあった。道路に面した目立たない表札には、そっけなく〈民間介護施設〉とだけ記されていた。

このあたりは沼沢湿原の広がる一帯よりも標高が高く、景色がよりのどかでイギリスっぽかった。刈ったばかりで甘い香りのする芝生の真ん中に、一本の巨大なヒマラヤスギが生えていた。

アレックスは、古くからあるたくさんの歩行者用の小道のなかからひとつをえらんで進んでいった。屋敷のまわりの敷地の側面にある鉄柵(てっさく)と並行してつづく小道で、小道沿いの生け垣のまわりでは数匹のヒオドシチョウとヒメアカタテハがひらひらと舞っていた。どこかちかくでライチョウがひと声鳴いたかと思うと、ぎごちなく羽ばたいて飛び立っていった。

アレックスは生け垣の切れ目で足をとめ、斜面の先にある屋敷わきのあたらしい翼棟を見おろした。増設された翼棟はひらべったい平屋建てで、大きなフランス窓がついていた。車椅子を使っている入居者でも簡単に芝生の庭に出ていけるように——もしくは、誰かに連れだしてもらえるように——フランス窓はあけはなたれたままだった。庭には、電動車椅子にすわった入居者が三人。そのうちのふたりは寝ているらしく、残るひとりはそわそわと身体（からだ）を動かしている。その三人のなかにカラムがいるのだとしても、ここからでは遠すぎて、どのみち顔はよくわからなかった。

ゆったりとした落ちついた感じの施設で、かなり良さそうなところだった。青い制服を着た若い男性の介護人が、入居者の口もとにボトルをあててなにかを飲ませていた。

小道の前方で、小枝の折れる音がした。アレックスがそちらに顔をむけると、若い女性がちかづいてくるのが見えた。筋金入りのバードウォッチャーといった恰好（かっこう）をしている。ジーンズにTシャツ。そして多機能ベスト。首からぶらさげているのは、本体を圧倒するくらい大きなレンズをつけた一眼レフのカメラだ。「こんにちは」女性は歩いてきながら、ぼそぼそと小声でいった。

アレックスはわきへよけるかわりに、狭い小道の真ん中に立って、相手の行く手をさえぎった。「なにか撮れた？」

若い女性は足をとめた。「え？」

「お目当ての鳥がいたんでしょ？」

女性はにっこりと笑った。「そういうんじゃなくて、ただどんな鳥がいるかを見てまわってたの」前歯に小さな隙間があり、それが女性の顔に思いがけない魅力をあたえていた。

「聞くところでは、このあたりには小モリバトがいるそうね」アレックスはいった。

12

「小モリバトはいた？」アレックスはしつこくたずねた。

若い女性は、守ろうとするような感じで片手をカメラにかけた。「一羽も見かけなかったわ」ようやく質問にこたえた。「ツイてなくて。そっちはどうだった？」アレックスがどいてくれることを期待して、女性が一歩まえに足を踏みだす。だが、アレックスはその場を動こうとしなかった。

「大きなおっぱいは見た？」

「え？」

「小さなクソ野郎は？」

女性はすこし考えてからいった。「これって、わたしをおちょくってるのね？」

アレックスは女性にちかづくと、小声でいった。「ずいぶんと大きなレンズだわ。自分の家のなかにいる人の写真を当人の許可なしに撮るのは違法だってことは、知ってるわよね？」

　女性は顔をしかめた。「なんの話か、わからない」

「たぶん、わかってると思うけど」

　ふたりの女性は狭い小道で顔を突きあわせて立っていた。「あなた、何様のつもりなの？」カメラをもった女性がたずねた。

「何様でもないわ」アレックスはいった。それから、自分の携帯電話をとりだしてかまえ、すばやく相手の写真を撮った。

「なにしてるのよ、このクソ女？」

　アレックスは携帯電話をバッグに戻した。「ここは公共の場よ。わたしがここであなたの写真を撮るのは、かまわない。すこしぶしつけかもしれないけれど、実際に罪になることはない。なぜならば、ここは公共の歩行者用の小道で、そのことははっきりと書き記されているから。したがって、プライバシーを期待することはできない。そして、もしもカラム・ユニスの写真が一枚でも新聞に載ることがあったなら、わたしの手もとにあるこの写真から、世間はその提供者が誰なのかを知ることになる」

「やるじゃない」女性がいった。

「どうも」アレックスはそう返した。

女性はためらったのちに、急に口調をやわらげていった。「それじゃ、あなたはカラムを知ってるのね？」

アレックスは声をあげて笑った。「ほんと、めげない人ね」

「ちかごろでは、みんなそうなんじゃない？」そういいながら女性はすばやくカメラをかまえてレンズを調整し、アレックスの顔を五、六枚連写する。

「どうやら、そのようね」アレックスはいった。

女性はカメラのうしろについている画面に目をやり、かすかにほほ笑んだ。「それで、どうなの？　あなたは彼を知っている？」

「自己紹介したほうがよさそうだわ。わたしは警察官よ。すくなくとも、そうであろうと努めている。あなたは何者なの？」

女性が笑みを浮かべると、あの愛嬌（あいきょう）のある前歯の小さな隙間がふたたびあらわれた。

「まいったわね」という。

「大丈夫よ」アレックスはいった。「わたしはいま勤務中ではないし、犯罪はその写真が新聞に掲載されたときにはじめて成立する。写真を撮ったというだけでは、わたしにできることはあまりない」アレックスは小道沿いの鉄柵に身体をひきあげると、その上に腰かけて、いちばん下の横柵に足をかけた。それで女性は小道をとおれるようになったが、もはや彼女はあまりそうしたいとは思っていないようだった。

「勤務中でないのなら、ここでなにをしてるわけ？」

「その質問にも、きちんとした答えはあげられない。筋のとおった答えは。あなたはどうなの？ ユニス夫妻の息子がここにいることを、どうやって知ったの？」アレックスは屋敷のほうへうなずいてみせた。

「たなぼたで小金がはいったから、きのうの晩、お祝いでライのパブにいったの。そしたら、そこにあの施設の介護人がきていて、ひとりで飲んでいた。そして、数杯飲んだあとで、カラムのことを話しはじめた。かわいそうにカラムは、どうやら排泄する以外は自分でなにもできないみたいね。わかってる。そんな話をパブでするなんて、その介護人はすこし軽率だって。でも、彼はカラムのことで動揺してたの。もう二年間ちかく彼の世話をしてるっていうから、きっとすごくちかしい関係なのね。問題は、カラムがあの施設にいるための費用は両親がだしていたってこと。ふたりとも亡くなったいま、その支払いは誰がするのか？ 彼はおそらく公的な施設に移ることになる、と介護人はいっていた。でも、カラムみたいな状態の人にとって、それってどうなのかしら」

「その記事のために、彼の写真が欲しかったの？」

「殺人のニュースはもう古いわ。ほかにどんな角度からの追跡記事が考えられるか？これは人情味あふれる話よ。だから、ええ、悪くない記事になる」

「それはちがうんじゃない。そんなことをしたら、患者の個人情報を漏らした介護人を困った立場においやることになる」

女性は肩をすくめてみせた。「情報源が彼であることを、記事で知らせる必要はないわ。それに、彼はわたしだけにしゃべっていたわけではない。パブにいた半分の人にむかってしゃべっていた。あなたのいう公共の場で」女性がアレックスのとなりに飛び乗ってきた拍子に、その重みで古い鉄柵が揺れた。女性はそのまま片脚ずつ鉄柵をまたぐと、アレックスとは逆にロフティングスウッド邸のほうにむかって腰をおろした。「ほんと、きつい人生よね？」

「それでも、まだましなほうかもしれない」アレックスはいった。「ところで、さっきのはいい質問だわ。こうなったいま、カラムがあそこにいるための費用は誰が支払うのか？」

「彼は恵まれている」女性がいった。「あそこにはいってるんだもの。きっと、毎月何千ポンドとかかっているはずよ」

アレックスも鉄柵の上でむきを変え、肩をならべて民間の介護施設とそのきちんと手入れされた庭をながめた。「どうして、お金のことが気になるわけ？」

女性は、まっすぐまえをむいたままいった。「弟が自閉症なの。かなり重度の要介護認定を受けている。でも、うちには民間の施設を利用するだけのお金がない」

「大変ね」

「やめて。弟の面倒を見ている人たちは、それなりに弟を愛してくれている。けど、お給料はこういうところの半分くらいだし、設備もそれくらいしかない。あと、わたしがこの話で自分の行為を正当化しようとしているとは思わないで。そもそも、正当化する必要なんて感じてないんだから。これはニュースよ。人びとは知りたがっている。それだけで、わたしにはじゅうぶん」

青い空に、ひこうき雲の描きだした平行四辺形が浮かんでいた。暑くてどんよりとした夏の空気がふたりにのしかかってくる。「あなたを非難してたわけじゃないわ」アレックスはいった。

「いいえ、してた。それとなく」

アレックスはほほ笑んだ。「法律は、カラムやあなたの弟さんのような人を守るために存在する。わたしにとっては、法がすべてなの」

「わたしの聞くかぎりでは、新聞になにが載ろうと、カラムがそれを読むことはなさそうよ。だとしたら、守る必要はそんなにないんじゃない？」

「ユニス夫妻の家にもいったの？」

女性は警戒の目でアレックスを見た。「ええ、できるだけちかくまでね。木曜日に。あなたたち同様、あのあたりをはいずりまわっていた。そして、そのときに撮った写真が、きのうの『ミラー』紙に載った」女性は手を下にやって茎の長い草をひっこ抜き、それを口にいれて嚙んだ。

「それが、さっきいってた〝たなぼた〟ってやつ？」

「そう。めずらしく、けっこういいお金になったの。ほかにそんなちかくまでいった人がいなかったから」

「おめでとう」

女性はふたたびカメラをアレックスにむけると、二度シャッターを切った。「わたしの考えを聞きたい？　きっと、この海岸には頭のおかしな人をひきつけるなにかがあるんだわ。なんだろう。風の吹き方とか、よくわからないけど。夏は、そう悪くないと思う。でも、冬になると、このあたりの人たちはみんな頭のタガが外れたみたいになる。そこいらじゅうイカれた人だらけになって……」

「あなたはこのあたりに住んでるの？」

「ハイズよ」ここから海岸沿いに北へ数キロいった先にある町の名前が口にされる。

アレックスは鉄柵をいま一度またいでむきなおってから、地面に飛び降りた。「そのうち、写真を見せてもらえるかしら？　ユニス夫妻の家の写真を？」

「どうして見たいの？」

「あなたの目にしたものを見てみたい。それだけよ」

「報酬は？」

「こちらからは、びた一文払わない」

「〝めげない人〟としては、いちおう訊いとかないとね」女性は鉄柵にすわったまま、多機能ベストのポケットからカードをとりだした。そこには、〈ジョージア・コーカー　写真家（フリーランス）〉とだけ印刷されていた。

「連絡するわ」アレックスはそういって、自分の車のほうへと小道をひき返しはじめた。

ジョージア・コーカーがうしろから声をかけてきた。「ねえ、ほんとうは小モリバトなんて鳥はいないんでしょ？」

その日の午後、アレックスが車でダンジェネスに戻ってみると、ちょうどビル・サウスがアルム・コテージの屋根の上で金づちを手にしているのが目にはいった。色褪せた青い半ズボンに、背中に汗染みのできたゆったりとしたシャツ。

アレックスは彼の家のまえで車をとめると、なかへはいって水のグラスを用意した。そして、それを手にまた外へ出て、反対の手だけを使ってはしごをのぼっていった。

「いい眺めね」はしごのてっぺんまできたところで、アレックスはふり返っていった。グラスを注意深く雨どいに置いてから、斜めになっている屋根に身体をもちあげ、まっすぐに立つ。それから、グラスをふたたび手にとって、ビル・サウスにちかづいていった。「のどが渇いてるでしょ」という。

「気をつけろよ。ここの梁がどれくらいの重さにまで耐えられるか、わからない」

「女性にむかって、けっこうなお言葉ね」

ビルはグラスを受けとると、ごくごくと飲みほした。波形のトタン屋根には、彼の手であらたに長方形の穴があけられているのがわかった。「風通しを良くするんだ」ビルが説明する。「今年みたいな夏だと、室内が暑くなりすぎる」

「それで、のこぎりでただ屋根に穴をあけたわけ?」

「そこが木造家屋のいいところさ」

このあらたな高みから、アレックスは周囲の景色を見渡した。あちこちに散らばる平屋建ての家。長くのびる鉄道の線路。小石だらけの広大な平地と、そんなところにでもぽつぽつと生えてきている植物。

「ついでに二階を建て増ししたら。すごく眺めがいいから」

「いまのままで、おれにはじゅうぶんだ」ビルがいった。

「あなたに訊きたいことがあったの」アレックスはそういって、すわろうと腰をかがめた。だが、手をついたトタン板は火傷しそうなくらい熱くなっていた。「フランク・ホグベンのことよ」身体をもとどおりまっすぐにのばしながら、アレックスはいった。

13

ふたりは梁にあまり負荷をかけすぎないようにするため、屋根の上で適当な距離をたもったまま立っていた。

「それで？」ビルがいった。

観光客の一行が——日本人か、もしかすると韓国人かもしれない——原子力発電所の柵沿いの狭い小道をぺちゃくちゃとおしゃべりしながら歩いてきた。かれらの足が止まり、視線がこちらにむけられる。ひとりがカメラをかまえて、屋根の上にいるふたりを写真に撮った。どこか滑稽に見えているにちがいない。その伝でいうと、ここの人たちは屋根の上で暮らしていると思われている可能性だってあった。帰国したら、そう友人たちに吹聴してまわるのだ。すぐさまべつのひとりがカメラをかまえ、三人目がそれにつづいた。

「ねえ。わたしたちは注目の的よ」そういって、アレックスは手をふってみせた。一行の全員が手をふり返してきた。

「調子づかせてどうするんだ」ビルが非難するようにいった。

それを聞いて、アレックスはますます激しく手をふった。彼女がそうしているあいだに立ち去るのは失礼になる、とあちらは考えているらしく、律儀(りちぎ)にもその場にとどまって、手をふり返しつづけてきた。そして、彼女がようやくやめると、むきなおって、またおしゃべりしながら歩きはじめた。

ビル・サウスは、長いこと口をきかずにいられる男だった。石目やすりを手にとって、屋根の金属のまくれをこすりはじめる。その大きくて耳ざわりな音は、痛みに苦しむ動物があげる悲鳴のように聞こえた。

「それで」痺(しび)れを切らして、アレックスはいった。「あなたはフランク・ホグベンが行方不明になったときに、ここの地域警察官だった。きっと、いろいろと耳にしたはずよ」

「そうでもないさ」

「マンディ・ホグベンの主張にも一理あるとは、まったく思わなかった？」

「うちの息子はティナに殺された、ってやつか？　きみは、なんで一理あると？」

「わからない。ティナには、どこかひっかかるところがあるの。それがなにかは特定できないけれど、彼女を見ていると、なぜか車のヘッドライトにとらえられたシカを思いだす」

　ビルは作業に戻って、ふたたびやすりで尖(とが)ったトタンのへりを滑らかにしはじめた。

「えっ、いまなんて?」アレックスはいらいらとたずねた。

「きみも、そうちがわない」ビルはいった。

「どういう意味?」

「ときどき、そんなふうに見える。そのへんの細道で夜、懐中電灯の光のなかに浮かびあがるウサギみたいに」

「そんなことないわ」アレックスは気分を害して反論した。「馬鹿いわないで」

　むかついたアレックスは、屋根から降りようとはしごのところへ戻った。そして、そのとき小道をひき返してくる観光客の一行が目にはいったので、もう一度手をふってみせた。


　アレックスは午後五時に自然保護区でゾーイを車で拾うと、ケニーやほかの仲間たちに手をふる娘にむかって、こう提案した。「今夜は浜辺にいって泳がない? 塩水は水ぶくれにいいっていうし」車の後部には、すでにバーベキューの道具が積みこんであった。

潮はひいていた。そういうとき、ダンジェネスとちがって、グレートストーンでは幅の広い砂浜が出現する。母娘(おやこ)は砂丘のはずれにテントを張って水着に着替えると、波紋の残る砂浜を駆けて海にはいっていった。このあたりの海の水は季節に関係なくいつでも冷たいが、それにはかまわず、笑いながら飛びこんでいく。

ゾーイを身ごもっているあいだ、アレックスは自分の母親よりもいい母親になろうとずっと考えていた。母親のヘレンは、一度も子供にそれほど関心があるようには見えなかったからである。だが、ゾーイは精いっぱい、その決意を困難なものにしてくれていた。小さかったころは、すぐにかんしゃくを起こしたりふくれたりした。心から幸せそうにしているのは、浴槽とかプールとかにはいっているときだけだった。どうやら、水には不思議な力がそなわっているらしかった。

アレックスは腕がくたびれるまで泳いでから、海からあがって身体にタオルを巻き、砂丘に戻ってバーベキューの火をつけた。まだ波間を動きまわっているゾーイをながめながら、串(くし)に野菜を刺していく。そして、長いことかかって木炭が熱くなると、串を何本か火にかけはじめた。木炭からしゅーっという音があがる。

「あなただと思った」

アレックスが顔をあげると、そこにはけさゴルフ・クラブで出会ったテリー・ニールが立っていた。Tシャツに空色の海水パンツといういでたちだった。「わたしはすぐそこに住んでるんです」そういって、裏側が浜辺に面している家並みのほうを指さす。「あなたの姿が見えたので」

ゾーイが歯をかちかちいわせながら海からあがってきた。「この人、誰?」ずばりと訊く。

「きょうゴルフ・クラブで知りあった人よ。テリー、この子はゾーイ」

「ゴルフ・クラブ?」ゾーイはヒトデの死骸をふたつ見つけてきており、砂を平らにならすと、その上にヒトデをならべた。それから、ふやけてしわしわになった手を木炭の上にかざして、温まろうとした。「ママ、ゴルフは嫌いじゃない」

「わたしもだ」テリーが笑いながらいった。

「それなのに、やるの?」ゾーイがいった。

「ああ」

「馬鹿みたい」ゾーイがいった。

テリーがふたたび笑い声をあげた。「中毒みたいなものだな。ちっとも楽しくはない。それは?」

「アステリアス・ルーベンス」ゾーイは砂の上のヒトデを見おろしながら、学名を口にした。「家に持ち帰って解剖するの」

「ほう」テリーがいった。「生物学者というわけだ。素晴らしい。ヒトデには血が流れていないのを知ってたかな？」

「もちろん」ゾーイはいった。

「この子のことは気にしないで。さあ、すわって。ひと口いかが」

テリー・ニールはしゃがみこんで、アレックスが野菜を刺した串を火の上でまわすのをながめていた。木炭に落ちた漬け汁が、音をたてて蒸発していく。「きょうはすみませんでした。泣くところをお見せしてしまって」

「気にしないで」

「どうして泣いてたの？」ゾーイがずけずけとたずねた。

「友人が亡くなったんだ……それも、突然に」テリー・ニールはいった。「彼がいないのが寂しくてね」

ゾーイは黙ってうなずいた。

「焼けたわ」そういって、アレックスはピクニック用のバッグのなかをかきまわした。

「申しわけないけれど、お皿は二枚しかもってきていなくて」とテリー・ニールにむかっていう。

「これはワインといっしょに食すべきなのでは?」テリー・ニールがいった。

「ママはいつでもワインを飲みたがるの」

「きょうは車を運転してるのよ、ゾーイ」アレックスは指摘した。

「だとしても、一杯くらいなら大丈夫だ」テリー・ニールはいった。「うちまでは、ほんの数分ですから」彼は立ちあがると、家のたちならぶほうへと歩きはじめた。

アレックスの携帯電話がうなりをあげた。ジルからのメッセージだった。

連絡して　X
「わたしはいつでもワインを飲みたがったりしてないわよ」

「なんで彼に食べてくよう勧めたの?　ほとんど知らない人なのに」

「彼は生化学者よ、ゾーイ。たぶん、ヒトデについてもくわしいわ」

ゾーイは疑わしげな表情を浮かべた。

しばらくして、テリーがよく冷えたジンファンデルのボトルとグラスを三つ手にして戻ってきた。「ゾーイも飲みたがるかもしれないと思ったので」

ゾーイは大人あつかいされたことですこし気を良くしたが、こういった。「ううん、いい」

三人は、マリネに漬けてから焼いたすこし焦げ気味の野菜を円形の平たいパンに挟んで食べた。タマネギ。マッシュルーム。ナス。豆腐。ズッキーニ。温かい汁があごを伝い落ちていく。木炭は赤から灰色になっていた。

「カウンセリングを受けているといってましたよね」テリー・ニールがいった。「その理由を訊いてもかまいませんか？　差し出がましい質問でしたら、無視してください」

「心的外傷後ストレス障害と診断されたんです。仕事がらみで。それほど深刻なものではないけれど」

ゾーイは、そう説明する母親をじっと見ていた。

「あなたはきっと、身の毛もよだつようなものをたくさん見てきているにちがいない」テリー・ニールはいった。「警察や救急関係の仕事にたずさわる人たちにとって、その診断はよくあることなんでしょうね」

「カウンセリングは、上司から勧められたので」

「ママ！」ゾーイが抗議の声をあげた。

「なに？」

「そんなにひどくないっていうのは、やめて」

「わたしよりも大変な症状に苦しんでる人は、大勢いるわ」

「ママ」ゾーイがぽつりとつぶやいた。

「心的外傷後ストレス障害を甘く見てはいけない」テリー・ニールが穏やかな口調でいった。「そのダメージは、実際に形となってあらわれることがあります。重度の心的外傷を負った人のＭＲＩの画像を見ると、しばしば脳が物理的に変化したことが確認できる。海馬が縮小している場合があるんです。つまり、ダメージが目で見える」

金属製の炭火こんろのなかで、木炭がことんと小さな音をたてて崩れた。

「わたしは、そこまでひどくないわ」

「どうしてわかるんです？」

「では、わたしの脳もそんなふうになっていると？」

「それは、なんともいえません。ＭＲＩの画像が示すのは、脳の生理学的な変化です。前頭葉の活性化が以前とはちがっていることがわかる。物理的な変化は目に見えるので。それに対して、心的外傷によって配線がやり直されてしまった心理作用のほうは、そう簡単には理解できない」

「だとしたら、カウンセラーとおしゃべりするだけで配線をもとに戻すのは、とても無理そうね」

「それよりも、メスで切り刻まれるほうがいい？」

「そんなのは嫌でしょ、ママ」ゾーイが心得顔にいった。あきらかに、テリー・ニールにすこし好意を抱いてきているようだった。

「なんでしたら、日をあらためて、そういった写真をお見せしますよ」

「いまのは、知識人流の〝ネットフリックスをいっしょに見て、ふたりでまったりしないか〟というお誘いかしら？」アレックスはいった。「〝うちにある銅版画を見にこないか〟というお誘いとおなじで？」

テリー・ニールは笑って両手をあげた。「お望みとあらば、もっと刺激的なデートも用意できますよ」

「では、いまのはデートの誘いだった？」アレックスはすこし冷ややかにいった。

「気がつかなかった」

「すみません。そういうつもりでは……」

アレックスは手をのばして、テリー・ニールから皿を受けとった。「そろそろ帰らないと」という。

「ママ。この人、まだ食べてたじゃない」

「いいんだ」テリー・ニールがいった。「もうお暇したほうがよさそうだ」

　半分飲みかけの赤ワインのボトルを残してテリー・ニールがいなくなると、ゾーイは母親にむかって責めるようにいった。「どうしてあんな態度をとったの？」

「あんな態度って？」アレックスは木炭に水をかけ、顔に温かい蒸気があたるのを感じた。

「あの人、ママをデートに誘ってたのに」

「それはわかってる」アレックスは顔をしかめた。「でも、タイプじゃないの。そもそも、あなたは彼のことが好きじゃないんだと思ってた」

「ママは誰ともデートしないじゃない」

「あなたがそれをいう？」

「あたしはまだ十七歳よ、ママ」

「わたしがその年くらいのときは、しょっちゅう男の子たちとつるんでた」

「ママをお手本にしろってわけ？」

　アレックスはため息をつき、海からあがったあとで髪の毛がもじゃもじゃになっている娘をじっと見た。「たしかに、いまのは一本とられたわね」

　ピクニックのかたづけをしていると、アレックスのバッグのなかでふたたび携帯電話がうなりをあげた。きっとジルだろう。「なんていうか、彼にはどこかおかしなところがある」

「いまのママは、ほぼ誰に対してもそう感じてるじゃない」

「きょう出会った人が、たまたまおなじ浜辺にあらわれたりする？」

「それは、彼がすぐそこに住んでるからよ。ママのほうこそ、すこしおかしいんじゃない？　さっきあの人が説明してたみたいな感じで」

「彼は、ところかまわず女性を誘ってまわる手合いのひとりにすぎない」

「どうして、そんなことわかるの？　ママはいつだって、人の言動をいちばん悪いようにしかとらないんだから」

そしてゾーイには、いつだって手を焼かされてきた。口の減らない子で、なんにでも一家言もっているのだ。

「わたしは警察官よ。人の言動をいちばん悪いようにとらえるのが仕事だわ」

ようやくアレックスはバッグから携帯電話をとりだして確認した。届いていた三件のメッセージの中身は、どれもおなじだった。


連絡して！！！！！

14

「いったい、なんでわかったの？」ジルが強い口調でたずねてきた。

アレックスは浜辺から自宅に帰り着いたあとで、折り返しの電話をかけたところだった。キッチンのきれいな床に、砂が散らばっていた。

「なんのこと？」

だが、それに対してジルが返事をするまえに、通話は切れていた。

アレックスは電話をかけ直した。つながるまでに一分かかった。

「ここの電波は、ほんと最低」ジルがいった。「もっと通信状態のいい場所をさがしてみるわ」

アレックスの耳に砂利を踏む足音が聞こえてきた。「いまどこにいるの？」

「例の家よ」どの家かは、訊くまでもなかった。「ミセス・ユニスの死亡時刻が午後十時七分前後なら連絡をくれって、いってたでしょ」

ゾーイが海水浴用のタオルをビーチバッグからとりだし、キッチンのカウンターに置こうとしていた。

「奥さんのペースメーカーは、十時四分すぎに停止していた。それって……気味悪いくらいちかすぎる。ただのまぐれ当たり？」

「すごく奇妙な話なの」アレックスはいった。「上手く説明できない」

「なによ。その〝上手く説明できない〟って？　そういうのはやめて、アレックス」

アレックスは料理用レンジについている時計を確認した。午後九時半だった。「こんな夜遅くに、あの家でなにしてるの？」

「自分でもよくわからない。ただ戻ってみたの。もう一度見ておきたくて」

「殺人が起きた時刻に現場にいたかったのね」

「ええ、そう。それであらたな発見があるかはわからないけど、やってみる価値はありそうな気がして。この件は筋のとおらないことだらけよ。なにもかもがイカれてる。だから、お願い、教えて。十時七分という時刻は、いったいどこから出てきたの？」

ゾーイがビーチタオルを注意深くひらいていくのを見ながら、アレックスはいった。

「十五分で、そっちにいく」

「だめよ、アレックス。ここにはこないで。ただ、どうしてあの時刻を特定したのかだけ教えて。だって、それは奥さんの死亡時刻とほぼ一致――」

一瞬、通話が途切れた。

「そこには、ひとりできてるの？」

「いいから、知ってることを話しなさいよ、アレックス」

タオルの真ん中に大切にくるまれていたのは、ゾーイが浜辺で見つけたヒトデの死骸だった。ゾーイはそれを親指と人さし指でつまみあげた。

「一致したのは、たんなる偶然かもしれない」アレックスはいった。

「あなたは偶然を信じていないんだと思ってた」

「ええ、そうよ。でも、それをいうなら、霊魂も信じていない」

「なに、それ？」

「それじゃ、話すわよ」だが、そこでふたたび通話が途切れた。「ジル？……聞こえてる？」沈黙がつづき、やがて通話中の音に変わった。再ダイアルすると、そのまま留守番電話につながった。

アレックスはふたたび車の鍵を手にとった。ゾーイは、どこからかもってきた拡大鏡でヒトデの死骸をしげしげと観察しているところだった。拡大鏡をおろすとキッチンのひきだしをあけ、調理ばさみをとりだして、まな板の上のヒトデの死骸のとなりに置く。

「だめよ、ゾーイ」アレックスは出ていくときに娘の手から調理ばさみをとりあげながらいった。「絶対にだめ」

アレックスは、ひらいたままになっている門のまえに車をとめた。家は暗かった。なかにも外にも明かりがついていなかった。ジルのフィアットが邸内路にとめてあったが、本人の姿はどこにもなかった。

「ジル?」

アレックスは車から降りた。携帯電話のロック画面によると、時刻は午後十時二分だった。家にむかって歩きはじめ、先ほどよりも大きな声で、「どこなの?」と呼びかける。

正面玄関の二メートル手前で、アレックスは警備用のライトの光を浴びせかけられた。目をしばたたきながら、正面玄関にちかづいてドアを叩く。「ジル?」

ドアには鍵がかかっていた。

アレックスはむきなおった。警備用のライトの光は、右側にある車庫にもあたっていた。そのまえにとめられているジルの車にも。車のむこうには、隣接する草地と家とのあいだに生えている小さな密集した木立があった。

　木立のなかで、なにかがきらりと光った。

「ジル？　あなたなの？」

　アレックスはジルの番号にかけてみたが、誰もでなかった。

　木立の闇のむこうから、乾いた枝の折れる聞き間違えようのない音がした。

「誰かいるの？」

　なにかが動いたことを示す物音がほかにもしないかと耳を澄ましながら、アレックスは木立にむかって歩いていった。

　先ほどの音は、シカかアナグマがたてたものかもしれなかった。きらりと光ったのは、明かりを反射した動物の目だったのかも。

　アレックスの背後で点灯していた警備用のライトが自動で切れ、木立はなにも見通せないほどの闇に包まれた。アレックスは携帯電話のライト機能を起動させ、それで木立の枝を照らした。

　月桂樹の下のほうの枝が、またげるくらい低い古い金網フェンスに押し戻されているのがわかった。携帯電話の光であちこち照らすうちに、地面になにかがあるのに気づいた。それから目を離さずに、ちかづいていく。

それは丸くて平べったい物体だった。広口瓶の蓋みたいな感じだが、色はもっと黒っぽい。厚さ数ミリの黒い円盤だ。ヒメフウロの茂みの上にのっているところを見ると、そこに落ちてからそう時間はたっていなさそうだ。その単純な形状には、どこか不吉なものがあった。

アレックスはもう一度ジルの携帯電話にかけてみた。応答はなし。時刻を確認すると、午後十時四分になっていた。

手で金網フェンスを押しさげて片脚ずつまたいでから、体勢を立て直し、ふたたびじっと耳を澄ます。

木立は静まりかえっていた。そこにいた生物がなんであるにせよ、そいつはすでに驚いて逃げだしてしまったのだろう。もしくは、まだ木立のなかにいて、恐怖で固まっているのか。アレックスはさらに茂みのなかへと一歩踏みこみ、トネリコの若木の細い幹を押しのけて、邸内路から目にした黒い円盤を見つけようとした。だが、先ほどよりもちかくにいるにもかかわらず、なぜか見当たらなかった。身体を左右に倒して、見る角度を変えてみる。

またしても自然界にはない形状のものが目にはいったが、それは例の円盤ではなかった。おなじくらいこの場にはふさわしくない物体が、二メートル先の下生えのやぶのなかにあった。それがなにかを理解するまでに、すこし時間がかかった。

ひと組の黒い革のブーツだ。木立のなかにあんなふうにきちんとならべて置いておくなんて、どういうつもりだろう――アレックスの頭にまず浮かんだのは、そういう考えだった。それから、気がついた。ブーツはあそこに放置されているわけではない。ブーツから上にむかってのびているのは、迷彩柄の服に包まれた二本の脚だ。

そして、胴体。

人間だ。

アレックスは頭のあるべきところに光をむけたが、そこは黒いままだった。困惑して息苦しさをおぼえながら、ぎごちなく一歩あとずさる。

携帯電話の光に照らされた闇のなかに、いきなりふたつの明るい白い目があらわれた。それから、その下に白い歯と赤い唇が。

口から大声がはっせられた。言葉ではなく、ただの意味のない音だった。

アレックスはうしろによろめき、勢いよく金網フェンスにぶつかって尻(しり)もちをついた。

突然、あたり一面が光で満たされる。

アレックスのまえに立っていたのは、頭のてっぺんから足のつま先まで迷彩柄で覆(おお)

いつくされた男だった。顔は完全に黒く塗りつぶされている。
「ぶっ殺してやる」立ちあがろうともがくアレックスにむかって、男が叫んだ。

15

ジルはアレックスの家のまえに車をとめると、降りてくるなりこういった。「あなた、ほんとうにイカれてるわね」

「みんなから、そういわれてる」

「あの男のあとをおいかけるつもりだったんでしょ?」

「本能ってやつよ」アレックスはいった。「あのときあなたがあらわれなかったら、たぶんそうしてた。彼はただ目のまえに突っ立って、わたしにむかってしばらく怒鳴ってから、木立のむこうの草地へと駆けだしていったの」

となりの家の裏手では、例のマニック・ストリート・プリーチャーズのTシャツを着た若い男性が暗闇のなかにすわって煙草(たばこ)を吸っていた。それに気づいて、ジルが声をひそめる。

「わたしがあそこにいて、運が良かった。あなたをひきとめられたから。いったい、

「どうしちゃったのよ？　自分はひとりきりで、援軍はいないかもしれないって、わかってたでしょ」

アレックスが事件のあった家に到着したとき、ジルはそこから細道を二百メートルほどいった先で、携帯電話の電波の状態がもうすこしましな地点を見つけようとしていた。そして、自分の名前を呼ぶアレックスの声を耳にして彼女が家にひき返したのにあわせて、それに反応した警備用のライトがふたたびあたりを煌々と照らしだしたのだった。

「男性。身長百八十センチくらい。迷彩服に黒い軍隊風のブーツ。顔には黒いドーラン」ジルは応援要請をした際に男の風体をそう説明し、こうつけくわえていた。「危険人物の可能性あり」

「出来の悪いヒップ・ホップのビートみたいに、心臓がまだどきどきいってる」ジルがアレックスにむかっていった。

ふだんから環境の大切さを力説しているにもかかわらず、ゾーイは家の一階の明かりを全部つけっ放しにしているようだった。アレックスとジルはそのまぶしさに目をしばたたきながら、キッチンにはいっていった。

「ワインでもどう?」アレックスはたずねた。

「どれくらいあるの？」

「そんなに必要？」

「どうしてあなたが冷静でいられるのか、わからない。あなたは彼のすぐそばにいたのよ」

　たしかに、アレックスは落ちついていた。不安を感じていたのは、あの男性の姿を実際に目にするまでのことで、それ以降は、妙に穏やかな気分になっていた。そう悪くない感覚だった。

　冷蔵庫のドアポケットに、半分飲みかけの白ワインのボトルがあった。アレックスはそれをとりだしてふたつのグラスに注ぐと、すこし考えてから、つぎの一本を冷凍庫にいれておいた。ジルのことはわかっているので、急いで冷やしておく必要がありそうだった。

　ジルはひと口でグラスの白ワインを三センチほど減らしてから、例の疑問を口にした。「それで？　どうして十時七分といったの？」

「奇妙な話よ」

「今夜以上に奇妙なことなんて、ありはしない」

「そう言い切るのはまだはやいわよ。ゾーイの友人が霊魂を見たといっているの」

アレックスは、ケニー・アベルから聞いた話を――あの殺人が起きた晩、ちょうどその時刻に、現場となった家の屋根から霊魂が天にのぼっていくのを目撃した、という話を――ジルに伝えた。「そして、それは十時七分のことだった。その点について、彼は明言していた。というのも、ちょうどそのとき携帯電話で奥さんと話をしていて、通話記録を確認することができたからよ」

「なんとまあ。あなたのいうとおり、ものすごく奇妙な話ね」

「今夜、あの家にいたときに、なにか見た？」

「木立のなかに隠れていたイカれ野郎以外に？　あなた、本気でわたしが幽霊かなにか見てたと思うわけ？」

「わたしは幽霊を信じていない」

「あら。それはつまり、アレクサンドラ・キューピディが信じていなければ、それはこの世に存在しない、ってことかしら？　いっておくけど、わたしは幽霊を信じている。幽霊って聞くだけで、びびっちゃう」

「たんなる光のいたずらでそう見えたんじゃないかって、わたしは考えてたの。夜のあの時刻になると、近所の人は誰でも目にするものなのかもしれない、なにか簡単に説明のつくものなのかもしれない、って」

ふたりはしばらく顔を見合わせていた。「霊魂？」ジルがいった。

「でしょ」

「ぞくぞくするわね」

「じつをいうと、わたしもなの」アレックスは認めた。

「そして、あなたはそういうものを信じていない」ジルは空になったグラスをさしだしていった。「それじゃ――ほら――今夜は泊めてもらえるんでしょ？」


ジルが煙草を吸えるように、ふたりは家の裏手に出ていった。

「やめられなくて」ジルがいった。「今回みたいなおぞましい事件があると、まえよりもっとひどくまた吸いはじめちゃうの」

ふたりは土手にのぼると、煌々と明かりのついた家と原子力発電所に背をむけてすわった。正面には自然保護区の闇がひろがっており、そのむこうの黒くて低い地平線上にはいくつかの星と優美な形をした高圧線の鉄塔の輪郭が見えていた。

「ほんと、とんでもない夜だった。あの男の顔を見た？　あれって、黒い靴墨を塗ってあったのかしら？　それとも、ヴェトナム戦争のランボーっぽい偽装だったとか？　わたしがあそこにひとりでいたときも、彼はずっと木立のなかに潜んでいたにちがいないわ」

「アイマンと言い争っていたという例の〝未知の男〟かしら」アレックスはいった。

「わたしも、その可能性を考えた」

「さっきのこと、ゾーイにはいわないと約束して。あの子、わたしがどんな目にあったか知ったら、爆発しちゃう」

「ゾーイが怖いのね？」

「あなたは怖くないの？」

「彼女のことは、世界でいちばん素晴らしい女の子だと思ってる」

「それでも、わたしはときどきあの子が怖い」

　ジルが笑い声をあげ、煙を吐きだした。「煙草って、ほんと最低よね？」携帯電話をとりだして、画面をスクロールしてメッセージに目をとおしていく。

「なにか進展は？」

「男はまだ発見されていない。この暗闇のなかでは、まず無理ね」

　夜間にあのあたりを捜索してもあまり意味はなく、警察は朝になってから徹底的に調べることになっていた。アレックスは家まで戻って、キッチンの冷凍庫にいれておいた二本目のワインのボトルをとりだした。毛布も手にとる。そのとき、ゾーイが階段の下にあらわれた。「ジルがきてるの？」

「いっしょにおしゃべりする？」

「彼女、酔ってる？」

「まだよ」

「なら、大丈夫ね」そういうと、ゾーイはむきなおって階段をのぼりはじめ、自分の部屋へと戻っていった。

　アレックスは、ふたたび外の闇のなかへと出ていった。

「そもそも、彼はどうしてあそこにいたわけ？　だって……彼はユニス夫妻を殺した犯人かもしれないわけでしょ？　拳銃（けんじゅう）だって、いかにももってそうだし」ジルがいった。

「わたしが見たときは、もってなかった」

「犯人は、まさにああいう人物よ……忍者みたいな恰好（かっこう）をした。忍者なら、自分の痕跡（こんせき）をなにも残さずに家を出入りできると思わない？」

　アレックスは小石を拾うと、闇にむかって放り投げた。それが地面に落ちたことを示す小さなかしゃっという音に耳を澄ます。

「話は変わるけど」ジルがいった。「ユニス夫妻の銀行口座を調べてたら、三月にアイマン・ユニスが四十万ポンドを送金していたことがわかった。〈生物圏森林再生〉という、グアテマラの緑化植林計画への投資で」

「すごい大金ね」

「ええ、とんでもない額」

「金、色、狂気。それが殺人の三大動機よ。くわしく調べてるんでしょ?」

「味も素っ気もない言い方するわね」ジルがいった。彼女のグラスはふたたび空になっていた。「もちろん、調べてるわ。〈ビオスフェラ森林再生〉は、よくある〝温室効果ガスの排出量を相殺するために木を植える〟という計画のひとつだった。地元の政府とか国連とかの後押しを受けてる事業だから、ふつうだったらいい投資先よ。金を注ぎこんでも、失うことはまずない」

「でも、あなたはいまからちがう話をしようとしている?」

「かもしれない。〈ビオスフェラ森林再生〉の名前はネットに何度か登場してきているんだけど、連絡先はどこをさがしても見つからなかった。そして結局、この計画にかんしては、莫大なファイルが国家詐欺情報局に存在していることが判明した」

「アイマンは詐欺に金を注ぎこんでしまったの?」

「あす、国家詐欺情報局から資料が送られてくることになっている」

「アイマン・ユニスは、それだけの大金をもっていた」

「ええ。そうみたいね。豪勢な家をはじめとして、いかにもそれらしい生活を送っていた。わかるでしょ？　奥さんは動物愛護とウォーキング慈善団体の活動に熱心で、旦那（だんな）のほうは戸棚にサヴィル・ロウで仕立てた高級スーツと英国靴の老舗（しにせ）チャーチのブローグシューズをそろえている。車は一年おきに新車を購入。ね？　体裁に気をつかう夫婦ってわけ。かれらの悪口をいう人がひとりだけいたけど、それだって、ロータリー・クラブの慈善オークションで夫妻がよくほかの人よりも高値をつけていたことに対する文句だった。罪深いとは、とてもいえない行為よ。アイマンは、自分が裕福であることをまわりに知らせたがっていた」

アレックスは、テリー・ニールのいっていた言葉を思いだした――**そして彼は、なんとかしてこの一部になりたいと考えていた。**

ジルが立ちあがった。「おなか空（す）いたわ、アレックス。今夜は、なにか買って帰って家で食べるつもりだったの。暗闇のなかを走りまわったから、もうぺこぺこ。この家には、なにかある？　いまだったら、なんだって文句はいわない。冷蔵庫のなかをのぞいてもかまわないかしら？」

「どうぞ」

「あなたもなにかいる?」

アレックスはあおむけに寝て、星のない夜空を見あげた。ジルのいっていたことは、正しかった。あのとき男のあとをおって暗闇のなかへ駆けこんでいくのは、正気の沙汰ではなかった。相手は武装していたかもしれず、殺人犯である可能性さえあったのだ。だが、それでもアレックスは、ジルがあの場にいなければ、そうしていただろう。そう考えると、空恐ろしくなった。自分は抑えがきかなくなっている……。今夜、彼のあとをおって木立に飛びこんでいかなかったことで、アレックスは妙に物足りない気分を味わっていた。

16

「密封保存容器にヒトデのばらばら死体がはいってた」なにももたずにキッチンから戻ってくるなり、ジルがいった。「今夜は悪い夢を見そう」

「ごめんなさい」アレックスはいった。「ゾーイよ。警告しといてあげればよかった」

「どうして彼女はふつうの子みたいに、そういう実験動画をユーチューブで見るだけでは満足できないわけ？」

ゾーイの切り刻んだヒトデを目にしたあとでは、ジルの食欲は失せていた。「寝るまえに、あともう一杯いい？」ジルはいった。「神経を静めないと」

アレックスのグラスは、まだ手つかずのままだった。

「カウンセリングはどう？」

「たぶん、順調よ。わたしがこんなふうになる原因となった出来事について、ただ話をしているだけ。それについてしゃべり倒したら、本人もうんざりして症状はなくなる、とでも思っているのかしら」

「ふざけないで。これは深刻な問題なんだから」

「きのう、生化学者と出会ったの。その彼がいうには、心的外傷を負った人の脳には、目で見ることのできる損傷が残されているのだとか。面白くない？」

「偶然ね。わたしもきのう生化学者と出会った。アイマン・ユニスの友人のひとりよ」

「彼から誘われた？」その質問は、考えるよりもまえにアレックスの口から飛びだしていた。

「いいえ。その人、わたしにはすこし年上すぎた」一瞬、ジルはいまの質問に戸惑った表情を浮かべた。「でも、彼には同情したわ。今回の件で、すっかりうちのめされていたから」

「そうね」

「あら、やだ」ジルが気づいて声をあげた。「あなたもテリー・ニールのことをいってたのね？」

アレックスはジルのほうを見ずにいった。「ええ。偶然出会ったの」

「あなた、警察のあとをつけまわしてるんじゃないわよね？　まったく、アレックス！　なに考えてるのよ？　頭だいじょうぶ？　あなたは病気休暇中なのよ」

「自分でも、なにを考えているのかよくわからない」

ジルはしばらく熟慮したのちにいった。「それで、さっきの〝誘われたか〟って質問はなに？」

アレックスはこたえなかった。

ジルがにやりと笑った。「あのスケベおやじ！　あなたを誘ったのね？」

「脳の写真を見せてあげるといわれたわ」

「彼、そう悪くないじゃない」ジルがいった。「素敵な前腕をしてた。彼の脳の写真を見せてもらいに、いってきたら？　〝ほら、これがぼくの見目麗（みめうるわ）しい小脳だよ〟」

「さっきのはどうなっちゃったの？　〝なに考えてるのよ？　頭だいじょうぶ？〟ってやつは？」

ジルはくつろいで、うしろに身体（からだ）を倒した。「あなた、こっちにきてから誰ともつきあってないじゃない」

「そうよ。それで満足してるの、ジル。だから、やめて」

「ほんとうに満足してるの？」

「躍起になって彼氏をさがしてるのは、あなたでしょ。わたしじゃなくて」

ジルは現在二十五歳ということで、このままずっといい出会いがないのではと不安をおぼえるようになっていた。「躍起になんて、なってないわ」ジルが文句をいった。「そこまでじゃ」

ジルは朝はやく起きだして、朝食用のテーブルでゾーイのグラノーラをがつがつと食べていた。どうやら、ものすごい勢いで食欲が戻りつつあるようだった。いつものように生気にあふれ、さっぱりとして見える。「それって、洗いたてのシャツ？」アレックスはたずねた。

「車のなかのかばんに、いつも一枚用意してあるの。洗いたての下着もね。いざというときのために」

「いざというときって？」

「うるさい」ジルがいった。

アレックスは流しのなかをのぞきこんだ。そこにはすでに、お碗が残されていた。

「ゾーイは、もう朝食をすませたの？」

「ビルの車で野生生物トラストの案内所まで送ってもらうといってた。彼女とふたりで、すこし楽しくおしゃべりしたわ」

「なんについて？」

「あなたのことに決まってるじゃない」

「そうよね」アレックスはため息をつくと、自分のためにコーヒーを淹れてから、ジルのとなりにすわった。「〝未知の男〟は、まだ見つかってないの？」

ジルが携帯電話を確認する。「いまのところは、なにもなし。まだはやいし。なにかわかったら、知らせる」それから、口もとについたオーツミルクを拭いながら、「わたしも悪い夢を見たのよ」といった。「あのいまいましいヒトデがでてきた」

「〝わたしも〟って？」

「あなたは悪夢にうなされてたじゃない。きのうの晩」ジルの手がのびてきて、アレックスの手にかさねられる。同情するような笑みもいっしょにつけて。アレックスは用心深く相手を見返した。


――整理しておきましょう。あなたが心配しているのは、自分がわざとわが身を危険な状況においこもうとしているのではないか、ということですね？

――わたしはあの男のあとをおいかけたかった。彼はあきらかになんらかの理由があってあそこに隠れていた。理性では、男のあとをおうのは愚かな行動だとわかっていた。でも、その瞬間、わたしは……最高の気分を味わっていたというのは、ちがうわね……そう、〝つながり〟を感じていた。

――興味深い言葉の選択だ。

――それは、〝本心をうかがわせる〟という意味かしら？

――逆から考えてみましょう。あなたはそういうとき以外、〝つながり〟を感じていないのか？　娘さんといるときは、どうです？　いま、こうしてわたしといるときは？

――もちろん、感じてるわ。

――だが、あなたは自分の身になにか害がおよぶかもしれないときに、より強くそれを感じる？

――なんだか、わたしがそれの中毒になっているみたいに聞こえる。

――ひとつ質問です。なぜあなたにとっては、自分の身に害がおよぶかもしれないところへいくことが大きな意味をもつのか？

――その質問には、誤った仮定が含まれている。わたしは奇襲隊員の恰好をした男に忍び寄られたくて、あそこへいったわけではない。

――けれども、そのあとで、あなたは危険を承知で彼のあとをおいかけたいと思ったのでは？

――まあ、たしかに。

――いいでしょう。その件は、これくらいにしておきましょう。あなたを無理やり、自分の望まないところへいかせたくない。例の超能力のほうは、どうなってます？

――順調よ。先生は幽霊を信じているのかしら？

――幽霊を見たんですか？

――よくわからなくて。その話は、また今度でかまいません？


ディムチャーチ・ロードでは検問がおこなわれており、車が列をなしていた。アレックスがそのわきを自転車ですいすい進んでいくと、コリン・ギルクリストの痩せてひょろりとした身体が運転席の窓にむかってかがめられているのが目にはいった。「身長は百八十センチくらい。野戦服を着ています」コリンは三人の子供を連れた女性の運転手にむかって、そう説明していた。子供たちは自分の席のなかで、ひと言も聞き漏らすまいと首をのばしていた。

「成果はあった？」

その声の主に気づくと、コリン・ギルクリストは気恥ずかしそうな笑みを浮かべてみせた。「このあいだは、みっともないところをお見せしちゃって」誇張せずに小さな動作で、身をのりだして吐く仕草をしてみせる。

コリンはべつの警察官に持ち場をかわってもらって道路わきから離れると、アレックスに状況を伝えた。「大勢の人がこの男を目撃しています。彼は兵士みたいな恰好をしていて、目立ちますから。どうやら、六週間ほどまえから、このあたりで野宿をしているようです。複数の農夫から、彼にかんする苦情がはいってます。うちの農地に侵入しているといって。けど、彼を見つけるとなると、そう簡単にはいかなくて」

「それじゃ、彼はふだんからああいう恰好をしてるのね？」

「男の名前は、〝ロバート・グラス〟だと考えられています。陸軍ライフルズ連隊第2大隊にいた元軍人です。しばらくのあいだ、フォークストーンで路上生活を送っていた。警察のお世話にもなっています。薬物がらみの軽犯罪で」

「銃にはくわしい人物ってことよね」アレックスは所見をのべた。

コリンは西にむかってうなずいてみせた。「男がロバート・グラスだとするならば、きっとリドにある射撃場で訓練を受けてきたんでしょう」

リドの射撃場は、ダンジェネスから数キロしか離れていなかった。

「いい自転車だ」家にむかってペダルを漕ぎはじめたアレックスのうしろから、コリンがそう声をかけてきた。

二十分もたたないうちに、アレックスはダンジェネスに着いていた。汗びっしょりになりながら、でこぼこしたコンクリートの小道で速度をゆるめる。ティナとステラの滞在している平屋建ての家のまえを通過するとき、ふたりのとなりにもうひとつの人影がすわっているのが目にはいった。アレックスは自転車をとめて手をふったが、ゾーイはこちらに気づいていないようだった。

家に帰り着いてみると、裏手にジルのフィアットがとめられていた。ジルは車の後部座席に常備してあるピンク色のクッションをひとつもちだし、それを枕にして砂利の斜面に横たわっていた。

「こんなにすぐ、またきたの？」アレックスは自転車を押して煉瓦造りの小さな物置へとむかいながらいった。

ジルが起きあがって、ジャッキー・オナシス風のサングラスをはずした。「あなたを食事に連れだそうと思って」

「なぜ？」

「理由が必要？　わたしたちは友だちでしょ」

アレックスは物置のドアを閉めると、友人のところへ歩いていった。「けさ、ゾーイと正確にはどんな話をしたの？」

「それじゃ、ごまかさずにいうわよ、アレックス。ゾーイは、あなたがきちんと食事をとっていない気がする、といっていた。そして、かすみを食べて生きてるようなゾーイがそういうからには、事態はそうとう深刻にちがいない」

「あの子は、このことを知ってるの？　あの子があなたに、わたしと話をするように頼んだ？」

「そうよ」

「まったく、もう」

「彼女はあなたが心配なのよ。だから、いきましょう。服は着替えてね。そのサイクリング用の恰好のまま、あなたを外へ連れだすつもりはないから」

「疲れてるの」アレックスはいった。「人なかにいる気分じゃないわ」

ジルはふたたびサングラスをかけると、頭をクッションの上に戻した。「だったら、わたしも〈ビオスフェラ森林再生〉の詐欺についてわかったことを、あなたに教えない」そういえばアレックスが食いついてくることを、ジルは承知していた。

だが、ちかくのライの町でとることになったその食事は、惨憺たる結果に終わった。

17

「これは詐欺だった」ジルが運転しながらいった。「〈ビオスフェラ森林再生〉にかんしては、ほんの二週間ほどまえに国家詐欺情報局が捜査に着手したところだった。被害者は全国にいると考えられている。とりたてて斬新な手口の詐欺ではないけれど、効果は抜群だったみたいね」

ジルは飛ばしており、交差点の信号で急ブレーキをかけた。

「千載一遇のチャンスってやつよ。出資者は、この案件をおおっぴらにしないようにと釘を刺されていた。計画への政府の参画はまだ正式には発表されていないから、という理由で。でも、いったん計画が動きだしたら、収益は保証されていた。というのも、グアテマラ政府が地方への補助金という形で投資の半分を負担することになっていたから」

「絶対に負けることのない勝負というわけね」

「そのとおり。そして、たまたまだけど、グアテマラ政府は実際に森林再生のために補助金を出していて、それで潤っている企業がたくさんあるの。ただし、〈ビオスフェラ森林再生〉はそのひとつではなかった。これを立案した人物は、いまいった補助金制度に正式にかかわっている企業や政府のウェブサイトから資料をコピーしてきて、それらしい体裁のウェブサイトをこしらえていた。見込まれる収益を、あまり突拍子もない金額にしないように抑えていた。出資者が、自分はほかの人たちよりもちょっと上手くやったにすぎない、すこしいいものを探り当てたにすぎない、と思うくらいの金額に」

車はライに到着していた。そこは木骨造りと赤煉瓦と丸石からなる古い町で、平坦な土地のなかで島のように小高くなっているところに位置していた。ジルは川の船着場のそばにある駐車場で空きスペースを見つけて車をとめ、バックミラーで化粧を確認した。それから、座席のなかでむきなおり、のばした手をアレックスの膝にのせた。けさとおなじく、アレックスが戸惑うくらい同情のこもった仕草だった。「ほかにも、あなたにいわなくてはならないことがあるの。あなたが気にいりそうにない話よ」

「なんなの?」

ジルはためらった。「その話は、レストランにはいってからにしましょう」

「なんだか、すごく不安になってきたんだけど」

駐車場から道路沿いにすこし歩いていったところに、古い石造りの粉ひき場を改装したレストランがあった。よくあるイタリアン・レストランのひとつで、テーブルには赤と白の縞柄(しまがら)の布がかかり、そのあいだをやたらとでかい胡椒挽き(こしょうひ)を手にした給仕がゆきかう店だ。

「それで?」テーブルまで案内してくれたジーンズ姿の給仕がいなくなると、アレックスは口をひらいた。「なにが見つかったの?」

だが、ジルはまず飲み物を注文しようと言い張った。そのあとで、今度は料理の注文をとるために給仕がやってきた。となりのテーブルでは、カップルがしゃべっていた。子守りの到着が遅れたことで不満をもらしている男性と、そうやって今夜を台無しにしないでと頼んでいる女性だ。

「わたしはカプレーゼ・サラダにするわ」ジルはいった。「チーズ抜きで」

店内は騒がしく、アレックスは胸に圧迫感をおぼえていた。マンディ・ホグベンの手から山刀をとりあげた日に経験したのとおなじ感覚。なにか悪いことが起きようとしているという、あのありがたくない確信。アレックスはレストランのなかを見まわして、それをもたらしているものの正体を突きとめようとした。

「あなた、大丈夫？」ジルが心配そうな顔でアレックスを見ていた。

「ゾーイがティナとステラとつるんでるの」アレックスははぐらかすようにいった。

「おかしいでしょ」

「ゾーイが殺人の前科をもつ五十歳の男とつるんでるのだって、そうとうおかしいわよ」

「あのふたりには——ティナとステラには——どこか違和感をおぼえるの。それがなんなのかは、よくわからないけど」

「いまのあなたは、なんにでも違和感をおぼえてるじゃない」

「ええ、そうよね。ごめんなさい。ところで、フランク・ホグベンが行方不明になったことを通報してきたのは、誰だったの？」

ジルがうんざりしたような表情でいった。「そんなこと知らないわよ、アレックス。その話をするために、ここへきたわけじゃないいんだから」

「悪かったわ」アレックスはいった。「もう余計なことはいわない」

「けっこう。それじゃ、いくわよ。この〈ビオスフェラ森林再生〉の実際の活動期間は、約八カ月と考えられている。もっともらしく見せるために、グアテマラにオフィスをかまえたりなんだりしてるわ。かれらが森林化する予定でいた土地のほんとうの所有者は、計画についてなにも知らなかった。すべてがでっち上げだったの」

給仕がアレックスの注文したワインをもってきた。

「やがて」ジルがつづけた。「ふた月まえに〈ビオスフェラ森林再生〉のウェブサイトは突如として消え、電話はつながらなくなり、一切の動きがなくなった。そして、どろん！　金は消えていた」

「その金はいまどこに？」

ジルは肩をすくめた。「見当もつかない。いまでは存在しないウェブサイトには複数の人物の名前が載っていたけど、みんな偽物（にせもの）だった。ドメインを登録するときに必要となる情報もね」

「それじゃ、アイマン・ユニスが注ぎこんだお金は、すべて失われた？」

「彼の銀行口座を見ると、被害額は五十万ポンドにちかいと思われるわ」ジルがいった。

「出資者はほかにもいたんでしょ？」アレックスはそういいながら、混みあっている店内を見まわして、自分を落ちつかない気分にさせている元凶をさがした。

「それをいまから話すところ」ジルはいった。「国家詐欺情報局の親切な人によると、アイマン・ユニスは自分の出資金を、〈ビオスフェラ森林再生〉名義のまともそうに見えるイギリス国内の銀行口座に振り込んでいた。その口座からは定期的にジブラルタルやマルタ島の銀行に送金がおこなわれていて――どちらも租税回避地よ――そこからさらに、もっと胡散臭い租税回避地にある銀行へと送金されていた。だから、お金がどこからはいってきたのかはわかっても、どこへいったのかは不明というわけ」

ふたりの注文した料理がはこばれてきた。アレックスは自分のまえに置かれたシーフード・スパゲッティを見て、むかつきをおぼえた。

「でも、とりあえず銀行から押収した〈ビオスフェラ森林再生〉の口座記録から、そこに入金した人物のリストは作成することができた。これから数週間をかけて、国家詐欺情報局はその人たちに連絡をとることになっている。出資者の大半は、まだ自分が騙されたことにまったく気づいていないの」

アレックスは話を半分しか聞いていなかった。レストランはいまや満員で順番待ちの客の列ができており、さっさと食事をすませて帰りたかった。となりのテーブルのカップルはすでにメインの料理を食べ終えていて、女性のほうはなにやら心配事でもあるみたいにそわそわしていた。アレックス同様、悪いことが起きそうな予感をおぼえているかのように、絶えずうしろをふり返っている。アレックスはまばたきしながら、女性をみつめていた。

「ねえ、いまのを聞いてた？」

「え？　いいえ。ぼうっとしてたから」

「出資者のリストにはテリー・ニールの名前があった、といったの。彼の被害額はアイマン・ユニスほど大きくはないけれど、それでも数千ポンドをやられていた。あなた、大丈夫、アレックス？　料理にもワインにも手をつけてないじゃない。あなたに食べさせるために、ここへ連れてきたのに」

アレックスはいつのまにか胸のまえで腕組みをし、寒さを感じているみたいに手で上腕をさすっていた。組んでいた腕をほどいて、フォークを手にとる。「ということは、テリー・ニールも騙されていたのね？」

「それだけじゃないの。もっと悪いことに、リストにはわたしの知っている名前がもうひとつあった」

「誰なの？」

「ここへくるまえにいったとおり、あなたが気にいりそうにない話よ」

アレックスは、うなじがぴりぴりするのを感じていた。まわりの空気でさえ、どこか変化してきていた。木曜日に結婚パーティにくわわるまえに感じていたのと、まったくおなじだった。

つぎの瞬間、アレックスは立ちあがっていた。その勢いで椅子がうしろにひっくり返り、床にぶつかってがたんと音をたてる。

「ナイフよ！」アレックスは声をかぎりに叫んだ。「ナイフをもってる」そういって、指さす。

レストラン内のざわめきが、一瞬にして途絶えた。だが、人びとの視線はアレックスの指さした男ではなく——大きな銀のナイフを手にした男ではなく——アレックスのほうへむけられていた。

アレックスは目をしばたたいた。まわりを見まわす。ジルの顔には、あっけにとられたような表情が浮かんでいた。

長いナイフを手にした男のあとにはケーキをもった女性の給仕がつづいていて、ろうそくの炎がその顔を照らしていた。ケーキの糖衣の真ん中で黄金色の火花を散らしていた線香花火が、数秒後に先細りとなって消えた。

すべてが静止し、静まりかえっていた。そして、だいぶたったように思われるころ、となりのテーブルにいる女性が連れの男性にむかって消えいりそうな声でいった。

「どう、驚いてもらえた？」

18

――このまえ質問された超能力のことだけれど。

――ええ。

――どうやら、失われてしまったみたい。

――そう聞いて、わたしは残念がるべきなんでしょうか？　それとも、それはいいことなのか？

――昨夜、また予兆を感じたの。これまでのときとおなじだった。外出中に、なにか恐ろしいことが起きるという確信を得た。

――それで、起きたんですか？

――いいえ。恥をかいただけだった。

――でも、その感覚は、あなたが刃物をもった女性に気づいたときとまったくおなじだった？

——ええ、まったくおなじ。どう説明したらいいのか。うなじの毛が逆立つって感覚、わかるかしら？

——ただし今回は、女性もいなければ、刃物もなかった……？

——まあ……あるにはあったんだけど、そういう刃物ではなかった。ただのナイフにしかすぎなかった。

——〝過覚醒状態〟という言葉をご存じですか？　心的外傷によってひき起こされる症状のひとつです。人は暴力的な体験をすると、それによって時間の感覚を狂わされてしまう。よくあるのが、心的外傷のもととなった出来事を過去にとどめておくことができなくなる、というものです。過去のことが、いままさに起きているように感じられる。自分がまだその瞬間のなかにいるように。それがまた起きることを脳が絶えず予期しているせいで、その人はつねに臨戦態勢でいることを強いられる。もしくは、すぐに逃げだせる態勢でいることを。

——わたしは警察官よ。その仕事の半分は、悪いことが起きるかどうかを予測することにある。

——そう……そこですよ。あなたはあの山刀をもった女性の件で、まさにいまおっしゃったとおりのことをした。なぜそのときは正しくて、今回は間違っていたのだと思いますか？

――わたしはどのみち彼女に気づいていた、といいたいのかしら？　なにか悪いことが起きそうだと感じていようといまいと、彼女に気づいていたと？

――どうです？

――たぶん、わたしはとても優秀な警察官なのね。ほかの人たちがまったく注目していない時点で、彼女のことに気づいていたのだから。

――そう、わたしもそう思います。おそらく、あなたはとても優秀な警察官なんです。だからこそ、いまこういう状態になっている。

――ありがとう。でも、超能力の件は残念だわ。あったら、とても便利だったのに。

――いまの気分は？

――これまでどおりね。

――悪いことが起きそうだと感じている？

――ええ、とてつもなく悪いことが起きそうだと感じている。そして、自分にはそれを防ぐ手立てがないだろうとも。

ジルの手もとにある出資者のリストには、彼女がいっていたとおり、もうひとつよく知っている名前があった。ウィリアム・サウス。

「ビル・サウスの場合も、被害はさほど大きくないといえるかもしれない」とジルはいっていた。「失ったのは、たかだか一万三千ポンドくらいよ」

アレックスはショックを受けていた。「さほど大きくない？　わかってないのね。いまの彼には、それは全財産よ。それ以外は、すべてなくした。彼はもう、このことを知ってるの？」

それに対して、ジルは首を横にふってこういった。「これを聞いてあなたが動揺するのは、わかっていた。でも、あなたが悪いんじゃないわ、アレックス。これは、あなたとはなんの関係もない」

だが、関係は大ありだった。アレックスのせいで、ビルはいま金に困っていた。三十年間勤めたあとで警察から追放された日に、職と同時にすべての恩給を失っていた。

「おれは大馬鹿者だな」ビル・サウスはいった。

「そんなことないわ」

「全部消えたってのは、たしかなのか？」

「残念ながらね、ビル。ジルの話では、グアテマラ政府は〈ビオスフェラ森林再生〉

なんて聞いたこともないそうよ」

　ビルはアルム・コテージの裏手にある風雨にさらされた小さなベンチに腰をおろすと、うなだれて両手で頭を抱えこんだ。

「あなただけじゃなかった。ゴルフ・クラブのアイマン・ユニスとテリー・ニールも出資していた。ふたりとも、あなたよりも多額の金を失った。テリー・ニールなんて、生化学の専門家だっていうのに」

「彼はもう知ってるのか？」

「わからない。たぶん、まだ知らないと思う」

「おれはとんだ大馬鹿者だ」ビル・サウスがふたたびいった。

　アレックスは彼のまえに立ち、屈辱を味わっている男を気まずい思いでながめていた。そっとしておきたい気持ちともっと知りたい気持ちとが、せめぎあう。だが結局は、質問を口にした。「この計画のことは、誰から聞いたの？」

「アイマン……テリー……ゴルフ・クラブには、それに出資している会員が何人かいた。バーでの会話に出てきてたんだ。リストには、もっと多くの会員の名前があるだろう。銀行口座の入金リストとゴルフ・クラブの会員リストを突きあわせるよう、ジルにいっといてくれ。この件はなんていうか、こっそりという感じで話題にされていた。その会社のウェブサイトを、アイマンの携帯電話で見せられたのを覚えてる。おれは彼を信用したんだ。わかるだろ？」

「そして、全財産を注ぎこんだ？」

「わかってる。この計画は、九月に公表されることになっていた。事業資金の枠には限度があるし、そこに人が殺到するのは目に見えていた。だから、乗り遅れないためには、はやく出資するしかなかった。強欲とは思わなかった。そもそも、いいことのために金を出すんだから。けど、いまになって考えると、見え見えだよな？」

「そうね」

「おれは大馬鹿者だ」ビル・サウスがその言葉を使うのは、これで三度目だった。

アレックスは彼のとなりに腰をおろして、相手の身体に腕をまわした。「とても残念だわ、ビル」

彼はアレックスの腕にまったく気づいていないようだった。兵士みたいにしゃちこばったまま、午後の陽射しのなかにすわって、影が長くのびていくのをながめていた。しばらくして、ビルが口をひらいた。「ひとりにしてもらえるかな」

アレックスは腕をはずして立ちあがった。

「〈希望の星〉号で行方不明者が出た晩に誰が当直だったか、あれからもうすこし考えてみて……」

「まだあの件が気になってるのか？」

「ごめんなさい。いまは、その話をするときじゃないわね。わたしにできることがあったら、なんでもいって。どんなことでもかまわないから」

　ビルからの返事はなかった。

　どこでなにをしてきたのかは不明だが、その晩ゾーイはTシャツの袖からのぞく腕を真っ赤にして帰ってきた。

「日焼け止めを塗りなさいって、何度いったらわかるの？」

「皮膚癌は、ふつう年をとるまで発症しないの。それに、二〇五〇年になるころには、ちょっとした癌なんて人類が抱えるほかの大きな問題に較べたら屁でもなくなってるわ」ゾーイは自分で飲むためにグラスに水を注いだ。「ビルはどうしちゃったの？」

「どういう意味？」

「彼が家の裏のベンチにすわってるのが見えたんで、帰りに立ち寄ってあいさつしたの。そしたら、あっちいけっていわれた。なにかで、あたしに怒ってるみたい」

　アレックスは娘の悲しみを感じとった。「ああ、それはちがうわ。彼はあなたに怒ってるんじゃない。すごく悪い知らせを受けとったの」

「どんな知らせ？」

「投資に失敗して、大金を失った」

「そんな悪い知らせでもないじゃない。ただのお金でしょ」

「それは……ビルにとっては痛手かもしれない」

「でも、だからって、あんな乱暴な態度をとっていいわけじゃないでしょ？」

アレックスはショックを受けていった。「ビルが乱暴だった？」

「ウイスキーを飲んでて、あっちいけっていっただけだけど」

アレックスは娘を抱きしめようとしたが、ゾーイはあとずさりしてそれを逃れた。

「ウイスキー？」

「どうして、みんなあんなもの飲むんだろう。すごく不味(まず)いのに」

今回、アレックスは正しかった。悪いことが起きそうだと感じて、実際そのとおりになった。ビル・サウスはマガベリー刑務所から出てくると同時に酒を飲みはじめ、その習慣を断つまでにしばらく時間がかかっていた。禁酒は二年間つづいていたが、それもここまでだった。

19

テリー・ニールの家は水漆喰塗りの建物で、道路から見ると四角くて面白みに欠けていた。とはいえ、このあたりの家の売りは、反対側が浜辺に面しているというところにあった。

アレックスが玄関の呼び鈴を鳴らすと、戸口にテリー・ニールがあらわれた。半ズボンに白いTシャツという恰好で、足にはなにも履いていなかった。

「ああ」テリー・ニールがいった。「あなたでしたか」

「ゴルフ・クラブにいらっしゃらなかったので、駄目もとできてみました」

「ここの住所はどうやって……？」

「お忘れかしら？　わたしは警察官よ」

テリー・ニールが納得したようにうなずいた。「そういえば、あなたの同僚がけさここへきた」

「ジルが？　それじゃ、もうお聞きになってるのね？　ごめんなさい。あなたも知っておくべきだと思って……」帰ろうとむきなおりかけるが、そのまえにたずねる。

「大丈夫ですか？」

テリー・ニールは肩をすくめて、笑みを浮かべてみせた。「自分が正真正銘の馬鹿みたいに感じられて、そのほうがきついですよ。あなたをはじめとして、みんなに自分の愚かさを知られてしまったことのほうが」

「よくできた詐欺だったから」

「そう、それがわたしだ。最高のものにしか手をださない。なかにはいって、コーヒーでもどうです？」アレックスがとおれるように、テリー・ニールが一歩うしろにさがった。

アレックスはすこしためらってから、家のなかへ足を踏みいれた。道路からの外観はぱっとしなかったとしても、内側となると話は別だった。そこに一九三〇年代の面影はまったく残っておらず、完全に現代風の男の夢の世界へと生まれ変わっていた。

一階は細長い長方形の空間で、片端にはキッチンが、反対端には巨大な机があった。部屋の真ん中にある自立式の薪ストーブにむかって、イームズの肘掛け椅子が二脚置かれている。左側の壁は一面が白い本棚で、右側の壁には写真や大きなモダンな抽象画や小ぶりな風景画や版画が掛かっていた。まさに経営者むけの高級誌の見開きページみたいな部屋だったが、そうならずにすんでいるのは、擦り切れた絨毯と流しにたまった汚れた皿、それにタイル張りの床に放置されたひと組のソックスのおかげだった。

「もちろん、自分が古典的な詐欺の手口にひっかかったことは、じゅうじゅう承知しています。自分では切れ者のつもりでいたんだが」テリー・ニールはキッチンのカウンターの上にある銀色の機械のてっぺんにコーヒー豆をいれた。「多くの調査が示しているところによると、金融詐欺にひっかかるのはマットレスの下にへそくりを隠している高齢の小柄な女性ではない……いまのは性差別ですかね？」

「ええ」

「一般に、この手の詐欺でもっともよく狙われるのは、実際にはわたしのような中年男だ。お金についてすこしわかった気になっている男たち。頭が切れるからシステムを出し抜けると考えている男たち。そういった連中が、逆に裏をかかれる。コーヒーは濃いほうがお好きですか？」テリー・ニールがたずねてきた。

コーヒーがはいると、テリー・ニールは巨大な木製の机のむこうにあるドアをあけた。その先には、砂丘をのぞむテラスがあった。

「あなたは誰からこの計画のことを？」

「もう知ってるんでしょう？　なぜわたしが腹をたてられずにいるのかも？　この計画のことを話してくれたのは、アイマンだった。彼は本気で、わたしに便宜をはかろうとしてくれていた」

テリー・ニールの唇のすぐ下にみじかい線があることに、アレックスは気がついた。ひげ剃りのときにこしらえた切り傷だ。

「あなたの同僚には、アイマン以外の複数の名前も伝えてあります。みんなゴルフ・クラブの会員です。愚か者の気分を味わっているものたち」

真夏の陽射しのなかで、砂地のイネ科の雑草が銀色に輝いていた。アレックスは、まっすぐテリー・ニールの目を見てたずねた。「今回の件で、あなたよりも強い怒りを感じている人がいると思いますか？」

「それとおなじことを、フェリター刑事からも訊かれましたよ」

「あなたはなんと？」

「これまでの経験からいわせてもらうと、人はそれ相応の刺激さえあたえられれば、どんなことでもできる。とはいえ、いま問題にしているのはわたしの友人たちだ。かれらがああいうことをするところは、とても想像できない。ところで、あなたと娘さんは……よくこちらの浜辺に？」

「わたしたちはダンジェネスに住んでるんです。あのあたりで泳ぐとなると、命がけだわ」

「それで、調子のほうはいかがです？」

ここへは質問をしにきたのに、アレックスは逆に質問されていた。

「まあまあといったところかしら。カウンセラーによると、わたしは自分が危険におちいるような状況をくり返し求めているのだとか」アレックスは相手の目をのぞきこみながらいった。

テリー・ニールは、それに対して笑みで応じた。「それは、ありうる話だ。六〇年代、まだそういった実験が許されていたころ、アメリカのふたりの心理学者が犬たちを連れてきて、ふたつのグループにわけました。そして、どちらのグループの犬にも電気ショックをあたえ、片方のグループでは犬がレバーを押すと苦痛がやみ、もう片方のグループでは犬がレバーを押しても電気が流れつづけるようにした」

「かわいそうな犬たち」

「ええ。犬にとってはいい迷惑だ。この実験をしばらくつづけたあとで、今度はその犬たちを囲いのなかにいれました。その気になれば簡単に飛び越えられる高さの囲いに。ひとつめのグループの犬は、電気ショックをあたえられると、囲いから飛びだした。けれども、もうひとつのグループの犬は、電気ショックをあたえられても、その場にただうずくまってくんくん鳴いていた。なにもしなかった」

「犬は苦痛をあたえられても、その状況から逃れようとしなかった？」

「心的外傷によって、犬の脳はいわば配線がやり直されてしまったんです。そのせいで、自分が傷つかないようにするための行動をとれなくなった」ここで言葉をきる。

「わたしはふたつめのグループの犬みたいなものだと？」

テリー・ニールはすこしうつむき、上目遣いに――そこにはない眼鏡のふちの上からこちらをうかがうような感じで――アレックスを見た。

「そう考えると、空恐ろしいわ」アレックスはいった。

「あなたは警察官だ。虐待(ぎゃくたい)の被害者とかかわった経験があるはずです。かれらが自分を虐待していた人物のもとへくり返し戻っていくことに、気がつきましたか？　そうでなければ、虐待していたまえのパートナーとおなじくらいひどいパートナーをまた見つけてくる。フロイトはそれを〝反復強迫〟と呼びました。心的外傷によって、脳の配線がやり直されてしまう」

「そういう言い方をすると、なんだかわたしの感情は車のエンジンの部品みたいに聞こえる」

「すみません」テリー・ニールが小さく笑みを浮かべていった。

「謝らないで。それって、いいと思う。ヒューズが故障しているだけだと考えれば、怖さが薄れる気がする」

「あなたは怖いと感じている?」

すこし考えてから、アレックスはいった。「一週間まえにそう訊かれていたら、自分にはほとんど問題はない、とこたえていたでしょうね。ときどきいきなり涙が出てくる以外、問題はない、と。でも、わたしは自分が大丈夫でないことを認識しつつある」アレックスはテラスに視線を落とした。「もはや本来の自分ではなくなっていて、それが怖いんです。カウンセラーからは、〝過覚醒状態〟といわれたばかりだし」

「それについても、ヒューズみたいな感じで説明することができますよ。それが助けになるのであれば」

「なるわ。聞かせて」

「説明したら、食事をつきあってもらえますか?」

「いいえ」アレックスはいった。

テリー・ニールは拒絶を意に介することなく、「残念」といってからつづけた。「ここで待っててください。小道具がいくつか必要なので」

うぬぼれの強い男だ、とアレックスは思った。見た目は悪くないが、自信過剰だ。それは、アレックスがあとになってから寝たことを後悔する男の大半に共通する特徴だった。

しばらくして、テリー・ニールがブロッコリの芯と小ぶりなジャガイモとバナナを手にして戻ってきた。

「食事はことわったはずだけど」アレックスは冗談めかしていった。

「すみません。適当な野菜を見つけるのに手間取ってしまって。ほんとうは、アーモンドがあるとよかったんだが。そのほうが、形も大きさもジャガイモよりふさわしい。さてと」テリー・ニールはもってきた野菜をテーブルのガラスの天板の上にならべながらいった。「これらは人間の脳のさまざまな部位をあらわしています」

ふまじめな発言がさらにいくつかアレックスの頭に浮かんできたが、それを口にするのは控えた。

「われわれは人間の脳をひとつの器官としてとらえていますが、そうではなく、複数のべつべつの器官が連携して働いていると考えたほうがわかりやすい。これは――」

そういって、バナナを手にとる。「視床です。そのいくつもある機能のひとつは、中継装置のような働きをすることだ。目や耳から受けとった信号を、前頭葉に送りこむ……それが、これです」ブロッコリをもちあげてみせる。「前頭葉は、意識をつかさどる脳です。あなたがなにかいちじるしく恐ろしいものを目にすると、視床はその信号を前頭葉に送り届ける。その結果、ジャジャーン！」テリー・ニールがブロッコリをふってみせる。「あなたはその危険に対して、合理的な反応を示すことができる」「自分が目にした恐ろしいものが、人を殺すための武器か、それともただのケーキ用のナイフかを判断する？」

なんのことかわけがわからず、テリー・ニールは顔をしかめた。「まあ、そうなのかな」

「ごめんなさい。つづけて」

「とはいえ、視床はこちらにも信号を送りこみます――」テリー・ニールはジャガイモを手にとった。「――扁桃体（へんとうたい）。いわゆる無意識というやつをつかさどる脳です。視床が中継装置みたいなものだとすると、扁桃体はそこからの信号を受けて作動する煙探知器といっていい。それが働くことで、心拍数があがったり、ノルアドレナリンとかコルチゾールといったストレス・ホルモンが放出されたりして、危険に対して戦うか／じっとしているか／逃げだすかといった反応があらわれる。どのような反応であれ、前頭葉が——」テリー・ニールがジャガイモを置いて、ブロッコリをふってみせる。「——いま起きている事態を認識して処理するまえにね。緊急時に、人が事態をきちんと把握するまえに行動にでていることがよくあるでしょう?」

アレックスはうなずいた。

「それというのも、視床が扁桃体に情報を伝え、反応をひきだしているからです。けれども、そのあとで意識をつかさどる脳である前頭葉が機能して、あなたがすでにとりかけている行動が理にかなっているかどうかを判断する。本来、脳はこのようにして働くものです。しかし、ときとして心的外傷があまりにもひどいと、負荷がかかりすぎるようになって——」

「ブロッコリへの負荷ね」

「そうです……そして、その負荷に圧倒された前頭葉は、危険に対するいつもの社会的で理性的な反応を提供できなくなってしまう。そうなると、大ごとです。脳では警報ベルが鳴るばかりで……」

「その人はパニック状態になる」

「そのとおり。我を忘れてしまう。そして、前頭葉が押さえこまれてしまっているため、警報ベルが鳴りやむことはない」テリー・ニールは、今度はジャガイモを手にとってふってみせた。

「警報器を解除するためのコードを、脳が忘れてしまったようなものかしら?」アレックスはいった。

「まあ、そういう言い方もできるかもしれない」素人に複雑なことを説明しようとしている学者らしい用心深い口調で、テリー・ニールはいった。「心的外傷のもたらすもうひとつの症状として、警報ベルがくり返し何度も鳴りだしつづけるというのがあります。心的外傷のもととなった自動車事故やレイプといった出来事が終わったずっとあとになっても、まだそれが終わっていないように感じられるんです。そうなった人は、戦うか逃げるかといった反応にずっととらわれつづけている。PTSDの人は、過去の出来事がいまも起きていると感じることで、心的外傷をひきずっているわけです。時間の感覚がおかしくなった、という人もいます。過去にあるべきものが、いまもまだそこに居坐りつづけているせいで」

アレックスは気がつくと、相手の言葉にいちいちうなずいていた。

テリー・ニールが訊いてきた。「あなたにも思い当たる節がある?」

「まさに、そのとおりのことが。起きた出来事について考えるとき、それは過去の記憶としてではなく、いまのこととして感じられる」

「それはきつい」

「わたしのカウンセラーは、どうしてそういうことを話してくれないのかしら？」

「それが治療の役にはたたないからでしょう。それで問題は解決されない。あなたにとっては、役にたってますか？」

　アレックスは、しばらく考えてからこたえた。「ええ、役にたってると思う。すくなくとも、いま起きていることを理解する助けにはなっている」

　ここでアレックスは、二日まえに自分がライのレストランでとった行動について話した。テリー・ニールは笑ったあとで、すぐに自制して謝罪した。「きっと、そのときは笑うどころの騒ぎではなかったんでしょうね」

「まだメインの料理には手もつけていなかったのに」

「娘さんは、それにどう対処を？　自然愛好家の娘さんは」

「あの子なら大丈夫」アレックスはいった。

「確信はありますか？　子供にとっては、ひどく大変な場合もある。子供は親の行動をいつでも理解しているとはかぎらないから」

　アレックスは立ちあがった。自分が娘に犠牲を強いているというほのめかしに苛立ちをおぼえていた。「わたしたちのことなら、ご心配なく」という。「これまでずっと上手くやってきているので。ああ、もういかないと。ほんとうに、あなたに知らせておかなくてはと思っただけで……」

「お帰りになるまえに、ひとつ訊かせてください。アイマンは金銭がらみで殺されたのだと思いますか？」

「腹いせに、ということですか？〈ビオスフェラ森林再生〉を熱心に勧めていた彼のせいで金を失った、と考えた人物がいて？　その可能性はあります」アレックスはテリー・ニールをじっと見た。「自分の身も危ういのでは、と心配している？」

「フェリター刑事から、脅しを受けたことはあるかと訊かれました」

「それで、なんと？」

「ない、とこたえました。まったくない、と」

アレックスはまたしても、うなじがむずむずするのを感じていた。

正面玄関のところで、アレックスはいった。「お礼をいわないと。あの野菜の説明……ほんとうに助かりました」

「いつでも、またどうぞ。お安い御用だ」

この家をあとにできて、アレックスはほっとしていた。べつにテリー・ニールのことが嫌いなわけではなかった。むしろ、その逆だった。

昼の陽射しを浴びながら、アレックスはふたたび自転車で帰路についた。途中で、ユニス夫妻の殺された家に立ち寄る。

きょうは誰もいなかった。

昼の光のなかでは、例の木立はさほど不気味には見えなかった。

ユニス家の車庫のわきにまわると、そこには古い熊手(くまで)がたてかけてあった。その熊手で草むらをかきわけて数分後、さがしていたものが見つかる。それは、月桂樹(げっけいじゅ)の葉の下の乾いた地面に落ちていた。

土曜日の晩に見かけた黒い円盤。アレックスはそれを地面から拾いあげ、目のまえにもってきた。レンズの保護カバーだった。

20

ジョージア・コーカーはフリーの写真家であり、フリーの写真家というのはつねに仕事を求めているものだ。というわけで、彼女の連絡先はすぐに突きとめられた。

「ああ。このあいだの警察の人ね」

「あなたが落としたと思われる物を見つけたんだけど」

ジョージア・コーカーから教わった住所を車で訪ねていくと、そこは古びたパブだった。廃業したプリンス・ジョージ・ホテルの一階にはいっていたパブで、現在は建築廃材を回収して利用する会社にひき継がれている。アレックスはかつてパブだった店内をのぞきこんだ。中・上流階級用のバーは、古いテーブルやランプや扇風機や大型のガラス瓶や船具であふれ返っていた。

「なにかお探しのものでも？」あごひげをたくわえるには若すぎる男性が声をかけて

きた。べっ甲ぶちの眼鏡をかけ、店の奥で木製の扉に紙やすりをかけている。店内にはおが屑と塗料の匂いが充満しており、男性は建具師が使うデニムの前掛けをつけていた。

「ただのひやかしよ」

店主は、小さな木の塊にまきつけた紙やすりをふたたび動かしはじめた。機械でやればもっとはやいのに手作業にこだわっているのは、実用性よりも雰囲気づくりを狙ってのことかもしれなかった。

店の奥まったところに、古ぼけた小さな正方形の洗面台があった。装飾のない白い陶磁器の柱が下についている。洗面台の排水口はふさがれており、すこしねじれた——そして、緑青の生じた——銅製のマグカップ・スタンドには、ピーナッツのはいった小さな餌入れが取り付けられていた。

「いくつかのものを組み合わせて、小鳥の水浴び用の水盤を作ってみたんだ」店主が説明した。「なんだったら、水浴び用の洗面台でもいいけど」

それだけいうと、ふたたび紙やすりをかけはじめる。

「値段は?」

「二百ポンド」

「ご冗談でしょ」アレックスはいった。「そんなの、ぼったくりだわ」

店主にジョージア・コーカーのことをたずねると、パブの通用口の右にあるドアからはいるようにと指示された。旅回りのセールスマンを泊めていたホテルの部屋が、小さな賃貸用のフラットに改装されていたのだ。アレックスはドアについている部屋番号を確認してから、呼び鈴を押した。ブザーの鳴る音がした。

ジョージア・コーカーが住んでいるのは、上のほうの階にある寝室がひとつの部屋だった。壁には、一九五〇年代や六〇年代に撮られた白黒写真が何枚も飾られていた。

「紅茶でいい？」

「コーヒーはあるかしら？」

居間で待つあいだ、アレックスはふたつの壁を埋めつくす額入りの写真をながめていた。ロンドンのバスの車内にいるカップル。木製のローラーコースターに立ったまま乗っている女性（風でスカートがまくれあがっている）。紫煙のたちこめるパブでいがみあっているふたりの女性。

「なかなかのコレクションね」

「そういうのが好きなの。本物の人たちが」三つめの壁には、通りに面した窓がついていた。残るひとつの壁は白く塗られているだけで、なにも飾られていなかった。

「そして、それは写真だけにかぎらない。でも、その手の写真には、もう誰も金を払おうとしないの。自分でもよく路上の写真を撮るけど、ちかごろじゃ需要がないから、自分のインスタグラム用ってだけで、お遊びみたいなものね」

「だからかわりに、スキャンダルをあつかうタブロイド紙のために写真を撮っている？」

「まるで自分は生活のためにしていることすべてを愛しているといわんばかりの口ぶりね」

「そんなつもりはなかったの。ごめんなさい」

ジョージア・コーカーはコーヒーを下に置くと、カーテンを閉めて部屋を暗くした。それから、映写機のスイッチを入れた。アレックスは、なにも飾られていない白い壁の用途を理解した。

ふたりは、カバーがわりに毛布をかぶせてある古い茶色の大きな革張りのソファに腰をおろした。ジョージアがノートパソコンを自分のほうへひき寄せる。パソコンのホーム画面は、彼女が車椅子にいる金髪の若い男性のうしろでほほ笑んでいる写真だった。

「弟さん？」

「ええ」

ジョージア・コーカーはフォルダーをひらき、ファイルをクリックした。むかいの壁に画像が映しだされる。おなじように車椅子にすわっているカラム・ユニス。ただし、こちらの車椅子はもっと洗練されていて、頭と腕の部分に大きなクッションがついている。その写真は、アレックスがロフティングスウッド邸のそばの小道でジョージア・コーカーと出くわした日に撮られたものだった。カラムの頭はわずかに横にかしいでおり、両手はきつく自分の胸に押しあてられている。アレックスがユニス夫妻のひとり息子を目にするのは、これがはじめてだった。

「この写真のせいで、わたしは厄介なことになるのかしら？」

「あなたがこれをどこかで発表しようとしないかぎり、心配いらないわ」

「それじゃ、指きりげんまん」ジョージア・コーカーはいった。「それで、彼はどうなるの？　父親が亡くなったから、あそこでの生活をあきらめなくてはならない？」

「ユニス夫妻は保険にはいっていたみたい。だから、息子があそこで世話を受けられなくなると考える理由は、どこにもない」

「それはまた、けっこうな話ね」ジョージアはつぎの写真を映写した。カラム・ユニスの車椅子のとなりにすわっている介護人が、彼の口もとにスプーンをはこんでいた。

「羨ましがっても仕方がないけど、うちの家族は弟の介護費用の支払いに四苦八苦している。運良く、カラムにはお金持ちの両親がいる――とりあえず、いた。でも、こっちはもうすっからかんよ。支払ってる費用は、たぶんカラムの場合の半分にもならないはずなのに」

似たような写真が複数枚つづいた。ジョージア・コーカーはアレックスの邪魔がはいるまえに、しばらくのあいだ小道にしゃがみこんで写真を撮っていたにちがいなかった。

「うちの家族は、べつに弟のことを疎ましく思ってるわけじゃないのよ。みんな、よろこんで面倒を見てる。それに、弟のいる施設で介護にあたっている人たちは、ほかに負けないくらい優秀な人ぞろいだし」

「ニュー・ロムニーで撮った写真も見せてもらえない？　ユニス夫妻の家の車庫のそばから撮ったやつも」

「どうして、そこが撮影地点だとわかるの？」

「わたしには特殊な才能があるの」

「あそこの写真を見たがる理由は？　わたしがそこでも違法なことをしていないか確

認するため？」

「ただ興味があるってだけ」アレックスはポケットからレンズの保護カバーをとりだしてみせた。「どうやら、かなりいい場所を見つけたみたいね」

「ああ、そういうことか」ジョージア・コーカーは保護カバーを受けとりながらいった。「ええ、そうなの。たまたまよ。道路からだとすぐにはわからない細道があるの。正式な道ではないんじゃないかしら。ユニス家のとなりの草地で暮らしている路上生活者が、自分のテントへいくのにその細道を使っているようだった」

「その男は、今回の殺人事件の容疑者よ」

「嘘でしょ。わたしは彼のこれくらいちかくにいて、写真を撮ろうかと思ったんだけど、なんだかやばそうな感じがして……」

「その感じ、わかるわ」アレックスはいった。「わたしも彼のすぐそばにいたことがあるから」

「まったく、もう。くそっ。あのとき写真を撮ってたら、数千ポンドは稼げてたのに。彼はいまどこにいるの？」

「それがわかればね。姿をくらましてしまったの。でも、わたしだったら彼をさがそうとはしない。彼は危険な男だから。それで、ユニス夫妻の家の写真は見せてもらえるのかしら？」

ジョージア・コーカーはノートパソコンのフォルダーをいったん閉じてからべつのをひらき、目のまえの壁にあたらしい写真を映写した。

アレックスは思わず声をあげた。「あっ」

「どうしたの？」

壁には、ユニス夫妻の家の正面玄関が映しだされていた。戸口のすぐ左に立っているのは、頭のてっぺんから足のつま先まで現場用の白い作業衣に身を包んだジルだ。手袋をした手を目にあてて、泣いている。

「彼女を知ってるの？」

「ええ」

もうひとり、やはり白い作業衣を着た男性がとなりにいて、ジルの肩にぎこちなく腕をまわしていた。慰めようとしているのだろう。コリン・ギルクリスト巡査だ。それは美しい写真だった。斜めになったジルの頭部には夏の日があたっていて、アレックスは子供のころに国立美術館で見た――父親に連れていかれたのだ――ラファエロの絵のなかの人物を思いだした。ギルクリスト巡査の顔にも、絶望のようなものが浮かんでいた。ジルにだけでなく、いましがた家のなかで発見した死者たちにも思いを寄せているような感じだ。若い男性の顔にあらわれた、思いがけないやさしさ。

「この写真は、すごく気にいってるの」ジョージア・コーカーがいった。「とても美しいと同時に、どこかおぞましさがある。彼女の服に血がついてるでしょ」

それは見落としようがなかった。ジルの作業衣についた真っ赤な血。現場に到着した二番目の警察官として、被害者たちの生死を確認しようとしたのだろう。その行為がどのような感情をもたらすのかを、アレックスはよく知っていた。「だったら、どうしてこの写真を新聞社に売らなかったの？　小銭を稼げたかもしれないのに」

ジョージア・コーカーがノートパソコンを閉じ、ふたりの正面の壁は黒くなった。

「いつでも帰ってもらってかまわないのよ。こっちは、こんなことする義理なんてないんだから」

「ごめんなさい。考えてからものをいえって、父からよくいわれてたんだけど」

「わたしみたいのは人間のクズだと、思ってるんでしょう？」

アレックスはこたえなかった。

「そういうのには、もううんざり。わたしは仕事をしただけよ。それで食い扶持（ぶち）を稼いでる。それのどこが悪いっていうの」

「いまの写真も売るつもりだった？」

「もちろん」

「なら、どうしてそうしなかったの？　金額が折りあわなかったとか？」

「これは最高の写真よ。女性は公僕である警察官。みんな警察官の多くは血も涙もないクソ野郎だと考えているけど、彼女にはそんなところは微塵もない」ジョージア・コーカーはノートパソコンをひらいて、ふたたび画面を起動させた。「ほら、見てよ。彼女は気にかけている。本気で気にかけているのがわかる」

　先ほどのジルの顔があらわれる。そこには、いま現場で目にしてきたものによって負わされた心の傷がくっきりと刻みこまれていた。

「だったら、なぜ売らなかったの？」

　ジョージア・コーカーが顔を赤くしていった。「それはこっちの勝手でしょ」

「この警察官の心情を慮ったというのが、理由のひとつだったんじゃない？」

「彼女はこれを誇りに思うべきよ。あの家にはいっていくなんて、英雄といってもいい。あそこにいた全員がね」

　外では、カモメたちがぎゃーぎゃーとやかましく鳴いていた。

「この写真は木曜日に撮られたのよね？」

「そうよ」

アレックスは、その日にジルの車のトランクで作業衣を目にしたのを覚えていた。そのときの彼女のげっそりとした表情も。「どうやって知ったの？」

「知るって、なにを？」

「あそこで殺人があったことを、どうやって知ったのか？　事件は夕方のニュースで報じられたけど、この写真が撮られたのは……午後二時くらいかしら？　もっとはやいかもしれない。そのころには、まだ一般には知られていなかった」

ジョージア・コーカーは肩をすくめてみせた。「パトカーが何台か連なって走っていくのを見かけて、ついてったら、あそこにたどり着いただけよ」

アレックスは相手の両手を観察していた。ジョージア・コーカーには、それをこねくりまわす癖があった。

「なるほど。パトカーのあとをおいかけただけね」

「そうよ」

アレックスはうなずいた。「ほかの写真も見せてちょうだい」

ジョージア・コーカーがキーボードを操作すると、さらに多くの警察官たちが出入りする様子が映しだされていった。アレックスは、その全員の顔を知っていた。いまでもまだ自分はこのあたりでは新参者だと考えていたが、それでもかれらは同僚であり、彼女が信頼するようになった人たちだった。かつては自分もその一員だった人たち……。

アレックスはPTSDを理由に、重大犯罪班からはずされていた。来週、仕事に復帰したら、〝軽めの業務〟とやらにつかされることになっていた。マカダム警部いわく、彼女が動揺することがないような仕事を見つけてあるという。

ジョージア・コーカーがスペースキーを押すのにあわせて、目のまえにつぎつぎと写真があらわれた。ほとんどの場合、カメラのレンズは正面玄関を出入りする人たちにむけられていたが、ときおりすこし左にずれることがあった。警察官が家の北側に集まっていると思われるようなときに。

「わたしが見つけた撮影場所は、月桂樹の茂みの下にあったの。薄暗くて、むこうからは見えなかったけれど、じっとしていないと気づかれる可能性があった。だから、ほとんどおなじ角度からの写真しか撮れなかった。かれらが家の北側でなにをしているのか見ようと、移動するわけにはいかなかった」

写真のなかに、一台の車輪付きの担架があらわれた。砂利の上をひっぱられていく。なにものっていなくても、救急隊員たちは担架を移動させるのに苦労しているようだった。べつの写真は、それが家の左の角をまわって消えていく瞬間をとらえていた。

「遺体の搬出よ。担架はおなじところをひき返して、わたしの目のまえを通過していくものと思っていた。でも、かれらはむこう側をまわっていった。そこには石畳の小道があるから、そっちのほうが楽だったのね」ジョージア・コーカーはまっすぐアレックスの目を見ていった。「そして、ええ、その写真が撮れてたら、わたしはそれを発表していた。それが公共の利益だもの」

カメラのレンズは、ふたたびすこし左へと寄った。それから、もとの位置に戻って、つづく数枚は家のなかで動きまわる複数の人影をとらえていた。メアリ・ユニスの遺体が発見された部屋にちがいないが、室内が暗すぎて、なにもわからなかった。

「戻して」アレックスはいきなりいった。

ジョージア・コーカーがキーボードを操作した。

「もうひとつまえ。それよ」

救急隊員の動きをおっているときに、ジョージア・コーカーはたまたまその背景にある車庫を写真におさめていた。タイル張りの屋根をもつ、赤煉瓦（あかれんが）造りの建物だ。車庫は邸内路の突き当たりに位置しており、扉があいていた。アレックスはソファの上で、まえに身をのりだした。

21

壁に映しだされた写真をしげしげとながめる。写真で見るかぎり、車庫にはここしばらく車がとめられていなかったようだった。さまざまながらくたで、あふれ返っている。それを長いことみつめたあとで、アレックスはソファから立ちあがって壁にちかづいていった。

「なにか見つけたの？」

アレックスは、ゆっくりとかぶりをふった。

「見つけてても、どうせわたしには教えてくれないんでしょ？」

アレックスはふり返って、ほほ笑んだ。「もちろんよ」

「その写真、なんだったら送ってあげるわよ」

「ただで？」

「その口を閉じてたら？　わたしだって、あなたとおなじくらいこの事件の犯人が捕まって欲しいと思ってる。ほんとうにおぞましい犯行だもの」

「ごめんなさい」アレックスはいった。下に手をのばしてカップをもちあげ、コーヒーをひと口すする。「そうね、そうしてもらえると助かる。メールアドレスを教えとくわ」アレックスは手帳にそれを書きつけると、ページをひきちぎってジョージア・コーカーに渡した。

「個人のメールアドレス？　警察のでなくていいの？」

「本来はそうすべきだけど、わたしを信用して。いいでしょ？　あなたがプライバシーを侵害したことを報告しないかわりに、こっちもすこし目こぼししてもらいたいの。それで、これらの写真のなかで、もう売ったやつはあるの？」

ジョージア・コーカーはキーボードを操作して、最後の数枚を手早く映写していった。「一枚だけよ。家のまえにパトカーがとまっている写真。ほら、人が殺された家ってわけ。複数の地方紙に載ったわ。あと、『メール』紙と『テレグラフ』紙にも」

「それだけの価値があったのならいいけど」アレックスはコーヒーのカップをテーブルに戻した。「コリンだったんでしょ？」ジョージア・コーカーの顔をじっとみつめてたずねる。

それに対して、ジョージア・コーカーは眉ひとつ動かさずに応じてみせた。「いったいなんの話かしら」

「あの家で事件があったことをあなたに教えたのは、コリンだった。ちがう？　さっきの写真に写っていた警察官よ。泣いている女性警官のうしろに立っていた」

「はずれよ」だが、その返事はすこしはやすぎた。それに、コリンの名前が出てきたときに、ジョージア・コーカーはそれが何者かをたずねてこなかった。

「だから、あの写真を売ろうとしなかったのね。いちばんいい写真だったけど、コリンを面倒に巻きこみたくなかった。彼があなたに情報を流した張本人だったから」

「コリンなんて人、聞いたこともないわ」ジョージア・コーカーの両手は、ふたたび身体（からだ）のまえでこねくりまわされていた。

アレックスは笑みを浮かべると、「いいわ」といって立ちあがった。ここは、そういう土地柄だった。誰もがおたがいを知っている。


自宅ちかくまできたとき、アレックスはスーツケースをひきずるふたりの女性を見かけて、車をとめた。ティナとステラだ。水色の平屋建ての家から板張りの遊歩道を道路のほうへとむかいながら、なにやら言い争っている。

新婚旅行が終わったのだ。先週の木曜日にやってきたふたりが、一週間たって帰路につこうとしている。アレックスは時間の感覚がおかしくなっていたが、それは心的外傷のせいとばかりはいえなかった。仕事をしていないと、日々は茫洋（ぼうよう）とすぎていく。あのふたりと駅のカフェではじめて顔をあわせた日から——フランク・ホグベンの母親が刃物をもって突然あらわれた日から——もう七日がたつなんて、信じられなかった。ユニス夫妻の惨（むご）たらしい死体が発見された日。その犯人はまだ捕まっておらず、容疑者の退役軍人ロバート・グラスはどうやら雲隠れしてしまったらしい。

　スーツケースの車輪に小石がひっかかって、ふたりはなかなか先に進めずにいた。

「これでも、できるだけ急いでるのよ」ティナが愚痴っぽくいった。

「もちあげなくちゃ駄目よ」ステラが自分のスーツケースを下に置いて、ティナに手を貸そうとした。

「ひとりでできるわ」ティナがぴしゃりという。

「馬鹿（ばか）いわないの。ほら、まかせて」

　道路では、タクシーがトランクをあけたまま待ちかまえていた。女性たちが大きな荷物を抱えて暑さで汗だくになっているというのに、タクシーの運転手は自分の携帯電話のほうにうつむいてなにかを見ているだけで、まったく手を貸そうとしなかった。

　アレックスは車から降りると、小走りで新婚のふたりにちかづいていった。「どうも」と声をかける。

だが、ティナとステラはスーツケースと格闘するのに忙しすぎて、その声が耳にはいっている様子はなかった。アレックスがおいついたとき、ふたりはすでに道路のすぐちかくまできていた。「いまから帰るの？」

「日常の世界にね」ステラが自分の紫のプラスチック製のスーツケースをもちあげて、トランクにいれた。「残念だけど」

「存分に楽しんだ？」

「つぎに結婚するときは、新婚旅行はバルセロナにするわ」ティナがいった。

「あなたは黙ってて、ティナ。ふたりとも、すごく楽しんだわ。最高の時間だった。ゾーイには、いつでもフォークストーンに泊まりにきてちょうだいといってあるんだけど、かまわなかったかしら？」

「いいの？」

「彼女、素晴らしいわ」

「ええ」アレックスはいった。「ほんと、そうなの」

ティナのスーツケースはアルミ製で、彼女はステラをぎゃふんといわせてやろうと、ひとりでそれをもちあげてみせた。勢いをつけて、トランクの高さまでふりあげようとする。だが、それはタクシーの後部にぶつかってしまい、車の塗装がすこしはがれた。それに気づいたティナの目が見開かれる。

いまのいままで知らぬ顔を決めこんでいたタクシー運転手が、疾風のごとく車から降りてきた。「なんてことしてくれたんだ?」

ステラとティナは顔を見あわせた。

「見てみろ、このアホ女が」

ステラの身体が大きくなっていくように見えた。「あたしの奥さんにそんな口きくんじゃないよ」

タクシー運転手は目をぎょろりとまわしてみせた。「二百ポンドだ」

「あんたがそのでかい尻をあげてたら」ステラが男の目のまえに顔を突きだしていった。「こんなことにはならなかったんだよ」

男はこの状況を考えているようだった。「五十ポンド」と譲歩する。

「べつのタクシーを呼ぶわ」ステラがいった。

タクシー運転手はティナのスーツケースをもちあげると、トランクに放りこんだ。

「ほら、乗れよ」

ステラはティナのほうにむきなおって、両腕を相手の身体にまわした。「どう?

もう大丈夫よ」なだめるようにいう。「すべてかたがついたわ」

ティナが固まってしまっていることに、アレックスは気がついた。全身の筋肉が硬直して、彼女をその場から動けなくしているかのようだ。目を大きくひらいたまま、まっすぐまえをみつめている。

ステラは小声でゆっくりとティナに話しかけていた。「このタクシーで大丈夫そう？　それとも、べつのを呼ぶ？」

ティナはなにも考えられないといった感じで、じっと黙りこんでいた。

「なあ」タクシー運転手がぶつくさといった。「いこうぜ」

「さあ、どうする」子供をなだめるときに使うような落ちついたやさしい声。その様子からして、ステラがこういう事態に直面して対処するのは、これがはじめてではなさそうだった。

さらにしばらく奇妙な沈黙がつづき、そのあいだステラはティナの髪の毛をなで、タクシー運転手はいらだたしげにふたりのそばに立っていた。すると、ようやく緊張が解けてきたのか、ティナはうなずくとこういった。「このタクシーでいきましょう」

「ほんとうに大丈夫？」

「ええ。もう平気よ」ティナはステラにあけてもらったドアから後部座席に乗りこんだ。ステラは車の反対側にまわりこんでくると足をとめ、身をのりだしてアレックスの頬に軽くキスをした。「すごく疲れた顔をしてるわ、おまわりさん。あまり無理はしないでね」

それは、じつに謎(なぞ)めいたひと幕だった。あとになってからアレックスは何度も頭のなかでその場面を再生し、どういうことだったのかを理解しようとした。

22

小道のすこし先にある〈スナック・シャック〉のわきで、カーリーが自分のピックアップトラックの荷台に魚箱を積みこんでいるのが見えた。夏のどんよりとした空気に、魚の匂いがたちこめていた。

アレックスは小道からはずれて小石を踏みしめながら、そのおんぼろトラックにちかづいていった。「大漁だったの？」

「悪くはなかった」カーリーが髪の毛を手で梳きながらこたえた。「まあ、良くもなかったけどな」

「ビルを見かけた？」

「ああ。良くはなかった」

ここは小さな共同体で、うわさはすぐに広まった。

「なにをしたら彼の助けになるかしら、カーリー？」

カーリーはポケットから煙草(たばこ)のブリキ缶をとりだしていった。「まあ、やるとしたら、やつの邪魔をしないことくらいかな。やつはこの件をひとりで切り抜けて、またおれたちの目をまともに見られるようになる必要がある」

それはそうなのだろうが、それによって、彼がいまや文無しであるという事実が改善されることはなさそうだった。

「ちょっと考えてたんだけど、あなたはいまもまだフォークストーンから漁に出てるの？」

カーリーは警戒するような目でアレックスを見た。「そんなにしょっちゅうじゃないけどな。船のどれかに乗組員が必要になると、ときどきお声がかかる」

「わたしがそういう船で海に出たいと思ったら……」

「なんでそうしたいんだ？」

「転職を考えてるの」アレックスはいった。

カーリーがにやりと笑うと、雲間から太陽が顔をのぞかせたみたいな感じがした。

「真面目(まじめ)な話、どうしてだ？」

「週明けの月曜日から、わたしは机のまえに縛りつけられることになる」

カーリーの笑みは、あらわれたときとおなじくらいすばやく消えた。「フランク・

ホグベンの件か？　あんた、ビルにもやつのことをたずねたらしいな」

「ええ。その件よ」

「フランク・ホグベンは船から転落した。あまりいい漁師じゃなかった」

一羽のカモメがトラックの運転台の屋根に降り立つと、首をかしげながら、片目で魚箱のほうをうかがった。

「とにかく、見てみたいの」

「なにを？」

「わからない」

カーリーはしばらく考えていた。「漁に出る船は、それほどでかくない。ふつう、乗組員以外の人間は乗せない」

「そうよね」アレックスはもうすこし粘って、そのまま立っていた。

べつのカモメが運転台の屋根に舞い降りてきて、先にきていたカモメとやかましくいさかいはじめた。

「ふと思いついただけだから」そういうと、アレックスはむきなおって自分の車のほうへと戻りはじめた。

小道のすぐ手前まできたところで、後方からタイヤが砂利にめりこむ音が聞こえてきた。アレックスのとなりにトラックがならび、その窓から首をだしたカーリーがこういう。「訊(き)いてみてまわってもいいぞ。そうしてほしければ」

「助かるわ」

トラックが小道にはいると、カーリーはアクセルを踏んで、排気管から黒い煙を吐きださせた。このあたりの制限速度は時速二十マイルなのだが、カーリーは地元生まれの地元育ちということで、自分にはその規制が適用されないと考えているのだ。

そのとき、二台の車が青い光を点滅させながら幹線道路をちかづいてくるのが見え、カーリーはエンジンをふかすのをやめた。まるで、それが自分を捕まえにきたパトカーだとでもいうように。

先頭のパトカーは小道の突き当たりまですっ飛んでいき、古いほうの灯台のちょっと先でとまった。二台目のパトカーは、アレックスのちかくまでくると速度をゆるめた。

ハンドルを握っているのは、アレックスの知らない女性だった。だが、助手席にコリン・ギルクリストがすわっていた。

「なにが起きてるの?」アレックスは彼にたずねた。

「射撃場のほうで、野宿の痕跡が見つかったんです。ロバート・グラスのものと思われます……容疑者のものと。いまから、浜辺のそのあたりへむかうところで」

陸軍の射撃場は広大で、キャンバーまでの岬の北西部ほぼ全域を占めていた。そこで人ひとりを見つけだすのは、容易なことではないだろう。

「それで、彼はどういう人物なの？　ロバート・グラスは」

運転席の女性が咳払いをした。

「わかりません。あの、もういかないと」コリンがいった。

アレックスは、ややまえに身をのりだしていった。「ところで、コリン、わたしたちには共通の知人がいるみたいよ。ジョージア・コーカー」

「ああ」

すでにアレックスは、フェイスブックで確認をとっていた。ジョージア・コーカーとコリン・ギルクリストは、小学校の同窓生だった。「この先、しゃべる相手には気をつけなさいよ、コリン。わかった？　そのせいで、おいだされる可能性だってあるんだから」

首から耳にかけてコリンがさっと赤くなるのを見て、アレックスはテリー・ニールと彼の説明にでてきたバナナのことを思いだした。

さらに身をのりだしてつづける。「わたしは誰にもいわない。でも、かわりにやってもらいたいことがあるの。頼めるかしら？」

走り去っていくパトカーのなかから、運転席の女性がコリンにこうたずねるのが聞こえてきた。「いまのはなんだったの？」

車はすこしいったところでふたたび停止し、アレックスは降りてきたふたりがトランクから防護ジャケットをとりだすのをながめていた。海岸を吹き抜けていく突風が地面に生えているハマナを揺らし、アレックスの目に髪の毛をはいりこませた。

遠くに見えているアルム・コテージでは、裏のベンチにひとつの人影が腰かけているのが確認できた。

アレックスは車で小道をのぼっていき、途中でアルム・コテージのほうへとハンドルを切った。そして、その家のまえに駐車すると、車から降りてトランクをあけた。

アレックスが家の裏手にまわっていったとき、ビル・サウスは依然としてそこのベンチにひとりで腰かけていた。片方の手にウイスキーのグラスをもった状態で。

「今回の件、ほんとうに残念に思ってる。それをいいたくて」アレックスはいった。

ビル・サウスはうなずいた。「きみのせいじゃないさ」グラスをもちあげて、ひと口する。「いっしょに飲むか?」

「いいえ、遠慮しとく。慰めになるかどうかわからないけど、テリー・ニールもすっかり騙(だま)されたといってたわ」

ビルはくすくす笑うと、さらにもうひと口あおった。「テリー・ニールは、その金がなくても困ることはないだろうな。嘘じゃない。あいつの家を見たことあるか?」

「妬(ねた)み嫉(そね)みは、あなたらしくないわよ、ビル。それに、あの家はあなたにはすこし派手すぎるんじゃないかしら」

ビルはうなずいた。「きみの娘がいうには、われわれはそもそも金を必要とすべきではないんだとか」

アレックスは笑った。「あの子らしい考えね」そういって彼女がさしのべた手を、ビルはグラスをもっていないほうの手でそっと握り返してきた。「でも、あなたはあの子をおい払った」

「話をする気分じゃなかったんでね。ところで、浜辺にうじゃうじゃいるあの警察官たちはなにをしてるんだ?」

「ユニス夫妻の事件の容疑者が射撃場ちかくで野宿しているかもしれない、とかれらは考えてるの」

「ボブ・グラスか？」

アレックスはビルをみつめた。「彼を知ってるの？」

「夏のあいだはこのあたりにいて、あちこち転々としてる。きみはなにも気がつかないんだな？　それじゃ、警察はボブがユニス夫妻を殺したと考えているんだ？」

「彼は夫妻の家の裏手にある草地に無断で住みついていた。彼とアイマン・ユニスはなにかで言い争っていたと考えられている。あなたはどう思う？」

「あの男は、身も心も健康とはいえない状態にある。元軍人で、学のありそうなしゃべり方をし、アフガニスタンとイラクにいた。そこで友人たちが全員ばらばらに吹っ飛ばされるところを見てきたらしい」

「〝皆殺しにせよ。神にはみずからの民がわかる〟」

「うん？」

「犯人がメアリ・ユニスの血で現場の壁に書き残していった文言よ。もしかすると、あれは自分のまわりで仲間がみんな死ぬのを目にしてきた男のしわざなのかもしれない」

「人はそうやって使い捨てられるのさ。ひどい話だ」ビルは自己憐憫（れんびん）にひたっている口調でそういうと、グラスを口もとにはこんだ（もっとも、中身はすでになくなっていたが)。「きみがカーリーと話をしてるのが見えた」という。

「酔ってるときでも、ほとんどなにも見逃さないのね」

「ここは見晴らしが効くんでね。たいていのことが目にはいる。今夜は風が出てきそうだ」

「フォークストーンから出港する漁船のどれかに乗せてもらえないかって、彼に訊いてたの。いわゆる〝相乗り〟ってやつね」

ビルが彼女の手を離した。「なんでまた、そんなことを?」

「自分でもよくわからない。わたしは月曜日から仕事に戻る。軽めの業務につくために」

「よかったじゃないか」

「臨時の配置換えで、マカダム警部がわたしを調査プロジェクトのほうにまわしたの。警察への通報を分析して、その方法論を確立するためのプロジェクトに。お先真っ暗よ、ビル」

「こっちはそれどころじゃないさ」

アレックスはため息をついた。「お金のことなら、わたしが用立ててるわ。わかってるでしょ、ビル。ひと声かけてくれるだけでいい」

「けっこうだ」

「貯金があるの」

「おれが金を失ったのは、自分で馬鹿な間違いをしでかしたせいだ」

「それでも、いつでもいいからいって」

「元警官で前科もちのおれが、こんな詐欺(さぎ)にひっかかるとはな」

「自分を責めないで、ビル。ほら、きてちょうだい」アレックスは彼をさし招いた。

「元気づけようと思って、あなたにプレゼントを買ってきたの」

ビルはグラスを置くと、ふたたびアレックスの手をとった。今度は、立ちあがるために彼女にひっぱりあげてもらおうとして。だが、彼はアレックスが考えていたよりも酔っぱらっており、すこしまえによろめいた。彼女に抱きつくような恰好(かっこう)になる。

「すまない」ぼそぼそとそういってから、ビルはうしろにさがった。

「こっちよ」アレックスはいった。

ビルは彼女のあとについて家の側面をまわると、正面まできたところで足をとめた。すこしふらつきながら、それをみつめる。

「このけったいな代物(しろもの)は、いったいなんだ?」酔うと、彼のしゃべり方には地金の北アイルランド訛(なま)りがあらわれた。

「小鳥の水浴び用の水盤よ、ビル。あなたへのプレゼント」

こうしてピンク色のやわらかな夕日のなかにある水浴び用の水盤は、アレックスの目にはものすごく素敵に映った。

「気にいってくれた？」

ビルは風にあおられているみたいな怪しい足どりでまわりを一周してから、それに背をむけ、なにもいわずに正面玄関から家のなかへとはいっていった。

23

土曜日の晩。アレックスはぱっと目をさますと、はね起きて明かりをつけた。どこかで扉が風にあおられて、ばたんばたんと音をたてていた。

　寝室にはゾーイもいた。ベッドの足もとにある肘掛け椅子にすわって、羽毛掛け布団にくるまっている。「どうしたの？　眠れなかった？」アレックスはたずねた。

　ゾーイはうなずいた。

　アレックスは自分の羽毛掛け布団の下で蒸し焼き状態になっており、木綿のパジャマは汗ぐっしょりだった。掛け布団を押しのけて、どんな夢を見ていたのか思いだそうとする。ゾーイはかさばる羽毛掛け布団から骨ばった頭だけをのぞかせていて、いつもながらものすごく華奢に見えた。

「いっしょに寝る？」そういってアレックスが身体を移動させて場所をあけると、ゾーイは重たい羽毛掛け布団をひきずりながら、のろのろと部屋をよこぎってきた。そのまま母親のとなりのマットレスにどさりと倒れこむ。

「ほらほら」アレックスは十代の娘のひたいを撫でながらいった。「なにも問題はない？」

ゾーイはこたえなかった。

「なんで目がさめたの？」

だが、ゾーイはすでに寝入っていた。そのやわらかい寝息に耳を澄ませて横たわっていると、生まれたばかりの娘に対して思いがけず抱いた強烈な愛情が、アレックスの胸に甦ってきた。

それから、アレックスはまた地下に戻っていた。上から落ちてくる土くれ。まわりに張りめぐらされている根。彼女は身動きがとれず、胸を強く押されているので息が詰まっていた。恐ろしいと同時に、馴染みのある感覚。彼女はこの場所に慣れつつあった。

ここでアレックスがすべきは、身をふりほどいて暗闇から抜けだすことだった。だが、胸にのしかかる土が重たすぎて、とてもすぐにはできそうになかった。

自分が眠りに落ちたことにアレックスは気づいていなかったが、つぎに目をあけたときには部屋は明るくなっており、誰かの大きな声がしていた。となりでは、ゾーイが山のような羽毛掛け布団にくるまって、まだ寝ていた。アレックスはベッドから起きだして、カーテンの隙間(すきま)から外をのぞいた。見おろすと、そこには迷彩柄のズボンに汚れた白いTシャツというういでたちのカーリーが立っていた。

窓をあけたアレックスにむかって、彼が叫んだ。「おれのダチがフォークストーンで〈ジェニーB〉号って船をもってる。きょうの午後の満潮にあわせて漁に出る予定だが、いっしょにくるか？」

「日曜日なのに？」

「海に出たいといったのは、そっちだぞ」

「ママ？」うしろでゾーイのしゃがれた声がした。「なにしてるの？」

「カーリーがわたしをトロール漁船に乗せてくれようとしてるの」

「なんで？」

アレックスはこたえなかった。自分でも、よくわかっていなかった。

「底引き網(トロール)漁業は禁止すべきよ」ゾーイがいった。

アレックスは腕時計に目をやり、下にいるカーリーにむかって声をかけた。「戻りは何時ごろになりそう？」

「朝の三時かな。四時かも。この時期は、暗闇のなかで漁をするのがいちばんなんだ。魚たちにはこっちがくるのが見えないから」

「あたしなら大丈夫よ」ゾーイがいった。「パーティをひらいて友だちを大勢呼んで、みんなでケタミンやってぶっ飛んでるから」

「あなた、友だちなんているの？」

「いいから寝させて」そういうと、ゾーイは半眼の状態で足をひきずりながら自分の部屋へと戻っていった。くたびれた羽毛掛け布団の下から突きでている二本の脚は、棒切れみたいに細かった。

「ひとついっとくと」カーリーが激しく揺れる車のなかでいった。いつものように速度を出しすぎていた。「この漁船の持ち主のダニー・ファッグは……フランクの従兄弟だ」

「あら」

「そうだ。そして、やつはフランクがいなくなった日にいっしょに船に乗っていた。だから、すこしお手柔らかに頼む」

空は曇っていたものの、海は穏やかだった。

「それじゃ、沿岸警備隊に通報したのは彼だったのね？」

カーリーはうなずいた。

「警察は、彼がフランクを海に突き落とした可能性を疑ったことがあるのかしら？」

「どう思う？　そりゃもちろん、疑ったさ。やつは何度も事情聴取された」路面の穴ぼこを避けるためにカーリーが急ハンドルを切ると、バックミラーからぶら下がっている木の形の芳香剤が左右に大きく揺れた。

「彼には、そういったことができそう？」

「いや、まず無理だね。ダニーはそんなことする男じゃない。あんたも会えばわかるさ」カーリーはアクセルを踏んで黄信号を突っ切り、前方を走る車列においついたところで速度をゆるめた。「だが、やつがそうしてたとしても――そうだといってるわけじゃないぞ――あんたにはなにも証明できない。だろ？　船にはふたりしか乗ってなかったんだから」

「そうね。死体は出てきていないわけだし」

「まあ、フランクといっしょに乗ってたのがおれだったら、その仮説もありだったかもしれない。けど、ダニーにかぎっていえば、それは絶対にない」

「あなたはフランクのことをあまり好きではなかった？」

「ああ。正直、あいつを好きだったやつとは、あまりお目にかかったことがないな」

「どうして彼は好かれていなかったの？」

「親父さんとおなじで、すこし偉そうだった。親父さんが亡くなると、今度は自分が大物だと考えるようになった。このあたりを牛耳ってると」

「それでも、彼といっしょに仕事をしていた？」

「ときどきな。えり好みはできない、ってやつさ。わかるだろ？　仕事で組む相手を全員好きになる必要はない。おれにとって大切なのは、船に乗ることだ。親父が漁師だったもんでね。船で海に出られなくなったら、自分が何者かわからなくなっちまうだろう」

アレックスは、ダンジェネスに移ってきてすぐのときにカーリーと知りあっていた。だが、ふたりはけっして友人というわけではなかった。彼はほとんどの時間を浜辺もしくはパブのなかですごしており、みんなから知られていた。そして彼のほうも、みんなのことを知っているようだった。

カーリーはウインカーをださずに、流れている車の列から離れた。そして、長い直線がつづくリド・ロードでおんぼろトラックを追い越そうとした。対向車線をやってくるジャガーが腹立たしげにライトを点滅させる。それを見て、カーリーは声をあげて笑った。

フォークストーンの港は古ぼけた煉瓦と石とコンクリートと鋼鉄と木からできており、あちこちに防波堤や橋や高架橋があった。かつては英仏海峡を渡る鉄道の乗客や荷物でにぎわう港だったが、そのころ船が出入りしていた場所には、現在アパートがたちならんでいた。

そのトロール漁船は、ザ・ステードのそばの港内に舫ってあった。横幅のある青い船体には数本の太い白線が描かれており、舳先には遠くからでも読めるように大きな文字で〝FE128〟と登録番号が記されている。カーリーはパブの〈シップ・イン〉のまえまでくると、トラックの鼻づらを水面にむけて駐車した。

「あれはおなじ船では……？」

「ああ、ちがう。フランクが乗ってたのは、〈希望の星〉号だ。あそこにある船よりずっとでかくて、十五メートルはあった。ちかごろじゃ漁獲の割当量が決まってるから、誰もそんな大きな船は欲しがらない。フランクがいなくなったあとで、〈希望の星〉号は売られた。一家は金を必要としてたから」カーリーはトラックの運転台の窓から身をのりだすと、親指と人さし指を使って口笛を吹いた。二十メートル離れたところに浮かぶ船の上で、くたびれた緑のTシャツを着た男が顔をあげて手をふって寄越した。「あれがダニーだ。準備ができたら、おれたちを迎えにくる」

ふたりの目のまえを、アイスクリームを手にした観光客たちがぶらぶらと通り過ぎていった。カーリーはトラックの荷台からつなぎ服とブーツをとりだし、それらをもって古い石造りの埠頭のほうへと歩いてむかった。そこには海面につうじる金属製のはしごが設置されていた。

しばらくすると、準備を終えたダニーがトロール漁船から大きめのはしけ船に乗りこみ、立ち漕ぎで櫂をあやつりながら岸壁にちかづいてきた。埠頭の先端にある二本の鉄柱には鎖が張られており、アレックスはその下をくぐると、カーリーのあとにつづいて金属製のはしごを下りていった。

ダニーは大男で、太鼓腹を覆うTシャツから突きだす二本の腕はピンク色のソーセージを連想させた。カーリーははしけ船に飛び乗ると、むきなおってアレックスに補助の手をさしのべた。

「ダニー。こちらはアレックス。おれが話してた女性だ」

ダニーは黙ってうなずいた。にこやかな男性で、カーリーよりも若く、赤みがかった髪の毛とそばかすだらけの顔をしていた。ダニーの漕ぐはしけ船がトロール漁船に戻っていくのを、観光客たちがアイスクリームを舐めながらながめていた。

アレックスは漁船の側面をよじ登って、広くてがらんとした甲板に出た。甲板の片端にオレンジと緑の網が束ねられており、反対端には巻き上げ機があった。カーリーがはしけ船を係留装置に結わいつけるやいなや、ダニーはディーゼルエンジンをかけてシフトレバーを後進に入れ、錨をあげた。

操舵室のなかには、アレックスのすわる場所が用意されていた。

「彼女は下々のものたちの暮らしぶりを見にきたんだ、ダニー」とカーリーがいう。

ダニーは落ちつかない様子でうなずくと、なにもいわずに港の防波堤の先にひろがる開放水域へとトロール漁船をむかわせた。

「つかまっててくれ」ダニーが穏やかな口調でいった。「ここはちょっと揺れるから」

彼のいうとおりだった。防波堤をすぎると、船はやってくる波によってがくんともちあげられたと思うと、つぎの波の上に勢いよく着水した。

あすになったら、アレックスは職場に復帰して、日がな一日仕事で机にむかってすごすこととなる。

風で大きな波が立っており、突然、この船ではもたない気がしてきた。重たすぎて、浮いてはいられないだろう。悪いことが起きそうだという例の予感。アレックスはそれを頭からおい払おうとした。テリー・ニールが説明してくれたとおり、これは神経系の機能障害なのだ。悪いことが起きたのは、自分がそうなると思ったからではない。ここでは、なにも悪いことは起きたりしない……。

24

港を出ると同時に、船は横揺れをはじめた。ひらけたところまでくると、ダニーは舳先を南西へむけ、海岸沿いに船を進めていった。

「七年まえにフランクがいなくなったときの天候は？」アレックスはたずねた。

「かなり荒れてた。きょうよりもずっとひどかった。だろ、ダニー？」

ダニーがうなずいていった。「英仏海峡には北東の風が吹いてたから、戻るときにはまともに波に突っこんでく恰好になった」

「上下に激しく揺れたってこと？」

「まあ、そういっていいだろうな。縦揺れだ」カーリーが両手でその動きをしてみせた。

前方から、こちらとおなじくらいの小さめの船がちかづいてきた。逆にフォークストーンの港へとはいっていく船だ。甲板にはロブスター用の罠（わな）かごが積みあげられており、目印のブイについた青と赤の旗が向かい風にあおられて紋章旗のようにはためいていた。舵を握っている男と操舵室のそばの甲板に立つ男が手をふって寄越す。すれちがって数秒後、無線から雑音まじりの声が聞こえてきた。「あたらしい乗組員か、ダニー?」男の声がいった。

ダニーは顔を赤らめ、くすくすと笑った。

カーリーが無線機のマイクを手にとった。「だからなんだってんだ?」

「いや、おまえらふたりよりも美形なのが乗ってたからさ」

「なに寝ぼけたこといってんだ。この船には美形しかいないぞ」カーリーがいった。

「トロール漁船に女が乗ってると」カーリーはアレックスに説明した。「いつだって野郎どもは興奮するんだ」

「船の世界では、女性は悪運を呼びこむものとされてるのかと思っていた」

「どうやらおれたちはみんな、人魚の存在を信じてる未開人だと思われてるらしいぞ、ダニー」カーリーがいった。

ダニーは控えめに笑った。

「もちろん、きょうの漁がぼうずに終わったら、おれたちはあんたのせいにするさ。そういうもんだろ?」

アレックスは、酒場にいるカーリーの姿を見慣れていた。もしくは、浜辺でえんえんと自分の船をいじくりまわしている彼の姿を。陸地にいるときの彼は、常に飲みかけのグラスを手にしている男だった。海の上にいる彼を見たのは、これがはじめてだった。ここでの彼は別人に見えた。もっとずっと自信にあふれていた。これが彼の本来の姿なのだということに、アレックスは気がついた。生き生きとしている。ダニーが操船するかたわらで、カーリーは水平線をじっとみつめていた。

アレックスは携帯電話をとりだして、ゾーイからのメッセージが届いていないか確認した。電波はまだ強かったものの、着信はなかった。ジルからの連絡を期待して、メールを調べてみる。こちらも、なにもなし。ユニス夫妻の件で進展はないかとアクセスした地元のニュースサイトでも、収穫はゼロだった。

揺れる船の上で小さな画面を見ているのは、あまり賢明な行動とはいえなかった。アレックスは不意に胸が苦しくなるのを感じて、吐き気をおぼえた。

「大丈夫か?」カーリーが心配そうな顔でアレックスを見ていた。

「ええ」アレックスは携帯電話をしまって、かわりに水平線に目をやった。か弱い存在だと思われたくなかった。

一時間後、ダニーがエンジンの出力を落として、カーリーといっしょに船の後部へとむかった。網の準備をするためだ。それがすんでダニーがふたたび船をまえに進めると、アレックスの目のまえで緑とオレンジのナイロン製の網がつぎつぎと海に送りだされていった。網は全部で三組あり、それぞれをべつの場所に投下する必要があった。やがて、船の速度が遅くなった。網が海底をさらっているのだ。

「まだ明るすぎるから、あまり多くの獲物は期待できない」ダニーがいった。「わからないぞ。きのうの晩の風で、海底がすこしかきまぜられてるだろうから」

あたりが暗いか水が濁っていないと、網がちかづいてくるのを魚に感づかれてしまうのだ、とふたりはアレックスに説明した。

風は暖かかった。底引き網漁を開始してから一時間ほどたったところで、アレックスは舷側(げんそく)から海にむかって吐きはじめた。

「なかには船にあまり強くない人もいる」ダニーが同情するような笑みを浮かべていった。「きょうは、それほど荒れてないんだがな。これで風が下から吹きあげてきてたらどんなことになってたか、想像してみるといい」カーリーがつづけた。

「素敵な光景ね。ありがとう」

「どういたしまして」

船べりにもたれかかったまま、アレックスは自分の吐いたものが青い船体にあたって落ちていくのをながめていた。最低の気分で、こなければよかったと後悔していた。これは馬鹿げた思いつきだった。どういうわけか、自分はこういうことに強いと——実際には、ちがったわけだが——決めこんでいたのだ。これでいったい、なにがわかると考えていたのだろう？　とりあえず、自分が絶対にこの仕事につけそうにないということ以外に。

しばらくすると、巻き上げ機を稼働させて、最初に投じた網をたぐりあげる作業がはじまった。アレックスの目には、ナイロン製の網はきらきらと身をよじる魚ではち切れんばかりに見えた。網目から突きでた口が、水を求めてあえいでいる。ダニーの顔からはなんの感情も読みとれなかったが、カーリーは馬鹿にしたような表情を浮かべていた。「これっぽっちか」といって、網の底をぐいとひっぱって開ける。

魚とカニが一気にまとまって甲板になだれ落ちてきた。もがく獲物が男たちの手によってぼろぼろの網からひきはがされ、午後の弱まってきた日の光のなかで銀色の魚体がきらめく。黒い目に青白い肌をした小ぶりなサメが、断末魔にもだえながらゆっくりと口をぱくぱくさせていた。残るふたつの網も引き揚げられ、ダニーとカーリーは足もとで動きまわる獲物を白いプラスチック製の箱にわけていった。サメはこっちの箱。カニはあっちの箱（箱から逃げだそうと、おたがいの身体にゆっくりと足をかけている)。ツノガレイやヒラメはまたべつの箱におさまり、一匹だけ獲れたガンギエイは、それだけでひとつの箱にいれられる。魚たちは白い腹を上にしており、そのあえぐ口もとは、アレックスが居心地の悪さを感じるくらい人間っぽかった。

船の後方では、甲板から海に投げ返されるおこぼれにあずかろうと、カモメたちが群れていた。

男たちは手早く作業を進め、引き揚げた獲物を甲板からかたづけていった。つぎつぎと魚を拾いあげるダニーの手もとを見ていて、アレックスはあることに気がついた。彼の右手には指が四本しかない。

「その手はどうしたの、ダニー?」

彼の顔が赤くなった。「事故だ」

「巻き上げ機にやられたんだよな、ダニー?」

アレックスの喉もとに、ふたたび胆汁がこみあげてきた。

「紅茶を淹れるわ」アレックスはそう申しでた。

「このまま外にいたほうがいい」ダニーがいった。

アレックスが反論しようとすると、カーリーがこうつづけた。「なかにはいったら、また気持ちが悪くなるぞ」

そして、それをきっかけに、すでに胃のなかは空っぽであるにもかかわらず、アレックスはふたたび嘔吐く羽目になった。

魚を選りわけて甲板に水を流してきれいにするのに、一時間ちかくかかった。それから、男たちは二回目の漁のために網を投下しはじめた。

アレックスが操舵室にはいっていったとき、男たちは画面からはなたれる光のなかに立ち、このあたりの海底の地図をながめていた。地図にはこの船の進路が表示されており、それによると、船はいま奇妙な黒いT字形のしるしにちかづこうとしていた。

「そのT字形のしるしは難破船かしら?」

「飛行機だ」ダニーがいった。「ドイツ空軍のドルニエ戦闘機」

ちかくでよく見ると、そのしるしがじつは小さな飛行機の形になっていることがわかった。

「こっちにもあるだろ?」ダニーがこの先の進路ちかくにあるべつのしるしを指さした。「英国空軍の戦闘機だ。スピットファイア。そいつの窓が網にひっかかったことがある。あがってきたガラスには、銃弾の穴があいてたよ」そういって、にやりと笑う。

「墜落した飛行機がどこに沈んでいるのか、ダニーはほかの誰よりもくわしい。よそからきたやつがこのへんで底引き網漁をしても、そういったもんに網をひっかけちまうのがオチだ」

「それじゃ、ここは彼の縄張りなのね」

「まあ、そんなところだな」カーリーがいった。

「あなたはフランク・ホグベンがいなくなった日に、いっしょに〈希望の星〉号に乗っていた」アレックスはダニーにむかっていった。

ダニーがカーリーのほうをちらりと見て、目をぎょろりとまわしてみせた。「ああ」

「そのとき、あなたはなにをしてたの？」

「寝てた」ダニーは操舵室の前方にある開口部のほうを手で示した。急な木の階段をおりていった先のV字形の舳先には狭苦しい船室があり、小さな寝棚がふたつ備えつけられていた。「半時間ほど寝てから――四十分くらいかもしれない――目をさますと、やつはいなくなってた。船には、おれしかいなかった。それだけだ」

ダニーが助けを求めるような目で、カーリーのほうを見た。「そのとき、〈希望の星〉号は自動操縦で航行してた」カーリーが話にくわわった。「もしかすると、フランクは舷側から小便しようとして、海に落っこちたのかもしれない。ただ足を滑らしたのかも。船をあまりきちんとかたづけてなかったから」

「それだったら、助けを求めて叫んだのでは？」

「そうしてたかもしれない。けど、海面からはっせられるやつの声は、誰の耳にも届かなかっただろう。〈希望の星〉号は、これよりもっとでかい船だった。いったんそこから落ちたら、もうそれっきりだ」

ダニーがふたたび口をひらいた。「それで、おれは沿岸警備隊に連絡した。以上だ」ダニーはまっすぐまえをむいていた。水平線上になにかを見つけて、それを一心にみつめているような感じだったが、アレックスがそちらに目をむけても、そこにはなにもなかった。

そろそろ空が暗くなりかけてきており、前方ではダンジェネスの灯台の明かりが点滅していた。まっ平らな地平線。それを破るのは、巨大な長方形をした原子力発電所だけだった。

日をまたぐころ、最後にもう一度網が投入された。遠く南の上空で——フランスのどこかで——雷雲が発生しており、黄色い光がくり返し地平線をぱっと浮かびあがらせていた。アレックスは気分が回復していたものの、いまはひもじさと疲労感をおぼえていた（ダニーから勧められた貧相なハム・サンドイッチは、また気持ちが悪くなることを恐れて、ことわっていた)。船の後部へいって、ダニーが網をくりだすのをながめる。カーリーは網の反対側にいて、やはりその作業を見守っていた。網が黒い海面に吸いこまれていくのを見ているると、アレックスの頭はぼうっとしてきた。

「彼の父親はどんな人だったの?」アレックスはカーリーにたずねた。

「マックス・ホグベンか? どうして彼のことが知りたい?」

「あなたは彼を知ってたの、ダニー?」

ダニーはうなずいてみせた。「マックスは運転中に死んだ。例の赤い車に乗ってるときに」

「ありゃ見事な車だった」カーリーが巻き上げ機の音に負けじと叫んだ。「ドイツ製のエンジンを積んでて、むちゃくちゃスピードが出た」カーリーは車にくわしく、船とおなじくらい愛していた。

「フランク・ホグベンは、お父さんが亡くなったあともその車を乗りまわしていたそうだけど」

カーリーがいった。「そうなんだ。考えてみたら、すげえ不気味だよな。親父さんが命を落としたその座席にすわって、車を走らせてるんだから。フロイトじゃなくても、それがどういうことなのかはわかる。だろ、ダニー?」

「ああ」

「やつは父親を憎んでた。まあ、無理もないけど。マックス・ホグベンは、みんなから憎まれてた。家族全員から。女房のマンディからさえ」

「彼の息子のほうも、あまり好かれてなかったみたいね」

ダニーがいった。「おれもフランクに好意をもってたとはいえないな」

カーリーはなにもいわなかった。

網はすべて放出されており、巻き上げ機は急に静かになった。そのかわりに、船体を叩く波の音が耳についた。カーリーとダニーはアレックスのほうをちらちら見ながら、小声でなにやら相談しているようだった。

アレックスは用心しながら船の後方へいき、金属製の船べりから海面を見おろした。その下にひろがる冷たい深みのことを考えると、思わず身体に震えが走った。自分が溺れて水に沈みかけている場面が脳裏に浮かんでくる。その予感があまりに生々しかったので、アレックスは急いで身体を起こしてむきなおった。

すぐうしろにダニーがいた。両手をこちらに突きだしている。

アレックスはぎくりとして、濡れた金属の上で足を滑らせた。バランスが崩れる。頭上のロープをつかもうとしてだした手は空を切り、彼女の身体は落下しはじめた。

一瞬、自分はこれから網の上に落ちて、そのままいっしょに冷たい水のなかへとひきこまれていくのだ、という考えが頭をよぎる。だが、そのときすでに彼女の上腕はさっとのびてきた大きな手につかまれ、船上へとひき戻されていた。

アレックスは胸をどきどきさせながら、ダニーを見あげた。「いったいなにしてたのよ？　こっそりうしろからちかづいたりして」

ダニーはいまにも彼女を海に突き落としそうな感じで、すぐそばに立っていた。それから、返事をすることなく、黙って甲板に目を落とした。アレックスがカーリーのほうを見ると、彼の姿はすでに操舵室のなかに消えていた。

25

アレックスは急いで操舵室に戻ると、そのままそこから出なかった。灰色のこぬか雨が降っており、その上にひろがる空は暗さを増しつつあった。遠くにあった白い崖の輪郭は、もはや見えなくなっていた。

船はさらに二時間ちかく自動操縦で走りつづけ、そのあいだにダニーとカーリーはガンギエイの身をはぎとったり、ナイフについている小さなへらでツノガレイのわたを抜いたりしていた。船は黒一色の世界のなかにある光の球で、それに群がる白いカモメたちを照らしだしていた。アレックスは濡れないところにこもっていた。誰もあまり口をひらかなかった。

港に戻ると、カーリーがはしけ船でアレックスを陸地につうじている傾斜路まで送り届けた。

「おれはもうすこしダニーの手伝いがある。獲物の処理をしたり、船のかたづけをしたりで」カーリーがいった。「あと一時間くらいかな。トラックで待っててくれ」

「あれって、そういうことだったの？　わたしの身に起きたのは？　ダニーはそこにいて、わたしを突き落とそうとした」

「馬鹿いうな。やつがあそこにいなかったら、あんたは海に落ちてただろう。ダニーはあんたに目を配ってたんだ。トロール漁船ってのは危険な場所だから」

「本気でいってるの？」

カーリーは肩をすくめてみせた。「すぐに家まで送ってくよ」

「タクシーを呼ぶわ。すこし眠らないと。きょうから仕事なの」

はしけ船は岸壁を離れると、速度をあげてトロール漁船へと戻っていった。アレックスはタクシーがくるのを待って、長いこと埠頭に立っていた。タクシーがくるころには、時刻は午前四時をまわっていた。数週間ぶりに仕事に復帰するまで、あと数時間しかなかった。


軽めの業務。アレックスをここまで暗澹（あんたん）たる気分にさせた言葉は、これまでひとつもなかった。

アレックスは三人の同僚（パフォーマンス部門から出向してきたデータ分析の専門

家ふたりと、サセックス警察から配置換えできたＩＴの専門家ひとり）とともに働くことになっていた。かれらの任務は、二カ月かけてあらたなシステムを——さまざまな暴力犯罪のデータを、警察検査局からお達しのあった新規の基準にのっとった形でまとめて分類するためのシステムを——考案し、テストすることだった。アレックスは警察本部の本館の裏にある現代的な外観の別館にはいっていくと、このプロジェクトに割り当てられた部屋のドアをあけた。小さな部屋では、三人の男たちが警戒するようにあたりを見まわしていた。

「かんべんして」アレックスは小声でつぶやいた。

ここでは、犯罪はすべて数量化され、量的もしくは質的に分析される。心的外傷を誘発するようなものは存在せず、そこが肝心な点だった。

「調子はどう？」アレックスが机のまえにすわって一時間ほどたったころ、捜査本部にいるジルから電話がかかってきた。

アレックスは狭くて殺風景な自分の部屋のドアを閉めた。「わたしのはじめての分析を披露させてもらうと、ここの労働人口は百パーセント男性よ」という。

「イケメンの男たち？」

「六十六パーセントがひげをたくわえている」

「仕事はどう、アレックス？　手持ち無沙汰になってない？　あなたの性格を知ってるから訊くけど」

「三十三パーセントが体臭の問題を抱えている」アレックスはつづけた。

「笑えるわ。これは、あなたにとっていいことなのよ、アレックス。変化は世の常なの」

「あなたって、ときどきほんとうにクソみたいなことというわね、ジル」

　ジルが例の甲高くて澄んだ笑い声をあげた。いつもなら、仕事をしようとしているときのアレックスがひどくいらつかされる笑い声。だが、いまはそれが懐かしかった。

「真面目な話、みんなけっこう良さそうな人ばかりよ。ひとりはけさ、冗談までいってくれた」アレックスは、ジルのうしろの部屋のざわめきを耳にすることができた。人びとがおしゃべりをし、冗談をいい、情報を交換している。こちらの仕事場は、静まりかえっていた。

「となりにマカダム警部がいるの。あなたによろしくといってるわ。彼と話したい？」

「わたしは元気でやっていると伝えて。仕事に戻してもらって感謝していると」

「大丈夫よ。彼、もういっちゃったから。それで、その冗談って？」

　アレックスは空っぽのひきだしをあけてから、また閉めた。「データ分析の専門家を殺すには、どうすればいいか？」

「わからない。データ分析の専門家を殺すには、どうすればいいの？」

「わざわざ殺すまでもない。なぜなら、かれらはすぐに年齢と性別（セックス）で分類（ブレークダウン）するから（〝年齢とセックスで健康を害する〟という意味にもとれる）」

ジルの笑い声は先ほどとおなじくらい甲高くて澄んでいて、アレックスは思わず電話をすこし耳から遠ざけた。

「楽しそうな人たちじゃない」ジルが熱をこめていった。「これをいい機会ととらえるようにしたら。もしかすると、そこはあなたにぴったりの職場なのかもしれない。あなたのいまの状態に」

アレックスは返事をしなかった。

「あたらしい服を買うの。あのいつもはいてるぼろぼろのスニーカーを新品に変える。なんだったら、思いきってハイヒールで職場にいってみるとか。わたしをあっといわせてみてよ」

「あなたの解決策って、いつでもそれね。ちがう、ジル？」

「だって、それこそがすべてにおける解決策だもの」ジルはため息をつくと、声をひそめてつづけた。「ねえ、あなたも知っておくべきだと思うから、いっとくわ。ユニス夫妻の件で逮捕者がでた」

アレックスの背筋がさっとのびた。「誰なの？」

「ロバート・グラスという元兵士の男よ。この男は、ユニス夫妻の家からそう離れていないところで暮らしていた。細道を百メートルほどいった先の草地の隅っこに小さなテントを張って。あなたが夫妻の家で彼の姿を見かけたあとで、警察はそのテントを発見していたの。でも、彼はすでにいなくなっていて、念のために監視をつけておいたら、きのうの晩に彼が戻ってきた。彼を取り押さえるのに、十五人が駆りだされたわ。逃げだして木にのぼった彼をおろすために消防隊を呼ばなきゃならなかったし、その過程でこちら側はひとり病院送りになった」

「拳銃は見つかった？」

「いいえ。でも、彼は熱心なキリスト教徒であることが判明したから、硝煙のあがっている拳銃（スモーキング・ガン）（〝明白な証拠〟を意味する）が見つかったといえるかもね。彼はあまりしゃべってないみたい。きょうの午後、事情聴取がおこなわれるわ」

アレックスは、いまひとつ納得していなかった。「コーヒーでもいっしょにどう？」

「もちろん、いいわよ」

「きょう、このあとで？」

ジルはためらった。「どうかな。きょうはロバート・グラスの件で手一杯なの。様子を見て、あとでまた連絡する」

ジルには本物の仕事がある、とアレックスは思った。彼女の業務に軽めなところは、これっぽっちもない。そのあとしばらく、アレックスはひとりで自分のオフィスにすわって、なにもない机の上に頭をのせていた。そして数分がたち、まだその姿勢でいるときに、ひげ面のひとりが部屋にはいってきた。彼が何度か礼儀正しく咳払いをしたあとで、アレックスはようやく頭をあげた。その用件がすみ、部屋はまたアレックスひとりになる。

あす、彼女は警視長のオフィスでひらかれる会議に出席することになっていた。警視長は、いま提案されているあらたなシステムの手順が煩雑であるという理由で、警察官が家庭内暴力の報告をためらうようになることを心配していた。だが、それについては、すでにチームのひげなしのメンバーが大まかにこう説明していた。「おっしゃるとおり、報告件数が減少する可能性はあります。けれども、よりしっかりとしたシステムを構築することで、これまで無視されてきた事件が可視化されることも期待できます」

これがアレックスの人生になるのだ。彼女は立ちあがると、となりの部屋へいって同僚たちに声をかけた。「コーヒーを飲みたい人はいる?」

コンピュータの画面からふり返った男たちの顔には、一様に怪訝そうな表情が浮かんでいた。まるで、これまで一度もそういった質問をされたことがないとでもいうように。アレックスはコーヒーを淹れて同僚たちに配り終えると、自分のオフィスに戻ってドアを閉め、グーグルをひらいた。そして、まず手始めに〝元兵士 ＰＴＳＤ〟と検索バーに打ちこんだ。

26

暴力はウイルスと変わらなかった。アレックスが見つけてきた事例は、どれもそれに感染していた。アフガニスタンから帰還した元兵士は、警備会社のG4Sに就職すると、そこでこれといった理由もなしにふたりの同僚を射殺した。戦地勤務中に道路わきに仕掛けられた爆弾の被害にあったべつの元兵士は、あるとき大きな破裂音を耳にしたのをきっかけに、友人を足場の丸太で殴り殺した。あとで捜査官たちに語ったところによると、本人はそのときのことをまったく記憶していなかった。彼は刑務所に九年間いたあとで出所すると、今度は大型ハンマーでべつの男性を殺害した。軍隊にはいるまえは物静かな子だった、と彼の家族は証言していた。家族のもとを離れて酒や薬物に溺れ、騒ぎを起こすこととなった元兵士の男女は、ほかにも大勢いた。変異した脳の構造が、暴力の自己複製を許すようになっていたのだ。精神的な苦痛が親から子へとひき継がれていったケースも見受けられた。波紋のように広がっていく虐(ぎゃく)

待や残虐行為……。アレックスは暗い穴のなかへおりていくような気分を味わいながら、こうした報告に目をとおし、机の上の帳面にメモしていった。

そのとき、ドアを叩く音がして、同僚のひとりが不安げになかをのぞきこんだ。

「なにかしら？」

「コーヒーを飲むかな？　さっきみんなに淹れてくれたから、こちらからも一杯どうかと思って」

「どうやら、わたしたちは共通の基盤を見つけたみたいね」アレックスはいった。

「それじゃ、エスプレッソにミルクをいれたフラットホワイトをお願い」

同僚はいまのが冗談かどうかよくわからず、あやふやな笑みを返してきた。

午後五時まであと十分というところで、ジルからキャンセルの連絡がはいった。

ごめんなさい。一日じゅう会議漬けなの。あすの朝でいい？　約束する　xxxx x
それらの会議は、アレックスも出席していたはずのものだった。重大犯罪班のあわただしさが、ものすごく魅力的なものに感じられた。


その晩、アレックスは自転車で遠出をして、沼沢湿原へとはいっていった。ミッドリー・ウォールを抜けて、ホワイト・ケンプ排水路沿いにつづく平坦な道路に出る。家のちかくまで戻ってきたころには、あたりは真っ暗になろうとしていた。途中でビル・サウスの様子を確かめようとアルム・コテージに立ち寄ってドアを叩いてみたが、カーテンはすべてあいたままで、明かりはひとつもついていなかった。アレックスはおとなしく家に帰った。

シャワーから出ると、テレビのニュースをつけた。「伝えられるところによると」地元のニュース番組の若い金髪の女性が、いつものきゃぴきゃぴとした笑みを控えめにしてしゃべっていた。「被疑者のロバート・グラスは元陸軍将校で、一年以上まえからニュー・ロムニー近辺に住みついていたということです」

そばにいたゾーイが膝にのせているノートパソコンから顔をあげた。その目はテレビの画面ではなく、母親のほうにむけられていた。ふたりの視線がからまりあう。アレックスは、いまのニュースに関心のないふりをした。画面では、つぎの話題――地元の水路を汚染している農業廃棄物をめぐる論争――がはじまっていた。

翌朝、警察内の食堂は閑散としていた。アレックスが見まわすと、ジルはひとりでテーブルにすわっていた。ハーブティーのはいったカップをまえに置いて、書類の山に目をとおしている。「ゆっくりはできないの」アレックスが自分のコーヒーのカップを置くと、ジルが顔をあげていった。「あと十五分で、証拠を評価する会議がはじまる。もう頭がおかしくなりそう」

「疲れた顔をしてるわ」

「あなたがチームにいてくれたら、と思う。ほんと、クソみたいなことばかりだから。わかるでしょ?」

「ええ、わかるわよ。最高じゃない」

ジルが笑い声をあげてから、真顔になった。「あなたがなにをいいたいのかは、わかってる。ロバート・グラスは犯人じゃない、と思ってるんでしょ? 正直、わたしも確信がないの」

「絶対に彼じゃないわ」

「そうね。わたしもしっくりきていない。あなたのいうとおり、これは無秩序な殺人ではなく、そう見えるように仕組まれた殺人だった。でも、いまのところマカダム警部は無秩序殺人の線に固執していて、あの日の朝に配送サービスがあったのは偶然にすぎないと考えている。きょうの午後にも、ロバート・グラスを殺人容疑で再逮捕するつもりよ」

「それって、あとで後悔することになると思う」

「あなたはかかわらないほうがいいわ、アレックス。これは間違いだから」

「それじゃ警察は、郵便配達人が耳にしたアイマン・ユニスの口論の相手はロバート・グラスだったと考えているのね」

「ロバート・グラス本人は否定しているけど」

「犯行に使われた銃は、もう見つかったの?」

「いいえ」

「だったら、ナイフは?」

「そっちは可能性があるかもしれない。というのも、この男はナイフを大量に所持していたから。彼のテントは、まるで《エルム街の悪夢》のフレディ・クルーガーの住処(すみか)みたいだった。終末の時にそなえるとかなんとかで。いま、すべてを検査して、犯行に使われたものと刃型が一致するものがないかを調べているところよ」

　アレックスは塩入れを手にとって、中身をすこしテーブルに出した。

「詐欺(さぎ)の捜査のほうは、どうなってるの?　お金がどこへいったか、すこしはなにかわかった?」

　ジルは塩をひとつまみすると、それを肩越しにうしろに投げた。「アレックス。その件はもう忘れて」

アレックスはいった。「いいじゃない。教えて」

「進展はなしよ、アレックス。お金が戻ってくることは、まずない。ほぼ確実にね。タマネギとおなじで、いくらむいても、まだその先があるの」ジルはまえに身をのりだすと、アレックスのひたいにキスをした。「もう、いかなくちゃ」立ちあがりながらいう。「いまはてんやわんやの状態なの」

アレックスは顔をしかめ、しばらくひとりですわっていた。コーヒーを飲み終えて立ちあがり、広い駐車場の反対側にある自分のオフィスへ戻ろうとする。だが、そこで足をとめてカウンターにひき返し、同僚たちのためにお持ち帰り用のコーヒーを三つ注文した。


その日の午後に警視長との会議を終えて部屋から出てきたとき、アレックスは頭痛をおぼえていた。会議の席でされた質問に対して、自分がまったく的外れな準備をしてきたように感じていた。どうやら、いま携わっているこのプロジェクトでは、いかに犯罪と闘うかではなく、いかにその支出を正当化し、さらなる予算を獲得するかというところに、その眼目があるようだった。アレックスはこれまでずっと、なるべく警察組織の官僚政治に巻きこまれないようにしてきた。だが、このあらたな役職では、その真っ只中に飛びこむことになりそうだった。

　会議がおこなわれた警察本部の本館は、一九五〇年代に建造された赤い新古典主義のがっしりとした建物だった。警察がなんの監視も受けずに好き勝手できた時代を象徴しているかのような建物だ。アレックスはいま、そのなかにいる自分に違和感をおぼえていた。正面玄関へとつうじている階段をおりながら、もはや自分を部外者のように感じていた。そのとき、階段をのぼってくるマカダム警部と出くわした。

　マカダム警部は顔をあげてアレックスの姿を目にすると、笑みを浮かべていった。

「きみが戻ってきてくれて嬉しいよ、アレックス。あたらしい仕事はどうかな?」

　アレックスは紙ばさみをぎゅっと握りしめた。「退屈です」

「けっこう。まさに医師の指示どおりだ」

「ユニス夫妻の事件は、どうなってるんですか?　ロバート・グラスの事情聴取は上手くいきました?」

　トビー・マカダム警部は腕組みをした。アレックスがこれまで目にしてきたなかで、もっとも不満をあらわすにちかい仕草だった。「きみはそういう質問を口にすることさえ避けるべきなんだ、アレックス」

「逮捕するまえに、彼の自白はとれたんですか？」

警部の顔に、やや居心地の悪そうな表情が浮かんだ。「いや」

ふたりがいま立ちどまっているのは、建物のなかでいちばん人の往来が激しい場所のひとつだった。階段をのぼりおりする人たちが、ひっきりなしにまわりをとおりすぎていく。

「だと思いました。では、事件の晩に彼が現場にいたことはわかっている？」

「もちろんだ。彼は複数の人にあのあたりで目撃されている。それに、彼がアイマン・ユニスと何度か口論していたこともわかっている。一度など、脅すような文句が使われたこともある」

「それを目撃した人がいる？」

マカダム警部はためらった。「たまたま耳にした人物がいる」

アレックスはむきなおると、そのまま階段をおりていった。

いちばん下までたどり着いたところで、マカダム警部が手すりから身をのりだして、声をかけてきた。「どうしてそんなこと訊くんだ？」

アレックスは見あげていった。「なぜなら、彼は犯人ではないからです。あなたはそれをわかっている。ちがいますか？　彼は精神を病んでいるんです」

マカダム警部があとからおいついてきたとき、アレックスはすでに建物のまえの小道に足を踏みいれていた。

「彼が精神的な問題を抱えていることは、われわれも承知している」

「あれは頭のイカれた人物の犯行ではありません」

「それじゃ、きみはジルと話をしたんだな?」警部の表情がこわばった。「きみたちふたりが友人なのは知っているが、彼女にはこの件の詳細をきみと話しあわないように注意しておかないと。それはきみのためなんだ。わかるだろ、アレックス。みんな、きみのことをとても気にかけている」

それからまるまる三十秒間、マカダム警部は仕事を抱えた人たちがまわりを忙しくいきかうなか、アレックスをじっとみつめて立っていた。「ジルの仮説は知っているが、あれには無理がある。IPアドレスを調べてみたが、配達を依頼するメールはユニス夫妻の家から送られていた。あの日の注文の品数があんなにすくなかったのは、たんなる偶然だよ。人はいつでも合理的な行動をとるとはかぎらない。妄想に苦しんでいる人がいつでも不合理なことをするとはかぎらないのと同様に」

ふたりのあいだに、しばしぎごちない沈黙がながれた。

「きみがいなくて寂しいよ、アレックス。きみのしている質問は、どれも合理的で正しい。だが、いまはそういうことをするときではない。きみにはまず、よくなってもらわないと。とりあえず、この件はわれわれにまかせてくれ。きみ自身のためにも」

「わかりました」

「きちんと休んでいるのか？　きみとゾーイは元気にやっているか？　そうだ、ちかいうちにわが家に夕食を食べにきたらどうだ？」

マカダム警部の奥さんのコレットはドライな女性で、彼女といるとアレックスはいつも落ちつかない気分になった。

「ええ、それは素敵ですね」アレックスはそういうと、警部が日程の調整をはじめるまえに、むきを変えて歩きはじめた。

ふだん慣れているよりもはやい時刻に仕事を終えて帰宅すると、キッチンのテーブルの上にメモが置かれていた。フォークストーンにいってきます　Z　xxx
娘がいないので、今夜は肉が食べられるということだった。アレックスはソーセージを何本か調理して皿にのせ、しばらくそれをただながめていた。それから、ノートパソコンをあけてメールを調べていき、ジョージア・コーカーからきた写真を見つけると、画素がわかるくらいまで拡大して、じっとみつめた。それが意味していることを理解しようとする。

数分後、アレックスは調理したソーセージを冷蔵庫に戻して、バッグから車の鍵をとりだした。そして十分後には、テリー・ニールの家のまえに立っていた。

正面玄関のドアをあけてくれたテリーは、短パンと青いTシャツという恰好だった。アレックスを見て、驚きの声をあげる。「これはこれは」

「あなたは彼の誕生日パーティにいった」アレックスはやぶから棒にいった。

「え？」テリー・ニールは困惑して、目をぱちくりさせていた。それから、ドアを大きくあけて、アレックスをなかへとおした。

27

「風船はあったかしら?」アレックスは矢継ぎ早にたずねた。

「え?」

「カラムの二十一歳の誕生日パーティでロフティングスウッド邸へいったとき、ユニス夫妻は風船を持参していた?」

テリー・ニールは戸惑いの表情でアレックスを見ていた。「ご存じないでしょうけど、わたしはあなたとまた会えて、とても喜んでいるんですよ。ワインでも一杯どうです? こちらはもう、だいぶ飲んでいるので」

テリー・ニールに案内されて、アレックスはふたたび家の奥まではいっていった。

「大変な一日だったとか?」とたずねる。

「いまは三杯目かな」テリー・ニールがいった。「アルコールには、多幸感をもたらすドーパミンや精神を安定させるセロトニンといった神経伝達物質を放出させる作用がある。もっとも、どちらもまだ期待される効果を発揮していないが。あなたもどうです……？」

「喜んで、その研究のお手伝いをさせてもらうわ。ただし、一杯だけ」

「アルコールのいい点は、それによってγ（ガンマ）－アミノ酪酸という抑制性の神経伝達物質の放出が増え、あまり考えないようにさせてくれるところだ。だから人は酒を飲む。いろいろなことを頭からおいだすために。アルコールにはその力があります。いまはまだ効いていないというだけで」

アレックスは立ちどまった。「ユニス夫妻の件にかんする最新情報を、お聞きになったのね？」

「ええ。あのふたりを殺害した男が逮捕されたのだとか。ニュースでやってました。かなり衝撃的な知らせだ」テリー・ニールは笑みを浮かべようとしたが、それにはあまり説得力がなかった。

「ごめんなさい。もっと気をきかせるべきだったのに、こんなときにお邪魔してしまって」めずらしくアレックスは、自分の考えを口にするのを控えた。いまは、警察が間違った男を逮捕した可能性を示唆（しさ）するときではない。

「いやいや」テリー・ニールはいった。「かまわないんです。いっしょにいてくれる人がいて、よかった」巨大なグラスに赤ワインのジンファンデルを注ぐ。「それで、誕生日パーティがどうとかといってましたが？」

「そのときに夫妻が風船をもっていったかどうかを知りたくて」

「風船？」

「そうです」

「変わった質問だ。ええ。風船なら、ありましたよ。アイマンが自分でふくらませた。そのための道具一式が、トランクに積みこんであった。ガスのはいった耐圧容器（ボンベ）とかが。あのご夫妻は、息子さんをとても愛していた。それだけですか？」

「ええ」

「なぜ風船のことを？　これはどういうことです？」

アレックスは相手の質問を無視して、家と砂地のあいだにある草地のほうに目をむけた。「あなたが説明してくれた警報ベルについて、ずっと考えていたんです。このまえの日曜日、わたしは自分がある人物に殺されかけたと思った。船から突き落とされて。でも、それが実際にそういうことだったのか、それともわたしの脳が勝手にそう思いこんだだけだったのか、まだよくわからなくて」

「被害妄想にかかっているからといって、自分の命が狙われたのは思い違いだったということにはならない？」

「まあ、そういったところかしら。そのことについて、もっとよく知りたいんです。いまは、しがみつくための合理的なものがなにか欲しくて。お勧めの本とかあったら、教えてもらえませんか？」

テリー・ニールは、すこし考えてからこたえた。「ひとつ助言させてもらってもいいですか？」という。「わたしは科学者です、アレックス。あなたとおなじで、まず物事の仕組みを自分が理解しているかどうかを考える傾向がある。理解していれば、それを制御できる、という信念にもとづいて。とはいえ、心的外傷の場合は、そういうわけにはいかない。問題と真正面からむきあわないまま、それにともなう不快さをおい払うためだけに科学をもちいるというのは、危険なやり方です。あなたの脳は、すでに自身を傷つけるような形に配線し直されている。そのことについて知るのと、そのことに対処するのは、まったくべつの問題だ。わたしはカウンセリングに全幅の信頼を置いています。あなたはこの件をカウンセラーと話すべきだ」

「娘もそういってるわ」

テリー・ニールがグラスを掲げた。「娘さんに乾杯。いつか、彼女ときちんと会いたいものだ。そういえば、ヒトデの解剖はどうでした?」

「ほんとうにグロかった」

「それはよかった。それで、彼女の父親はいまどちらに?」

こちらの婚姻状況に探りをいれてくる男には気をつけること、とアレックスは胸の奥で自分に言い聞かせた。「円満離婚のあとで、いまはコーンウォールに住んでいるわ」

「どうしてゾーイは母親と暮らすことに?」

「娘がこちらにいるのは、母親のほうが好きだからだ、と以前は考えていました。それか、父親の再婚相手が気にいらないからだ、と。そうだとしても、意外ではなかった。彼のいまの奥さんは、ハーブを使った手作りの化粧品で商売をしている女性なので。でも、いまはもうわかっています。あの子は、わたしの面倒を見る必要があると考えてこちらで暮らしているのだと」

テリー・ニールは口笛を吹いた。「いまのは自己憐憫(れんびん)ですか?」

「自分には、はたしてそういう資質がそなわっているのかどうか……。もしかすると娘は、たんにこのあたりで暮らすほうが好きなだけかもしれない。父親は大学の講師をしていて、ファルマスにいるので」

「かわいそうな男だ」

「奥さんがハーブを使った化粧品を作っているから？」

「大学で講師をしているからです。大学というのは、消えゆく運命にあるものだ。わたしは年金つきで抜けだすことができて、運が良かった」

「あなたは若いわ。大学の人は、みんな死ぬまでその職にとどまるのかと思っていた。どうして辞めることに？」

テリー・ニールは、ここでもすこし悲しげな笑みを浮かべてみせた。「みずからえらんで、そうしたわけではありません。白状すると、そうするように迫られたんです」

「あら」

テリー・ニールはワインのグラスを置くと、両手の指を組みあわせた。「わたしは薬物の問題を抱えていました。それを隠すつもりはありません。問題が表面化すると、大学側とわたしとのあいだで退職条件がまとめられた。大学を辞めたら自分は惨めになるだろう、とわたしは考えていました。ところが、その変化のおかげで、あなたには想像もつかないくらい、まえよりも幸せになった。ちなみに、薬物とはもうすっぱり縁を切っています。見てのとおり、アルコールの悪癖からはまだ逃れられていませんが」

「だから、あなたはカウンセリングを支持している？」アレックスの耳に、イネ科の雑草のなかで鳴くコオロギの声が届いた。

「わたしが中毒の生理学的な仕組みについてくわしいのは、薬物をやめないための口実をさがしていたからにすぎません。けれども、ええ、たしかにわたしはいいカウンセラーとめぐり会いました。そして、彼から勧められたことのひとつが運動だった。それで、ゴルフをはじめたというわけです。あなたもぜひやってみては」

「それは勘弁して。では、あなたはのめりこむ対象を薬物からゴルフに変えた？」

「そのとおりです。そして、そこでアイマンにいろいろと世話になりました。わたしがもっともそれを必要としていたときに、彼は親切にもゴルフの手ほどきをしてくれた。やがてわたしがコースで彼を打ち負かすようになると、彼は心から喜んでくれた。というわけで、嘆かわしいことに、わたしはいまやすっかりゴルフにはまっている。まあ、健康にはとてもいいですけど」

ほかの人の人生というのは、どれもすごくちがっていて変わっている、とアレックスは思った。「アイマンさんのことでひとつお訊きしたいんですけど、かまいませんか？　アイマンさんが誰かと言い争うのを、これまで耳にしたことは？」

「いいえ……あなたの同僚からも、おなじことを訊かれた。アイマンを殺害した路上生活者はユニス家のすぐとなりの草地で野宿をしていて、彼と言い争ったことがあるのだとか」

「でもあなたは、それについてはなにも知らなかった。アイマンさんがそれを話題にすることはなかった？」

テリー・ニールは首を横にふった。「ええ」ふたたび笑みを浮かべる。「じつをいうと、あなたがきてくれて、ちょうどよかった。あなたをうちにお招きしたいと思っていたので。これでも、けっこう料理の腕はいいんですよ」テリー・ニールはいった。

「きっと、女性のゴルフ仲間全員にそういってまわってるんでしょうね」

「ええ。まあ、その大方には。これがややぶしつけな誘いであるのは承知していますが、そこはすこし大目に見てください」

「どうしてもと？」

テリー・ニールはうなずいた。「ええ、ぜひ。あすはどうです？」

アレックスは立ちあがった。「ごめんなさい。だめなんです。あいにく、あすの晩はいくところがあって」ユニス夫妻が亡くなった晩から、あしたでちょうど二週間だった。

「では、べつの日に。土曜日とか？」

「やめておいたほうがよさそうだわ、テリー。わたしはいま、ほんとうにそういうことをするような状態にはないので」

「来週の週末では？」テリー・ニールは食い下がった。

相手のしつこさに辟易しながら、アレックスは〝拒絶〟が伝わるように意図した口調でこうこたえた。「考えておく、ということでいいかしら？」


帰る途中で、アレックスはビル・サウスの家のまえをとおった。今夜もまた、明かりはついていなかった。そういえば、今週にはいってから彼とはまったく言葉を交わしていないことに気づいて、はっとする。実際、彼の姿を見かけてさえいなかった。ふたりは友人だった。毎日おしゃべりしあうわけではないが、ふだんはいつでも彼の存在を意識していた。だが、ここ最近アレックスは自分のあたらしい仕事を疎ましがることに忙しくて、一度もきちんと彼と会って話をしようとしていなかった。

アレックスはアルム・コテージのまえで車をとめると、降りていって玄関のドアを強く叩いた。返事はなかった。

ビルは裏にいるのかもしれないと考えて、家をぐるりとまわる。だが、ベンチには誰もおらず、アレックスは裏窓から居間をのぞきこんだ。ここにも人の姿はなかった。

アレックスは携帯電話をとりだして、フォークストーンにいるゾーイにかけた。一度目は無視され、二度目でようやくでた。ゾーイのうしろで音楽が流れているのがわかった。

「ビルはどこかへいくといってた?」アレックスはたずねた。

「あたしは聞いてないけど」

「よく考えて。それはたしか?」

「うん、ママ。なにもいってなかった」

「彼の姿を見かけた?」

「ううん、ここ二、三日は見てない」

「わたしもよ」アレックスは突然、心配になった。「彼の身になにかあったのかしら?」

うしろのほうでステラとティナがおしゃべりしているのが聞こえた。笑い声がする。

「もしかしたら、あの小鳥の水浴び用の水盤から逃げようとしているだけかもよ」ゾーイが冗談をいった。

「ビルはあれを気にいってたわ」

「どうだか」

「わたしは本気で心配してるの、ゾーイ。彼の身になにかあったのだと思う？」

ゾーイも急に心配そうな声になった。「ママ、大丈夫？　いまからそっちに帰ろうか？」

「平気よ」アレックスは声からいくらかでも不安をとりのぞこうとしながらいった。

「ほんと遠慮しないで。そうして欲しければ、いっしょにいるから」

「いいの。そっちは楽しんでるみたいね」ここでアレックスは話題を変えた。「ところで、あなたはあした野生生物センターでボランティアをするの？」

「きちんと日焼け用のローションを塗るって約束する、ママ。それに、帽子もかぶる」

「ひとつお願いがあるんだけど」アレックスはさり気なくいった。

「なに？」

「ケニー・アベルに伝えてもらいたいの。わたしと一杯つきあってもらえないかって。あすの晩の九時半に、例の霊魂を見たというパブで」そういいながら、アレックスはビル・サウスの家の外にあるごみ箱の蓋をあけて、なかをのぞきこんだ。完全に空っぽだった。

「えっ?」

リサイクル用のごみ箱のなかも同様だった。とはいえ、ごみ収集車は月曜日にきたばかりなので、それは必ずしも異常事態を意味しているわけではないのかもしれなかった。

「ママ? まだそこにいる?」

朝になったら、もう一度ここにきてみよう、とアレックスは考えていた。ビルが家を留守にしているのには、きっとなにか単純な理由があるにちがいない。

28

一分ごとに、時間がすぎるのがどんどん遅くなっていった。

水曜日の朝、アレックスは職場に着くとまず、ビル・サウスに四つのメッセージを残した（出勤途中で立ち寄ったときも、彼の家は無人だったからである）。ジルには三回電話して、いずれも留守番電話にまわされていた。仕事には、あまり集中できなかった。その日の午後、アレックスは気もそぞろなまま、集められた犯罪データの詳細をどのように分析するのかを勉強した。日付や場所で分類されたデータに目をとおしながら、となりの部屋にいる男たちがそこからなにを読みとっているのかを理解しようとする。アレックスは、現在進行形の犯罪に慣れていた。ただの数字に置き換えられた犯罪とは無縁の生活を送ってきていた。コンピュータからログオフしたとき、ようやくジルから折り返しの電話がかかってきた。

アレックスは相手の謝罪の言葉をさえぎっていった。「今夜、手を貸してもらえる？」

「え？」

「ユニス夫妻殺しの件で」

　アレックスの耳に、友人のため息が聞こえてきた。

「それがなんであろうと、おことわりよ」

「お願い。重要なことなの。ものすごく大きな発見をした気がする」

「今夜は、マッチングアプリで知りあった男性とのデートがあるの。アッシュフォードの消防隊に勤務する超イケメンよ。たとえそれがなくても、手は貸せない。マカダム警部から、ひと言あったの。彼は、あなたが今回の殺人事件に興味をもっているのを知ってて……あなたとはその話をしないようにと、全員に釘を刺した」

「なんですって？」

「ごめんなさい、アレックス。警部がいうには、それがあなたのためなのだとか。そして……わたしもそれに賛成よ。それに、事件のことは捜査情報にあたるから、それをあなたに教えるわけにはいかない」

　アレックスは、部外者に情報を漏らしたとしてコリン・ギルクリストを叱責したことを思いだしていた。いまや自分が部外者にちかい存在になっているのを知って、シヨックを受けていた。ジョージア・コーカー同様、アレックスもまた、すべての事実を知りうる立場にはない人間なのだ。「そうよね」という。「わかった」

アレックスはデートが上手くいくことを願う言葉をかけてから——というのも、ジルは若くて美人で頭がいいのに、なぜかデートになかなかありつけずにいるようだったからである——電話を切った。

「なにも問題ないかな?」仕事を終えて帰ろうとしている男たちのひとり（ひげあり）が、ドアから顔をのぞかせてたずねてきた。

「絶好調よ」アレックスはそうこたえた。

午後九時半。アレックスがロムニー・ホテルに着いたとき、ケニー・アベルは不安そうな顔をして、すでにそのまえに立っていた。

「それじゃ、またあれが見えるか、やってみてくれというんだな。その……霊魂が見えるか?」

アレックスは腕時計に目をやった。「飲み代(しろ)は、こちらもちよ」

ロムニー・ホテルのなかにあるパブの店内は、驚くほど空(す)いていた。暑い夜で、客はみんな建物の裏にある外のビアガーデンにいた。アレックスは頭をはっきりさせておく必要があったので、ノン・アルコールのラガーを注文した。ケニー・アベルはビショップス・フィンガーのパイントを頼んだ。「あの晩も、それを？」アレックスはたずねた。

「これはなんなのかな？　犯行現場の再現？」

「ただ、アルコール度数がものすごく高いから」アレックスはビールを注ぐポンプの金具をのぞきこみ、そこに記載されている情報を確認した。「五・四パーセントもある」

「自分がなにを目にしたのかには、自信がある」

ふたりのビールが注がれると、アレックスは彼を連れてパブの裏へと出ていった。週のなかばにもかかわらず、夏の暑さに誘われた客たちでビアガーデンはかなり混みあっていた。あたりにはバーベキューの煙と匂(にお)いが充満していた。コーラとポテトチップスを手に眠そうな顔をしてすわっている子供たちのかたわらで、親たちがおしゃべりをし、冗談をかわしている。二週間まえにみんなにショックをあたえた二重殺人のことは、すでに忘れ去られているようだった。アレックスとちがって、人びとは苦もなく日常生活へと戻っていた。

空いている席がなく、ふたりはビアガーデンのいちばん奥に立っていた。ユニス夫妻の家のある北のほうをむいていたが、家そのものは木の列に邪魔されて見えなかった。

「煙草を吸ってもいいかな?」

「二週間まえもそうしていたのなら……どうぞ」

ケニー・アベルはちかくのテーブルに飲み物を置いて、ブリキ缶の煙草入れをとりだした。

「あなたは気づいていないかもしれないが、娘さんは自分の二倍は年がいっている人たちよりも、このあたりの野生生物についてくわしい」

「母親からの影響でないのは、たしかね」

「どうだろう」ケニー・アベルがいった。「あなたも、のめりこむタイプに見える」

白い襟を立てた色鮮やかなラグビーシャツを着ている若い男たちのあいだで、笑い声がどっとあがった。「わたしはそういう人間だと?」

「悪くとらないでもらいたいな。あなたや娘さんのような人がいなければ、この世界ではなにも起きないだろう」

「人生でいちばん退屈な一週間をすごしているさなかに聞く言葉としては、そう悪くないわね」

「娘さんが出ていったら、あなたも寂しくなるのでは」

アレックスは彼のほうをむいた。「出ていく？」

ケニー・アベルの顔が赤くなった。「いや、そうではなくて」もごもごという。

「あの子は家を出ていく話をあなたとしている？」

「なんとなく、そうなんじゃないかと」だが、彼の返事はすこしはやすぎた。「まあ、彼女はもうすぐ十八歳で、独立したい年頃だろうから」

アレックスは顔をそむけた。「そうよね」という。だが、ゾーイが家を出てひとり暮らしをしたがっているという考えは、これまで一度もアレックスの頭に浮かんできていなかった。「あの子はなんといってるのかしら？」

ケニー・アベルはかぶりをふった。「おしゃべりしているときに、ちょっとそういう話がでただけで」ケニー・アベルはオレンジ色のライターをとりだすと、煙草に火をつけた。アレックスは傷ついていた。娘が家を出たがっているというだけではなく、それを母親ではなくこの男性に相談していたという点にひっかかっていた。

「あなたは静養中なのだとか」ケニー・アベルがいった。

アレックスはふたたび彼のほうをむいた。にらみつけられて、相手が居心地悪そうにしているのがわかった。「あの子はそういう話もしてるのね？　たぶん、わたしのことが心配だから、具合が改善するまで家にとどまる、といってたんでしょうね」

ケニー・アベルは黙りこんだ。

「実際のところ、わたしはもう元気よ。まえよりもずっと良くなって、仕事にも復帰している」

ケニー・アベルはうなずいた。「なるほど」

「ゾーイはいい子だけど」アレックスはいった。「ときどき物事を大げさに考えるの」

ケニー・アベルは眉(まゆ)をあげたが、なにもいわなかった。アレックスは急に寂しさをおぼえた。自分ひとりでの生活がどういうものになるのか、まったく考えたことがなかった。もちろん、ゾーイがいずれ家を出ていくことになるのはわかっていた。アレックス自身も、若いころに親元を離れたのだから。だが、こんなにもはやくそのときがくるとは思っていなかった。ゾーイが母親の助言に逆らって大学へ進むのを拒否したことから、もっと長くいっしょにいられるものと決めこんでいた。ゾーイがひとり暮らしをすべきでない理由は、どこにもなかった。じゅうぶん、それができる子だった。ゾーイは母親がいなくても、まったくつらくはないだろう。そして、そのことにもアレックスは傷ついていた。

腕時計に目をやりながら、アレックスは自分が原子炉のそばのあの家でひとりで暮らすところを想像しようとした。

「あなたはビル・サウスを知ってるわよね？」アレックスはたずねた。

「もちろん。みんな、ビルとは知りあいだ」

「このところ、彼を見かけてないいんじゃない？」

ケニー・アベルが顔をしかめた。「いわれてみると、そうだな。ここ数日は見ていない」

「どうやら姿を消してしまったみたいなの。もう何日も家を留守にしている」

「ビルはゾーイの父親みたいな存在なのでは？　ゾーイはよく彼といっしょにいる」

アレックスはうなずいた。

「彼が友人や親戚を訪ねていっている可能性は？」ケニー・アベルがいった。

ビルには親戚はいない、とアレックスは頭のなかでつぶやいた。「もうすぐ十時五分過ぎよ。しっかりと目を光らせておいて」

ケニー・アベルはグラスを口もとにはこんでひと口すすってから、煙草を吸った。

「自分がなにを目撃することを期待されているのか、よくわからないんだが」

「二週間まえの水曜日も、ちょうどこんな感じだったのかしら？」

「今夜のほうが暖かいかもしれない。それと、客の数がすこし多いかも」

「日の暮れ方は、どう？」

ケニー・アベルは空を見渡した。ふたりが注目している北のほうの空は紺碧から濃紺へと変わりつつあり、地平線ちかくに星がぽつぽつとあらわれてきていた。ユニス夫妻の家の上空にぼんやりと浮かぶひとかたまりの星は、ひらべったいWの形にならんでいた。「まあ、こんなだったかな」

アレックスはふたたび腕時計に目をやってから、視線を空に戻した。「目を離さないで」という。

数分がたった。

そのとき、アレックスのとなりでケニー・アベルが息をのんだ。腕をあげて、空を指さす。「ほら、あそこだ」

光の筋が勢いよくのぼっていくのが見えた。ほんの数秒で、深まりゆく闇にのみこまれてしまう。暗い空を背景に急上昇していく、この世のものとは思われない銀色の筋。

「あなたが目撃したのは、あれだった？」

ケニー・アベルは、グラスに残っていたビールを足もとにこぼしてしまっていた。アレックスのほうを見る。その目は、大きく見開かれていた。

29

「グラスを空けて」アレックスはいった。「あなたに見せたいものがあるの」

ケニー・アベルは両手にそれぞれグラスと煙草をもったまま、いま目にした光景を理解しようと立ちつくしていた。残っていた茶色い液体を飲みほすと、そばにある混みあったピクニックテーブルの上にグラスを置き、いま一度、光の筋があらわれた北の地平線のほうをみつめる。このビアガーデンでそれに気づいたものは、ほかにひとりもいなさそうだった。

「前回も、まさにこんな感じだった?」

ケニー・アベルはうなずいた。

彼はすこしゾーイと似ていた。まわりをきちんと観察する癖がついている。自然愛好家というのは、そういうものなのだ。優秀な警察官とおなじく、目に見えていないパターンを認識し、そこから外れているものに常に目を光らせている。

「さあ、いきましょう」アレックスはもう一度うながした。

ケニーははっと我に返ると、アレックスのあとについてきた。「どこへいくのかな？」

「ユニス夫妻の家よ」

「なぜ？」ケニー・アベルの声はびくついているように聞こえた。

「見せたいものがあるの」

アレックスはケニー・アベルを車に乗せるとヘッドライトをつけ、暮れゆく夜のなかを小道のすこし先にある目的地へとむかった。

ユニス家に着くと、アレックスは門のそばに車をとめて、そこに結わいつけてあった紐（ひも）をほどいた。薄闇に包まれて、ゾーイが家のまえの階段に腰かけていた。「あれでよかったの？」という。

「完璧（かんぺき）よ」アレックスはまえに身をのりだすと、娘のおでこにキスをした。

「こんなことすべきか、よくわからなかったんだけど」怒られることを覚悟するような感じで、ゾーイがケニー・アベルのほうを見ながらいった。

ケニー・アベルはいった。「いいんだ。きみがなにをしたにせよ……さっきのはイカしてた」

「二週間まえ、ここからは実際に霊魂が天へとのぼっていってたのかもしれない。けれども、あなたが目撃したのはそれではなかった」アレックスは、あけっぱなしの車庫の扉のほうを指さした。そこには、彼女がジョージア・コーカーの撮った写真を見ていて気づいたヘリウムのガスボンベがあった。「あの車庫で、気象観測用の気球が四つはいった包みを見つけたの。ふたつはすでに使われていた。おそらくは、アイマン・ユニスによって。ひとつはテスト用に。そして、もうひとつは事件のあった晩に。あなたが目にしたのは、それよ」

「気象観測用の気球？」

アレックスは三つ目の気球を自分でふくらませ、それをユニス家の表門に紐で結わいつけておいたのだった。そして、その紐を十時七分きっかりに切るよう、ゾーイに指示した。「大きな銀色の気球よ。夜のこの時間なら、急上昇していく気球が光を反射してちらりと見えたとしても、不思議はない」

気の毒に、ケニー・アベルは完全に困惑していた。「ここで人が殺されていたときに、アイマン・ユニスは気球を空に放っていた？　そんなイカれた話は聞いたことがない。説明してもらえるかな？」

「悪いけど、それはできない。ごめんなさい」

「気球を空に飛ばしたのはアイマン・ユニスだった？　殺されるまえに？」

「それにちかいわ」アレックスはいった。「ねえ、ケニー。あなたが目にしたことと今夜ここへきたことは、誰とも話しあわないでもらいたいんだけど」

「きみの娘さんとも？」ケニー・アベルがゾーイのほうを見た。

「ええ、もちろん。とりわけ、うちの娘とは」

ゾーイが口をひらいた。「これはあなたに馬鹿みたいな気分を味わわせるためにやったんじゃないの、ケニー。ママから直前になって頼まれたから」

「ああ、わかってるよ」

「ほんとは、やりたくなかった」

「いいんだ。これは実験みたいなものだったんだろ？」

「あなたはまだ霊魂の存在を信じてる？」ゾーイがたずねた。「あたしは信じてるけど」

ケニー・アベルは笑みを浮かべていった。「もちろんだ。だが、今回のはわたしの思い違いだった。それだけのことさ」

それを聞いて、ゾーイはほっとしているように見えた。

ケニー・アベルを自宅まで送ったあとで、アレックスは闇のなかをダンジェネスへと車を走らせた。

となりの助手席では、ゾーイがむっつりと黙りこんですわっていた。

「ごめんね」アレックスはいった。「でも、どうしてもやる必要があったの。いつもだったらビルに頼むところだけど、彼はいないし、ジルに声をかけたら……彼女は忙しくて」

「なんでやったの？　自分の正しさを証明するため？」

「そうじゃない。ある男性が不当にも殺人の罪に問われているからよ。彼は病気なの。たぶん、わたしのにちょっと似た。それよりずっと重いというだけで。きっと、すごく混乱して怯えているはずよ。でも、わたしは彼が犯人でないと確信している。だから、今夜は手伝ってくれてありがとう」それから、もう一度謝った。「あなたを巻きこんだのは悪いと思っているけれど、ほかに頼める人がいなかったから」

そのとき、ヘッドライトがアルム・コテージにつうじる小道を照らしだした。ビル・サウスの家は、あいかわらず真っ暗なままだった。それについては、どちらもなにもいわなかった。

ユニス夫妻の家を訪れたあとで、ふたりともまだベッドにはいる気分ではなかった。落ちつかなくて、ぴりぴりしていた。

ゾーイはキッチンで、自分用にミント・ティーを淹れようとしていた。「人がふたり殺されたあの薄気味悪い家のまえで、薄暗いなか、ひとりですわってなくちゃならなかったんだから」

「ごめんなさい」

「どうして気球を飛ばす必要があったのか教えて。でないと、ずるいわ」

アレックスはうなずいた。電気ケトルがかちっと音をたてた。「家を出ることを考えてるって、ほんとうなの？」

ゾーイが驚いていった。「ケニーから聞いたの？　彼にはそんなこと話す権利ないのに」腹立たしげな口調だった。

アレックスは手を娘の手にかさねあわせた。「流れで、たまたまそういう話になったのよ。わざとじゃないわ。それで、考えてるの？」

「かもね」ゾーイは鼻を鳴らしてみせた。「わかんない。どこかの移動住宅で暮らすのもいいかも、って思っただけ。貸し出されてる物件は、山ほどあるから。そういうのをもってる知りあいはいないかって、ケニーに訊いたの。それだけよ。彼には、なにもいわないでいてもらいたかったのに」ゾーイはカップにお湯を注ぐと、しばらくティーバッグを上下させながら立っていた。

「それって、すごくいい考えだと思う」アレックスはいった。

ゾーイがカップから目をあげずにいった。「まあ、そのうちにね。ほら……もうすこし落ちついたら」

アレックスはうなずいた。

「で、気球の件は？」

アレックスはため息をついた。「ほんとうに聞きたいの、ゾーイ？　けっこう陰惨な話になるけど」

「ママの話は、いつだってそうじゃない」

「あなたはまだ十七歳よ」

「ユーチューブでどんなものが見れるか、知ってる？」ゾーイはカップをもちあげて、両手で包みこんだ。

母娘は居間のソファへいって、ならんですわった。アレックスが説明するあいだ、ゾーイは頭を母親の肩にあずけて、ぴったり寄り添っていた。こんなふうにしてすごすのは数カ月ぶりのような気がして、この子がもうすぐいなくなるかもしれないと考えると、アレックスはあらためて寂しさをおぼえた。

翌日の木曜日、アレックスはマカダム警部の机に内線をかけた。誰もでなかった。ジルのほうにかけてみると、警部はいま会議でケント州の州都メイドストンに出かけており、きょうは直帰の予定だという。

「わたしはロバート・グラスの無実を証明できる」アレックスはいった。

「その件については、あなたと話をしてはいけないことになってるの」ジルが申しわけなさそうにいった。「いったでしょ。警部からお達しがあったって」

「ほかに、わたしが話せる人はいるかしら？」

ジルは声をひそめた。「まえにもいったとおり、彼は全員にむかって、あなたとこの件を論じてはならないと告げた。それもこれも、あなたを心配してのことよ。それはわかってるわよね？」

仕事を終えて帰宅したとき、アレックスの怒りはまだおさまっていなかった。ゾーイですら、それに気がついた。「どうしたの、ママ？」

「今夜、出かけてもかまわない？」

ゾーイは肩をすくめてみせた。

それは新築の一戸建て住宅で、庭は完璧に手入れされていた。みじかく刈られた芝生。きれいに整えられた細長い花壇。邸内路は夫妻の二台の車によって占領されており、アレックスはへりの狭いところに自分の車をとめてから、黄色いバラのアーチに囲まれた大きな青いドアのほうへと歩いていった。接近してくる人物に反応して、警備用のライトがぱっと点灯した。

アレックスが呼び鈴を鳴らすと、ほとんど間をおかずにトビー・マカダム警部の声がして、ドアが勢いよくひきあけられた。「じゃじゃーん！」

警部が身につけていたのは、スカート丈が太ももの半分くらいまでしかない赤いスパンコールのドレスだった。

30

トビー・マカダム警部の顔から笑みが消えた。「ああ、きみか。てっきり、べつの人かと……」

「そうみたいですね」アレックスはいった。警部はアイシャドーもつけていた。思いがけず、よく似合っていた。アレックスは首をかしげてつづけた。「すみません。お邪魔でしたか？」

「トビー？」家の奥から声がした。

「いや、ちがうんだ」トビー・マカダムが黄色いバラのアーチの下でいった。「説明させてくれ……」

「みなさん、もういらしたの？」警部の奥さんのコレット・マカダムの声だった。

「そのまえにまず、うしろをピンでしっかり留めておかないと」

「話があるんです」アレックスはいった。

「これは舞台のためなんだ」彼女の上司は説明した。「ジョー・オートンの『執事は見た』。地元の素人芝居だ。これから衣装合わせでね」

コレット・マカダムが夫のとなりにあらわれた。「あら」上から下までアレックスに目を走らせる。「あなただったの」小さくて強張った笑み。「仕事ね？」

「ええ、まあ」

コレットはため息をついた。「申しわけないけれど、あとでまたきてもらえるかしら？　トビーの衣装を確認しに、演出家がくることになっているの。あら。もういらしたわ」白髪まじりのふさふさの髪をしたペイズリー柄のシャツの男性が、紙ばさみを小脇にかかえて、こちらへむかって歩いてきていた。コレット・マカダムは口をつぐむと、アレックスから夫へ、それからふたたびアレックスのほうへと視線を戻した。「こうなったら、みんないっぺんにはいってもらったほうがよさそうね」という。「あなたには、この人たちの用事がすむまで待っていてもらうことにして」

マカダム夫妻は、なだらかな丘陵地帯にある村のひとつのはずれに住んでいた。これらの村はどこもカップルだらけで（たいていは、片方がロンドンで働き、もう片方が子育てをしている）、共同体意識がとても強かった。

「ドレスを着る警察官の役があったの。それをトビーが演じたら笑えると思って」コレット・マカダムはにこりともせずに、そう説明した。「なんだかんだいって、あの人は仕事ばかりで、それ以外はなにもしてないから」

素人芝居の演出家と衣装係がトビー・マカダムのドレスにあれこれ手直しをくわえているあいだ、アレックスはキッチンで待っていた。ときおり、どっと笑い声があがるのが聞こえてきた。永遠につづくかと思われた衣装合わせが終わったあとも、演出家は白ワインのピクプールを一杯飲むあいだとどまっていた。彼は低音のきいた声で、〝警察官を演じる役者が妻のパーティドレスを着てドアをあけたら、そこに警察官が立っていた〟という状況はじつに笑える、と感想をのべた。「失礼。あなたは大切な用件で訪ねてきたんだろうに」

「夜の九時にくるくらいですものね」コレット・マカダムがいった。

「ほんと、最高だ」ようやく腰をあげたときに、演出家はそう宣言した。「掛け値なしに笑える。あなたもわれわれの芝居を見にきてくれますよね？」

「わたしは上階にいって、着替えてくる」演出家を見送りがてら、トビー・マカダムはそういって姿を消した。

アレックスは、ようやく居間へととおされた。「トビーの話では、あなたは病気だそうね」コレット・マカダムがいった。「精神面でいろいろと問題を抱えているのだとか」

「彼はそんなことを？」

「実際、うちの人はあなたのことをとても心配しているのよ」コレット・マカダムはきっちりとした女性で、毎朝夫を職場へ送りだすときに、きれいに包装されたサンドイッチをもたせていた。「具合は良くなってきているのかしら？」

「ええ」アレックスは歯を食いしばりながら、にこやかに笑ってみせた。「ずっと良くなってます」

「ほんとうに？」コレット・マカダムも笑みを浮かべた。

トビー・マカダムがばたばたと階段をおりてきた。あっという間にスウェットパンツとTシャツに着替えていた。この女性たちをあまり長いことふたりきりにしておきたくない、とでもいうように。「きみは職場の全員に、わたしのドレス姿を見たといいふらすんだろうな？」

「もちろんです」

「なんてこった。いくら払えば、口を閉じてもらえる？」

だが、アレックスにはわかっていた。もしも彼女がこのことを誰にもしゃべらなければ、トビー・マカダムはひどくがっかりするだろう。警察官は同僚のうわさ話が大好きで、誰からも話題にされていなければ、その人物は署内で存在しないも同然ということになるのだ。「公平を期すためにいっておくと」アレックスはいった。「あなたのドレス姿は、これまでに見たなかでは、かなりましなほうです」

「それで、きみがここへきた用件とは？」

「アイマン・ユニスとその奥さんを殺した犯人がわかった気がします。そして、それはロバート・グラスではない」

トビー・マカダムはため息をつくと、居間のドアのところまで歩いていって、誰にも話を聞かれまいとするかのようにそれを閉めた。「そのことについてきみと話しあうのは、適切ではないと思う、アレックス。その理由はわかるね？」

「わたしを守ろうとしてくれているんですよね？」

トビー・マカダムは顔をしかめた。「そうだ」

「いまわたしの話を聞かなければ、あなたは大変なことになります。勾留されているのは、無実の男性なんですから。五分でいいんです。お願いします」

トビー・マカダムは首をわずかにかしげて、アレックスを見た。いま目のまえにいる相手が正気かどうかを判断しているような感じだった。それから、こういった。

うだ」


「わかった。そういうことなら、じっくり腰を据えて聞かせてもらったほうがよさそうだ」

　彼はアレックスを家の表側にある書斎へ連れていき、彼女の話に耳をかたむけた。気球のこと。ケニー・アベルが目撃した銀色の閃光のこと。彼がそれを天国へはこばれていく霊魂だと考えたこと。

「それらが事件とどう関係しているんだ、アレックス？　よくわからないんだが」

「アイマン・ユニスを殺害するのにロバート・グラスが使ったはずの拳銃は、結局見つかっていないんですよね？」

　その質問に対して、トビー・マカダムは苛立たしげな表情を浮かべてみせた。「やつには、それを処分する時間がたっぷりとあった」

　アレックスは、机の上にならぶ銀の額入りの写真のほうに目をやった。奥さんのコレット。アレックスが名前を思いだせない男の子と女の子。「銃を処分したのはロバート・グラスではありません。アイマン・ユニスです」

「だが……」去年のいつごろからか、トビー・マカダムの目尻にはしわがあらわれるようになっていた。そして、そうなるのは笑みを浮かべたときか顔をしかめたときにかぎられていた。

「アイマン・ユニスは生命保険にはいっていましたか？」アレックスはたずねた。

「ああ」

「だったら、これは殺人ではありません。殺人を装った自殺です。アイマン・ユニスは、息子のカラムの面倒を見る費用にあてるためにお金を貯めていた。おそらく、そのほぼ全額を〈ビオスフェラ森林再生〉の詐欺に注ぎこんで失ったんでしょう。息子のために資産を増やしておきたかったのか、それとも、たんに欲をかいただけなのか。いずれにしても、彼はお金をなくした。それといっしょに、息子を私立の施設で世話してもらうという未来も」

マカダムはなにもいわずに、さらにすこし目を細めた。

「それもあって、彼は奥さんに打ち明けられなかったのかもしれません。あまりにも恥ずかしくて。アイマン・ユニスは完璧な生活を望んでいました。夫妻が手にしていたのは、そこまでのものではなかったかもしれません。けれども、とにかくそれは奪い取られてしまった。聞くところによると、夫妻は世間体に気をつかうカップルだったとか。アイマンのほうは、確実にそうだった。彼は大きな賭けに出て、それに負けた。そして、その屈辱ときちんとむきあうかわりに、すべてを破壊した。そういう男性がいます。アイマンが実際にそうであったのかは、わかりません。けれども、彼が生命保険にはいっていたことは、わかっている。彼がただ自殺した場合、息子のカラムにはなにもはいりません。けれども、その自殺を殺人に見せかければ、息子は一生困らないだけの金を手にすることになる」

アレックスは、ひと息いれてからつづけた。

「そういうわけで、アイマン・ユニスはまず奥さんの喉をナイフで切り裂いて殺害しました。そして、その死体を階下まではこんでいって、翌朝やってくる配達の人に発見されるようにした。頭のイカれた人物の犯行に見えるような細工をほどこした。それから庭へ出ていき、気象観測用の気球の紐に結わえつけておいた拳銃を使って、みずからを撃った。その日は、北西の風が吹いていました。調べたんです。拳銃が発見されなかったのは、おそらくそれがいまごろは英仏海峡のどこかに沈んでいるからでしょう。たぶん、ナイフといっしょに。アイマン・ユニスは、気球が四つはいった包みを注文していました。そして、ユニス家の車庫で見つかった包みには、ふたつしか残されていなかった。すでにひとつはテスト用に使われ――気球がどれくらいの重さのものまではこべるかを確かめるためです――もうひとつは殺人の凶器を飛ばすのに使われていたので」

まえの晩、ゾーイは母親にもたれかかってこの説明を聞くあいだ、ひと言もはっしなかった。アレックスには、その理由がわかった。おそらくゾーイは頭のなかで、命を失った手が拳銃の引き金からするりと抜け落ちていく瞬間を思い浮かべていたのだろう。ヘリウムガスを詰められ、金属製のおぞましい荷物をぶらさげて空へと上昇していく銀色の球体。夜気に乗ってはこばれ、このあたりから遠く離れたどこかに落ちていくナイフと拳銃。

「それじゃ、この男性が見たのはそれだったんだな？　気球だった？」信じられないといった口調で、トビー・マカダムがいった。

「だから、あの家では夫妻以外の指紋が見つからなかったんです」アレックスはいった。「そもそも、現場には夫妻のほかに誰もいなかったから」

話を聞くトビー・マカダムの顔に不安の色が浮かんでいることに、アレックスは気づいていた。彼はすでに、精神に問題を抱えた無実の男を殺人容疑で逮捕してしまっていた。その反動は避けられないだろう。

「話はもっと酷いことになっていきます」アレックスはいった。

トビー・マカダムの顔がこわばった。

「これは確かではありません。推測の域をでませんが、たぶんこういうことだったのではないかと思います。アイマン・ユニスは、息子のために貯えておいたお金を失った。そして、そのことを恥じるあまり、奥さんにそれを打ち明けるかわりに、彼女を殺した。彼女のペースメーカーによると、死亡時刻は午後十時四分だった。そこまではいいですよね？　奥さんが亡くなったのは、きっかりその時刻だった。アイマン・ユニスが自分の頭を撃ったのは、午後十時七分ごろです。気球がのぼっていくのが目撃されたのが、それくらいだったので。アイマンが奥さんの喉を二階のベッドで切り裂いたことは、わかっています。彼は奥さんが亡くなったと考え、死体を階段の下まではこんでいってポーズをとらせた。狂人のしわざに見せかけるためです。それから、飼っていた二頭の犬も始末し、さらには寝室の鏡に血でメッセージを書き残したあとで、あたりをかたづけた。それだけのことをするのに、とても三分では時間が足りません」

トビー・マカダムの手は、いまや口もとにあてられていた。

「どれくらいかかると思います？　二十分？　三十分？　もっと長く？」

「つまり、そのあいだもメアリ・ユニスはずっと生きていたというのか？」

「そうです。彼女は寝室ではなく、死体で発見された階段のいちばん下で亡くなった。アイマン・ユニスはいい人だったと、みんな口をそろえていっています。息子のことをとても愛していたと。でも、彼はみずからの妻に手をかけたあとで、相手がまだ生きていることに気がつかないまま、計画を続行した。そのあいだ、奥さんの意識がなかったことを願わずにはいられません」

マカダム家から帰宅したとき、アレックスはもうくたくたになっていた。ゾーイはどこかへ出かけていて留守だった。いつもならビルの家までぶらぶらと歩いていって、今夜の出来事について話を聞いてもらうところだったが（それで気分が良くなることもあった）、今夜はひとりでソファに横たわり、ぼうっとしているしかなかった。すくなくとも、ロバート・グラスはじきに釈放されるだろう。

部屋の明かりに誘われて、窓に蛾が集まってきていた。どんどん数が増えて、窓にぶちあたってくる。そこいらじゅう蛾だらけという気がした。

「でも、いまのでどういうことになるか、わかってるよね？」アレックスの説明を聞いたあとで、ゾーイはそういっていた。

「わたしとしては、自分が無実の男性を自由にする方法を見つけたのだと思いたいわね」

「それは、たしかにそう。でも同時に、これでカラム・ユニスには保険金が支払われなくなる。ママが彼の父親の死を殺人ではなく自殺だと証明してみせたから。真実を突きとめることで、不利益をこうむる人もいる。ビルのときみたいに」

窓には、ますます多くの蛾が群がりつつあるようだった。まだ羽を休められずにいる蛾がつぎつぎとガラスにぶつかってきて、誰かが手袋をした手でそっと叩(たた)いているような音をたてている。まるでそこには何百匹という蛾がいるかのようで、アレックスは思わず身震いをした。

31

週末のあいだも、依然としてビル・サウスは消息不明のままだった。アレックスはユニス夫妻にかんするニュースが流れてくるのを待っていたが、こちらも音なしの状態がつづいた。

月曜日の朝、アレックスはジルの助言にしたがって、はじめてヒールのある靴をはいてみた。仕事に復帰して一週間になるのを記念して、低いヒールの靴を。

「まじで、ママ?」ゾーイがいった。

「ためしてみてるだけよ。そもそも、わたしに変わるようにいってたのは、あなたじゃない」

「なんかしっくりこなくて。それだけ。いつものレズビアンっぽい感じのほうがいいかな」

「レズビアンっぽい?」

「でも、真面目な話、いろいろやってみるのは賛成。その恰好は変だけど」

　アレックスが身をのりだしてキスをおねだりすると、ゾーイは笑いながら、さっとうしろに頭をひいた。


　職場では、とりあえずまともなコーヒーにありつくことができた。ひげなし男が自分で豆をもちこんで、コーヒーメーカーで淹れてくれたのだ。アレックスは香りを嗅ぎ、ひと口飲んでから顔をあげた。「お世辞抜きで、すごく美味しい」

「ポップコーンメーカーを使って、自分で豆を炒ったんです」ひげなし男が恥ずかしそうにいった。

　アレックスは彼を見た。「奥さんはいるの？　それとも、独身？」と訊く。

　ひげなし男の顔が赤くなった。

「冗談よ」アレックスはいった。「どのみち娘によると、わたしは半分レズビアンなの。ただ、あなたたちに本物の好意を抱いてるって事実を認めたくなくて」という。「ここから抜けられなくなりそうだから」

　ひげなし男は、あとじさりで部屋を出ていこうとした。

「待って」アレックスは声をかけて、彼を呼びもどした。「あなたたちが集計している家庭内暴力のデータだけど、情報は匿名化(とくめい)されているのかしら？」

「もちろん」

「データがこちらへ送られてくるまえに？」

「ええ。なぜです？」

「過去に群発した家庭内暴力のデータを見てみたいの」

「了解」

「フォークストーンに限定して」

ひげなし男はためらった。「フォークストーンだけに？」

「ええ。期間は、そうねえ……九年まえから七年まえくらいまでにかけて。それって、集められる？」

ひげなし男の顔に懸念(けねん)の色がよぎった。「それはかなり絞られたデータになります。そんなに小さなサンプルからでは、あまり多くのことはわからないかもしれない」

アレックスはコーヒーをもうひと口すると、笑みを浮かべてこういった。「その危険はあるけど、やってみるわ。データをそろえるのに、時間はかかりそう？」

ひげなし男はまばたきをしていた。おそらく、目のまえにいる女性は彼の仕事についてなにも理解していない、と考えているのだろう。

「コーヒーを淹れるくらいの時間でできます」

五分後、メールの着信音がした。**これがお望みのデータですか？**

アレックスはリンク先をひらいた。そこにはグラフがあり、彼女が注文したデータを表示できる地図へのリンクが添えられていた。アレックスはそのリンク先にあった地図を拡大していき、フォークストーンの町の北側に位置する限られた一角が映しだされるようにした。画面の下にあるスライダーバーを操作して、いちばん古いデータから順番に表示する。年代をずらしていくと、まず二〇一〇年の初頭に、はじめて大きな青い点が画面にあらわれた。それが消えたあとで、青い点は翌年の夏にまた戻ってきた。秋にも、もう一度。青い点は町のだいたいの地域をあらわしており、そこにはティナ・ホグベンが夫と暮らしていた通りもふくまれていた。さらに地図を拡大すると、青い点がブロードミード・ロードの端にかかっていることが判明した。

アレックスはドアのむこうに声をかけた。「助けてもらえない？」

ひげなし男がドアから顔をのぞかせ、こわごわと机をまわって、アレックスのとなりに立った。アレックスはふたたび古いほうから年代をおって、地図上にデータを映しだしていった。「このパターンは、どんなことをあらわしているのかしら？」

ひげなし男は画面をみつめていた。「おそらく、その期間におなじ家から何度も出動要請があったということでしょう」

年代を変えていくと、青い点は二〇一一年のある時期から急激に増え、フランク・ホグベンがいなくなるまえの月あたりを境にあらわれなくなった。

「おなじ住所からの出動要請だった？」

「ええ」ひげなし男はそこでためらい、意見を変えた。「いや、かならずしもそうとはかぎらない。近所の人が通報してきたとも考えられる。このデータでは住所まではわかりませんが、かなり一箇所にかたまっているので、問題のある家から誰かが通報したか、その近所の人が通報した……」

「その家の騒ぎを聞きつけて、ってことかしら？」

「そうです……それだけですか？」

ひげなし男がドアを閉めて出ていくと、アレックスはしばらく考えてから携帯電話をとりだし、ゾーイにテキストメッセージを送った。

ステラの番号を知ってる？

アレックスは、警察本部の裏にある多目的広場でお昼にジルと会う約束をしていた。夏の暑い日にそこで昼食をとろうと考える人は、かれらだけではなかった。ジルはトチノキの木陰にすわっており、茶色っぽいディップのはいったプラスチック容器をいくつかと丁寧に細長く切った野菜を自分のまわりにならべていた。アレックスが持参したのは食堂で買ったエッグ・サンドイッチで、それを健康に良くないくらいのはやさでたいらげた。

「あら、見てよ」ジルが友人の足もとに目をやりながら満足げにいった。

「うるさい」

ジルはにやりと笑った。「それで、ロバート・グラスの件だけど、ふたりで話していたとおり、やっぱり彼は無実だった。すでに釈放されていて、いまは殺人を装った自殺の可能性が検討されている。もう聞いた？」

アレックスはなにもいわなかった。

「なんか、それってすごく変よね？　まるで、わたしたちの会話を誰かが盗み聞きしていたみたい……。マカダム警部は、ユニス夫妻が息子のために保険金を得ようとして、そんなことをしたんじゃないかといっている。旦那（だんな）のほうが詐欺にひっかかって、お金を失ってしまったから」

「そうなの？」

「その髪も、どうにかしたら」

「ほっといてくれない？」だが、アレックスは内心、もうすこし身だしなみに気をつかったほうがいいのかもしれないと考えていた。

「こっちはもう、しっちゃかめっちゃかよ。けさの新聞を見た？　マカダム警部はへまをしでかした人物として、名指しで非難されてた」

アレックスは温もりをおびた芝生の上に寝ころびながら、ふたたび超能力を有する女性の気分を味わっていた。ユニス夫妻殺しは完全なでっちあげであり、彼女はひとりでそれを見破った。アレックスはときおり、自分はなんでも処理できるくらい強いと感じることがあった。

その日の午後、アレックスは規定よりも二時間はやく職場をあとにした。「カウンセラーと会わなくてはならないの」と説明する。

男性陣からは、うなずきが返ってきた。みんな、彼女が軽めの業務につかされている理由を知っているのだ。そして、誰もそのことを気にかけていないようだった。アレックスは車を南の海岸のほうへと走らせた。フォークストーンまでくると、そのままカウンセラーのオフィスのあるリーズの遊歩道へむけて直進するかわりに、東へとハンドルを切る。このあたりにくるたびに、アレックスは自分がダンジェネスに住んでいることを感謝した。ケント州の海岸沿いでは、海に面して味気のない平屋建ての家がたちならんでいないところを見つけるほうが大変なのだ。

フォークストーンの町から車でどんどん道路をのぼっていくと、道路沿いの家並みと英仏海峡をのぞむ断崖とのあいだにある緑地と、そこにたつ建物が見えてきた。第二次世界大戦のブリテンの戦いをテーマにした記念施設だ。ケント州に引っ越してきて二年になるが、アレックスがここを訪れるのは今回がはじめてだった。これまでこなかった理由は、よくわからない。なんのかんのいって、彼女は死者を忘れないことにかけては人後に落ちないというのに。

平日とあって、駐車場はがら空きだった。アレックスは日陰になることを期待して、ヤリスを駐車場のいちばん奥にある生け垣のそばにとめた。それから、斜面をくだって、施設の目玉である記念像のほうへと歩いていった。夏の芝生は、乾燥して茶色くなっていた。上空を飛びかうカモメたちが、海をめざして急降下していく。ここの海は、アレックスが暮らしている岬のほうではついぞお目にかかったことがないくらい青々としていた。

ポートランド島で産出される大理石から彫りだされた飛行士が、緊急発進の合図を待っているかのように、ひとりで英仏海峡にむかってひざを抱えてすわっていた。きようのような日には暑すぎると思われる厚手のフライトジャケットを着ている。その記念像の後方には、戦没者たちの名前が刻みこまれた黒い大理石があった。アレックスはあたりを見まわし、腕時計を確認した。約束の時間までは、まだ間があった。

32

ロンドンが腕をひろげて迎えいれてくれる場所だとすると、ここはみずからを守ることが身に沁みついている土地だった。というわけで、記念像もまた、弧を描いて連なる緑の土手にしっかりと囲まれていた。アレックスの家のまわりを囲む塁壁とおなじだ。小さな掲示板にあった説明文によって、その連想が間違っていなかったことが確認された。ここは戦時中、やはり砲台のある要塞だったという。

アレックスの父親はアイルランド人で、イングランド人が戦争に対して抱いている誇りに、ほとんど敬意も関心も払っていなかった。だが、アレックスはいま感動をおぼえていた。背後には、この地を守るために戦って死んでいった何百という男たちの名前が——ゾーイとあまり年端のちがわない若者たちの名前が——刻みこまれているのだ。海底に眠る飛行機の残骸のことが脳裏に浮かんできた。ダニーが網をひっかけないようにと避けていた金属の塊のことが。

アレックスは腕時計に目をやってから、あたりを見まわした。年輩の男性が小道を下ってきており、アレックスはわきによけて、彼が記念像のそばでひとりですごせるようにした。

もうあきらめて帰ろうとしかけたとき、見覚えのある背の高い女性が笑みを浮かべて大またでちかづいてくるのが見えた。赤いショートパンツに、胸に〝アリゾナ〟と書かれた大きな白いTシャツ。ステラはちかくまでくると足をとめ、アレックスに声をかけた。「わたしはいつもあそこにすわるの。コーヒーをもってきたわ」黒い大理石の壁とむきあう恰好で、二脚のベンチが設置されていた。ステラはそのひとつに腰をおろすと、アレックスもそうするのを待った。

「ここへは、よくくるの？」

「わたしの曾祖父よ」そういって、ステラが壁の一箇所を指さす。「ジェイムズ・ゴッデン空軍中尉。二十二歳だった。二〇一五年にこの記念施設ができてから、母はしょっちゅうここにきてる。皮肉よね。わたしもよくきてたんだから。十九歳とか二十歳のころ。記念施設が建設されるまえよ。酔っぱらうのに、ちょうどいい場所だった」

アレックスは大理石の壁に目をやった。戦死者たちの名前は、金で彫りこまれていた。「きょうここへくることを、ティナには？」

「いってない。でも、彼女に対して秘密はもちたくない。話って、なんなの？」

「あなたは、フランクがまだティナといっしょに暮らしていたときに彼女と懇ろになったのよね」

ステラはうなずいた。「ええ、そうよ」

「そのあとで、フランクはいなくなった」

「それが？」どうでもよさそうな感じで、ステラはさらりといった。それから、「コーヒーを飲む？」とたずねたあとで、バックパックから金属製の魔法瓶をとりだし、ステンレス鋼のマグカップをふたつ自分のわきに置いた。

アレックスは、相手がコーヒーをカップに注ぎはじめるのを待ってから質問した。「あなたには、フランクがティナをどんなふうにあつかっていたのかを訊きたかったの」

ステラの手もとがかすかに震えて、カップの側面を少量のコーヒーが伝い落ちていった。動揺のあらわれだ。だが、ステラはあわてずにコーヒーを注ぎ終えると、カップをアレックスに手渡した。「誰がそんな話を？」

アレックスは肩をすくめてみせた。「それが問題？　その話はほんとうなのね？」

タクシー運転手に怒鳴られたときのティナの表情について考えていたとき、アレックスはそこになにかあることに気づいたのだった。テリー・ニールが語っていたことの記憶が甦(よみがえ)ってきていた。扁桃体(へんとうたい)は警報ベルみたいなもので、それが鳴りはじめると、心的外傷を負っている一部の人は、ただもう固まってしまう……。

「ちがうわ」ステラはきっぱりといった。「もちろん」

アレックスは、その目で地図にあらわれた青い点を見ていた。家庭内暴力の通報があったことを示す点滅する青い点を。「ティナは暴力をふるう男と暮らしていた。そうなんでしょ？　妻がべつの女性と浮気(うわき)していることを面白く思わないであろう男と」

ステラは自分のカップにコーヒーを注いでから、口をひらいた。「あなたがなにをほのめかしているのかわからないけど、フランクがティナとわたしの関係を知らなかったのは確かよ。百パーセント間違いない。ティナは彼を傷つけたくなかったの。誰のことも。まえまえから、そういう人だった。慎重に行動していた。そして、わたしも。もっとも、こっちはすごく焦(じ)れったかったけど」

「でも、それはフランクを殺す動機になりうる。ちがう？」

ステラが顔をあげ、男たちの名前がならぶ壁のほうをむいたままいった。「あなた、頭がイカれてる」

「みんなから、しょっちゅうそういわれてるわ」

「ティナとフランクの話をしたくて、わたしを呼びだしたわけ？」

「あなたが当時どう考えていたのかを知りたかったの」

「いいわ。それじゃ、いまどう考えているのかを聞かせてあげる。用意はいい？」

「ええ」

ステラはアレックスの目をまっすぐに見た。「わたしが同性愛を公言したのは、まだ十五歳のときだった。ほかの家族はみんなまとも(ストレート)だった。わかる？　聖書こそが絶対であるという安息日再臨派の家で、わたしは自分のことを完全な異常者だと思っていた。ほら、変態だと。家族はわたしのことを厭(いと)い、わたしも自分のことが疎(うと)ましかった。だから、どこかはみだしている人たちとつるんでいた……飲んべえとか、ヤク中とかと。よくある話よね？」

ステラは立ちあがるとむきなおり、崖(がけ)のほうを指さした。「あの下にあるウォーレン地区を溜(た)まりにしてたんだけど、ここにもよくあがってきてた。記念施設ができるまえよ。リンゴ酒。薬物。手当たり次第やってた。接着剤。ヘロイン。錠剤。学校から放りだされて、空き家を転々としてた。両親はわたしの面倒を見ようとしてくれたけど、そのころのわたしはふたりが憎くてたまらなかった。馬鹿な話よね。そんなに悪い親じゃなかったのに。わたしが友人と呼んでた連中の半分は、ふたりとは比較にならないくらいのクズだったんだから。気がつくと、わたしは二十代の後半になっていた。将来の見通しなんて、なにもなかった。わたしの姿を見ると、みんな通りの反対側へと渡ってた。想像がつくでしょ？」

ステラはそこで言葉をきると、ブリキの容器をあけ、すでに巻いてある煙草を一本とりだして火をつけた。「そんな夏のある日、わたしは薬物から醒めると、自分がひどく空腹なことに気がついた。なにでラリってたのかは覚えてないけど、とにかく二日間キメてたあとで、文字どおり飢えてた。そして、見た目もたぶん汚れてた。でも、とりあえずなにか腹にいれる必要があった。だから、ここから町へ戻る途中で、ザ・ステードにあるフィッシュ＆チップスの店に立ち寄ったの。そしたら、カウンターのうしろにティナがいた。こっちは棒切れの先についた糞みたいに見えてたはずだけど、かまわずにこういった。〝悪いけど、金ないんだ。けど、どうしてもここのチップスが食いたくてさ〟。そのときの彼女の顔！　なんていったらいいのか……ぶっ飛びものの笑顔だった！　こっちはてっきり憐れみの目で見られると思っていたのに、そこにはものすごくセクシーな笑みがあった。わたしはぼろぼろのなりで、たぶん臭ってもいたんだろうけど、ほんと……びっくりだった。わたしの知るかぎり、彼女は結婚している女性だった。しかも……ホグベン家のひとりと。わたしの育った界隈では、ホグベン家とはかかわるなというのが鉄則だった。でも、あれは女性が特別な女性にむかって浮かべる笑みだった……」

ステラはふり返って、アレックスににやりと笑いかけた。「誰かからそんな笑みをむけられたことある？　あなたならわかるわよね……きっと経験してるだろうから。とにかく、その出会いをきっかけに、わたしは徹底的に生活を立て直した。彼女が欲しくてたまらなかったから。薄汚れたままだったらそばにもちか寄らせてもらえないと、わかっていたから」ステラはふたたびベンチに腰をおろすと、アレックスのほうをむいた。「つまり、わたしはティナに救われたってこと。あらゆる意味で。彼女はそういう人なの。ほかの人を救う。それが、わたしみたいな見下げはてた人間であろうとも。そして、わたしのほうもある意味、彼女を救った」

「いい話ね」アレックスはいった。

「でしょ？　そりゃ、わたしはいまでも煙草を吸うし、飲みすぎたりもする。でも、すべてが完璧な人なんて、いやしない」

ステラはブリキ缶の蓋に煙草を押しあてて火を消すと、注意深く吸い殻を自分の上着のポケットにしまった。

「フランクがティナに暴力をふるっていたという話は、いま出てこなかったけど」

「ええ」ステラはいった。「その話はしなかった。なぜって、さっきもいったけど、あなたは完全に的外れなことを訊いてまわっているからよ」ステラは魔法瓶を手にとってバックパックにしまうと、それを背負ってからいった。「あなたがよろしくといってたって、ティナには伝えとくわね」

斜面を半分ほど下ったところでステラは足をとめ、記念像のまえについている階段をのぼっていった。そして、出撃を待っている飛行士の唇にキスをすると、そのままふり返ることなく、あらわれたときとおなじ方向へと歩み去っていった。

アレックスには予定があった。ここでぐずぐずしているわけにはいかなかった。

駐車場のいちばん奥にぽつんと一台だけとまっているヤリスのところへ戻っていくときに、アレックスはワイパーの下に白いものが挟まっているのを目にして、足どりをはやめた。まず頭に浮かんだのは、駐車違反の切符を切られたということだった。記念像へと急ぐあまり、駐車場に制限規定があるかどうかを確認していなかったからだ。だが、あたりを見まわしてもそういう看板はなく、目にはいるものといえば、案内所のそばにある公衆電話だけだった。

車にちかづくにつれて、アレックスにはそれが違反切符でないことがわかってきた。ノートからちぎりとったような無地の白い紙切れで、畳んでワイパーの下に押しこまれている。

それを手にとるまえに、アレックスはふたたびあたりを見まわした。駐車場に誰もいないことは、一目瞭然だった。

紙切れをひき抜く。

それは、ボールペンを使ってでかでかとした文字で書かれていた。**ほっといてくれ。おれのことを嗅ぎまわるのはよせ。おまえはすべてを台無しにする。**

その下に署名があった。**フランシス・ホグベン。**

アレックスは念のために読み返してから、いま一度あたりを見まわした。駐車場の北側は道路に面していて、そのふたつは厚みのある古い生け垣によって隔てられていた。ほとんどがサンザシだ。そのむこうに——アレックスの車のボンネットの先にある生け垣のむこうに——人影があるのがわかった。反対側に立って、こちらを見ている。

「ちょっと」アレックスは声をかけた。

人影は動かなかった。

「そこにいて。いまいくから。じっとしてて」

人影が生け垣から離れ、その拍子に、身体にからまっていた枝が数本ぽきんと折れた。そのまま走りだす。

アレックスも、二十メートル先にある出口をめざして駆けだした。心のなかで、いまいましいヒールに悪態をつきながら。

33

生け垣の切れ目にたどり着いたときには、もうおいつけないとわかっていた。すでにドアがばたんと閉まってエンジンのかかる音が聞こえてきており、アレックスは赤い車が轟音をたてて猛スピードで道路のカーブのむこうへ消えていくのを目にするのがやっとだった。

生け垣のむこうからこちらを観察していたのがヤリスのフロントガラスに紙切れを残していった人物であることは、間違いなかった。いま車で走り去っていったのが、その人物であることは。アレックスはできるだけ急いでヤリスのところへ戻ってエンジンをかけると、アスファルト舗装にタイヤ痕が残るくらいの勢いで生け垣から後退した。

相手は一歩先んじているかもしれないが、真っ赤な車というのは目立つものだ。駐車場の出口までくると、道路には一台も車が走っておらず、アレックスはアクセルを踏みこんだ。だが、そこでエンジンが停止した。整備にだしておけばよかった、という後悔が頭をよぎる。アレックスはエンジンをかけ直した。

車は騒々しい音をたてて咳きこむと、またしても黙りこんだ。

三回目ともなると、エンジンはかかりもせず、セルモーターの空回りする音だけが聞こえてきた。もう一度エンジンを切ってからかけ直し、アクセルを踏む。

「くそっ」

うしろで車の警笛音がした。

アレックスは腹立たしげに手をふって、その車をまえにいかせた。そして、ハンドルの上に突っ伏した。

車から降りて、監視カメラがないかと周囲を見まわす。だが、視界には一台もなく、どうやら紙切れを残していった人物の姿は拝めそうになかった。腕時計に目をやると、あと五分でカウンセリングの予約時間だった。こうなったら、遅刻したことを詫びるしかないだろう。

結局、アレックスは馬鹿みたいに汗をかきながら、車を駐車場の隅まで押していった。そして、フロントガラスに〝故障中〟と書いたべつの紙切れを残した。

いま助けを求められる人物としては、カーリーしか思いつかなかった。アレックスは彼に電話した。

「あんたはおれとは口をきかないのかと思ってたんだがな」カーリーがいった。

「ええ、そのつもりよ。頼みごとをするとき以外はね」

アレックスは状況を説明した。

「ところで、マックス・ホグベンが乗ってたのは、なんて車だったかしら?」

「なにを考えてるんだ、アレックス?」

「いいから、教えて」

「フォード・エスコートRS1600-i。小さなガキがレーシングカーと聞いて思い浮かべるような車だ」アレックスはその車の形状を知らなかったが、おそらくは先ほどニュー・ドーヴァー・ロードを走り去っていった車とそっくりなのではないかという気がした。

「色は赤よね?」

「真っ赤だ」

アレックスは車の鍵(かぎ)をフロントタイヤの上にのせておいた。ウーバーで頼んだ車は遅れてあらわれ、アレックスがリーズにあるカウンセラーのオフィスに着いたときには、すでに約束の時間を三十分すぎていた。

——ご心配なく。これはあなたの時間ですから。

——正直、絶好調って気分ではなくて。どうして遅刻したのか知りたいですよね？　じつは、幽霊と出会ったの。

——なるほど。では、話はまたそこへと戻るわけですね、アレクサンドラ？

診療が終わったとき、アレックスはへとへとになっていた。カウンセラーからは、人が亡くなったときのことを再度訊かれていた。彼女が目撃したこと。そのときとった行動のこと。話す内容は、これまでとまったく変わらなかった。そして、結末はどれも悲惨なままだった。

べつのタクシーでようやく帰宅してみると、家の裏手にはヤリスがとめられていた。カーリーのピックアップトラックもいっしょだ。トロール漁船での一件のあとで、アレックスはカーリーと面とむかう自信がなかった。

彼はキッチンのテーブルについて、ゾーイの作った完全菜食主義者向けの茶色い豆のシチューを大きなお碗（わん）から食べているところだった。スプーンをもつ手にはあちこちまだオイルがついており、しわが黒くなっていた。

「あんたを嫌ってるやつがいるな」シチューをほおばったまま、カーリーがいった。

「ひとりだけ？」ゾーイがいった。

カーリーがいま家にいることに対して自分がどう感じているのか、アレックスはよくわからなかった。だが、とにもかくにも、彼は動かなくなった車をここへ牽引してきたときにゾーイに招き入れられたにちがいなかった。「嫌ってるって、どういう意味？」アレックスはたずねた。

カーリーは口もとを手の甲で拭った。「誰かがわざわざ一ガロンの水をあんたの車のガソリンタンクに注ぎこんだ。それで、エンジンが動かなくなったんだ」

「わざと？」

「まあ、ほかにどうやったら水がガソリンタンクにはいりこむのか、心当たりはないからな」

アレックスは顔をしかめた。「いつ？　それが数日まえにおこなわれた可能性はある？」

カーリーはスプーンでお碗のなかをゆっくりとかきまわした。「いや。水はガソリンより重たいから、すぐに燃料パイプに到達する。かなりはやく影響があらわれるだろう」

「それじゃ、わたしが駐車場に車をとめてから離れているあいだにおこなわれた？」

「たぶん」

「ひとつ訊きたいんだけど……フランクは〈希望の星〉号のうしろから転落して行方不明になったのよね」

カーリーが渋面を作った。「またかよ」

「ママ」ゾーイがうめいた。「もうその件はすんだと思ってた」

「この子のいうとおりだ、アレックス」カーリーはお碗をかたむけて、残っていたシチューをスプーンで口もとにはこんだ。それから、グラスの水を飲みほして立ちあがった。

「彼がそれを生きのびたってことは、ありえる？」アレックスはたずねた。「フランク・ホグベンが亡くなったことを、あなたは百パーセント確信している？」

カーリーは無表情でアレックスをみつめてから、こういった。「エンジンを取り替えたほうがいい。もっといいのは、車を取り替えることだ。一から出直す。あの車は、いまやくず鉄と変わらない。おれがいま牽引してってやろうか？」

「そんな。車なしで暮らせっていうの？」

「まあ、そういうことになるな」

「うちに車なんて必要ないよ、ママ」

アレックスは狂人でも見るような目で娘を見た。「ここは僻地（へきち）もいいところなのよ。どうやって毎日仕事へいくわけ？」

ゾーイは肩をすくめてみせた。「どうせ人類は、ちかぢか車とおさらばしなくちゃならないんだし」

「お礼はどれくらいしたらいい？」

カーリーは首を横にふった。「いいよ、アレックス。あんたは友だちだ」

「だめよ」アレックスはいった。「絶対に」バッグを手にとり、なかをかきまわして財布をとりだすと、十ポンド札を一枚ずつ数えてだしていく。

「その必要はない、アレックス」カーリーがいった。「ほんとうに。このへんじゃ、みんなでおたがいの面倒を見るんだ」

「わたしはこれでも警察官よ、カーリー。気づいてないようなら、いっておくけど」

カーリーはすこし傷ついたような表情を浮かべたが、アレックスがお札をかさねていくのを止めようとはしなかった。七十ポンドまできたところで、彼はいった。「それでじゅうぶんだ」札をふたつ折りにして、油染（あぶらじ）みだらけのジーンズの尻（しり）ポケットに突っこむ。

カーリーが帰っていき、ゾーイが二階に姿を消すと、アレックスは自分用にコーヒーを淹れた。カウンセラーから控えるようにと——とりわけ、夜は——いわれているにもかかわらず。

ゾーイが使用したあとの料理用こんろは惨憺たるありさまで、焦げがこびりついていた。それをきれいにするには、かなりの時間を要するだろう。

けさのアレックスは、超人のような気分を味わっていた。だが、コーヒーを手に居間へいってひとりですわっているいまは、くたびれきっていて自分を惨めだと感じていた。部屋はむっとして暑苦しく、写真の額縁に積もった埃が目についた。バッグのなかには、七年まえに死んだはずの男からの書き置きがはいっていた。ビル・サウスはあいかわらず姿をくらましていて、このままずっと帰ってこないのかもしれなかった。ジルは忙しすぎて、ほとんど顔をあわせる機会がなくなっていた。金を騙し取られたということで、男がおぞましい状況で妻を殺害し、そのあとで自殺していた。重度の心的外傷を負った男が拘束され、犯してもいない殺人の罪で逮捕されていた。彼はすでに釈放されているものの、おそらくはお決まりの謝罪の文句をかけられただけで、ひとりでまた戸外で暮らすことになるのだろう。

　しばらくしてアレックスはふたたび立ちあがると、カーテンを閉めた。外の明るい陽射しが耐えがたかった。その明るさには、どこか悪意が感じられた。光がおもりみたいに胸にのしかかってくるような気がした。ソファに戻って腰をおろし、目を閉じる。

　その状態でいると、急に確信が湧いてきた。いま目をあけたら、まわりは血まみれになっているにちがいない。絨毯の繊維に血が染みこんでいるにちがいない。もちろん、理性ではそんなことないとわかっていた。だが、いまや部屋には土の匂いまでしてきていた。

「ママ？」突然、となりでゾーイの声がした。「大丈夫？」

「大丈夫じゃなさそう」アレックスは目を閉じたままでいった。「これってたぶん、パニック発作ってやつだと思う」

キッチンの調理台の上には、大きな花束が無造作に置かれていた。それが配達されてきたときに家で受けとったはずのゾーイは、水につけておくところまでは気がまわらなかったようだ。とはいえ、そもそもアレックスの娘はあまり切り花を認めていなかった。

花束にはカードがついていた。調子が良くないと聞いて、残念。はやく良くなりますように。署名は、ふたりのひげなし男とひとりのひげあり男よりとなっていた。

あの晩、ゾーイは医師に電話したあとで、ジルにもかけていた。そして、そこからマカダム警部にも連絡がいった。火曜日、マカダム警部はアレックスを軽めの業務からあと一週間はずすことにした。いまはまだ頭がおかしくなっていないとしても、じきにそうなりそうだということで。

34

その週は、時間がのろのろとすぎていった。ゾーイは野生生物センターへいってボランティアをするかわりに、家でぶらぶらし、ハーブティーを淹れようかと定期的にたずねてきた。

「わたしを見張ってる必要はないのよ」アレックスはいった。「馬鹿なことはしないから」

「わかってる」

「見守られてるのは嫌いなの」

「だよね。それもわかってる」

　水曜日、アレックスは届いた花をふたつにわけ、ひとつを居間の炉棚の上に飾った。そして、もうひとつをポリエチレンで包んだ。

「どこいくの？」それをもって家を出ていく母親の背中にむかって、ゾーイが声をかけてきた。

　アレックスはビルの家のドアを叩き、返事がなかったので、予備の鍵で勝手にはいった。家のなかは、いつものとおりきれいにかたづいていた。ビル・サウスは几帳面な男なのだ。ベッドは整えられており、寝た形跡はなかった。なにか腐っているものはないかと冷蔵庫を調べてみたが、なかは空っぽだった。ガラスの水差しに花をいれて整え、裏の窓のそばにあるテーブルの上に置く。それから、しばらく椅子のひとつにすわって、外の景色をながめた。ビルがよくそうしていたように。

「いっしょに自転車でそこいらへんを走らない？」ゾーイが誘ってきた。

その日の午後、ふたりは自転車で沼沢湿原をいくつか抜け、聖トマス・ア・ベケット教会のそばのパドルドック溝渠の土手の草地で、フムスのサンドイッチを食べた。

アレックスは、二百メートルほど先の狭い道路にとまっている赤い車を指さした。

「あの車を知ってる？」

「なんで？　知ってなきゃ変？」

「まえにどこかで見たことある気がして」

車の運転席にいる人物が窓の奥からこちらをうかがってるような感じがした。だが、アレックスが立ちあがると同時に車はゆっくりと動きだし、教会の鍵を保管している農家の先までくると、轟音をあげて走り去った。

「いまのはなんだったの、ママ？」

アレックスはふたたび腰をおろした。

八月の日々はやけに長く感じられ、めりはりもなくすぎていった。ジルからは毎日電話がかかってきたが、彼女が心ここにあらずなのがわかった。頭のなかは、もはや部外者には複雑すぎて説明しきれない仕事のことでいっぱいなのだ。地元の無料新聞には、〈精神に問題を抱えた元兵士への懸念〉という見出しの記事が五面に掲載されていた。リトルトンの住民たちが、近所で野宿をしている路上生活者にかんする苦情を口にしているという。逮捕されるまえは誰もロバート・グラスのことを知らなかったが、いまや彼は有名人だった。殺人の容疑をかけられていた男として。

木曜日、アレックスはヤリスの替わりの車を見つけようと、インターネットをあたりはじめた。「強がりじゃなくて、ほんとうにすごく調子が良くなってきてるの」アレックスはゾーイにいった。

「それじゃ、出かけてもいい？　二時間くらいだけど？」

「もちろんよ」アレックスは娘にキスをした。「どこいくの？」

ゾーイは、すこしためらってからいった。「べつに。ただぶらぶらしてこようかと思って」アレックスは、娘がくたびれたバックパックを背負って自転車で走り去っていくのを見送った。そのとき、郵便局の赤いヴァンが入れ違いでこちらへむかってくるのが見えた。たちならぶ家のいちばん端で停車する。アレックスが正面玄関から出ていくと、ちょうど薄青のトップスにショートパンツという恰好（かっこう）の女性が大きな茶色い封筒を手にちかづいてくるところだった。「おかげで、これをお宅の郵便受けに押しこむ手間がはぶけたわ」女性の郵便配達人がいった。

アレックスは家のなかにはいると、封筒をあけた。中身はコピーの束で、いちばん上のページには肉筆でこう書かれていた――**ふたりだけの秘密　追伸　はやく良くなりますように。そして最後に、コリン。**

金曜日、ゾーイがいった。「あしたは野生生物センターにいってもかまわない？一日じゅう留守にすることになるけど」

「いいわよ」アレックスはいった。「楽しんでらっしゃい」今週、ゾーイは母親に目を光らせておくために、家でずっとひまそうにしていた。まさに、かごに閉じこめられた鳥状態で、それをはたで見ているのは、ものすごくつらかった。

土曜日の朝、アレックスが目をさますと、すでにゾーイは出かけたあとだった。冷蔵庫にメモが貼ってあった。**必要なときはすぐに連絡して　Z　x**

昼ごろ、テリー・ニールからテキストメッセージが届いた。アレックスがシャワーを浴びたあとで、満潮線に沿って浜辺をそぞろ歩きしているときのことだった。

今夜食事でも？

アレックスは浜辺に腰をおろして、彼に電話した。「ごめんなさい、テリー」という。「いまは、とてもそういったことにはつきあえそうにないの」

予想していた以上に落胆した声が返ってきた。「そうですか。わかりました」

ふたりはしばらく電話で会話をつづけた。なにか回復を後退させるようなことがあったのかと訊かれて、アレックスは車のこと、月曜日にパニック発作を起こしたことを話した。「どうやらわたしは、自分が実際以上に良くなっていると思いこんでたみたい……。ようやく、それがすこしずつわかってきた」

「ひびは奥深くに隠れている場合がある」テリー・ニールがいった。「でも、あなたがいましていることは正しい。それをつづけるべきだ」

「それで、そちらはどうなのかしら？」この数分間、自分のことばかりしゃべっていたことに気づいて、アレックスは決まりの悪さをおぼえながらたずねた。

彼がこたえたとき、その声にはため息が混じっているのがわかった。「いまや警察は、アイマンが奥さんを殺したと主張している。ほんとうなんですか？」

「つらいですよね」

「それじゃ、ほんとうなんだ」

「確かなことは永遠にわからないでしょうけど……ええ、その可能性が高い。彼はすべてを計画していたようです」

「アイマンはとても秩序だった男だった。このことについて、どう考えたらいいのか。わたしにとって、彼はいい人間だった。その彼の頭のなかにどんな思いが去来していたのか、想像もつかない。自分のせいのような気がしています。自分が彼をひどくがっかりさせてしまったような気が」

アレックスは陸地のほうをむいた。波打ち際(ぎわ)からだと、シャレー風の建物や平屋建ての家は黄土色の小石の丘に隠されていて、まったく見えなかった。「わかります」という。「わたしも大勢の人をがっかりさせてきたので」

「どうです。わたしはあなたのセラピストではないが、われわれはどちらもひどく気分が落ちこんでいるようだ。そんなときに、家にいてくよくよ考えているのは良くない。自分以外のことに目をむけるべきだ――べつにこれは、たんにあなたを食事に誘いだそうとしていっているわけではなく。先ほどの申し出は、まだ有効です。もちろん、あなたが家にいてボックス・セットの一気見をしたいというのであれば、それはそれでかまいませんが」

そういうわけで、今夜は出かけることを伝えるべく、アレックスは浜辺に設置されている引き揚げ荷台のレールに沿って自宅へとひき返しながら(レールはかつて漁師が自分の船を陸揚げするときに使っていたもので、いまでは錆びてねじれており、その下にある小石がこげ茶色になっていた）、ゾーイに電話をかけた。留守番電話につながったので、メッセージをふたつ残しておく。だが、アレックスが道路にたどり着いてもまだ返信がなかったので、つぎは野生生物センターにかけてみた。オフィスにいた女性は、コンピュータのキーボードを叩く音をさせながらいった。「いいえ、きょうはボランティアできてる人はいませんよ」

「そうなの？　確かかしら？　なにかの間違いでは。娘はそちらへいくと、はっきりといってたんだけど」

「ゾーイなら知ってます」女性がいった。「すごく熱心な子ですよね？　きょう、彼女の姿はまったく見ていません」

アレックスは心配になって、もう一度ゾーイにテキストメッセージを送った。

いまどこ？　センターにかけたら、あなたはきてないって。大丈夫？

アレックスがいまいる浜辺の湾曲部からでは、海に浮かぶ船はマストしか見えなかった。三角形の帆が陸地に対して平行に移動していく。アレックスは〈スナック・シャック〉のそばの砂利浜に寝そべると、カウンセラーから教えられたとおりに、ゆっくりと呼吸することだけに集中した。鼻から吸って、口から吐く。鼻から吸って、口から吐く。

テーブルで家族といっしょにお昼を食べていた四歳くらいの女の子が、大きな声でいった。「あの女の人、寝てるの？」

ようやく呼び出し音が鳴ると、アレックスはさっと起きあがって携帯電話をつかんだ。「ごめんなさい、日にちを間違えてたの」ゾーイの声が聞こえてきた。「いまあたしがいるのは野生生物トラストの案内所じゃない」

「それじゃ、どこなの？」

「かわりにバスに乗って、フォークストーンにきたの。こっちはなにも問題ないわ。ごめんなさい、ママ。心配した？」

アレックスは息を吐きだした。「はるばる野生生物センターまでいってから、きょうはボランティアの日じゃなかったことに気づいて、そのままフォークストーンにいったわけ？」

「そうよ。うん、わかってる。うちで頭がイカれてるのは、ママだけじゃないってこと。ごめん。いまのは下手な冗談だった」

アレックスが今夜食事に出かけることを伝えると、ゾーイは信じられないといった声で訊いてきた。「それって、デートみたいなもの？」

「ちがうわ。彼はただの友だちよ」

「デートみたいに聞こえるけど」

「彼はただ、いい人ってだけ。そしていま、おなじようにすこし気分が落ちこんでいる」

「いかなきゃだめ。絶対に」

「でも、家を留守にするのよ。あなたは大丈夫？」

「もちろん。今夜はステラとティナのところに泊めてもらうことにする。きっと問題ないっていってくれるはず」

「そうなの？」

　アレックスは立ちあがって、魚を売っている小屋へいった。台には、ずらりとロブスターがならんでいた。テリー・ニールにテキストメッセージを送る。

　魚をもっていく
「ツノガレイを二尾」アレックスは、狭い小屋のカウンターのうしろにいる赤ら顔の若い男性にいった。それから、あとから思いついてつけくわえた。「あと、サバも一尾。いまのとはべつに包んでもらえる？」

35

自転車でまっすぐグレートストーンへむかうかわりに、アレックスは遠回りをして、ユニス夫妻の家に立ち寄った。窓には埃がたまっているように見えた。芝生は茶色く変色しており、前回きたときよりも伸びていた。バラの茂みの花びらも茶色っぽくなっていて、花壇は雑草だらけだった。アレックスは自転車を門につなぎとめると、苦労しながら木立のなかへはいっていった。

夕方の光のなかで、ジョージア・コーカーが話していた細道はすぐに見つかった。若草が踏み倒されている。つい最近、誰かがそこをとおった証だ。

あたりには暑気がたちこめており、小さな黒い虫が飛びかっていた。日のあたらない土からは、より濃厚な匂いがたちのぼってきているような気がした。誰のしわざか柵の鉄条網が北側から押し下げられており、乗り越えやすくなっていた。アレックスはそれをまたいで、草地へとはいっていった。

テントは現在もまだ、ジルから聞かされていたとおりの場所に張られていた。細道を百メートルほどいった先にある低木のそばだ。ちかくにいる羊たちはアレックスがきても逃げだすことなく、ただ突っ立ってこちらをながめていた。人の姿に慣れているのか。それとも、暑すぎて走る気になれないだけか。

焚き火をしたあとの匂いが、アレックスの鼻をついた。思ったとおり、彼はいまもここで暮らしているのだ。きっと先週に釈放されたあとで戻ってきたにちがいない。

「グラスさん？　いらっしゃいますか？」

テントのまわりは、きれいにかたづいていた。意外ではなかった。精神がいまどのような状態にあるにせよ、ロバート・グラスは軍人なのだ。テントのまえの地面に小さな黒い十字架が突き立てられていた。テントの雨ぶたはあいていたものの、入口が生け垣とむきあう恰好になっているため、アレックスの位置からは内部をうかがい知ることはできなかった。

アレックスは声をひそめて、できるだけそっと語りかけた。「どうも。煩わせる気はないんです。どうか怖がらないで。わたしの名前はアレクサンドラ・キューピディ。あなたに謝りたくて、きました」

カーキ色の粗布の奥からは、なんの反応もなかった。

「グラスさん？　そこにいるんですか？」

いるのは確かだった。テントは小さく、アレックスがちかづいたときに見えたいちばん奥の布のふくらみは、間違いなく人の形をしていた。

ロバート・グラスは訪問者が帰っていくことを願って、じっと横たわっているのだろう。人に慣れていないのだ。人を嫌っている。もしくは、信用していない。とはいえ、なかではかさこそと小さな音がしていた。棒切れかナイフでもさがしているのかもしれなかった。

「安心してください」アレックスは、ささやき程度の小声のままでつづけた。ふたりのあいだにあるのは、粗布と空気だけだった。「あなたにご迷惑をかけるつもりはありません。約束します。ただ謝りたいんです。あなたがアイマン・ユニスの殺害容疑で逮捕されたことが申しわけなくて。たぶん、わたしのせいだわ。あの晩、あなたと現場で出くわして人相風体を警察に伝えなければ、あなたが容疑者とされることはなかった。でも、わたしには最初から、あなたが犯人ではないとわかっていました。警察にも、そういおうとしたんです」

アレックスは耳を澄まして、返事を待った。テントのなかで寝返りを打つ音がした。

相手の注意をひきつけたことを確信して、アレックスはつづけた。「あなたはなにもいう必要ありません」

夏の虫たちの羽音がいっそう高まった。

「でも、わたしにはあなたがいま経験していることが、すこしわかるような気がするんです」アレックスはいった。「わたしも心的外傷後ストレス障害の診断を受けています。いろいろとくぐり抜けてきている。もちろん、あなたの体験とは雲泥(うんでい)の差でしょうけど……」

夕暮れどきの鳥の鳴き声が、あたりに大きく響いていた。アレックスは、鳥の区別がつくくらいの知識を身につけるだけの根気強さに欠けていた。自転車の空気入れみたいにきーきーいう——パンをちょっととチーズはなし(アーリトルービットーオブーブレッドーアンドーノーーチーズ)と鳴く——鳥の名前をゾーイから教わっていたが、これまで肝心なときにきちんと耳をかたむけていたためしがなかった。

「あなたはイラクとアフガニスタンで従軍していた。記録を見ました。それに較(くら)べたら、わたしの経験なんて屁(へ)でもありませんよね。でも、そのせいで、わたしはときどき頭がおかしくなるみたいなんです——間違った判断をくだして、人びとを遠ざけてしまう」

いまでは、じっと耳をそばだてているロバート・グラスの息づかいが聞きとれるような気がした。小さくてこすれあうような不規則な音。そこで、アレックスは先をつづけた。「わたしは恵まれていますけど、ひとりでそれに対処するとなったら、さぞかし大変にちがいありません。過去が現在に鮮明に居坐(いすわ)りつづけているという感覚──そういうのがありませんか？　すべてをひきずったままで生きていく。そして、いつまたおなじくらい酷(ひど)いことが起きてもおかしくないと感じている」

これまでのところ、ロバート・グラスからの反応は皆無だった。なんの動きもなければ、怒声もなし。

「ごめんなさい。話をしたくないんですよね。とにかく、ひとりでいたい。でも、これだけはいっておきたくて。なにか助けが必要になったときは、わたしが喜んで力になります」

返事はなかった。

「あとひとつだけ。質問をさせてください。こたえる必要はありませんけど、気になることがあって。アイマン・ユニスが自殺する数日まえに口論していた相手があなたでなかったとするなら……それが誰だったのか、心当たりはありませんか？」

沈黙。

「ここはユニス夫妻の家からそう遠くありません。野宿をしていたあなたは、その言い合いを耳にしていたのではないかと」

やはり、テントからはなんの反応もなかった。

「わかりました。わたしの名刺を置いていきます。電話番号ののった名刺を。それと、新鮮な魚をおもちしました。お口にあうかどうかはべつにして、けさ獲(と)れたばかりのものです」

無視がつづく。

「魚を涼しいところに置きたいので、もうちょっとちかづきますね。それがすんだら、退散します」

アレックスはすこし間をおいてから、まえに進みでた。そのとき、そよ風が吹いてきて、アレックスの肌は冷たくなり、息ができなくなった。なにかがひどくおかしい。ここから逃げださなくては。

だが、彼女は無理やり息を吸いこむと、落ちつくようにと自分に言い聞かせた。現在を見失うことなく、逃げるかわりに、いま起きていることを冷静に受けとめるのだ。さらに数秒がたったところで、悲鳴をあげて逃げだしたくなった理由がわかった。匂いだ。とてつもなく悪いことを連想させる、お馴染(なじ)みのかすかな匂い。

「ボブ？　あなた大丈夫なのかしら？　助けが必要？」

　アレックスは魚を地面に落とすと、逆にまえへと進んでいった。テントががくんと揺れたが、頑張って踏みとどまる。

「わたしは警察官よ」アレックスは大きな声に切り替えていった。「そこにいるのは誰？」

　テント全体が激しい震動に見舞われた。まるで、なにか目に見えないものに揺さぶられているかのように。

36

黒っぽい物体が飛びだしてきた。背が低くて、横幅がある。

つぎの瞬間、アレックスは自分がいま目にしたものの正体に気づいた。最近では、眠れない夜遅くとか朝早くとかによく見かけている生き物。アナグマだ。おそらく、ロバート・グラスの食料を狙(ねら)って、テントのなかをがさごそと漁(あさ)っていたのだろう。アレックスが耳にしていたのは、そこに隠れていたアナグマの耳ざわりな呼吸音だったのだ。そいつは捕まることを恐れて、テントのむこうの生け垣を突っ切って逃げていった。アレックスは声をあげて、おのれの愚かさを笑った。

それに呼応するかのように、ユニス夫妻の家の先のほうでカッコウがひと鳴きした。アレックスは身をかがめて、新聞紙から飛びだした魚を拾いあげようとした。テントのなかでは、サバの死んだ目が、こちらをみつめ返してきているような気がした。ハエたちが飛びまわってナイロンにぶつかる音がしていた。

ある初夏の夕べにビル・サウスからいわれたことが——そのときふたりは双眼鏡を手にして、ならんで地べたに寝そべっていた——アレックスの脳裏に甦(よみがえ)ってきた。「アナグマってのは、なんでも食うんだ。えり好みしたりせずに」

現場を保存する警察官たちがくるまで、アレックスは薄れゆく日の光のなかで、そこにとどまっていた。そのあとも、犯罪現場の管理責任者の到着を待たなければならなかった。アレックスがテントの入口までいってしゃがみこんだことを記録しておいてもらうためだ。テリー・ニールには、**遅れます**というテキストメッセージを送ってあった。それ以上、なんと書いていいのかわからなかった。

警察がくるまえに、アレックスはテントのなかをのぞきこんでいた。アナグマはいちばん食べやすいものを平らげていた。ロバート・グラスの顔からは、完全に皮膚が消え失(う)せていた。

「ひどい顔をしている。どうしたんです?」ようやくやってきたアレックスを見るなり、テリー・ニールはそういった。

そして、事情を聞くと、ワインのはいっていたグラスを下に置いて、アレックスを抱きしめた。そのときのアレックスが、まさに必要としていたものだった。彼はようやく腕をほどくと、こうつづけた。「それじゃ、食事をする気分ではなさそうだな」

「どうせ、魚は現場に置いてきてしまったから」アレックスはいった。

「なら、問題はない。かわりに飲み物でも?」

朝になって目がさめてみると、アレックスは彼のシーツの上にいた。窓からは白っぽい砂浜が見えていて、茶色くなった草がそよ風に揺れていた。どういうわけか、落ちついていた。

誰かとベッドをともにするのは、じつにひさしぶりだった。

寝室にはアレックスしかおらず、階下でテリーの動きまわる音がしていた。窓からの眺めは、ここのほうが彼女のところよりもよかった。原子力発電所ではなく、広びろとした海と空を望めた。数分後、テリーがコーヒーをもってあらわれた——なかなか見事な裸体をさらしたままの状態で。彼はアレックスよりも年が上なので、自分が肉体の手入れを怠っていないことを見せる必要があると感じているのかもしれなかった。

「きみは寝言をいうんだ」テリー・ニールがベッドの上に木製のトレイを置きながら

いった。「かなりたくさん」

「娘からも、そういわれてる」眠れたこと自体、アレックスにしてみれば驚きだった。彼のほうは行為のあとですぐに寝入っていたが、アレックスは目をあけたまま、半開きのブラインドのむこうで移動していく星ぼしをじっとながめて、いろいろと考えていたのだ。「ここで暮らしはじめて、どれくらいになるの？」

「七年。いや、八年か。しばらくフォークストーンに住んでいたんだが、高級化が肌にあわなくてね」

「たしかに。あちらに較べたら、ここなんてスラム街みたいなものだわ」

テリー・ニールは笑った。「ここでは、すべてを無視できる。あらゆる誘惑から逃れる必要があったんだ。きみのきょうの予定は？　なにもなければ、ゴルフの手ほどきをしたいんだが」

「それは絶対におことわり」アレックスはいった。

テリー・ニールは裸のまま、ベネチアン・ブラインドを上げた。窓から日の光がなだれこんでくる。浜辺にいる人なら誰でも、アレックスが寝たばかりの相手の姿を見られそうだった。

「きのうの晩、あなたは酔っていた？」アレックスはいった。

「ああ。そして、きみはショック状態だった」

「それじゃ、たぶん、わたしたちはこんなことをすべきではなかった」

「たしかに」テリー・ニールはいった。「すべきではなかったんだろう。でも、後悔はまったくない。きみは？」

その瞬間、アレックスの胃が反乱を起こした。「失礼」といって立ちあがる。

「どうしたんだい？」

アレックスはそのままトイレに駆けこみ、飲んだばかりのコーヒーを吐いた。

寝室に戻ってみると、テリー・ニールはすでに青いタオル地のローブを羽織っており、心配そうな表情を浮かべていた。「大丈夫かな？」

「ごめんなさい。フラッシュバックよ」もっと若いころのアレックスにとって、セックスは忘れるためのひとつの手段だった。だが、もはやその効力は失われてしまったらしく、ロバート・グラスの顔なき顔は、夜をまたいでいまなお彼女の脳裏にこびりついていた。「ほんとうにおぞましい光景だったの」

テリー・ニールはうなずいた。「かわいそうに。クソ野郎になった気分だな。弱っている女性につけこんだみたいで」

アレックスは笑った。「騎士ぶるのはやめて」テリー・ニールの顔が曇る。「酔っていたのはあなたよ、テリー。わたしは自分がなにをしているのか、きちんとわかっていた。そして、ええ、わたしもまったく後悔していない」

テリー・ニールは、ほっとした表情になった。

口のなかが不快で、アレックスはたずねた。「予備の歯ブラシなんてあるかしら?」

「もちろん」

テリー・ニールは浴室へいき、箱にはいったままの竹製の歯ブラシを手に戻ってきた。アレックスが眉(まゆ)をあげてみせると、歯ブラシを手渡しながらいう。「きみがなにを考えているのかは、わかる。わたしは聖人ではない。ここでベッドを共にした女性は、きみが最初というわけではなくてね。とはいえ、そういうときのために歯ブラシを常時ストックしているわけでもない。自分用に、いつも四本入りのパックを買っているというだけで」

アレックスはシャワーを浴びてから寝室に戻ると、使用済みの歯ブラシをさしだした。

「それはひきだしにしまっておくとしよう。次回のときのために」テリー・ニールがいった。

「次回?」アレックスはいった。

「いまのは願望だ。決めつけているわけではなく」

「だったら、ほかのご婦人方のものとごっちゃにならないように、名前でも書いておいて」

テリー・ニールは歯ブラシを受けとった。「忘れずに、そうするよ。なんのかんのいって、浴室のひきだしには名前を記した歯ブラシが何百本とたまっているはずだから」

アレックスは笑った。「何百本。でしょうね」

「次回があればいい――ただ、それだけのことだよ」

アレックスは返事をしなかった。「あなたは幽霊を信じているかしら、テリー？」

「いや。なんでそんな質問を？」

「あなたは以前フォークストーンに住んでいた。魚を買いに、ザ・ステードへいったことは？」

「しょっちゅういっていた。いまでもね」

「漁師が海で行方不明になった事件を覚えてる？　フランク・ホグベンという漁師なんだけど」

「トロール漁船に乗っていた男のことかな？　家族でフィッシュ&チップスの店をや

っていた?」

　アレックスはうなずいた。

「その事件のことなら、覚えてる。大きく騒がれたから。店には長いこと、彼の写真が飾られていた。花とかいろんなものが供えられた状態で。そう、彼からはよく魚を買っていたよ。それと……」

「それと?」

「ほら、わかるだろ……」声がそれまでよりも小さくなった。「ほかのものも」

「ほかのものって?」娘からのメッセージが届いていないか確かめようと、アレックスは携帯電話に手をのばしながらたずねた。

「きみは警察官だ。人が警察官のまえで、そうおいそれと口にすべきではないものだよ」

　アレックスはテリーの顔を見た。そこには、いままで彼女がそこで目にしたことのない不安があらわれていた。「ああ、なるほど」あれこれ突きあわせて推察する。「薬物ってことね?」

　テリー・ニールは目を伏せ、両手をポケットにいれた。

「彼はあなたのヤクの売人だった?」

「彼とだけ取引していたわけではない。わたしにはほかにも売人が複数いた。きみには正直でいたいから白状しておくと」

「フランク・ホグベンはヤクの売人だった」アレックスは顔をしかめた。「ヘロイン？」

「そうだ。どうかしたのかい？」

アレックスはゆっくりとかぶりをふった。いま耳にした情報を、まだ消化しきれていなかった。

「それで、きょうはどうしたい？」

アレックスはズボンをはいた。「ごめんなさい。いくところがあるの」

「あとで会わないか？　どこか素敵なレストランにいってもいい。なんだったら、ゾーイもいっしょに」

「レストランには、あまりいい思い出がなくて」

「そうだった。やめといたほうが無難かな。とにかく、いつかまた会うのは？」

「もしかしたら、テリー。もしかしたら。悪いけど、自転車をここに置いていってもかまわないかしら？」そう訊きながら、すでにアレックスはウーバーに連絡していた。

37

そこはアルビオン・ロードにある二階建ての連続住宅（テラスハウス）のひとつで、前面に緑のごみ箱がついているぱっとしない建物だった。長い年月をへて、張り出し窓がすこし舗道のほうへと垂れ下がってきている。これと似たような通りには、イギリスのどの町でもお目にかかることができた。舗道にじかに面していて、お洒落（しゃれ）なヴィクトリア朝風のテラコッタとか煉瓦（れんが）造りの塀とかとは無縁の建物。壁の下塗りには、古い衛星放送用のパラボラアンテナから流れでた錆の筋が残されている。

アレックスが呼び鈴を押すと、ドアのむこうからブザーの音が聞こえてきた。戸口にあらわれたティナは、黒いトップスにスカートという恰好だった。アレックスを見ると笑みを浮かべて、廊下の奥のほうへ声をかける。「ゾーイ、お母さんよ」それから、「調子はどうなのかしら？　ゾーイの話では、あまり具合が良くないのだとか」

「ステラは？」

「自分の店よ。なぜ？」

「あなたに訊きたいことがあったの、ティナ。ご主人のことで」

ティナの目がさっと伏せられた。

「ステラに彼のことを質問したんでしょ？」消え入りそうな声でいう。

「もしもご主人が亡くなっていないとしたら？」

ティナはじっと自分の足もとをみつめていた。「なにをいってるのか、わからないわ。彼は船で海に出ているときに行方不明になったのよ」

「ティナ。この件はどこかおかしい。わたしにはわかるの」

ティナが顔をあげて、ためらいがちにアレックスの目を見た。「どういうこと？」

「ご主人が薬物を売ってたことについて、あなたはどこまで知っていたの？」

ティナはなにもいわずに、弱々しくかぶりをふった。

「わかるでしょ」アレックスはつづけた。「彼にとって、姿を消すのは都合のいいことだった」

「なにもいうことはないわ」ティナはささやくようにいった。

「これは反対尋問ではないの、ティナ。あなたを面倒に巻きこむつもりはない。その逆よ。信じてちょうだい」

「どうしたの、ママ?」ゾーイが、きのうとおなじショートパンツとだぶだぶのTシャツという恰好で廊下の奥からあらわれた。

「あなたが面倒をかけていなかったか、訊いてただけよ」アレックスはすらすらと嘘を口にした。

「あたしがどんな面倒をかけるっていうの?」

「娘さんなら、いつでも大歓迎よ」ティナがいった。

ゾーイは両腕をまわしてティナを抱きしめてから、そのわきをとおって通りに出てきた。「ああ、忘れてた。うちには車がないんだっけ。どうやって家まで帰るの、ママ?」

「先にいってて。わたしはティナと話があるから」

「なんの話?　あたしのこと?　ティナもステラも、あたしがここにくるのを迷惑に思っていない——でしょ、ティナ?」

「彼女といると楽しいわ」ティナがいった。

「二分ですむから」

ゾーイは通りのすこし先までいって電柱にもたれかかると、とがめるような目で母親を見ていた。

　ティナは不安そうに戸口に立ったまま、アレックスとは目をあわせようとしなかった。アレックスはすぐちかくまでいき、ごく小さな声でいった。「ねえ、ティナ。あなたがご主人から虐待を受けていたことを、わたしは知っている」ティナのまぶたがぴくりと動く。「ただ、事実を確認したいだけなの」

「これ以上、あなたとは話をしたくない」突然、怒りもあらわにそういうと、ティナはドアの奥へとさがった。「もう帰ってちょうだい」

　アレックスが言葉を継ぐまえに、ドアはばたんと閉じられた。その勢いで、舗道へと押し戻される。

「まったく。いまのはなに、ママ？　ティナになにをいってたの？　あたしのこと？」

「いいえ。あなたとはなんの関係もないことよ」

「ふたりはあたしの友だちなの、ママ。なにを心配してるわけ？　ふたりがレズビアンだってこと？　いつも、そんなの気にしないってふりしてるくせに」

「これは、まったくそういうことではないの」

　母娘は徒歩で町へと戻りはじめた。「それじゃ、なんなのよ？」

　いくあてがあるわけでもないのに、なぜかふたりともやけに早足で坂道を下って、町にはいっていった。「それはいえない」

「ほんと、最高」ゾーイがいった。

アレックスは足をとめた。「タクシーを呼びましょう」

ゾーイも急に立ちどまった。「あたしが大切にしているものを台無しにするつもりじゃないよね？」

「ええ。そんなつもりはない。あなたのために喜んでるくらいよ。きょうの予定は、なにかあるの？」

ゾーイは両手をポケットに突っこんで、肩をすくめてみせた。「まあね」

ようやくタクシーで家に帰り着いたところで、アレックスは携帯電話に三通のメッセージが残されていることに気がついた。**きのうの晩はほんとうに楽しかった。ぜひもう一度。**おつぎは、**われわれのあいだに問題はない？**　そして最後は、画像ファイルだった。持ち手のところにボールペンで〝アレックス〟と書かれた竹製の歯ブラシの写真。

アレックスが居間の窓から外に目をやると、灯台のほうへと遠ざかっていく自転車が見えた。風にむかってペダルを漕いでいるのは、バックパックを背負ったゾーイだった。

午後の熱気のなか、アレックスは誰もいないビル・サウスの平屋建ての家まで歩いていった。小鳥の水浴び用の水盤が干上がっていたので、水をくんでくるものはないかとさがしまわり、裏口のそばで黒いゴム製のバケツを見つける。屋外に設置された蛇口でバケツを一杯にし、それを表側にはこんでいったとき、車がちかづいてくるのが目にはいった。

「そろそろあらわれるころだと思ってた」車から降り立ったジルにむかって、アレックスはいった。

ジルは職場用の服装をしていた。ズボンの丈がくるぶしの上までの青いコットンのスーツに、無地の白いTシャツだ。「じつは、きのうの晩も仕事帰りに寄ったのよ。ほら、あんなことのあとだから……ロバート・グラスの件、なにもかも聞いたわ。あなたに発見されたとき、彼はあまり見られた状態ではなかったみたいね」

「そうなの。かわいそうに、かなりひどかった」

ジルはあたりを見まわした。「ビルはまだ姿をくらましてるの？」

「ええ」

ジルはうなずくと、同情の笑みを浮かべてみせた。アレックスとゾーイにとってビル・サウスがどれほど大きな存在であるのかを、承知しているかのように。「すぐにあらわれるわよ。そういう人だもの。彼の身になにかあったのなら、いまごろはもう、こちらにはその情報がはいってきているはず。それじゃ、ひとつ訊かせて……どうしてあなたはロバート・グラスをさがしていたのか？」

「謝りたかったの」

「彼が逮捕されたのは、あなたのせいではないわ」

「ええ。でも、わたしは最初から彼が犯人でないと確信していた。それに、気の毒でもあった。彼は心的外傷後ストレス障害を患(わずら)っていた。それで、あの晩あそこにいて、わたしと出くわした。まだ軍隊にいるみたいに訓練をしていたときに。彼はそこから先へと進むことができなかった」

「それも、あなたが悪いんじゃない。あなたが彼をアフガニスタンにいかせたわけではない」ジルは両手を腰にあてて立ったまま、足もとをみつめていた。「こんなことはもうやめなきゃ、アレックス。わかってるんでしょ？」

「きのうの晩、どうしてわたしが家にいなかったのかを知りたい、ジル？　デートをしてたの」

「マジのデートってこと？」

「そう」

ジルの口があんぐりと大きくあいた。「まさか。嘘でしょ。男の人と?」

「ええ、男の人と」

「やるじゃない、アレックス!」

アレックスは口のジッパーを閉める仕草をしてから、相手の名前を口にした。ジルは口笛を吹いた。「テリー・ニール?　一度、彼の家にいったことがある。〈ビオスフェラ森林再生〉の件を伝えに。あなたはそこで彼と……?」

アレックスはうなずいた。

「なんとね。ものすごく素敵な家だった」

「そんなに驚いた声をださなくてもいいでしょ。大したことじゃないわ。ただ、ふたりでいい感じですごしたってだけ。わたしはショックを受けてたの。それで、あなたのほうはどうだったの?　バンブルの消防士さんは?」

「離婚したばかりの人で、子供の養育権をめぐる争いについてえんえんと聞かされたわ。メインコースにたどり着くころには、わたしは完全に奥さんの味方についていた」ジルはそこで言葉をきった。「待って。それって、あなたがロバート・グラスを発見した直後のことよね?」

アレックスはうなずいた。

「ああ、なるほど。わたしもそういうのやるわ」

「そういうの？　とことんひどい一日の終わりに、男をひっかけるってこと？」

「まあ、そんなとこかな」


日が傾きつつある夏の午後。ふたりは小道をすこし歩いて、沿岸警備隊の小屋の北にある小さな砂利山に腰をおろした。浜辺の上空に浮かぶ凧をながめながら話をしていると、遠くのほうから自転車が走ってくるのが見えた。凧を空に舞いあがらせている風のあと押しをうけて、見慣れた小さな人影がけっこうな速度でちかづいてくる。

「アイマン・ユニスが誰かと言い争っていた件だけど、ロバート・グラスは相手が自分ではないと否定してたんでしょ、ジル？」

「ええ」

「肝心なのは、彼が真実のみを話していたってこと。誰からも信じてもらえなかったわけだけど。でも、彼が嘘をつく理由がどこにあるというの？」

「わからないわよ。アイマンと口論していたことを認めれば、ユニス夫妻殺しの件で自分への嫌疑が深まる、と考えたのかもしれない」

「その可能性はあるわね。でも、もしも実際に相手が彼ではなかったとしたら？　誰かべつの人物がアイマン・ユニスと言い争っていたとしたら？」

「たしかあなたは、アイマン・ユニスが自殺したことを証明したばかりよね。だったら、彼が口論していた相手を突きとめることが重要？」

「重要よ。なぜなら、アイマン・ユニスの自殺には理由があったんだから。何者かが彼の金を盗んだ。わたしがロバート・グラスのところへいったのは謝罪するためだけど、もうひとつ、彼がすべてを話してくれているのかを確かめたかったの」

「彼がユニス夫妻の家のとなりの原っぱで野宿していたのなら……例の口論を耳にしていたかもしれない？」

「そのとおり」

　自転車は着実にこちらにちかづいてきていた。ジルの姿に気づいたゾーイが自転車を止め、笑みを浮かべて手をふる。

　アレックスは立ちあがって、砂利の小山をおりて娘のそばまでいった。「で、どこいってたの？」とたずねる。「移動住宅（トレーラーハウス）の賃貸物件をさがしていたとか？」

「ママには関係ないでしょ」ゾーイはそうこたえると、自転車で母親のわきをとおりすぎて、家並みの裏にある物置のほうへとむかった。

職場用の靴をはいているジルは、まだ砂利の斜面をあぶなっかしい足どりでおりてくる途中だった。「それじゃ、ゾーイにはボーイフレンドができたのね？」

「それか、ガールフレンドが……」アレックスはいった。

「そっちだと思うの？」

アレックスは話題を変えた。「ロバート・グラスの死因は、もう判明した？」

「やめて、アレックス」

「ごめんなさい。どうしても我慢できなくて」

「彼とは寝たの？」

「ええ」

「この尻軽女（しりがるおんな）」ジルは声をあげて笑った。「ロバート・グラスのテントには、メタドンがはいっていたとおぼしき空き瓶があった。処方されたものではなかった。どうやら、通りで買ったみたい。中身がメタドンではなかった可能性さえある。ちかごろでは、いろんな混ぜ物をされて売られているから。というわけで、いまのところ、彼は過剰摂取で死亡したと考えられている」

「かわいそうに」

ジルはうなずいた。「だから、もしも彼がアイマン・ユニスと謎（なぞ）の男との言い争いを耳にしていたとしても、その答えは永遠にわからないというわけ。でしょ？　もういかなくちゃ」

　アレックスは、ビル・サウスの家のまえにとめてあるジルの車のところまでいっしょに歩いて戻った。「ロバート・グラスには薬物乱用の過去があったの？」

「彼は路上生活者だった。そして、その大半は薬物を使用している」

「たしかに」

　ジルが訝るような目をむけてきたが、アレックスはなにもいわずに、ジルの車が仕事のある世界へ戻っていくのを手をふって見送った。帰宅すると、その週のはじめに花瓶に移しておいた花の香りがまだ家じゅうにたちこめていた。

　ゾーイはシャワーを浴びており、アレックスはもの思いにふけりながら、階段のてっぺんにすわっていた。ゾーイが頭と身体にそれぞれタオルを巻きつけた状態で浴室から出てくると、アレックスはいった。「それじゃ、そろそろウィリアム・サウスがどこにいるのかを話してくれてもいいんじゃないかしら」

　ゾーイはなにもいわずに母親のわきをすり抜けると、自分の部屋にはいってドアを閉めた。アレックスの耳に鍵のかかる音が聞こえてきた。

38

午前一時。娘の部屋のドアの下からまだ明かりが漏れているのに気づいて、アレックスはそっとドアを叩いた。「起きてる？」

数秒後、ゾーイの声が返ってきた。「なに？」

「どうしてもビルのことを知る必要があるの」

ドアがあいたとき、ゾーイは喧嘩上等といった感じで、挑むようにおでこをまえに突きだしていた。だが、いま着ているヒップホップTシャツ——ア・トライブ・コールド・クエストのもの——は父親のお古でぶかぶかなため、やや迫力に欠けていた。

「ママにはなにもいえない」

「無理にいわせるつもりはないわ。ビルから約束させられたんでしょ？　自分の居場所はいうなって？」

「うん」

それを聞いて傷ついたアレックスは、すぐにはつぎの言葉が出てこなかった。

「ビルはいま安全なところにいる」ゾーイがつづけた。「だから、さがそうとしないで、ママ。お願い。いい？」

「お酒はどうなの？」

ゾーイの頬が赤く染まった。なんであれ、最近のゾーイが顔を赤らめるというのは、そうとうのことにちがいなかった。

「ああ、大変。まだ飲んでるのね？」

「ううん。心配しないで、ママ。ビルは大丈夫。ほんとうに。元気にしてて、ここ何日かは飲んでない。それ以上は、なにもいうつもりないから」

アレックスは娘の腕に手をのせていった。「あなたは彼のいい友だちなのよね？」

かすかにゾーイの肩がすくめられる。

「だったら、彼に伝言を頼める？　内容はこうよ――〝〈希望の星〉号でほんとうはなにがあったか、わたしにはわかっていると思う。だから、これ以上あなたが隠れていても意味はない。そして、その件で、どうしてもあなたと話をする必要がある。あなた自身のためにも、とても重要なことだ〟」

ゾーイは顔をしかめた。「どういうこと？」

アレックスは手をはなした。「そういえば、彼にはわかる。とにかく、つぎに会ったときに、彼に伝えて。そうしてもらえる？」

「おやすみ、ママ」そういうと、ゾーイは母親の目のまえでドアを閉めた。


気がつくと、アレックスはまたしても真っ暗な地下にいた。土の匂(にお)いがあたりに充満し、木の根が胸を締めつけている。顔は汗と涙でぐしょぐしょだった。

上からのしかかってきているのは、湿った土の天井だけではなかった。それ以外に、冷たい金属とオイルの匂いが押し寄せてきていた。もはや、いまいるのは地下室ではなかった。赤い車の下敷きとなって、押しつぶされかけていた。息ができなかった。

「しーっ」すぐとなりで、そうささやく声がした。冷たい手がひたいにあてられる。

「大丈夫だから。ほら、眠りに戻って」


夜が明けてアレックスが目をさましたとき、ゾーイはすでに出かけたあとだった。肌がべたついており、アレックスはどんな夢を見たのか思いだそうとした。だが、なにも記憶に残っていなかった。

トースターのそばに書き置きがあった。もっとオーツミルクとタヒニが必要　きょ

うは一日じゅう外出　愛してる　x

午前十一時。アレックスがまだパジャマ姿でいるときに、携帯電話が鳴った。「いま家にいるのかな？」

「なぜ？」

「こっちは、きみの家のまえにいるから」

アレックスがキッチンのドアをあけると、そこにはオープンカーの状態にしたミニがとまっていて、運転席には青い野球帽をかぶったテリー・ニールがすわっていた。

「まだ着替えてないんだ？」

「わたしは病気休暇中よ」アレックスはいった。「許されるでしょ」

「服を着て、パスポートをもってくるんだ。きのうきみがうちに置いていった自転車を車からおろしたら、きみを昼食に連れていく。それとも、もっといい案でも？」

「わたしとレストランのことは、もう話したわよね。あまり相性が良くないって」

「だからこそだ。わたしといっしょなら、きっと大丈夫」

「いま、パスポートといった？」アレックスはたずねた。

アレックスを乗せた車は、まずグレートストーンの浜辺にあるテリーの自宅へとむかった。そこでふたりは、制服姿に帽子をかぶった運転手つきの車に乗り換える。

「ずいぶん豪勢ね」アレックスはいった。

「こうすれば、わたしも飲める。自分へのご褒美さ」

ふたりは出発二十分まえのフェリーに乗りこんだ。

「わたしが誘いをことわっていたら?」

「そのときは、ひとりできていたよ。それに、きょうはフェリーの料金が三十パーセント引きになる日でね。リスクはそれほど大きくなかった」

フェリーは激しく震えながら、船尾についている推進機の力を借りてドーヴァー港の浮き桟橋を離れた。海外旅行には、独特の匂いがある。空港にいったときには、コンクリートと灯油の匂い。フェリーの場合は、塗りたてのペンキと潮とディーゼル燃料の匂いだ。アレックスは手すりにもたれて大きく息を吸いこむと、足もとで攪拌されて白っぽくなっている青い水をながめた。

フェリーの船名は〈ケントの誇り〉号といった。どうしてこの船旅をこれまでしてこなかったのか、アレックスは不思議に思った。ゾーイは空の旅を全面的に否定しているが、フランスは目と鼻の先にあるのだから、飛行機に乗る必要はない。アレックスは反省した。自分のことにかまけていて、親子で休暇をまったくとっていなかった。

「なにを考えているのかな？」

「これはいい案だと。誘ってくれて、ありがとう」

「うぬぼれて聞こえるのを承知でいわせてもらうと、自分でもそう思った」フェリーが港口を抜けると、東にドーヴァーの白い岸壁が見えてきた。かんかん照りの陽射しを反射して、サウス・フォアランド灯台のてっぺんが明るく輝いていた。

アレックスはイングランドの南端を背景に自撮り写真をとると、それをゾーイに送った。

家から逃げすのはビルだけじゃない　x

すぐに携帯電話が振動した。

？？？？？

フランスまで日帰り旅行。午後には戻る。わたしのいったことをビルに伝えるのを忘れないで。愛してる　xxx

アレックスは返信を待ったが、それはなかった。

「ボーイフレンドにテキストメッセージを送っていたとか？」

「娘によ」

「ヒトデのお嬢さんだ。彼女のことを、もっとよく知りたいな」

アレックスが怪訝(けげん)そうな顔をしてみせると、テリー・ニールはわが身を守ろうとするかのように、ふざけて両手をあげた。

「べつに、いっしょに暮らそうともちかけているわけではない」

「そもそも、あなたの家からの景色はいまいちだしね」

「原子力発電所をながめているほうがいいと？」

「あんなもの、ほとんど目につかないわ」アレックスはいった。

テリー・ニールは笑った。

ふたりは陽射しを逃れて、いっしょに日陰にすわった。「きみの笑顔を見られて、よかった」テリー・ニールがいった。

「ときどき、この状態を脱する日は永遠にこないんじゃないかと思うことがあるの」

「かならずくるさ」テリー・ニールはいった。「きみはただ、脳がいろんなものを本来あるべき場所に戻すのを、認めてやるだけでいい」

「あなたの話を聞いていると、わたしは間違ったひきだしにソックスをしまっただけみたいに思えてくる」

フェリーがフランスに着くと、ふたりはターミナルでべつのタクシーを拾った。フエリーには乗客が半分くらいしかいなかったので、さほど待たずにタクシーに乗れたが、目的地までのドライブは期待はずれだった。カレーの町は海沿いが平坦な土地になっており、そこに戦後に作られた味気のないコンクリート製の建物が雑然とたちならんでいた。そのさらに奥には、まだ片脚を工業地帯に突っこんだままのような地域がひろがっている。タクシーは地味な見た目の建物のまえで止まった。ジルが住んでいるアッシュフォードのアパートに似ていた。

「ここ?」アレックスは疑わしげに、クリーム色に塗られた建物を見あげた。

「信じようと信じまいと、ここはこの海岸一帯でいちばん美味しいシーフードを食べさせてくれるレストランのひとつだ」

「最後にレストランにきたとき、わたしがはでにやらかしたのは覚えているわよね」

「今回は大丈夫。さあ」

アレックスはタクシー代を払うと申しでたが——ただし、ユーロをもちあわせていなかった——テリー・ニールはこういった。「これはわたしのおごりで」

「車代はあなたもちだった。フェリー代も」彼はどれくらいまえからこれを計画していたのだろう、とアレックスは考えていた。

「それじゃ、食事代はきみに」

「高いのかしら?」

「とても」フランス語が返ってきた。

　エレベーターで五階まであがると、テリーはたどたどしいフランス語で、どうにかこういった――ムッシュー・ニールのテーブルを。

　給仕人頭は彼の名前を〝ナイル〟と発音したものの、それ以外は如才なく、客たちを窓際のテーブルへと案内した。ふたりはぱりっとしたテーブルクロスのかかるテーブルをはさんですわると、英仏海峡を見渡せる席でメニューに目をとおした。テリー・ニールはこちらの意向も訊かずに、フェリーの切符とレストランの予約を手配していた。そのことを自分がどう感じているのか、アレックスはよくわからなかった。

　そういう行動をとる男性と最後に出かけたのは、いつだっただろう?　別れた夫は――ゾーイの父親は――計画とはまったく縁のない男だった。ロンドンにいたころに長くつきあっていた相手は上司で、妻帯者だった。多くの点で、それはアレックスの人生でもっとも上手くいっていた関係だった。なによりも良かったのは、束縛されずにすむところだった。予定は存在せず、みじかい逢瀬をくり返すだけ。ふたりは機に乗じて、ベッドを共にしていた。そして、ケントに越してきてからは、娘とあたらしい仕事のことで手一杯で、とても男に割く時間などなかった。それがいま、すべてを準備してきた男といっしょにいる。彼から誘われたとき、それは思いつきの行動のように感じられた。だが、彼といる時間が長くなればなるほど、アレックスは落ちつかなくなった。ジルにそのことを話すところを——相談もなしにレストランを決められたことで文句をいうところを——想像する。男性から貢がれるのが大好きなジルは、その不満を笑い飛ばすだろう。

アレックスは顔をあげて、しかめ面でメニューとむきあっているテリー・ニールを見た。「ここの名物はロブスターのキャセロールだとか」と彼がいう。

アレックスがメニューに目をとおしていくと、たしかにメイン料理のところにオマールエビのココットが載っていた。

「ここはわたしのおごりだといったから、メニューでいちばん高いものを注文するつもりね？」

「もちろん」

ソムリエがやってくると、テリーは赤か白かをアレックスにたずねてきた。そして、赤という返事を聞くと、ピク・サン・ルーを注文した。「それでかまわなかったかな？」彼がそう確認してきたのは、ソムリエがいなくなったあとのことだった。アレックスは気にしないように努めた。いまは楽しむべきときなのだ。だが、給仕があらわれると、ふたたび不安が頭をもたげた。もしもテリーが彼女の分まで料理をえらぼうとしたら、どうしよう？　だが、そうはならず、アレックスはフランス語で、アンコウとスズキの煮込み料理を注文した。

リラックスしなさい、とアレックスは自分に言い聞かせた。彼はリードをとろうとしているけど、たいていの男はそうでしょ？　いまは、いつもとはまったくちがう状況にいることを楽しまないと。

「なぜ警察に？」椅子の背にもたれていたテリー・ニールが、やぶから棒に訊いてきた。

「父が警察官だったの。世界でいちばんやさしい人で、わたしの理想だった。カウンセラーがいうには、わたしはいまもまだ父の注意をひこうとしているのだとか」

「わたしの父は外科医だった」テリー・ニールがいった。「たぶん、おなじことなんだろうな」

テリーが注文したワインは美味しかった。一杯目を飲み終えたころに前菜がきて、こちらも素晴らしかった。アレックスは――ゾーイは文句をいっただろうが――ホタテ貝を食べ、そのやわらかい嚙み心地を満喫した。ふたりは食事をしながら、港を出入りするフェリーをながめた。しだいに濃いもやがかかりつつあり、あたりは灰色になっていた。

　テリーは大学内の権力闘争について語り、それから逃れられてほっとしているといった。アレックスはリラックスしはじめていた。ワインが助けになった。ゾーイの話をする。娘が大学にいきたくないといったこと。その理由として、ちかごろでは必要な知識はすべてコンピュータで得られるから、進学して五万ポンドの借金を背負うのはごめんだといったこと。

「賢い子だ」

「でも、心配で。ゾーイは同年輩の子たちと友だちになれないみたいだから」

「あの年代の子たちは、過大評価されている。以前、かれらを教えていたものとしていわせてもらうと」

「あなたは教えることにまったく未練がない？」

「もちろん。でも、きみは未練がある？　まえの仕事が恋しい？」

　アレックスはこたえなかった。

「もうすこしその気持ちを抑えたほうがいい。そうすれば、幸せが待っている。わたしはそれを見つけた」

　アンコウがはこばれてくると、アレックスはいきかう船をながめながら、黙々とそれを食べた。

「なにか気を悪くさせるようなことをいったかな？」

アレックスは首を横にふった。煮込み料理は風味豊かで繊細な味つけがほどこされており、懸命にそれを楽しもうとした。

給仕がやってきて、料理に問題はないかと英語でたずねてきた。

「ほんとうに、なんともない？　やけに口数がすくないけれど」テリー・ニールがいった。

「ごめんなさい」アレックスはフォークを下に置いた。「ただ、こうしたほうがいいと人からいわれると、上手く返せなくて」

アルコールがまわりつつあるテリーが、まえに身をのりだしていった。「きみはときどき、のめりこみすぎることがある——そういいたかっただけだ。きみのくぐり抜けてきた体験を考えると、それはあまり良くない。休みだってとらないと。きみは心的外傷を無視しようとしている。あの男性が亡くなっているのを見て、ひどいショックを受けたはずだ。そしていまも、きみの心はそこへ戻っている。ちがうかな？」テリー・ニールがフォークを置き、小さなテーブル越しに手をのばしてきた。その手がアレックスの手にかさねられる。

この人はただ思いやりがあるだけだ、とアレックスは考えようとしていた。自身もつらい体験をへてきているから、それでわたしを助けてくれようとしているにすぎない。

39

それでも、残りの食事のあいだじゅう、ふたりのあいだはなんとなくぎくしゃくしていた。どちらも安全な話題から離れようとしなかった。好きなテレビ番組はなにか。これまでいったコンサートのなかでいちばん良かったのはどれか。テリーはレディング・フェスティバルで観たニルヴァーナをあげ、アレックスはブリクストン・アカデミーで観たソウル・II・ソウルをえらんだ。デザートに、テリーはジェネヴァをかけたソルベを注文した。アレックスがなにも欲しくないというと、彼はスプーンを二本つけてくれるように頼み、一本をテーブルのむかいにいるアレックスのほうへ押しだしてきた。アレックスは雰囲気を明るくしようとして、食べたくもないのに、ほとんどをひとりで平らげた。

「なかなかいい店でしょう？　楽しんでもらえてるかな？」

「ええ」アレックスはいった。「とっても」ふたりはコーヒーを注文し、アレックスはフランス語で「デカフェで」とつけくわえた。レストランは町の地味な一角にあるので、あたりをちょっと散歩しようと提案するわけにもいかなかった。アレックスは、フェリーの時間がくるまでテリーとここに閉じこめられているような気がした。せっかくのおもてなしを自分が台無しにしているような気が。勘定書きがくると、彼はふたたび騎士ぶりを発揮して財布をとりだそうとしたが、ここはアレックスが支払った。

帰りのフェリーで、アレックスは右舷（うげん）の甲板に立ち、北のほうをながめていた。コンテナ船の明かりが点灯され、水平線でまばゆい光を放ちはじめた。

曇り空の下、ドーヴァー海峡は灰色に染まっていた。アレックスはフランク・ホグベンのことを考えた。カーリーに同行して乗せてもらった漁船では、まわりを波に囲まれていた。だが、こうして巨大な青と白のカーフェリーの甲板に立っていると、海面ははるか下にあるように感じられた。

フランク・ホグベンに思いをめぐらせ、さまざまな謎を解こうとしていると、電波がふたたび届くようになり、携帯電話の着信音が鳴った。ゾーイからのメッセージだった。

楽しんでるといいけど。今夜はTとSのところに泊まる。ひとりで大丈夫???

X

それに目をとおしているときに、また着信音が鳴った。見覚えのない番号からのメッセージだった。

会いたがっているとゾーイから聞いた。あす九時に連絡する。

アレックスは思わず笑みを浮かべた。

テリーがそれに気づいた。「いい知らせでも?」

「ここしばらく連絡のなかった古い友人からよ」

アレックスは携帯電話をバッグにしまうと、もうしばらく暗い海をながめていた。

「あなたの中毒のことを聞かせて」という。

「本気かい?」

「ええ。あなたはわたしの惨澹(さんたん)たる状況について、なにもかも知っている」海面から顔をあげ、まっすぐにテリーを見る。「すこし釣りあいをとらなきゃ」

「それについて話す機会は、あまりなくてね」彼の顔には、はじめてすこし自信のなさそうな表情が浮かんでいた。「わたしは一度もほんとうのヤク中だったことはない。常用者というだけで。その習慣を維持するだけの金をもっていて、それをつづけていたにすぎない。これじゃ、中毒を語るときの決まり文句だな――〝自分はまったくそんなじゃなかった〟」

「あなたは決まり文句からはかけ離れた人よ」アレックスはいった。

テリー・ニールがにやりと笑ってみせた。そう悪くない笑みだった。

「実際には、わたしはすこしそんなだった。だが、ヤク中だと思われるくらいなら、死んだほうがましだと考えていた。薬物の使用にあわせて、生活を組み立てていた。わたしはかなり計画的にとことんやる人間でね」

「わかるわ」

「クスリをやる時間がとれるように、仕事をきちんとこなしていた。おかげで、生活がシンプルになったよ。なにを優先するのかがはっきりしていたからね。残念ながら、その際に最優先となるのはクスリを買うことと使用することで、結果として、他人との関係を維持することがむずかしくなった。折にふれてガールフレンドができたが、その関係はいつも長つづきしなかった。わたしは常に自分の生活について嘘をつかなければならず、恋人はあとまわしにされていたから……ほかのことよりもあとまわしに」

テリー・ニールはアレックスを見た。そのまなざしには、とても真っすぐなところがあった。

「正直いうと、それもあって、わたしは変わりたいと思ったんだ」

車でない乗客の下船をうながすアナウンスが流れてきたとき、アレックスはなぜか、イギリスに戻れたことでほっとしていた。入国審査の列にならんでいると、テリー・ニールが提案してきた。「一杯やりに、うちにこないか?」

今夜、ゾーイは家にいない。ことわる理由はなかった。「いいわね。軽く一杯」

アレックスは自分のパスポートをぱらぱらとめくった。ここ数年でパスポートを使ったのは銀行口座を開設したときだけで、あと一年で期限が切れることになっていた。最後のページにある写真をじっくりとながめる。それはロンドンで働いていたころに撮ったもので、ゾーイはまだ小学生だった。カメラをみつめ返している女性は、いまのアレックスよりもずっと若くて、気苦労がなさそうに見えた。髪の毛もみじかい。また切ってみるべきなのかもしれなかった。写真のなかで着ている青いトップスは、まったく記憶になかった。

「パスポートの写真を見せて」アレックスはいった。

「どうして?」

「あなたのを見せてくれたら、わたしのも見せてあげる」

テリー・ニールは顔をそむけて、のろのろと進む列のほうに目をむけた。「もうすぐ窓口だ」という。

「いいじゃない。見せてよ。それとも、そんなにひどい写真なの？」

テリーはその言葉を無視して、まっすぐまえに目をむけていた。おたがいのパスポートの写真を見せあうというのは、よくやることではないのか？　写真ブースにいっしょに身体を押しこむのとおなじで。

「お願い。見せて」アレックスは笑いながら言い張った。「そんなにひどいはずがないわ」

「わかった」テリー・ニールは堅苦しくそういうと、薄青の上着の内ポケットからパスポートをとりだした。写真がのっているページまでめくっていき、アレックスにさしだす。「これだよ。いいかな？」

アレックスは写真を見た。遠目には、なんの問題もなさそうだった。いまよりもすこし髪が長いかもしれないが、恥ずかしがるようなところはまったくない。

アレックスはもっとちかくで見ようと、パスポートに手をのばした。だが、そのまえに彼はそれをひっこめ、ポケットに戻した。

出入国審査官のまえまでくると、テリーがいった。「どうぞ、お先に」

アレックスは入国審査を通過したあとで、ふり返ってテリーのほうを見た。彼はふたたびパスポートをとりだして、女性の係員に手渡すところだった。そして、それが返ってくると、そそくさとまた上着の内側にしまいこんだ。

ドーヴァーの港には、ふたりをそこまで送り届けてくれた運転手が待機していた。

「いい一日でしたか?」と訊いてくる。

「ええ」アレックスはいった。「ものすごく」

帰りの車中で、テリー・ニールはよくしゃべった。運転手とアレックスにむかって、かつての教え子たちにかんする逸話を楽しそうに披露した。試験でごまかしをしているのを彼が見つけたパブリック・スクール出身のイングランド人の男子学生のこと(いまでは大臣になっている)。試験になるといつも神経質になって吐いてしまうスコットランド人の女子学生のこと。

アレックスはもの思いにふけったまま、ぼんやりと窓の外をながめていた。テリーの自宅までは、けっこう長くかかった。車内にただよう革の匂い。まえの座席の背もたれについている収納ポケットに押しこまれた『フィナンシャル・タイムズ』紙。テリーのやることすべてに共通する特徴だ。すこし派手にやりすぎる。

「不幸にも、その日はわたしが試験監督を務めていて、気がつくと彼女のゲロを全身に浴びていた……」

アレックスは、彼の家にいくことに同意したのは間違いだっただろうかと考えていた。「え？」

「話が耳を素通りしていたみたいだね？」

「ごめんなさい。ぼうっとしてたから」

テリー・ニールは笑った。「いいんだ。すごく退屈な話だったし」

家に着くと、テリー・ニールは運転手に支払いをすませてから、鍵をとりだして正面玄関のドアをあけた。彼が警報装置を解除するあいだ、アレックスは上がり段のところで待っていた。それから、彼のあとにつづいて家のなかにはいった。テリーが玄関の間で上着を脱いでハンガーに掛けたのにならって、自分も上着を脱いで、それを彼の上着のうえにかぶせる。「ジンでいいかな？」彼が訊いてきた。

テリーは彼女を二階へ連れていくと、パティオにつうじるドアをあけて、バルコニーにある蠟燭(ろうそく)に火をつけた。そして数分後、グラスをふたつとオリーブのはいったお碗(わん)をもって戻ってきた。

ふたりは浜辺を見おろすバルコニーにすわって、空が暗くなっていくのをながめていた。

「わたしの知っているヤク中は、たいていがお酒を飲めない」アレックスはいった。

「まえにもいったとおり、わたしは一度もヤク中だったことはない」テリーはそういって、自分のグラスを掲げてみせた。

アレックスはひと口飲んだあとで、浴室を使わせてもらうために席をはずした。

「ちょっと手と顔を洗ってきたいの」

浴室のドアを閉めて鍵をかけてから、アレックスは収納棚の扉をあけ、そこにあるものを調べた。それから、彼の化粧品入れの中身に目をとおした。

アレックスがバルコニーに戻ってみると、テリーのグラスはほぼ空になっていた。彼女のグラスは、ほとんど手つかずのままだ。

「ずいぶんと時間がかかったね」

「わたしがいなくて寂しかった？」

テリーの目がアレックスにむけられた。「なにか興味深いものは見つかったかな？」

アレックスはかぶりをふった。「とりあえず、あなたを逮捕できそうなものはなにも」

テリー・ニールはうなずいた。アレックスが浴室でなにをしていたのか、すっかりお見通しなのだ。「わかるよ。きみはわたしを信用していない」という。

アレックスは胸が重たくなるのを感じた。「ごめんなさい。この状況をすぐには受けいれられなくて」

「ああ。そうみたいだ」

「もう帰ったほうがよさそう」

テリーはまえに進みでると、アレックスの両手をとった。「わかってる。それでかまわない。そのほうがよければ、ゆっくりといこう。でも、知っておいてくれ。わたしはほんとうに、きみのことが好きなんだ」

「きょうは素敵な一日で、とても楽しかった。でも、いまは……そう、帰るのがいちばんかもしれない」

テリーはうなずいた。「タクシーを呼ぶよ」

彼が背をむけているあいだに、アレックスは自分の上着に手をのばした。そして、それをハンガーからはずすときに、彼の青い上着のポケットのなかをさぐった。内ポケットは空っぽだった。パスポートはなくなっていた。

40

その晩、アレックスは寝るのが怖くて、どうしてもベッドにはいる気になれなかった。脳が燃えているように感じられた。

そこで、毛布を一枚もって自転車でリドまでいき、ゾーイとビルの案内でアナグマを見せてもらったことのある低木地にすわりこんだ。

闇(やみ)のなかでなにかが動くのが見えた気がしたが、さだかではなかった。小枝の折れる音。かさかさと枯れ葉のこすれあう音。過去数週間の出来事が、薄ぼんやりとしか判別できない形や模様となってまわりに散らばっていた。

午前一時ごろ、雨が降りはじめた。真っ暗な空から落ちてくる細かい水滴。アレックスはレインコートを持参しておらず、毛布にそれを吸いこませた。

午前二時。ふたりの男性がその一角を横切る小道をゆったりとした足どりで歩いてきた。かれらの懐中電灯の光がアレックスをとらえる。「あんた、大丈夫かい?」ひとりがそうたずねると、懐中電灯を下にむけてちかづいてきた。六十代くらいで、レインコートに防水ズボンという恰好(かっこう)をしているのがわかった。きっと、どこかの沼沢湿原で夜釣りをしてきたのだろう。質問してきた男性はナップザックをおろして懐中電灯を地面に置くと、アレックスのとなりにしゃがみこんだ。

「道に迷ったとか？　どこかまで車に乗せてってやろうか？」

「わたしは地元の人間よ。問題ないわ」

「それじゃ、こんなところでなにしてるんだ？」もうひとりの男性がいった。こちらのほうの顔は、闇に隠れたままだった。

それよりもやさしい声で、となりにしゃがみこんでいる男性がいった。「あんた震えてるじゃないか。屋根のある場所へ移動したほうがいい」

アレックスはうなずいたが、動こうとはしなかった。

「彼女、泣いてるのか？　なにかでラリってるとか？」もうひとりの男性がぼそぼそといった。「ここには、いろんなやつがくるからな」

「わたしなら、ほんとうに大丈夫。ただ、今夜は眠りたくないってだけで」

となりにいる男性が立ちあがり、ナップザックから傘をとりだすと、それをひらいた。「なにか悪いことでもあったのかい？」

「ええ、ものすごく悪いことが」

「なにしてるんだ？」もうひとりの男性が強い口調でいった。「そいつはおれの傘だ。勝手に人にやるな」

親切なほうの男性がアレックスに傘をさしかけ、彼女の頭上で小さな雨粒がナイロンにあたるぱたぱたという音がはじまった。

「ありがとう」アレックスはいった。「あなたはすごくいい人ね」

「いいんだ。傘は、つぎにこの辺にきたときに、〈ドルフィン・イン〉に預けておいてくれ」男性がいった。「なにもかも大丈夫だといいな」

ふたりが去っていくとき、もうひとりの男性がこういうのがアレックスの耳に届いた。「あの傘には、もう二度とお目にかかれそうにないな」

アレックスはすわったまま、依然としてまったく大丈夫でないもろもろのことを考えていた。

一年のこの時期は夜がみじかいのだが、今夜はなかなか明けてこないような気がした。

ようやく朝の光で身体が温まってくると、アレックスは立ちあがって――全身がこわばっていた——濡れた毛布と傘をたたんだ。それらをバックパックにくくりつけて、自転車でわが家へとむかう。

寒さでひもじさをおぼえていたアレックスは、携帯電話の充電をセットしてから、卵をふたつ目玉焼きにしてトーストにのせ、それを濃いコーヒーで流しこんだ。そのあとで、じっとすわって携帯電話の画面をながめていると、九時過ぎにそれがぴんと音をたてた。届いたメッセージは郵便番号だった——TN29 0DU。それでじゅうぶんだった。アレックスはグーグルマップで位置を調べた。ここからはたかだか十六キロしか離れていない。

車がないので、これまた自転車でいくしかなかった。アレックスはコーヒーをいれた魔法瓶とチョコレート・バーを二本バックパックに詰めると、サドルにまたがって出発した。ほんとうは疲れているはずなのに、なぜかそんなことはなかった。エネルギーが充満していた。

このあたりを自転車で走っていると、地上から浮いているような感覚を味わうことができた。かつてはただの土手だったところが道路になっているためだ。それらの土手は、広がりつつある沼沢湿原から水を抜くために、何世紀もまえにひと区画分ずつ作られていったものだった。そして、やがてそれが人の通り道となり、小道から道路へと発展していったのだ。一時間もたたないうちに、アレックスはデンジ沼沢湿原からウォランド沼沢湿原を抜け、このあたりでもっとも古くから知られている一角にたどり着いた。地元の人たちが〝真正〟ロムニー沼沢湿原と呼ぶ地域に。

平日で、草地にはいくつかテントが張られているだけだった。そのなかのどれかにビルはいるのだろうかと考えながら、自転車でがたごとと家畜脱出防止溝を越えて草地にはいっていく。そこから先は、徒歩でテントのほうへとむかった。

携帯電話で音楽を聞いていたヨーロッパ人のカップルが顔をあげてほほ笑み、「こんにちは（グッダー）」と声をかけてくる。

アレックスがつぎのテントをめざして歩を進めているときに、うしろで咳払い（せきばらい）がした。ふり返ると、そこにビル・サウスがいた。ひげもじゃの顔で立っている。そのひげには、アレックスが望む以上に多くの白いものが混じっていた。

アレックスはうなずくと、両腕を大きくひろげて彼の身体にまわし、しっかりと抱きしめた。「馬鹿（ばか）な人」

うなずきが返ってくる。

「ひどい顔してるな」ビルがいった。

「ええ。でしょうね」アレックスは認めた。それから、手をのばして、彼のひげをひっぱった。「あなたには負けるけど」

ビルが寝泊まりしていたのは、となりの草地の隅にある木造の小屋だった。最近よく見かける中産階級向けの洒落た移動住宅ではなく、古くからある羊飼い用の建物だ。真っ黒な波形鉄板の屋根。灰色がかった木材。すこし傾いた土台。「農家に知りあいがいて、彼女に場所をさがしてるといったら……」

「隠れるための場所ね」アレックスは補足した。

ビルがうなずく。「ああ。そしたら、必要なだけここにいていいといわれた」

彼がドアをあけると、小屋のなかは外観よりもさらに狭そうに見えた。白塗りの壁。小屋の両端についている観音開きの小さな窓。そこに掛かる色褪せたカーテン。ベッドの上にある服は、きちんと畳んで積み重ねられている。椅子を置く余裕はなく、ビルは小屋にはいるや、やかんののったガスこんろに火をつけた。

アレックスは室内を見まわしたが、空き瓶はひとつもなかった。「まだ飲んでるの?」

ビルはかぶりをふった。「おれが飲んでたら、きみはここへこない、とゾーイにいわれた。だから、やめた」

「あの子もやるわね」

「ほんとに、いい子だ」

「それで、あの子は毎日ここへかよっていた？」

「ほぼ毎日だ」

「どうして、あの子には居場所を教えて、わたしには黙っていたわけ？」

ビルは箱からティーバッグをふたつとりだすと、まとめてティーポットにいれた。アレックスが紅茶好きでないのを知っていながら、彼はいつもそうやって紅茶をだしてきた。まるで、紅茶嫌いはロンドンっ子の気取りにすぎないと考えているかのように。「おれが行方をくらましたら、ゾーイが心配するとわかっていたからだよ」

「わたしが心配しないみたいな口ぶりね」

「おれはきみから隠れてたんだ。そいつはわかってるんだろ？」

「ええ」アレックスはいった。「わかってる」

ビルはうなずいた。「おれは、きみが〈希望の星〉号の件についての真相を突きとめるんじゃないかとひやひやしてた。というのも」笑みを浮かべずにつづける。「きみはたいていそうするからだ」

「〈希望の星〉号が帰港したときに通報を受けて波止場にいたのは、あなただった。当時、あなたがフランク・ホグベンの件を担当した。最初からかかわっていた」アレックスがコリンに頼んで送ってもらったのは、フランク・ホグベン失踪事件の報告書だった。プリントアウトしたその紙には、ウィリアム・サウス巡査の名前がしっかりと記載されていた。波止場へいき、ダニエル・ファッグやその他の漁師たちから供述をとった人物として。

　ふたたびビルがうなずく。「肝心なのは、そいつをきみがどうするのかだ。前回とおなじことをする？」

「海から戻った〈希望の星〉号にフランクの姿がなかったのは、彼が最初から乗船していないからだった。あの晩、あなたは彼が失踪した件の報告書を自分で書くために、確実に波止場にいるようにした。そして、七年まえに彼が姿を消すのに手を貸したことから、今度はあなた自身が姿をくらます必要に迫られた」

　ビルはおかしな目でアレックスを見てから、紅茶のカップをさしだしてきた。アレックスはそれを受けとると、彼にならってベッドに腰かけた。ちょうど、ふたりならんですわれるくらいの幅があった。「あなたは彼に弱味を握られていたの、ビル？」

　ビルがぎょっとした表情になった。「なんだって？」

「あなたは彼を逃がした。彼が姿を消すのを黙認した。それには理由があったはずよ」

「なにをいってるんだ？　彼を逃がした？」

「そもそもフランク・ホグベンは死んでいないんじゃないかと、わたしは考えてるの。実際、わたしは彼の姿を見かけたのかもしれない。あなたは彼が姿を消せるように手配した。彼がヤクの取引で起訴されることがないように。そして、その見返りとして、彼にティナを手放させた。そういう取り決めだった。あなたは彼女の人生を救うためにそうした。わかるわ。それって、いいことだもの。でも、そのためには、彼を見逃すしかなかった。あなたとカーリーとダニーの三人で、彼の死体をさがすという茶番を演じてみせた。でも、彼は最初からあの船に乗っていなかった」

「なんとまあ」ビルがいった。

「ごめんなさい、ビル。あなたは善い人よ。わたしなんかより、ずっと」

となりにすわっているビルが、アレックスのほうをむいた。「なんとまあ」もう一度いう。「じきにきみは、どんな陰謀説でも信じていると いいだしそうだな、アレックス。フランク・ホグベンは生きてるって？」

ビルの笑い声はどんどん大きくなっていき、やがては小屋全体が揺れだすのではないかと思われるくらいまでになった。そのあいだ、アレックスは困惑して、ただそこにすわっているしかなかった。

41

「きみはどんなことでも正解にたどり着く警察官だと思ってたんだがな、アレックス」ようやく息ができるようになると、ビルがいった。「どこで間違えたんだ？」

アレックスは顔をしかめた。

「フランク・ホグベンはどこへも逃げちゃいない。おれはこの目で、やつが死んでるのを見た。そして、それはこの七年間、ずっと変わっていない。確かだ」

アレックスはふたたび顔をしかめた。「彼が死んでるのを見た？　そうなの？　でも、あなたはそれを報告しなかった」

「おれが姿をくらましたのは、きみが真実を知ったなら、それで善良な人たちが刑務所にはいることになるからだ。まえにも、そういうことがあっただろ。だが、きみは結局、またこうしてここにいる。つきまとって離れない悪臭みたいに」

「ええ、そのとおり」アレックスは小さく笑みを浮かべていった。「わたしは悪臭女よ。自分ではどうにもできないの。だから、なにもかも話して、ビル」

ビルはうなずいた。「きみにこれを隠そうとしたのは、悪いと思ってる。いろいろと事情があってね。だが、事ここに至っては、この件をどうするのかはきみ次第だ」

「前回、わたしは決してあなたを刑務所に送りこみたいとは思っていなかった、ビル。それはわかっているわよね」

「それじゃ、またぞろそうなるわけだ」そういうとビルは笑うのをやめ、真面目（まじめ）な口調に戻って話しはじめた。


四角い白い窓から見えている平坦な草地では、季節が移り変わろうとしているのがわかった。真夏の鮮やかな緑は色褪せつつあり、周囲の草には冠毛がついていた。排水溝のわきに生えているハンノキは、枯れかけているように見えた。ふたりはならんでベッドの上に腰かけており、ビルがしゃべり、アレックスがそれに耳をかたむけた。ときおり質問やちょっとした所見をはさみながら。

「まずはじめからいこう。ホグベン家のことは誰もが知っていた。フランクの父親のマックス・ホグベンは町の大物だった。あちこち改造したフォード・エスコートを乗りまわしていた」

「強烈な陽射しのような赤の車ね」アレックスはいった。

「ああ、そうだ。それじゃ、おれがまえにした話を覚えてたんだな？　エスコートってのは大衆車だが、スピードが出る。だから、マックス・ホグベンとその仲間たちは町のいたるところでしょっちゅうレースをやっては、みんなをびびらせてた。だが、マックスはその車に乗っているときに、馬鹿な事故を起こして亡くなった。そして、フランクが父親の評判と車をひき継いだ」

アレックスはもどかしげに身体を動かした。「フランク・ホグベンはヤクの売人だった。そのことについて話して」

「待つんだ。たまには辛抱しろ」

「ごめんなさい。つづけて」

「でもまあ、そのこともつかんでるんだ？　ああ、フランクはヤクの売人だった。誰に憚ることなく商売をしていた」

「あなたは知っていたの？」

「まさか。当時は知らなかった。知ったのは、やつが死んだあとのことだ。なあ、すこし黙っててくれないか、アレックス。じきにその話もするから」

「そうよね。わかった」そういうと、アレックスはずいぶん長く感じられるあいだ、彼が先をつづけるのを待った。

「フランクは大物になりたがっていた」ようやくビルが口をひらいた。「親父さんみたいに。そのマックス・ホグベンは、すぐに暴力をふるう男だった。どんなときにでも手をだすんだ。わかるだろ？　たぶん、誰彼かまわず叩きのめしてたんじゃないかな。敵だけでなく。やつは何度か暴行罪に問われていたが、有罪になったことはなかった。結局、息子は父親そっくりだってことが判明した。フランクは良からぬことに手を染めている連中のひとりとして警察から目をつけられていたが、どんな悪事にたずさわっているのかまではわかってなかった。おれが〈希望の星〉号での取引についてて知ったのは、あとになってからだ。カーリーがその船でフランクといっしょに沖合いに出て、そこですべてがおこなわれていたと知ったのは」

ビルの話の進め方には、アレックスがいらいらして叫びだしたくなるようなところがあった。

「フランクはトロール漁船に乗って英仏海峡でスペインの船と落ちあい、そこで受けとったドラッグをこちらに持ち帰っていた。はじめは少量のマリファナだけだったが、やがてそれは大がかりなものになっていった。カーリーは見て見ぬふりをしていた。そして、まさにそうしてもらうためだけに、フランクは彼にはした金を渡しつづけた。

それで、騒ぎ立てるものはいなくなったわけだ。たぶん、カーリーはすこしずつ状況がのみこめてきたんだろうな。はじめは害はないと思っていたものの、取引の規模が大きくなるにつれて、だんだん嫌になってきた」

「カーリーは共犯者だったの？」

「ドラッグの密輸に使われた船に乗りあわせていたという意味では、そうなるな。フランクは親父さんから、人を脅すのが有効な手段であることを学んでいた。やつはカーリーを脅した。黙って魚を獲っていろといった。カーリーはやつの金なんて欲しくなかった。まったくそれを使わずにいたから、最後にはかなりの額が貯まっていた。そいつをブリキ缶にいれて、ベッドの下に隠していた。そうしておいて、運が良かった」

「どういうこと？」

「頼むよ、アレックス。その話には、いずれたどり着く。カーリーが受けとった金は、全部で一万五千ポンドちかくになっていた」

「すごい。そうとう本格的にやってたのね」

「はじめは、ちがった。細々と商売していたから、あまり注意をひくことはなかった。自分たちにも一枚嚙ませろといってきそうな大手筋のギャングからも、見逃されていた。そうやって、こつこつと何年もつづけていたんだ。ああ、わかってる。どうせ、長つづきはしなかっただろう。カーリーがいうには、最後のころには一回の取引で百キロちかくのヘロインを密輸していたのだとか。その量だと、もうりっぱな一大事業といっていい。きっとカーリーは、捕まったらどうなるかとびくびくしていたんだろう。と同時に、捕まらなかったらどうなるかとも。この調子だと、あと二年もすればフランク・ホグベン自身がギャングのボスになっていそうだった。それか、全員がおっ死(ち)んでるか」

「あなたはカーリーを知っていた。なのに、なにが起きているのか、まったく気づいていなかったの？」

ビルは紅茶をすすった。「フランク・ホグベンが自己中のクソ野郎だってことは、だいたい見当がついてたさ。やつがみんなから恐れられてるってことも。だが、やつのことをチクる勇気のあるものはひとりもいなかった。フランクがどんな男だったのかを、理解しておく必要がある。八年まえ、〈近衛兵(このえへい)〉ってパブで男が殺された。トイレで死体となって発見されたんだ。そいつは殴る蹴(け)るの暴行を受けていた。うわさじゃ、やったのはフランクだった。けど、誰も目撃者として名乗り出てこようとはしなかった。それどころか、みんな口をそろえて、その晩フランクは店にいなかったと証言した。パブのまえにやつのエスコートがとまっているのが、監視カメラで確認されていたにもかかわらず。ティナは夫が自分といっしょに家にいたといい、それで押しとおした。だから、こっちはなにもできなかった。やつには手をだせなかった」

「彼はティナのことも殴っていた」

「そいつも突きとめてたのか？」

「彼女はいまなお、そのことに苦しめられているわ。あなたも彼女の表情を見てればわかるんじゃないかしら。わたしは彼女のふるまいでぴんときた。それで、もしやと思って、イースト・フォークストーンにおける家庭内暴力の統計を調べてみたの。あなたがいま話していたのとおなじ時期に、ブロードミード・ロードの外れのほうで、家庭内の揉めごとにかんする通報が複数回あった。それらはすべて、フランクとティナとのあいだの諍いだったんでしょ？」

　ビルはむきだしの松材の床に目を落とした。そのあたりの厚板はやわらかい部分だけが擦り減り、節と木目が浮きあがっていた。「そのことなら、よく覚えてる。ご近所さんたちは喧嘩の音を耳にしたというんだが、誰も具体的な名前を口にしようとしなかった。わかるだろ？　かれらも恐れていたんだ。ティナが口をつぐんでいるかぎり、こっちも打つ手はなかった。ご近所さんたちが何人かでまとまって、問題を抱えた家はないかと訪ねてまわっていた。けど、ティナはそれに対して、いつでも大丈夫だとこたえていた」

アレックスはうなずいた。

「ティナのことは、ずっと昔から知っている。悪い子じゃない。ただ、良くないところにいき着いちまったってだけで。おれは波止場で〈希望の星〉号が出ていくのを目にすると、よく車であの夫婦の家に駆けつけて、彼女にこういった。〝ティナ。ほんとうのことを話してくれ〟。だが、彼女はおれにさえ、なにもいおうとしなかった……」

「ステラから、わたしは見当ちがいをしているといわれた。どういうことかしら？」

ビルがいった。「そいつも、これから話す。いいかな？」

ビルは立ちあがると、こんろの下のひきだしから全粒粉のクッキーの箱をとりだしてきた。アレックスに勧めてから、自分も箱から一枚とり、注意深くカップの紅茶にひたす。そして、液体を吸ったクッキーがばらばらになるまえにもちあげると、丸ごと口に放りこんでむしゃむしゃと食べた。「おれはカーリーがフランク・ホグベンといっしょに〈希望の星〉号で海に出ていることを知った。だから、ある日ダンジェネスの浜辺で彼と出くわしたときに、ずばりと訊いてみた――フランクはティナに暴力をふるっていると思うか、とね。それについてはなにも知らない、とカーリーはいった。まあ、みんなとおなじように、うすうすは感づいてたんじゃないかな。けど、おれの口から聞かされたことで、それが確信に変わった——フランクはティナを殴っている。それで、どうしたと思う？　カーリーは二度とふたたび〈希望の星〉号に乗らなかった。フランクと海に出るのを、きっぱりとことわった。フランクはものすごく腹をたてて、カーリーをこっぴどく痛めつけた。それでもカーリーの気持ちは変わらなくて、それ以上フランクにはどうすることもできなかった。カーリー本人によると、受けとった金はすべてフランクに返そうとしたんだとか。だが、フランクはそれを笑い飛ばした。そして、なんといったかわかるか？」

アレックスは首を横にふった。

「〝その金はごみ箱に捨てちまえ〟とフランクはカーリーにいった。〝どうせ、半分は偽札（にせさつ）だ〟。商売をはじめたころ、フランクは仕入れたヤクをべつの売人に卸すときに、支払いで偽札をつかまされていたんだ。そいつを処理しようと、フランクはほかの連中に金を渡すときに、その偽札を使っていた。とことん身勝手なクソ野郎だよ。それ以降、やつはカーリーのかわりにダニー・ファッグを船に乗せてくようになった」

「従兄弟（いとこ）の？」

「そうだ。会ったことあるのか？」

「彼の船で外海に連れていってもらったの」

「あいつの手に気づいたか？」

「右手の指が一本なかった」それについて訊かれたとき、あの大柄で内気な男性の顔がさっと赤くなったのを、アレックスは覚えていた。

「フランクのしわざだ。ダニーもカーリーとおなじで、あまりこの商売に乗り気じゃなかった。だから、ある日そのことでフランクと言い争いになった。すると、フランクが彼の手を巻き上げ機に押しつけたもんで、彼の指はケーブルに押し潰されてすぱっと切れた。フランクってのは、そういう男だった。四六時中、怒ってばかりいるケチな野郎だ。まあ、すべては親父さんのせいなのかもしれないが――どうだろうな？――人は必ずしも自分の父親みたいになる必要はない」

「そのとおりよ、ビル。あなたはそうなっていない」

　ビルはひと息ついてカップを手にとると、紅茶を飲んだ。「フランクと手を切ったあとで、今度はカーリーがやつの留守中にティナの様子を確かめにいくようになった。ご近所さんたちはたぶん、あのふたりがデキてると思ってたんだろうな。船乗りの家では、よくそういうことが起きてたから。だが、カーリーはティナの面倒を見ようとしていただけだった。精いっぱい」

ドアを叩く音がして、ビルが立ちあがった。訪ねてきたのは、茶色く日焼けした顔をもつ五十代くらいの女性だった。非難するような目でアレックスを見てからいう。

「問題はない、ビル?」

「あまりそうともいえないが」

「これが例の女ね?」冷たい口調。カーキ色の胸当て付きズボン。この女性が先ほどビルがいっていた農家の知りあいなのだろう、とアレックスは推察した。

「ああ」

「つまり、彼女に見つかった?」

「まあ、そうなるな」

女性は笑みのかけらも見せずにアレックスにいった。「この人によくしてあげて」

「努力します」

「前回みたいなことはせずに」女性はもうしばらくアレックスをみつめてから、むきを変えて姿を消した。

「ここは彼女の小屋なんだ。ただで滞在させてもらってる」

「それじゃ、彼女はわたしのことを知ってるのね? そして、わたしにあまり好意をもっていない」

「そうだ」

アレックスはいった。「それでいいのよ。わたしもいま、自分のことがあまり好きではないし」紅茶をごくりと飲む。そう悪くなかった。「つづけて、ビル」

「こうして、この状況はつづいていった。夫に殴られてる女性が、誰にもなにもいわずにただそれまでどおりの生活を送る——その理由は、おれがいちばんよくわかってるはずなのにな」

「あなたは自分の父親のようにはならなかった、ビル」

ビルはうなずいた、「それでもだ。これは、そういうことだった。おれはブロードミード・ロードの家で、戸口に立つティナの姿を見た。そして、そこにいたのはおれのお袋だった。警察に話してくれるだけでよかったんだ。そうすれば、フランクを逮捕して、彼女の人生からやつを取り除いてやれた。だが、彼女はどうしても打ち明けようとはしなかった」

「フランクみたいな男は、女性を完全に支配するのよ」

「そいつは知ってるさ」ビルは大きくため息をついた。「嘘じゃない。子供のころから目のまえで見てきてたんだから。おれはティナから連絡がくるのを待ったが、それはなかった。そんなある日、カーリーから助けを求める電話がかかってきた。七年ちょっとまえの話だ」

「まあ、なんてこと」アレックスが勢いよくカップを床に置くと、その拍子に紅茶が飛び散った。「カーリーがフランクを殺したのね？」

「だから、最後まで話を聞けって。やつからの電話は真夜中にかかってきた。大変なことになったんで、急いでティナのところへきてくれ、といわれた。おれの頭にまず浮かんだのは、ティナがまたフランクに暴力をふるわれて、ついには殺されちまったってことだった。おれはカーリーに、警察に通報するよういった。だがあいつは、ティナなら無事だといった。とにかく彼女の家にきてくれ、見せたいものがあるから、と。まあ……正確には〝家〟じゃなかった。フランクの車庫にきてくれといわれた。ブロードミード・ロードってのは、よくあるヴィクトリア時代の通りだ。家の裏手には、鉄道線路に沿って作業場がいくつかならんでる。ホグベン家の建物は半分が古いアーチ道にかぶさるような恰好になってて、フランクが車庫として使っていた作業場へいくには、そのアーチ道を抜けてくしかなかった」

「知ってる。地図で見たから」

「だろうな。きみなら当然、調べているはずだ」風がとなりの草地の小麦を揺らしているのが、窓から見えた。茶色い穂が波打って、表面を白っぽい銀の筋が駆け抜けていく。「というわけで、おれは午前二時くらいに車庫に着いた。明かりがついてるのが見えたから、ドアを叩いた。大きな古めかしい木製の扉についている小さなドアだ。すると、カーリーがそれをあけて、なかにいれてくれた。はじめは、フランク・ホグベンのフォード・エスコートしか目にはいらなかった。やつの親父さんのものだった車しか」

「例の真っ赤な車ね」

「ああ、フランクが後生大事にしていたご自慢の車だ。やつの親父さんが命を落とすこととなった車。そいつはまた、べつの話になるが」

アレックスはうなずいた、「そのことなら、あなたから聞いてもう知ってる」

「そうだったな。親父さんの命を奪った車。だが、そいつが息子の命も奪ってたってことまでは、知らなかったんじゃないか。その車の下から、二本の脚が突きだしてるのが見えた」

「まさか、そんな」

「そうなんだ。カーリーによると、フランクは変速装置を交換していたらしい。古いエスコートってのは、いじくりまわすのに最適な車だからな。そして、やつがこうなってるのをティナがすこしまえに発見して、あわててカーリーに電話してきた。どうしていいかわからなくて。車はやつの胸を押しつぶして、息の根を止めていた。アレックス?」ビルが急に心配そうな顔で彼女のほうを見た。「大丈夫か?」

42

「どうした？　幽霊でも見たような顔して」ビルがいった。

アレックスは無意識のうちに、両腕を自分の胸に押しあてていた。誰かに革紐（かわひも）できつく締めあげられているような感じがした。「自分でもわからない」小声でいう。「喘息（ぜんそく）の発作とか？」

「汗をかいてる」ビルがいった。

「それは暑さのせい。ここはむっとしてるから」

アレックスは熱のこもった車のなかにいる犬みたいに、はあはあと喘（あえ）いでいた。ビルがめったに見せたことのないやさしさで腕を肩にまわしてきた。「もっと深く息をするんだ」

アレックスがある程度落ちついてくると、彼は立ちあがって、陶器の水差しとコップをもってきた。彼女のために注いでくれた水は冷えていなかったが、さっぱりさせるためにミントの小枝がいれてあった。

「すこしはましになってきたか？」

「よく夢を見るの。内容はあまり覚えていないんだけど、目がさめると、すごく息が切れている。ちょうど、いまみたいに」

ビルはうなずいた。

「重たいものに押しつぶされてるような感じで」

「かわいそうに」ビルがいった。

彼はアレックスを外へと連れだし、小屋のまえについている木の階段にすわらせた。母羊とおなじくらいの大きさの子羊たちが、鳴いてお乳をせがんでいた。風に吹かれて、タンポポの種が日の光のなかを飛ばされていった。

「それじゃ、つづきを聞かせて、ビル。なにがあったのか知りたいの」

アレックスがコップの水を全部飲み終えるのを待ってから、ビルは口をひらいた。

「あまり眠れてないんだ？」

「まあね」

「飲みすぎてるとか？」

「どの口がいうかと思えば」

そのとき、二頭の子羊がふたりを調べようとちかづいてきた。生えたての羊毛に覆われた前頭部を突きだして、アレックスのスニーカーの匂いを嗅ぎはじめる。アレックスが手をのばすと、子羊たちは急いで逃げていった。「ここでやめないで、ビル。つづけて。お願い。もうこれ以上は待てない」

ビルはアレックスのとなりに腰をおろした。「フランク・ホグベンは即死したわけじゃなかった。見ればわかった。車の下枠を蹴飛ばしたせいで、やつのむこうずねは血だらけになっていた。きっと、しばらくもがいていたにちがいない」

「あなたがそれを殺人だと考えた理由は？」

ビルはアレックスを見た。「そんなこと、誰がいった？」

「それがただの事故だったなら、あなたはその場で警察を呼んでいたはず。でも、あなたはそうしなかった」

ビルは自分の髪の毛を手で梳いてから、うしろに身体を倒して、ひとつ上の段に両肘をついた。「おれにはすぐにわかった。エンジンの下には頑丈なジャッキが二台設置されていて、車を支えていた。それが、どちらも下がっていた。片方のジャッキが作動不良になることはあるかもしれない。だが、両方同時にってのはありえない」

「何者かがわざと車を彼の上に落としたのね。そして、彼をゆっくりと圧死させた。

それなのに、あなたはこれを殺人として通報しなかった」

「ああ」ビルはふたたび身体を起こすと、段の隙間から伸びてきている長い草の茎をひっこ抜いた。「もちろんティナは、自分がやったんじゃないといった。フランクがこうなってるのを発見して、カーリーに電話しただけだと。自分は家にさえいなかったと言い張った」

「それなら、どうして彼女は警察ではなくカーリーに電話したの？」

「まさにね。そして、カーリーはおれに電話した。なぜなら、おれたちは友だちだからだ」

「仮にジャッキを下げたのがティナだったとしても、彼女は無罪放免になってたかもしれない。家庭内暴力を受けていたんだから。そういうことにかんして、陪審員はより寛大になってきている」

ビルは首を横にふった。「殺し方を考えると、それはまずないな。二台めのジャッキが下げられたとき、フランクはまだ脚をばたつかせていた。どれほどそれがやつにふさわしい死に方だったとしても、そいつは完全に謀殺だ。ティナはしばらく刑務所入りすることになってただろう。きみならどうしてた、アレックス？」

「そんなこと、訊くまでもないでしょ」

ビルはうなずいた。「ああ、そうだったな。だが、おれはきみとはちがう。だから、あのとき現場でどうしようかと考えた。そして、そこではじめてカーリーから、フランクの商売のこと、彼が近所の人たちの半分を怖じけづかせていたことを聞かされた」

子羊たちはまだふたりに興味があるらしく、再度ちかづいてきた。

「それであなたは、彼女が罪を免れられるようにした？」

「ああ。〝フランクが船から消えた〟とダニー・ファッグがいえば、誰もその言葉を疑うことはなさそうだった。そして、のちにひらかれた死因審問では、フランクが失踪当日に〈希望の星〉号に乗りこむところを見たという宣誓証言が数多くなされた。カーリーが手をまわしたんだ。フランクがいなくなった件にはもっとほかになにかあるのでは、と人びとが思っていたとしても、それを裏づけるような材料はひとつもなかった」

「あなたはフランクの死体の処分を手伝ったのね？　それはいま、どこにあるの？」

ビルは悲しげな目でアレックスを見た。「おれたちはちがうってことは、よくわかってる、アレックス。きみはいま、自分がそうすべきだと考えることをやっているんだってことも」

アレックスはうなずいた。

「おれは、また刑務所にはいってもかまわない。どうせ、有り金を全部なくしたところだしな」ビルが小さく笑い声をあげた。

「この先、どうやって生活していくつもり?」

「なんとかするさ。おれが気がかりなのは、カーリーとティナのことだ。ふたりも刑務所行きになる。だろ?」

「お金はどうなったの?」アレックスはたずねた。「フランクはそうとう貯めこんでいたはず。でも、そのお金はどこにもあらわれていない。もしも表にでてきていたら、フランク・ホグベンがずっとヤクの取引をしていたことが警察にも突きとめられていたかもしれないのに。あなたはそれも処分したのね?」

「金はすべて隠した。偽札も、真札も。フランクの分も、カーリーの分も。全部フランクの死体といっしょに。誰にも絶対に見つからない場所だ。おれはティナとカーリーにこういった——フランクがいなくなるのに手を貸してもいいが、そのかわり、ふたりともヤクの取引で得た金にはいっさい手をつけないこと。まあ、どっちも最初からそんな金には興味がなかったみたいだが。とにかく、フランクにいなくなってもらいたい一心だったんだ」

「あなたはどうなの？　その金に心惹かれたことはない？」

ビル・サウスは、これまでずっと真面目にこつこつと働いてきた男だった。それがいま、わずか数フィート四方ほどの住まいのむきだしの階段にすわっている。「ここ最近、その金のことが頭にあったことは否定しないね」

「でしょうね。聞いた話では、あなたはいま無一文みたいだから」

「きみだって、おれがこれを乗り切るのにすこしちょろまかすことを考えなかったとは思わないだろ？」

「でも、あなたはそんなことをしない、ビル」

「そういうのは、きみだけさ」

「その資格がないわけではないけれど」

「人生ってのは不公平なもんだな」

アレックスは立ちあがると、彼のほうをむいた。「で、死体はどうしたの、ビル？」

「内緒だ」ビルはいった。

「前回あなたを逮捕したとき、わたしは自分が泣いたのを覚えてる」アレックスはいった。「まともに告知さえできなかった」まえに身をのりだし、彼の頬にキスをする。

「いいんだ。誰かが信念を貫かないと。そして、どうせなら、その誰かはきみであるほうがいい」

アレックスは彼のとなりに腰をおろして、しばらくそのままでいた。それから、ようやく口をひらいた。「うちまで車で送ってもらえない、ビル？　もうくたくたで、自転車を漕いで帰る元気がないの」

ビルは困惑の表情を浮かべた。「いま逮捕するんじゃないのか？」

アレックスは立ちあがった。「きょうはしないわ、ビル。またべつの日にでも」

「わけがわからない」ビルはいった。

「わたしもよ。ほんとうに。でも、まずはやらなくてはならない大切なことがあるの」

アレックスはかぶりをふってから、腰をあげさせるべくビルに手をさしだした。

43

ふたりはビルの農家の知りあいが運転するピックアップトラックに乗せてもらい、アルム・コテージのまえでいっしょに降りた。後部の荷台からアレックスの自転車をおろす。

「あなたのかわりに、小鳥の水浴び用の水盤に水が絶えないようにしておいたわ」アレックスはビルにいった。

「あのいまいましい代物(しろもの)か。おれが刑務所に舞い戻ったら、きみはそれをやりつづけなくちゃならない。そいつはわかってるよな?」

「もちろん」

ビルはため息をついてむきなおった。

ビルの農家の知りあいが別れの言葉とともにトラックで走り去っていくと、アレックスは彼をひとり残して、自転車で小道をわが家へとむかった。

家にはゾーイがいたので、アレックスはたずねた。

「きのう泊めてもらったとき、ティナはなにかいってた？」

「べつに。このまえふたりでなにを話してたのかは知らないけど、あたしはティナが好き。いい人だもの」

アレックスは、ティナが二台のジャッキをつぎつぎと下げて夫を押しつぶすところを想像した。あまりいい人のやることではないかもしれないが、理解はできた。結局ティナは、フランク・ホグベンの母親がずっと主張してきたとおり、人殺しだったのだ。メアリ・ユニス殺しの犯人につづいて、アレックスはフランク・ホグベン殺しの犯人も突きとめていた。闇（やみ）のなかの薄ぼんやりとしたものに形をあたえたわけで、それはそれで満足すべきことだった。

「疲れた顔してるね、ママ」

「実際、疲れてるの」

「ビルとは会えた？　彼が姿を隠してる理由はわかった？」

「ええ、わかった。あなたは知ってるの？」

「ううん。ビルは教えてくれなかった。〝おれを信じろ〟っていうだけで」

「毎日彼に会いにいってたんですって？」

「毎日ってほどじゃないけど。食料とかなんかをもって。彼は自分の家に戻ってきてるの?」

その返事を聞いたゾーイの顔に浮かんだ笑みは心からの純粋なもので、母親がそれ以上なにかいうまえに、彼女はビルの帰宅を歓迎するためにドアを飛びだしていた。

午後十一時になっても、ゾーイは帰ってこなかった。どうやらそのまま泊めてもらうことにしたらしく、ある意味では都合が良かった。

テリー・ニールの寝室のカーテンはあいていたが、今夜は新月で、月の光はどこにもなかった。新月のときの大潮にくわえて、北海をとおってちかづいてくる低気圧のせいで高潮が発生しており、潮位は七メートルくらい高くなっていた。夏が終わりかけていて、じきにまた沼沢湿原にある揚水器が大車輪で活躍することになりそうだった。

波の音は、二階の寝室にいるアレックスの耳にも届いていた。落下する水がたてる小さな衝突音。くり返し水がひいていくときのさらさらという音。午前一時ごろ、家のまえで車の止まる音がして、玄関のドアを解錠する音がつづいた。階段をのぼってくる足音。

明かりのスイッチが入れられると、まばゆいばかりの光が室内を満たした。まばたきするアレックスにむかって、テリー・ニールが声をあげる。「いったい――？」

「勝手にはいらせてもらったわ」アレックスはいった。

「そのようだね」テリーは道路に面した側にある階段のてっぺんに立っていた。

アレックスがいるのはその反対側にある窓の下で、腰掛けにすわっていた。そこから動く気配を見せずにいう。「眠れなくて」

「じつに嬉しい驚きだ。寝室にはいっていくと、美女が待ちかまえているなんて」

「やめて。虫酸が走るわ」

「だが、ほんとうのことだ、アレックス。どうやって家にはいったのか、訊いてもかまわないかな？」

「わたしは警察官よ――まがりなりにも。玄関まわりに隠してある緊急用の鍵を見つけるくらい、どうってことはない。警報装置を解除するための暗証番号は、〝１９７４〟。前回ここへ招かれたときに、あなたが入力するのを見ていたの。それは同時に、ここに記載されているあなたの生年でもある」アレックスはテリー・ニールのパスポートをもちあげてみせた。

彼の顔から笑みが消えた。「ああ」

「あなたがフェリーの旅でこれをわたしから隠そうとした理由は、だいたい見当がついていた。ただ確認したかったの」

テリーがさらに何歩か部屋にはいってきた。「なにか飲むかな？　ワインでも？」

「けっこうよ」

「もっと強い酒は？」

「いいえ、いらない」

「だったら、コーヒーとかは？　きみは疲れているように見える」

「ええ、そのとおり。もうへとへとよ。あなたには想像もつかないくらい疲れきっている」アレックスは、階下にある彼の机のひきだしで見つけたパスポートのページをめくっていった。「過去三年間に、グアテマラへの渡航が五回」

テリーがちかづいてきた。「警察官は他人のひきだしを勝手に漁ることが許されているのかな？　わたしは苦情を申し立てることもできる」

「あなたはわたしを家に招きいれた、テリー。わたしはただ、疑念を抱く恋人らしいふるまいにおよんだだけよ。苦情を申し立てても、認められないでしょうね。あなたは冷酷な人だわ。ちがう？」

テリー・ニールは肩をすくめてみせた。「きみはわたしを誤解している」

「ええ、たしかに誤解していたみたい。あなたはアイマン・ユニスを〝親友〟と呼んだ」

テリーがすこし口を尖らせた。「実際、そうだった」

「でも、それにもかかわらず、あなたはありもしないグアテマラの森林化プロジェクトを餌にして、彼から四十万ポンド以上を騙しとった。彼が息子のために貯えておいたお金を」

テリー・ニールは無表情なままいった。「なぜ、それがわたしのしわざだと？」

「そうに決まってる。でなければ、どうやってこんな暮らしを送れるわけ？」アレックスは腕をまわして、家全体を示してみせた。「すべてを年金でまかなってるなんて、いわないで。それについても、調べてみたの。あなたは薬物使用で何度か警告を受けたあとで、不興をこうむって大学を離れるようにと求められた。あなたの年金額は、そう大したことないんじゃないかしら」

「もしかすると、巨額の遺産を相続したのかもしれない」

「その可能性はある。もしくは、あなたは詐欺師なのか」

テリーの顔がしかめられた。「たとえそうだとしても――もちろん、ちがうが――きみにはなにも証明できない。あくまでも仮定の話としていわせてもらうと」

アレックスはしばらく腰掛けにすわったまま、テリー・ニールを見ていた。「自信はある？」

一瞬、テリー・ニールは不安そうになった。頭がすこしうしろにひかれる。それを見て、アレックスは自分の正しさを確信した。

「ああ、断言したっていい」ようやくテリーがいった。そして残念ながら、こちらもまた正しかった。アレックスは、この手の犯罪にくわしいロンドン警視庁の古い友人と話をしていた。彼の説明によると、こうした詐欺では黒幕につながるような痕跡はいっさい残っていないのがふつうだという。実際テリー・ニールの名前は、〈ビオスフェラ森林再生〉の受益者のなかにはなかった。それに彼は、ゴルフ・クラブの〝友人たち〟からお金を吸いあげるにあたって、アイマン・ユニスをトンネル会社がわりに使っていた。アイマンに宣伝役を担わせ、彼がみんなにいい投資話があると吹聴するように仕向けていた。いまやその金は、すべてテリー・ニールが好きなときにアクセスできるカリブ諸島の島国の怪しげな銀行口座におさまっているはずだった。彼が焦って一度に巨額の金を動かそうとしないかぎり、誰もなにも証明できないだろう。

「あなたはどこまで人でなしになれるの、テリー？　わたしを誘いだしたのは捜査の進捗状況を知るためだった？」

テリー・ニールは首を横にふった。「ちがう。すべては本心からの行動だった。嘘じゃない」

「その言葉はなにひとつ信用できない。あなたは詐欺師なんだから」

「褒め言葉を聞きたいのか？　きみをデートに誘ったのは美しくて頭のいい女性だからだ、といってもらいたい？」

「わたしはただ、自分がどこまで利用されていたのかを知りたいだけ」

「ほんとうに、そういう目的などなかった。もしも利用しようとしていたのだとすると、とんだ逆効果だったな。なにせ、きみはいまこうしてうちに不法侵入して、あれこれと……根も葉もない申し立てをおこなっているんだから」

「でも、あなたはそのどれも否定しない？」

「認めてもいない。投資を主導したのはアイマン・ユニスだ。わたしではなく」むきなおりながら、テリーがいう。「いいかな。きみは飲みたくないかもしれないが、わたしには酒が必要だ。ほんとうにいらない？」

「ええ、百パーセント」

テリー・ニールが姿を消したあとも、アレックスはじっとすわったまま、ふたりが共にしたベッドのむこうをながめていた。

　彼はウイスキーを手に戻ってくると、きれいに整えられたベッドの端に腰をおろして、エジプト綿の羽毛掛け布団の上からアレックスをみつめた。「じつに気まずい状況だな」そういって、ウイスキーをごくりと飲む。

「お金を返してあげて」

「なにをまた、馬鹿なことを」

「いいえ、本気よ。正しいことをして、お金を返すの。あなたには必要ないでしょ」

　テリー・ニールからの返事はなかった。

「あなたと寝たなんて、恥ずかしい」

「そう聞いて残念だ」

「お金を返して」

「さもないと？」

　アレックスは立ちあがった。「もう帰ったほうがよさそうね」

「きみが戻ってこようとした場合に備えて、警報装置の暗証番号を変えておくよ」

「心配いらないわ。もう二度とくるつもりはないから」

　ベッドの足もとまできたところで、アレックスは立ちどまった。「あなたはビル・サウスからもお金をとった。でしょ？」

「ノー・コメント。それが、こういうときの決まり文句なのでは？　それに、さっきもいったとおり、ゴルフ・クラブで投資を勧めてまわったのはアイマン・ユニスだ」

「ビルはわたしの友人なの。クソみたいな人生を送ってきていて、それはこのあとますますひどくなりそう。あれは彼が長年かけて貯めたお金だった。大した額ではないかもしれないけれど、彼の全財産だった」

「なかには、投資で残念な決断を下す人もいる。わたしの責任ではない」

「一万三千ポンド。あなたなら、それくらい返せるはず」

テリー・ニールは目を細めてアレックスを見た。「本気でいってるのかな？」

「お願い」

「話にもならない」

「人に頭を下げるのは嫌いだけど、せめて彼だけでも助けたいの、テリー」

「たしか、もう帰るといっていたのでは」

アレックスはうなずくと、部屋の端にある階段で下へとむかった。「出ていくときに、玄関のドアを閉めるのを忘れないでくれ」テリー・ニールがいった。

家に帰る途中で生温かい夏の雨が降りはじめ、アレックスはずぶ濡れになった。雨ざらしの路面に自転車のライトがぎらぎらと反射する。二十分後、家に帰り着いたアレックスはびしょびしょの服を脱ぎ捨て、シャワーを浴びた。それから、ベッドに横たわり、雨の音に耳をかたむけた。

44

翌日、アレックスは母親と会うためにロンドンまで出かけていった。ずいぶんご無沙汰していた。

母親のヘレンは、ストーク・ニューイントンにあるひとりで住むには広すぎる家で暮らしていた。大音量で音楽をかけていて玄関の呼び鈴に気づかないことがあるため、アレックスは自分の鍵を使ってなかにはいった。

居間には、あらたにベッドが置かれていた。母親はキッチンにいて、ラジオで音楽を聞きながら、テーブルのまえにすわってトランプでひとり遊びをしていた。流しには汚れた食器が積みあげられ、椅子の背には下着が干してあった。

「ああ」アレックスがキッチンにはいっていくと、母親がいった。「いらっしゃい。ゾーイはいっしょじゃないの？」

「居間にベッドがあるんだけど」アレックスはいった。

「そうよ」母親がこたえた。「やかんを火にかけてもらえる」

「いまは、あそこで寝てるの？　居間で？」

「階段の昇り降りが面倒でね」

　ちかづいてきたアレックスにキスされるあいだ、母親はその抱擁に耐えていた。父親が生きていたころ、家のなかはいつも染みひとつなかった。家事のほとんどは、父親がこなしていたのだ。母親はもともと、そういったことにあまり関心がなかった。

「ほら、コートを着て。昼食にいく約束だったでしょ」アレックスはいった。

「疲れた顔をしてるわね」母親がいった。「調子でも悪いの？」

　アレックスは笑った。「ええ。そうみたい。男と別れたばかりだから」

「それはよかったじゃない」

　母親が出かける準備をしているあいだに、アレックスは流しにたまっていた皿を洗い、母親にゾーイの話をした。冷蔵庫にヒトデをいれていた一件だ。母親は笑って、「あの子に会いたいわ」といった。

　73番のバスの車内にいるとき、母親があらためて訊いてきた。「真面目な話、あなた大丈夫なの？　具合が良くなさそうに見える。ゾーイから聞いたけど、カウンセラーと会ってるんでしょ」

「ええ」

母親の顔がしかめられた。

「原因は仕事とストレスよ」アレックスはつづけた。「カウンセリングは役にたってると思う。気がつくと、母さんや父さんの話をちょこっとしてたりする」

「おやおや」母親がいった。「それがあいったものの困ったところよね。いつだって、あたしたちのせいになるんだから——〝あなたがおかしくなったのは、ご両親のせいです〟」

「あたっているかもよ」アレックスの両親は、どちらも警察官だった。母親はアレックスを身ごもったときに仕事をやめていたが、父親は最後までロンドン警視庁での職務をまっとうしていた。「考えてたんだけど、もしかするとわたしは父さんの期待に応えようと頑張りすぎてるのかもしれない」

「それはあるかも。あたしなんて、間違いなくそれでくたくたになってたもの」

「父さんは決して精神的重圧に押しつぶされることがなかった」アレックスはいった。「いまの人たちは、たんに父さんや母さんの世代よりもひ弱ってだけなのかも。父さんはストレスでまいったりしなかった」

母親が鼻を鳴らした。

「いまのはなに？」

「あの人が精神的重圧に押しつぶされなかったですって？　あなたがいましているような仕事は、じょじょに自分を蝕んでいくものなの。お父さんも例外じゃなかった」

アレックスは目をしばたたいた。「そうなの？　父さんはいつだって冷静で、すべてを上手くコントロールしているように見えた」

母親はバスの座席から立ちあがると、乗降口のそばにある黄色い手すりをつかんだ。もうすぐ目的地の停留所だった。「人は両親のなかに、自分の見たいものを見る。あなたは昔からお父さんを慕っていた。明かりを消したあとでお父さんがどんな夜をすごしていたのかを目にしていなかった。ひどい悪夢にうなされることがあったのよ。やがてはなくなったけど、二年間はほんとうにひどかった」

「知らなかった」

「あなたはお父さんを大きな存在に祭りあげていた」母親がいった。「そして、いまもまだ、それにおいつこうとしている。それが問題なんじゃないかしら」

「わたしには、それがいけないことだとは思えないけど」アレックスはいった。

「まあ、好きなように考えたらいいわ」母親はいった。

ふたりはイズリントンにあるバー／レストラン（ガストロパブ）で食事をした。母親が煙草（たばこ）を吸えるように、外のテーブルにすわっていた。「それで、別れた男ってのはいい人だったの？」

「最低最悪のクズ野郎だった」

母親は笑みを浮かべていった。「ときには、男のいない人生のほうがずっといいものよ」それを聞いて、アレックスはすこしむっとした。父親が亡（な）くなってから母親がものすごく人生を謳歌しているように見えることに、いまだに苦々しさをおぼえていたのだ。だが、きょうこうして母親に会いにきたのは、お金のことを話しあうためだった。母親はその手の話が好きではないのだが、アレックスは無理にそれにつきあわせた。そして、書類とペンをとりだして、母親が署名するのを見届けた。

「あなた、ほんとうになにも問題はないの、アレックス？　あなたのことが心配だわ」

ふたりが食事をしているかたわらで、大道芸人が演（だ）し物の準備をはじめた。小さな座面のついた緑色の大きな金属製の枠を組み立てていく。

「誤解しないでね。あなたのお父さんは、とても善い人だった。でも、常に完璧（かんぺき）というわけではなかった。そうでない部分を上手く隠していたってだけで」

　アレックスは手をのばして、母親の手にかさねあわせた。

「デカンターにワインはまだ残ってる?」母親は娘をみつめてつづけた。「いつもいつも自分を父親と較べてはだめ。あなたたちには通じあうものがあった。それは知っている。ずっと、それがすこし妬ましかった。あなたのお父さんは、やさしくて善い人だった。あの人といっしょになれて、あたしはたぶん運が良かった。でも、ときには肩の力を抜いてくれてたら、と思うの。いってること、わかるかしら? あなたは自分の道をいきなさい、アレックス」

　母親はグラスを手にとると、ごくごくとワインを飲んだ。

「人の目をくらますのって、すごく簡単よね。相手が見たがってるものを、ただ見せてやればいいんだもの。でしょ?」

　一瞬、アレックスは母親がまだ父親のことを話しているのかと思って、反論しかけた。だがそのとき、母親の目が自分ではなく大道芸人のほうへむけられていることに気がついた。大道芸人は地面から一メートルほどのところにある金属製の座面にのぼっており、《スター・ウォーズ》のヨーダのマスクをかぶって両手に緑の手袋をはめてから、片方の手を座面が溶接されている棒のてっぺんにのせた。まわりに垂れ下がっているケープが座面を隠しているため、傍目にはヨーダは宙に浮いているように見えた。一分もたたないうちに、大道芸人が路上に置いた銅製の鉢に小銭が投げこまれはじめた。

「ただのトリックよ」アレックスの母親がいった。「人間って、ほんと馬鹿よね」

「つまるところ、すべてはそうなんじゃない」アレックスは母親にほほ笑みかけながらいった。「とてもよくできたトリック」


母親との食事を終えると、アレックスはそのままセント・パンクラス駅へいって列車に乗った。ケントへ戻る車中でいろいろじっくり考えるつもりでいたのだが、笑いながら古いニコンのカメラで写真を撮りあっている若いカップルに気をとられているうちに、いつの間にか眠りこんでいた。そして、カメラをもった若い女性に揺り起こされた。「ここで降りなくても大丈夫なのかしら?」

列車はフォークストーン駅に停まっていた。アレックスはひとつ手前のアッシュフォード駅で降りるはずだったので、ぱっと立ちあがって、まごついている若い女性に礼をいい、列車がふたたび動きだすまえに、どうにか乗降口から飛び降りた。ホームで携帯電話を確認すると、メッセージが届いていた。


どこいるの?

大丈夫????

ジルからだった。アッシュフォード駅で落ちあって、車で家まで送ってもらうことになっていたのだ。アレックスは彼女に電話した。「ごめんなさい。このところ寝不足で、ずっと疲れがとれずにいたものだから……」

「そこで動かずに待ってて。三十分でいくから」

だが、アレックスはその空き時間を利用して、フォークストーン駅の東にある丘を徒歩でのぼっていった。地図ではお馴染み(なじ)みになっている場所にたどり着き、アーチ道を抜けて古い家並みの裏庭に出る。すり減ったアスファルトの下からは、昔の舗装道路の丸石が顔をのぞかせていた。あたりは閑散としていて、人の姿はなかった。

裏庭の奥にならぶ古い作業場のほとんどは使われていなかったが、ビルの説明を聞いていたアレックスには、すぐにホグベン家の車庫だった作業場の見当がついた。いまもまだ木製の大きな扉がついているやつがそうにちがいない。頑丈そうな南京錠(ナンキンじょう)が侵入者を阻(はば)んでいる。

アレックスはその作業場にちかづくとすこし身をかがめて、木製の大きな扉に設(しつら)えられた小さなドアのまわりの隙間からなかをのぞきこもうとした。だが、古いオイルの匂いがかすかにわかるくらいで、室内は暗すぎてなにも見えなかった。

「そこでなにやってんだい？」

アレックスは身体をまっすぐに起こしてむきなおった。そこには、色褪せた紫の部屋着のポケットに両手を突っこんだ女性が立っていた。ダンジェネスの〈ライト・レールウェイ・カフェ〉のまえで、アレックスに武器をとりあげられた女性だ。

「ホグベンさん」アレックスはいった。

「あんたはあたしの知ってる人かね？」女性がややまえに身をのりだし気味でたずねてくる。その唇には、すこし唾がたまっていた。怪訝そうな表情からすると、どうやらダンジェネスでアレックスとあいまみえたときのことは、もう記憶にないらしい。

「いまもここにお住まいに？」

「あたりまえだろ。ここはあたしの家だよ。息子には、もう必要ないし」

「この作業場はどうなんです？」アレックスは自分の後方を示しながらたずねた。

「それは息子のだ。そのまえは、あたしの亭主の。ふたりとも、おっ死んじまった」

年齢を重ねた人がときおりそうなるように、この女性も乱暴な言葉づかいでいった。言葉をとりつくろうのが面倒になったとでもいうように。

「いまそこを使っているのは？」

マンディ・ホグベンはかぶりをふりながらいった。「あの女だよ。彼女は手放さなかった」

「ティナですか？　あそこになにがはいっているのか、ご存じですか？」

「例のいまいましい車さ」

「フォード・エスコート？」

「ああ。うちの亭主は、あたしなんかよりずっとあの車のほうを愛してた。息子もね。あのろくでなし父子（おやこ）が。アホみたいな車にはまって」

アレックスはうなずいてみせた。もしもこの女性のいうとおりだとすると、フランクを圧死させた車はまだここにある。「ひとつおうかがいしたいんですけど、ホグベンさん。その車を彼女が使うところを、最近見ていませんか？」

「彼女？」

「ティナです。あなたの義理の娘さんの」

「元義理の娘だよ。ありがたいことに。いや。あの女はこのあたりに寄りつこうとさえしない。息子がいなくなってからというもの、すっかりお見限りさ。あいつがあたしのフランクを殺したんだ」

「あなたは彼女がやったと思っている？」

「ああ」女性がいった。「彼女が殺したんだ」

「もうひとついいですか？　どうして、そう思うんです？」

女性はふたたび、ややまえに身をのりだし気味でたずねてきた。「あんたはあたしの知ってる人かね？」先ほどとおなじ質問をくり返す。

「あなたはどうして彼女が息子さんを殺したと考えているんですか、ホグベンさん？」

「それだと筋がとおるからだよ」

アレックスはここでもうなずいてみせた。この女性は認知症を患ってはいるが、いっていることは的を射ていた。それだと筋がとおる。アレックスはあたりを見まわした。「ほかにここへくる人は？」

女性は両手をポケットからだすと、しばらくそれを見おろしてから、またポケットに戻した。「あの若い男のことかい？」

家の裏庭にあるごみが風で吹きあげられ、キャンディの黄色い包み紙が一瞬宙を舞ってから地面に落ちた。「若い男というと？」

「ティナやあのレズ女とつるんでるやつさ。あいつらには、ぴしゃりといってやったんだ。その車はあたしの亭主ので、あんたたちにはなんの権利もないって」

「その若い男性はステラの友だちとか？」

「彼女の弟じゃないかね。顔がよく似てるから。そんなの知りゃしないよ。ときどき、そいつは夜ここにきてる。見えるんだよ」女性は裏庭に面している家の窓を指さしてみせた。

「車が外へもちだされたことは？」

「あんた、煙草は？」

「吸いません」

女性はがっかりした表情を浮かべた。「ところで、あんた誰だい？　こそこそ嗅ぎまわったりして」

「そのステラの弟の見た目は？」アレックスはたずねた。

女性は鼻をくんくんさせた。「あんた、サツ臭いね。そうなんだろ？」

ホグベン家の裏口がひらいて、若い女性があらわれた。ほがらかな笑み。青いナイロン製のトップス。訪問介護士だ。

「この女性が面倒をおかけしているのかしら？」

「いいえ、ちっとも」アレックスはこたえた。

「その逆だよ」マンディ・ホグベンはそうつぶやくと、むきなおってアレックスから離れていった。

だが、アレックスはすでにある結論に到達していた。自分が第二次世界大戦の記念施設の駐車場で目にした人影は、きっとステラの弟のものにちがいない。

駅に戻るとアレックスはベンチに腰かけ、ジルを待つあいだに、新聞販売店で買ったサンドイッチを食べた。やがて、ミントグリーンのフィアットが目のまえに停まった。

身体を折りたたんで助手席に乗りこむアレックスにむかって、ジルは開口一番こういった。「お母さんはどうだった?」

「よく飲んで、よく吸ってる。ところで、ゴルフ・クラブで詐欺を働いた男の正体にかんする捜査で、なにか進展はあった?」

「まったく。あなたって諦めの悪い人ね。その方面の捜査はうちの管轄外だけど、答えはノーよ。いまはべつのチームが調べてる。上手くいったら、お慰みだけど」

ハイズの街なかは交通量が多く、〈ウェイトローズ〉の駐車場にはいるのを待つ車の列が幹線道路にまではみだしていた。

「わたしたちは勝つことに慣れている」アレックスはいった。

「えっ?」

「殺人事件というのは、たいていは単純なものよ。わたしたちは有罪判決を手にいれることに慣れている。でも、金融詐欺事件はそれよりもはるかに複雑で、そこではなにをしても罪を免れる。たとえ人を殺しても」

ジルは顔をしかめた。「今夜はふたりでお泊まり会をするってのは、どう？　ゆっくりピンク・ワインでも飲みながら、あなたの男関係の話を聞かせてよ。殺人とかお金のことは忘れて。だって、わたしの場合、そっち方面は日照りつづきなんだもの」

「今夜はだめ、ジル。すごく疲れてるの」

ジルは方向指示器(ウインカー)を出すと、ハンドルを切ってアクセルを踏みこみ、〈ウェイトローズ〉のまえの車列を追い越した。ビル・サウスの小さな家のまえをとおったとき、〈売り家〉の看板が立っているのが見えた。不動産屋のミニのとなりにとまっているのは、アウディの新車だった。ちかごろでは、このあたりに住めるのは家を二軒所有できるくらいお金に余裕のある人にかぎられていた。

「ビルは家を売るの？」ジルが質問した。

「お金が必要なんですって」

「ひどい話よね。まったく」

「ほんと、同感だわ」

アレックスは自宅のまえで降ろしてもらうと、ジルにいった。「今夜はつきあえなくて、ごめん。いまはとにかく、もうすこしひとりでいる時間が必要なの」

「いいのよ」そうこたえたものの、ジルが内心では傷ついているのが、アレックスにはわかった。

おまけに、先ほどのアレックスの言葉は真実ですらなかった。その晩、はやくベッドにはいっているはずのアレックスは、すこし化粧をして洒落た黒いシャツとパンツに着替え、髪を整えたあとで、ウーバーに配車を頼んだ。

45

ゴルフ・クラブのバーにはいってきたときにテリー・ニールが浮かべてみせた表情には、アレックスがそこで支払ったワインの代金以上の価値があった。バーにいるアレックスを目にした瞬間、彼の顔にはまず怪訝そうな表情があらわれ、つづいてそこに怒りと不安がくわわった。ほかに誰がバーにいるのかと彼がきょろきょろと確認する様子を、アレックスは存分に楽しませてもらった。

テリー・ニールはジンを注文し、バーテンダーが背をむけると同時に、小声でこういった。「ここできみを見かけるとはね」

「そう、意外だったでしょ」アレックスはいった。

バーテンダーがジンのグラスをテリー・ニールのまえに置くと、アレックスは二十ポンド札をとりだした。「ここはわたしにおごらせて」とテリーにむかっていう。「ぜひとも」

すでにカードを手にしていたテリーはためらい、それから眉間にしわを寄せた。かつてアレックスが惹かれたことのある表情。「それじゃ、ごちそうになるかな」バーテンダーはアレックスから札を受けとり、お釣りを寄越した。

「話がしたいの」アレックスはいった。

「おことわりだ」

「十分だけ時間をちょうだい。そしたら、もうあなたを煩わさない」

テリー・ニールはあたりを見まわした。平日の夜で、とりあえずバーは閑散としていた。「あちらへ」そういうと、古い暖炉のほうへとむかう。暖炉の片側には小さな丸テーブルがあり、その上の壁には写真がずらりと飾られていた。どれもトロフィーを掲げた男性や女性の写真だ。すくなくとも表向きは常に紳士然としているテリー・ニールが、ふたりのグラスをテーブルまではこんでいった。そこは内々で話ができるくらいバーから離れていた。

「ビル・サウスの件よ」そろって腰をおろしながら、アレックスはいった。「彼はいま大変な状況にある。まえにもいったとおり、彼を助けたいの」

「きみは善人だな。それは認めよう」

「あなたは彼の金を奪った。もう一度お願いするわ。それを彼に返してちょうだい」

テリー・ニールは白塗りの天井を見あげた。「わたしはその金をもっていない。何度そういわせたら気がすむんだ」

「親切心から、そうして。お願い。ただ彼に金を渡すだけでいい。あなた、もしくはアイマンは時間がなくてその金を投資し損ねた、といって。さもなければ、なにもいわずに匿名で彼の銀行口座に入金する」

テリー・ニールは恩着せがましい笑みを浮かべてみせた。「そんなことをすれば――もちろん、できはしないが――わたしはなんらかの形で彼から金を奪ったと認めることになる。やってもいないのに」

アレックスは、大きくひとつ息を吸いこんでからつづけた。「わかった。だったら、こういうのはどう？　わたしがあなたにお金を渡すから、それをあなたが彼に渡す」

テリー・ニールは笑った。「なんだって？」

「彼は大切な友だちなの。いまや一文無しで、おいつめられている。自分の家を売らなくてはならない。彼が恩給を受けとれなくなったのは、わたしのせいよ。今回の件はあなたのしわざだけど、同時にわたしにもいくらかの責任がある。わたしは傷を癒そうとしているの。ここでなにもしなければ……自分でもよくわからない、テリー」

「これはきみにとって贖罪みたいなものなのだと？」

「宗教はあまり好きではないけれど、ある意味では、そうね」

しばらく考えたあとで、テリー・ニールはいった。「べつの方法を見つけてくれないか。わたしはそれにはかかわりたくない」

「これは親切だと考えて。あなたがしてくれたことを、わたしは誰にもいわない。やってくれたら、わたしはあなたの人生から完全に姿を消す」

「きみはわたしに一万三千ポンドを渡し、わたしはそれを彼に渡す？」

アレックスはなにもいわなかった。

「どうして、わたしがそんなことを？」

「わたしのために。最後の好意として」

テリー・ニールはグラスを飲みほすと、目を細めてアレックスを見た。「わたしがそうしたからといって、それはまったくなにも証明したことにはならない。わたしはただ、彼の金がどこにあるのかを知っていた人物のふりをするにすぎない」

「良くも悪くも、あなたとその金を結びつけるものはなにもない。でも、彼はその金があなたからきたものだと信じる。なぜなら、あなたはこのゴルフ・クラブの会員だから。アイマン・ユニスを知っていたから。わたしだったら信じる。たぶん、彼も」

テリー・ニールは肩をすくめた。「ビル・サウスは馬鹿ではない」

「ええ、そのとおりよ。でも、彼は信じると思う。わたしとちがって、いつでも人のいちばんいい面を見るから」アレックスはテリー・ニールのグラスを手にとった。

「もう一杯ごちそうするわ。そのあいだに考えておいて」

　アレックスはバーにいって、テリー・ニールのためにおかわりを注文した。

「もしもわたしがそれをしたら」ふたたび席についたアレックスにむかって、テリー・ニールがいった。「きみは二度とこのクラブに顔をださない？」

「わたしが急にゴルフの楽しさに目覚めたら？」

「ここでは駄目だ。絶対に」

　アレックスはうなずいた。「了解。取引成立よ」

「電子送金はなし。現金のみだ。きみが考えを変えてその金をわたしに結びつけようとしても、できないように」

「いきなり銀行にいって、現金で一万三千ポンドをひきだすわけにはいかないわ」

「それについては、そちらでどうにかしてもらわないと。あと、その金をわたしの家にもってこないこと」

「あなたって、猜疑心のかたまりなのね？」

「それと、わたしがきみの家にいくのもなしだ」

アレックスはふたたびうなずいた。「それじゃ、これで決まりね？」

「まだだ。金の受け渡しをどこでおこなうか？　誰にもわたしの姿を見られることのない、どこか静かなところがいい」

「賛成よ。それじゃ、〝揚陸艇の道（ボート・レーン）〟って場所を知ってる？」アレックスはたずねた。

そこへの行き方をくわしく説明する。

バーを出しなに、アレックスは二十ポンド札をとりだして、テーブルの上の黄色い募金箱に——アイマン・ユニスが設置したと思われる募金箱に——いれた。そのときテリー・ニールの笑い声がたしかに聞こえたような気がしたが、あえてふり返りはしなかった。そんなことをしたら、自分がどういう行動にでるかわからなかった。


——それで、この数週間であなたは変わったと。でも、どんなふうにです？

——昔の自分だったら考えられないようなことを、これからしようとしている。

——いいことを？

——それはわからない。生まれてこのかた、こんなに確信のもてないことはなかった。わたしは恐ろしい罪を犯したと思われる人物を見逃そうとしている。

——どれくらい恐ろしい罪なんです？　いや、知らないほうがいいな。ご承知のとおり、あなたから犯罪行為について聞かされても、わたしには秘密厳守が義務づけられていない。

――そんなにびくつかないで。くわしいことはいわないから。わたしが刑務所送りにした男性の話を覚えているかしら？

――鳥好きの？

――彼は善い人よ。実際、これまで出会ったなかで最高の人といってもいい。知りあった当初から、ずっとゾーイを見守ってくれている。わたしは以前、自分としては正しいと思うことをして、彼を窮地においこんだ。彼がそれでひどく傷ついたのを、わたしは知っている。その彼のためになにかしてあげたいんだけど、それはかつての自分だったら絶対にしないようなことなの。

――あなたの話を理解しているふりはできないが、ひとついえるのは、その核心にあるのが〝共感〟であるということです。あなたはこの男性の身に起きていることをひじょうに気にかけている。共感はいいものです。

――あなたの職業ではそうなるのかもしれないけれど、わたしの世界では決してそうとは言い切れない。もしも〝共感〟というのが〝自分の知っている人にいいことをする〟というだけの意味であるならば、それのどこが〝いいもの〟なの？　正直、共感にはちょっとうんざりしている。ある人物に共感を抱くというのは、自分には見えていないほかの人たちよりもその人のほうを重んじることにつながる。自分の友人や家族だけを気にかけることにつながる。それじゃ、マフィアと変わらないわ。わたしは共感したいわけじゃない。いま欲しいのは合理性よ。

——合理性は、あなたの助けにはならないでしょう。もしもあなたがこの男性に対してそういった共感をおぼえているのだとすると、もう長いこと抑圧されてきたあなたのなかの一部分が、いままた息を吹き返しつつあるのかもしれない。

——そうなのかも。でも、自分がそれを喜んでいるのか、よくわからなくて。かつての自分が懐かしいんです。あらゆることにかんしてどう感じてどうすべきかをきちんと心得ていた、かつての冷淡な自分が。なにをそんなに笑っているのかしら？

カーリーがその車を運転してアレックスの家に届けてくれたときには、まだ雨が降りつづいていた。「こいつは年代物だぞ」という。

「絶対にガソリンをものすごく食いそう」ゾーイが不満をもらした。

それは二十七年落ちの金色のメルセデスのステーションワゴンだった。

「でも、よさそうな車じゃない。自分がそれを運転しているところが目に浮かぶわ」

アレックスはいった。

「電気自動車にすべきだといったのに」

「わが家の予算では、これが精いっぱいなの。すこしずつ、いろんなところで出費を切り詰めていかないと。これって錆かしら？」アレックスは窓の下枠をじっと見た。

「こいつは特売品だ。要は、そういうこと」カーリーがいった。

「そもそも、なんでうちに車が必要なわけ、ママ」

　カーリーはずしりと重たい古めかしいキーをゾーイの母親に渡した。「心配するなって、ゾーイ。いまからおれたちは、こいつをただ試乗してまわるだけだ。なんとなくだが、きみのお母さんはこの車を気にいらないって気がする」

「二時間で戻るわ」

「どの車を買うか、あたしには発言権がないわけ？」

「ええ、ないわ」アレックスはそういうと、革張りの運転席に身体をすべりこませた。ギアを入れて走りだし、フロントガラスの雨をふり落とすべく大きなワイパーを動かす。あたらしいほうの灯台のまえをとおったとき、タイヤが穴ぼこに落ちて、エンジン下部の油ためががちゃんとコンクリートの路面にあたった。

「おいおい、気をつけてくれよ」カーリーがいった。「こんないい車が雑にあつかわれるのを見るのは忍びない」
そこから先は、ふたりとも無言のまま北へとむかった。

アレックスはカーリーを彼の自宅で降ろすと、そのまま走りつづけた。アッシュフォードを出てすぐのところでハンドルを切り、森のなかの小道にはいっていく。もうじき日が暮れようとしていた。頭上を木で覆われたでこぼこ道を百メートルほど慎重に進んでいき、車が方向転換できるくらいの道幅がある地点で停めると、ライトを消して、相手がくるのを待つ。

このあたりの木はどれも古く、鬱蒼としていた。何十年にもわたって蓄積されてきた腐敗の匂い。木立の影の隙間から、ピンク色がかった青空がじょじょに黒くなっていくのが見えた。

テリー・ニールは遅れてやってきた。木立をとおして、彼の車のヘッドライトがちかづいてくるのがわかった。

彼はアレックスの車のとなりで停止すると、窓をおろした。「よりにもよって、なんでこんな場所で？」

「人目につかないでしょ」アレックスはいった。「わたしたちしかいない。そちらのお望みどおりよ」

「やれやれ」

　アレックスは車から降りて、この日の雨でぬかるんだ地面に立った。

「くそっ」ドアをあけたテリー・ニールは、自分の足もとに目をやった。彼は白いスニーカーを履いていた。「それじゃ、さっさと終わらせてしまおう」

「こっちよ」アレックスはいった。彼に渡すお金は、トランクに用意してあった。テリー・ニールはつま先立ちでちかづいてくると、トランクからお金のはいった〈セインズベリーズ〉の買い物袋をとりだすまえに、札束をいくつか手にとってぱらぱらとめくった。そして得心がいくと、ぬかるみのなかをあぶなっかしい足どりで戻っていき、スーパーの袋を自分の車の後部座席に置いた。

「いつ彼に渡してもらえる？」アレックスはたずねた。

「この週末にでも」

「もっとはやくして」アレックスはいった。「彼は自分の家を売ろうとしている。ぐずぐずしているひまはないの」

「これがすんだら、われわれは二度と顔をあわせない」

「一刻もはやくそうなりたいわ」

「ところで、いい車だな」テリー・ニールが自分の車のドアをあけながらいった。「年代物だ」

アレックスはアッシュフォードにある二十四時間営業のBPのガソリンスタンドで車の泥を洗い落としたあとで、海岸のほうへとひき返した。

帰宅するころには、あたりはすっかり暗くなっていた。ゾーイはひとりでソファにすわって、テレビを観ていた。

「車はどうしたの？」

「やっぱり、あれはうち向きじゃないわね」アレックスはいった。「燃費が悪すぎる」

「そういったじゃない」ゾーイが指摘した。

その晩、アレックスは数週間ぶりにぐっすりと眠った。目がさめると、二日酔いのときみたいに頭がぼうっとしていた。外ではしとしとと霧雨が降っていて、それが海からの風で灰色の波のように吹き寄せられてきていた。「ああ、どうしよう」アレックスは思わず声にだしていった。「なんてことしたんだろう？」だが、ゾーイはすでに起きだして出かけてしまっており、その言葉を耳にするものはいなかった。

46

つぎの土曜日、アレックスとゾーイはポットにいれたコーヒーと半ダースの卵とゾーイの焼いたパンをもって、アルム・コテージまで歩いていった。ふたり同時にはいれるくらい大きな釣り用の傘が必要な日だった。季節は夏から秋へと移り変わっており、小鳥の水浴び用の水盤からは雨水が滝のように石畳の上に流れ落ちていた。家のまえの看板は〈交渉中〉になっていた。

「ニール氏から連絡はあった?」家のなかにとおされると、アレックスはビル・サウスにさっそくたずねた。

「どうだと思う?　なしのつぶてだ」ビルがいった。

「なんの話?」ゾーイがパンの塊をキッチンの調理台に置きながらいった。

アレックスは娘の頭に手をのせて、そのみじかい髪をなでた。「ビルにいくらかお金を借りてる人のことよ」アレックスはいった。

「借りてるくせになにもいってこないなんて、ひどくない。大金なの？」

「そういえるだろうな」ビルがいった。

「それって最低」

「彼はほんとうに最低の男なの」

「そいつに金を返すよう、ママから連絡したら？」

「その人の返事なら、聞かなくてもわかってる。きっと、〝なんの金だ？〟ってしらを切るはずよ。わたしのことなんて屁とも思ってないだろうから」

ビルがアレックスの肩に腕をまわしていった。「やつは自分以外の誰のことも屁とも思っちゃいないさ」

「ふたりともなにをいってるのか、さっぱりわからない」ゾーイが大人たちを交互に見ながらいった。

「それでいいのよ」彼女の母親はいった。「わからないほうが、ずっといい」

ビルがヒガラのことをもちだして、話題を変えた。九月にはいって、すでに鳥の渡りは最盛期を迎えていた。ゾーイは大陸からの渡り鳥が増えてきている理由について語りはじめ——おそらく、それがビルの狙いだったのだろう——つづけてケニー・アベルが自然保護区で木走を目視したという話をした。「それって、超発見なのよ」

「なに発見ですって?」アレックスは口をはさんだが、ゾーイはわざわざ説明しようとはしなかった。

アレックスとビルは、カーリーがくれたサバといっしょに調理したスクランブル・エッグを食べた。ゾーイは自分の焼いたパンをすこしかじっただけだった。

「家のひき渡しはいつになるの?」アレックスはついにその質問を口にした。

「わからない。むこうの顧客は、すべてを急いでやりたがってる」

「そしたら、ビルはどこいくの?」ゾーイがたずねた。

「生まれてからずっと、このあたりで暮らしてきたからな」ビルがいった。「まだわからない」

会話はそこで途絶えた。アレックスはパンの切れ端を皿に押しつけた。残っていたスクランブル・エッグをこそげるためだったが、もはやそれを口にはこぶ気は失せていた。帰り道で、ゾーイが余ったパンの塊を握りしめていった。「ビルに泣くとこ見られたくなかったから、我慢してたんだ」

家に帰り着くと、アレックスはパンの残りで昼食を用意して荷物にいれ、ゾーイに双眼鏡を貸してもらえないかとたずねた。娘の十七歳の誕生日にアレックスが贈ったものだ。

「なんで？」

「あなたはきょう使わないでしょ。これからロンドンのおばあちゃんちにいくんだから」

そのとおりだった。ゾーイはこれからロンドンへいくことになっていた。そのままひと晩泊まって、翌朝の列車で戻ってくる。ジルが車で駅まで送り迎えする役をひきうけてくれていた。

「それと、ポンチョもいいかしら」こちらはゾーイが自分のお金で買ったもので、迷彩柄を利用してひとり用の即席の隠れ場として使っていた。

「なにするの？」

「木歩（キアルキ）を見つけようと思って。わたしも超（メガ）発見をするの」

ゾーイは母親の間違いを正そうとさえしなかった。

アレックスは軽量軌道鉄道（ライト・レールウェイ）のダンジェネス駅で往復切符を買うと、ホームで十二時四十分発の列車を待った。到着した列車からは、ほんのひと握りの旅行客しか降りてこなかった。観光シーズンは終わったのだ。じきに、このあたりは静けさを取り戻すだろう。アレックスは頭をかがめて、小さな木製の仕切り客室に乗りこんだ。この列車で花嫁姿のステラとティナが到着した日のことが、脳裏をよぎった。

やがて小さな機関車にひっぱられて、列車はそのまま前進しはじめた。終点駅から折り返すのではなく、砂利の上にループ状に敷設されている線路をぐるりとまわって帰路につくためだ。二十分後、アレックスはゴルフ・コースに隣接するニュー・ロムニー駅に降り立っていた。おなじ列車で着いた家族連れが駅舎のなかへ消えていくのを見届けてから、かれらとは逆方向にむかって、狭軌の線路づたいに歩いていく。

線路と並行して道路が走っており、それとは逆の側にはひらけた土地が広がっていた。線路に沿ってしばらくいくと、適当な場所が見つかった。ゴルフ・コースの東端の隆起した部分で、ハリエニシダの茂みに覆われていた。ここまでアレックスは、誰にも姿を見られていなかった。午後二時ごろ、テリー・ニールがいつものようにコースにあらわれた。あたらしい友人たちといっしょだった。きょうの彼は黄色いシャツを着ており、どこにいても見つけやすそうだった。

テリー・ニールの組が六番ホールにたどり着いたところで、アレックスは密封保存容器からチーズ・サンドイッチをとりだして食べ、魔法瓶で持参したコーヒーを飲んだ。

入り組んだ設計になっているコースのなかで、八番ホールがアレックスの隠れている場所にいちばんちかかった。テリーたちの一行がそこへやってくる。彼といっしょにまわっているふたりの男性はどちらも彼より年上で、アレックスの知らない顔だった。テリーがミスショットをして球を線路ちかくのラフに打ちこむと、かれらの笑い声が聞こえてきた。

最後のひとりがティーショットを打とうとしたとき、アレックスの目に青い光が飛びこんできた。一台のパトカーが猛スピードでディムチャーチ・ロードをちかづいてくる。つづいて、もう一台。

二台のパトカーはゴルフ・コースを横目に、ニュー・ロムニーの中心部にむかって道路を走りつづけた。家並みに隠れて、見えなくなる。

半キロほど先にある赤い煉瓦（れんが）造りのクラブハウスのむこうから警察官たちが姿をあらわすまでには、やけに時間がかかったように感じられた。

かれらはとくに急いでいるふうでもなかった。二度足を止めて、ほかの組のゴルファーたちに方角をたずねた。ゾーイの双眼鏡で見ると、警察官のひとりがコリン・ギルクリストであることがわかった。彼が話を聞いている相手は、アレックスが最初にここへきたときに出会った女性ゴルファーたちだった。そのなかのひとりが八番ホールのほうを指さす。元警視の女性だ。それでこそよ、とアレックスは胸の奥でつぶやいた。

警察官たちがテリー・ニールにむかって歩いていくのが見えた。彼といっしょにまわっていたふたりの男たちがプレーをやめ、顔を見あわす。テリーだけはなにが起きようとしているのかうすうす察していたのかもしれないが、逃げようとするそぶりは見せなかった。

テリーの同伴者たちはショックを受けた様子で、仲間のひとりがラフの端にゴルフクラブを残したまま警察に連行されるのをながめていた。そして、いま目にした光景に呆然(ぼうぜん)としているらしく、テリーを乗せたパトカーがコースわきの道路をひき返していったあとも、しばらくその場に立ちつくしていた。

男たちはプレーをつづけてラウンドをまわりきるかわりに、ゴルフカートに道具をしまって、クラブハウスへとひきあげていった。きょうはもうゴルフは楽しめないとでもいうように。

かれらの姿が見えなくなると、アレックスは魔法瓶のコーヒーをじっくり味わって飲みほしてから、荷物をまとめて駅まで歩いて戻った。ちょうと、ダンジェネス行きの三時四十五分の列車に間にあった。

47

ジルはその晩の九時ごろに、ときおり職場に着てくる赤いスーツ姿でアレックスの家にあらわれた。スーツとおそろいの赤いハイヒールででこぼことした地面を歩いてくる彼女の手には、〈テスコ・メトロ〉のビニールの買い物袋がぶらさがっていた。

「大事件よ。あなたがニュースで耳にするまえに、知らせておきたかったの」

裏口にいたアレックスは、驚いた声をだそうとした。「なんなの?」

「あなたのボーイフレンドはいま、七年まえに起きたフランク・ホグベン殺害で調べを受けている」

「テリー・ニールが?」

「わかるわ。とんでもない話よね?」

「元ボーイフレンドといって。それもいいすぎね。一夜限りの相手だもの」

ジルは同情の塊と化しており、ビニールの買い物袋を下に置くと——コンクリートの戸口の上がり段にガラスのあたる音がして、袋の中身をばらした――両腕でアレックスをぎゅっと抱きしめた。「残念よ。テリー・ニールが以前ヘロインを常用してたって、知ってた？　フランク・ホグベンは彼の売人だったの」

「まさか。ほんとに？」

「きょう、フランク・ホグベンの死体が掘り起こされた。彼は海に消えたわけではなかった。船からの転落を偽装したあとで、じつは殺されて森のなかに埋められていたのよ。アッシュフォードのボート・レーンのそばに」

「テリー・ニールは自白したの？」

「彼はまだ逮捕されていない。きょうの午後に事情聴取を受けただけで、いま証拠固めをしているところ。ほんと、考えてもみてよ。きっと、あなたにはものすごいショックよね」

「ええ。いったい、なにがあったの？」

「きのうの晩、地域プログラムの〈犯罪防止活動〉に一本の電話があったの。男性からで、彼は名乗らずに、ただフランク・ホグベンの死体がある場所と彼を殺した人物の名前を提供した」

「通報者の正体は？」

「まったくわかっていない。でも肝心なのは、けさその男がいっていたとおりの場所で死体が見つかったってこと。アッシュフォードちかくの森のなかに埋められていた。三千ポンドの現金といっしょに……。ねえ、寄らせてもらえる？　お酒をもってきたわ」

ジルが買い物袋からとりだしたボトルを見て、アレックスは思わず胸が熱くなった。いつもならジルはピンク・ワインのほうを好むのに、今夜はアレックスにあわせて、けっこう値の張る赤ワインを買ってきてくれていたのだ。

「鑑識の話では、死体が埋められていた場所は最近になっていじくられた形跡があるのだとか。まるで……掘り返されたみたいな。死体といっしょに発見された現金は、ほとんどが旧二十ポンド紙幣だった。今年で使えなくなるお札よ。そこに現金を埋めた人物は、あとちょっとでそれがごみの山と化すことに気がついたのね――われわれはそうにらんでいる」

「なるほど」アレックスはいった。

テリー・ニールはアレックスから受けとった一万三千ポンドをどこにしまいこんだのだろうか？　彼がすでにその金を銀行に預けているとは思えなかった。彼の家には、じきに捜索がはいる（まだはいっていないと仮定しての話だが）。そして、そこで見つかるお金のなかにカーリーがフランクから渡された偽札が混じっていることは、いずれあきらかとなる。それらがボート・レーン付近の森で掘りだされた旧二十ポンド札の一部と番号が一致することも。

「今夜は泊まってっていい？　いいでしょ？　まえみたいに、ふたりでただおしゃべりがしたいの。あなたが職場にいなくて、すごく寂しい。ほかにももろもろのことが、まえとはちがってるし」

今度はアレックスがまえに進みでて、ジルをぎゅっと抱きしめる番だった。「またいつかね」という。「今夜はだめなの。かまわない？　いくつかやることがあって」

ジルはがっかりした様子で立っていた。「そうよね。わかるわ。あなたはまだ本調子じゃないし」

「まあ、それもあるわね。わたしは本調子じゃない。とにかく、直接知らせにきてくれてありがとう。愛してるわ、ジル。それはわかっているわよね。あなたは最高の友だちよ」

「それじゃ、またちかいうちにってことで。約束よ？」

「ええ。ちかぢかね」

「ワインはあげるわ。いいの。わたしよりもあなたのほうが必要としてそうだし」

置に鍵をかけた。
アレックスはジルの車が走り去っていくのを見送ったあとで自転車をとりだし、物置に鍵をかけた。

車をもっていないことの利点は、姿を見られずに移動できるところだった。いまやほとんどの道路に自動撮影カメラが設置されており、車だと追跡される恐れがあった。その点、自転車はちがう。

暗闇のなか、アレックスはペダルを漕いで、リトルストーンにあるカーリーの家へとむかった。念のため、裏道をとおった。

ドアをそっと叩くと、カーリーが戸口にあらわれた。ほかに人がいないことを確認するためにアレックスの後方に目をくれてから、「万事順調か？」と心配そうな声でたずねてくる。

彼の家の居間は、驚くくらいきれいにかたづいていた。家具は茶色で、日に焼けて色が褪せていた。内装は一九七〇年代からまったく変わっていないように見えた。暖炉の両側にひとつずつぶらさがっている真鍮製のおまる。炉棚の上にはトロール漁船の甲板に立つ男の白黒写真。

「あなたにくっついてトロール漁船に乗せてもらったとき、あなたとダニーはひと芝居打ってみせたのね。わたしを怖がらせて、トロール漁船がいかに危険な場所となりうるのかを理解させようとした？」

「悪かった。アホな考えだった。あんたに危害をくわえるつもりはなかった」

「これって、あなたのお父さん？」アレックスは写真を指さしていった。

「ああ。おれの親父はまっとうな男だった。このあたりがクソみたいになるまえは。紅茶は？」

「それよりも強いものが必要かもしれないと思って、ワインをもってきた」アレックスはそういうと、今夜ジルからもらったボトルをバックパックからとりだした。「それじゃ、電話してくれたのね」

「あんたにいわれたとおりにな」

「内容のほうも？」

「ああ。死体がどこに埋まっているのか教えて、テリー・ニールの名前を告げた。それだけだ」

「通報に使った電話はどうした？」

「壊して捨てた。こちらもあんたの指示どおりに」

「それじゃ、金色のステーションワゴンは？」

「ナンバープレートを外してから、きのうダートフォードにある屑鉄置き場にひっぱっていった。すべて処分済みだ」

もったいないことをした、とアレックスは思った。いい車だったのに。アレックスはああいう車をもちたかった。テリー・ニールがいっていたように、年代物だ。とはいえ、これでアレックスがあの車を所有していた――もしくは、運転していた――ことを示すものは消えてなくなった。〝自宅で見つかった金はアレックスから渡されたものだ〟というテリー・ニールの供述を裏づける証拠は、目に見える形ではなにも残っていない。

アレックスはワインボトルの金属製の蓋をひねってあけた。カーリーはティナを守るために殺人の隠蔽に協力した。そしてアレックスは、ビルを守るためにそれとまったくおなじことをした。「もしもフランク・ホグベン殺害がテリー・ニールのしわざだということになれば、あなたとティナが追及される心配はなくなる」

カーリーはすこし身体の力を抜くと、グラスをとりにキッチンへむかった。そのあいだ、アレックスは彼の父親の写真をながめていた。〝このあたりがクソみたいになるまえ〟とカーリーが称していたころに撮られた写真を。

「それじゃ、あんたに礼をいうべきなんだろうな」グラスをふたつ手にして戻ってきたカーリーがいった。「やつはもう逮捕されたのか?」

「まだよ。でも、今後二十四時間以内にそうなる。あのお金が彼の家で発見されて、彼の車にボート・レーン付近の森の泥がついていることが判明したら。泥の鑑定には二、三日かかるかもしれないけれど、いずれ確認される」

カーリーはゆっくりとうなずいた。「上手くいくかな?」

「どうだろう。まだわからない」

「とにかく、ティナに疑いの目がむけられることはない?」

アレックスは返事をしなかった。そちらもまだ、わからなかった。ふたりはしばらく黙ってワインを飲んでいた。

「死体は、あなたが埋めたの?」アレックスはようやく口をひらいた。

カーリーは首を縦にふった。「思ってたほどきつくはなかった。あの男を心底憎んでたんだ。やつがティナにしていたことをくわしく知るまえから。虐待についてビルから聞かされたときには、この手でやつを殺してやろうかと思った」

アレックスは、空になったカーリーのグラスにおかわりを注いだ。

「そのあとで、おれは〈希望の星〉号に乗るのをやめた。これ以上、フランクのそばにいるのは耐えられなかった。あのままつづけてたら、おれがやつを船から放りだすか、または逆のことが起きてただろう。やつが漁に出ているときに、おれはティナの様子を確認しにいった。そして、やつの家庭内暴力のことなら知ってると、ティナに伝えた。もちろん、彼女は否定した。なにも問題はない、フランクはときどきすこし機嫌が悪くなるだけだ、といって。けど、おれにはティナの首の痣が見えていた」カーリーは赤ワインのはいったグラスをもちあげてみせた。「ちょうど、こんな色だった。やつはよく彼女の首を絞めてたんだ」カーリーはグラスを置くと、親指と人さし指で痣の大きさを示してみせた。しばらくそれをながめてから、手をおろす。

「ティナが否定したのに、どうやってフランクのしていたことを知ったの？」

「結局は、すこしずつ打ち明けてくれたんだ。おれは時間をかけた。やつがいつ家を留守にしているのかは、すぐにわかった。船が出ていくのが見えるから。その隙を狙ってやつの家を訪ねては、〝やあ。紅茶でもどうだい？〟とティナに声をかけて、安否を確認していたんだ。彼女が心をひらいてくれるまでには、そうとうかかったよ」

「どんな虐待を受けているのか、彼女から聞きだしたのね？」

「一度なんて、あまり長いこと首を絞められてたから、数分くらい気を失ってたそうだ。彼女がフィッシュ&チップスの店で丈のみじかいドレスを着ているのが気に食わないとかで、くだらない口論になって。ティナが意識を取り戻すと、やつは彼女にのしかかるようにして顔をのぞきこんでいた。今度ばかりは女房を殺しちまったんじゃないかと心配してたんだ。実際、あと一歩のところまできてたんだろう。いずれは、そうなってたはずだ。間違いなく」

「可能性はあるわね」

「おれはティナを避難施設（シェルター）へいかせようとした。もうすこしで説得できそうになっていた。もうすこしで。そんなときに、あの土曜日がやってきた。ティナから電話があって、恐ろしいことが起きたといわれた。彼女は支離滅裂で、もう自殺するしかないと叫んでいた」

「彼女がフランクを殺した日のことね？」

カーリーの唇がきつく結ばれ、一瞬、顔にみじかい黒い横線があらわれた。それから、ふたたび口をひらく。「おれはタイヤレバーをもってティナのもとへ駆けつけた。フランクと戦う覚悟で。ものすごくびびってた。おれは喧嘩（けんか）してまわるタイプじゃないんだ、アレックス。まあ、おれが着いたときにはもう、やつは車の下敷きになってくたばってたけどな。その日の朝、フランクは女房がステラといい仲になってることを知った」カーリーはつづけた。「やつのお袋さんが町で何度かふたりを見かけてたのさ。息子が漁で海に出ているときに。それでいろいろと考えあわせて……あの婆（ばあ）さんは大したタマだよ。マンディ・ホグベンは。それをお袋さんから聞かされたフランクは、まっすぐ家に帰るとティナをぶちのめし、ステラを殺してやるといった。その日、やつはさんざん暴力をふるったあとで、ティナを夫婦の寝室に閉じこめた。それでティナは、夫がこれからステラを殺しにいくつもりなのだと考えた。実際、やつは出かけていって、一時間後くらいに戻ってきた。そして、満面に笑みをたたえてティナを寝室から解放すると、夕食はなんだとたずねた」

カーリーの平屋建ての家は幹線道路に面しており、濡れたアスファルト舗装を走るタイヤの音が聞こえてきていた。雨がまた降りはじめていた。

「やつのシャツには血がついていた。それを見て、ティナは夫がステラのところへいってきたんだと思った」

「そして、彼女を殺したと?」

カーリーがうなずいた。「ああ。やつはすっかり悦に入ってて、ティナにはなにもいおうとしなかった。彼女に訊かれれば訊かれるほど、ますます乙に澄ましていた。女房にそう思わせたかったんじゃないのかな。シャツの血は、たぶん自分の車をいじくってるときに切るかなんかしたんだろう。それか、ティナをもっとびびらせようとして、わざと傷をこしらえてつけたのかも。とにかく、やつは精神的にティナを苦しめた。それがフランクのやり口なんだ。おかげでティナは、やつが宣言どおりのことをしたとすっかり信じこんだ。彼女の恋人を殺したと。彼女の人生でクソにまみれていない部分を奪い去ったと。そのあとで食事をすませると、フランクはまた自分の車をいじくりはじめた。すべては心理ゲームの一環さ。だが、やつが車の下にもぐっているときにティナがやってきて……そう、車を支えている二台のジャッキを目にしたんだろう。それで……」

「意を決して彼を殺した？　故意に？」

「それから、おれに電話してきた。おれを信頼していたからだ。それに、彼女の知るかぎりじゃ、ステラはもうこの世にいなかった。ほかに頼れる相手はいなかった。彼女の姿を見せたかったよ、アレックス。フランクは徹底的に彼女を痛めつけていた。彼顔はめちゃくちゃで、唇は腫れあがっていた」

「彼女を病院へ連れていったの？」

「できなかった。あんな状態の彼女を人に見せたら、下手すると犯人さがしがはじまって、フランクの死体が発見されちまうかもしれない。だからビルに電話して、どうしたらいいかをたずねた。あいつはいいやつだよ。その結果、おれはフランクの死体をかたづけ、やつから受けとった金をすべていっしょに埋めた」

アレックスはうなずいた。

「ティナのやったことは正しかったのか？　まあ、考えてもみてくれよ、アレックス。彼女は自分の恋人がやつに殺されたと思ってたんだ。おれにいわせりゃ、ティナが先にやってなければ、やつのほうがティナを殺してただろう。誰がなんといおうと、そいつは時間の問題だった」

警官であることの利点は、その質問にこたえずにすむところだった。かわりに、法律がそれをやってくれる。アレックスは法律を信じていた。一生をつうじて、それを指針にしてきた。

「これで、おれたちのあいだに貸し借りはなしだな？」

「ええ、ないわ」

カーリーがほんとうに訊きたかった質問を口にしたのは、アレックスが戸口に立ち、自転車で帰るために高視認性反射ベストを着ているときだった。「この男は間違いなく、こうなって当然のやつなんだよな？」

アレックスは、ゆっくりと時間をかけて自宅へとむかった。

雨はやんでいたものの道路はまだ濡れており、自分の自転車のタイヤが跳ねあげる水でアレックスもびしょ濡れになった。車のライトがぎらぎらと路面に反射していた。いったん小道にはいり、全身の骨をがたつかせるようなコンクリート板の上を走り抜けてから、ふたたび海岸沿いの道路に戻る。水で満たされている深い穴ぼこはふつうの水溜まりと見分けがつかないため、気をつけて進んだ。

アルム・コテージのまえをとおると部屋に明かりがついているのが見えたが、アレックスはずぶ濡れで疲れきっており、シャワーのことを考えながら、そのまま硬い道を走りつづけた。ようやくわが家にたどり着いて自転車をしまおうとしたところで、ゾーイがまた物置の鍵をかけ忘れているのに気づいて、いらっとする。

娘はいまロンドンにいて物置を使うことがないのを思いだしたときには、もう手遅れだった。

48

最初の一撃はヘルメットが防いでくれたが、それでもアレックスは横に吹っ飛ばされた。なにやら硬くて角のあるものにぶつかり、バランスを崩して物置のコンクリートの床にどさりと倒れこむ。そこへ、先ほど衝突したものが上からかぶさってきた。

顔をあげると、彼がいた。消えてはあらわれ、消えてはあらわれる。戸口に立てかけておいた自転車のライトが点滅して、闇のなかにいる彼の姿をきれぎれに照らしだしているのだ。アレックスはすっかりそれに見入っていた。男に襲われているというよりは奇怪なアニメでも見ているような感じで、超然とした気分だった。

未来を予知するあの能力は、どうなってしまったのだろう？　良くも悪くも、アレックスは警戒心を失ってしまっていた。油断して無防備になっていた。

テリー・ニールは彼女を見おろす位置まで接近し、つぎつぎとこぶしを繰りだしてきた。ふたたびパンチがアレックスの頬をとらえる。だが、今回はそれにあわせて顔をそらしたので、いくらか衝撃をやわらげることができた。アレックスは相手の股間を蹴るために脚をあげようとして、先ほど自分の上にかぶさってきたものの正体を悟った。ゾーイの自転車だ。それが倒れてきて脚の上にのっているため、身動きがとれなくなっていた。テリー・ニールが高視認性反射ベストをつかんで、アレックスを立ちあがらせようとする。だが、彼女の下半身は自転車の上に立つテリーの重みで床に押しつけられており、いくら上半身をひっぱられても動くはずがなかった。突然、脚に痛みが走り、アレックスはパニックを起こして悲鳴をあげた。

テリー・ニールは物置の錠前を壊してなかに押し入り、戸口のすぐ内側でアレックスの帰りを待ちかまえていたにちがいない。「このクソ女が」と叫ぶと、ふたたびつかみかかってきて彼女を立ちあがらせようとする。

これ以上強くひっぱられたら自転車の下に固定されたままの脚は折れてしまうだろう、とアレックスは妙に醒めた気分で考えていた。彼は怒りで我を忘れていた。それに対して、アレックスの脳の一部はまだ、ゆっくりとだが機能していた。扁桃体から前頭葉へとメッセージが送られ、ひらめきが訪れる。アレックスは痛みをこらえて背中をそらし、自転車の上に立つテリー・ニールのバランスを崩そうとした。それから、タイミングを見計らって脚を強く蹴りだして、彼を転倒させた。点滅するライトが消えているあいだは漆黒の闇に包まれるため、テリー・ニールは方向感覚を失って、なすすべもなくアレックスのほうへ倒れこんできた。アレックスは腕をさっとまえに突きだし、彼のシャツの襟をつかんだ。そのまま手前にひき寄せる。テリー・ニールの巨体がまともに胸に落ちてきたのでアレックスは息ができなくなったが、ひとついいことがあった。こうしてすぐちかくに相手をとどめておけば、これ以上殴られる心配はない。テリー・ニールはもがいて逃れようとしたが、アレックスはすかさず彼の首に腕を巻きつけ、動きを封じこめた。

テリー・ニールは大学教授であり、取っ組みあいは専門外だ。不意打ちという要素が失われたいま、優位に立っているのはアレックスのほうだった。彼女が場を支配していた。

アレックスは彼のうなじにひっかけた肘をさらにきつく締めあげ、相手の頭を自分のわきの下に押しこんだ。彼が苦しそうにあえぐのが聞こえた。

「放してくれ」テリー・ニールが情けない声でいった。

アレックスは笑いはじめた。ほんの数日まえ、ふたりはこんな感じで彼が上になり、いっしょに横たわっていたのだ。そう考えると、ここ何週間かのあいだに溜まった疲れが吹っ飛び、自分が濡れネズミの状態であることも忘れて、ひさしぶりに大笑いした。

さらに一分ほどその状態を維持し、彼がもがくのをやめたところで、アレックスはゆっくりと腕の力をゆるめていった。

「クソ女」彼がふたたび小声で毒づく。それに応えて先ほどよりも心持ち強く締めあげてやると、彼の口から窒息しかけているような音が漏れた。

「今度そう呼んだら、承知しないわよ」

さすがにもう懲りただろうと思えるころにアレックスはふたたび腕の力をゆるめ、彼を解放した。それから、自転車をどけて立ちあがった。朝になったら、ひどい痣がいくつもできていそうだった。テリー・ニールは床の上にのびていた。彼もまた翌朝には痣だらけになっていることを、アレックスは願った。

ゾーイの自転車をもとの場所に立てかけ、点滅している自分の自転車のライトを切ると、アレックスはひらいたままの戸口のそばからいった。「さっさと消えて」

テリー・ニールは首をさすりながら起きあがった。「わたしをはめたな。わたしが七年まえに男を殺したという嘘八百を、きみは警察に吹きこんだ」

物置の外で明かりがつき、アレックスの背後の地面に光があたった。ふり返ると、裏口のひとつからTシャツに灰色のトラックスーツのズボン姿の若い男性が出てくるのが見えた。手にしたほうきを武器がわりにかまえている。

「そこにいるのは誰だ？」

アレックスは物置の暗がりから外へ出ていき、安心させるような笑みをなんとか浮かべてみせた。男性が着ているTシャツは、前回ふたりが顔をあわせたときとおなじものだった。「ごめんなさい。また、わたしよ。自転車をしまっているときに転んじゃったの」

「七番地に住んでる女性かい？」

「そうよ。何度もお騒がせてしまって、謝るわ」

「顔から血が出てるけど、大丈夫なのかな？」

「血？」アレックスは手をあげて、テリー・ニールに殴られた頬骨のあたりにふれた。おろした手に目をやると、指先に血がついていた。「ただのかすり傷よ。心配ないわ。もうベッドに戻って」

男性が家のなかにはいってドアを閉めるまで待ってから、アレックスは物置のなかにひき返した。「家に帰りなさい、テリー」

彼はコンクリートの床の上であぐらをかいていた。「車を押収された。家に置いてあったあの金も」

「そう。ツイていれば、あなたの銀行取引にも捜査のメスがはいるでしょうね」

「家にあった金はきみから渡されたものだ、と警察には伝えた」

「わたしがそれを否定して——そうするつもりだけど——あなたがなんの話をしているのかわからないといえば、かれらはどちらを信じるかしら？　これまでずっと四角四面できた警察官と、あなたとだったら？」

テリー・ニールはうなるようにいった。「きみはわたしに殺人の罪を着せようとしている。わたしが犯してもいない殺人の。きみには、ずっとよくしてきたのに」

アレックスは自転車のハンドルからライトを取り外すと、今度は点けっぱなしの状態にして、まともに彼の顔を照らした。

テリー・ニールは目もとを手でかばいながら立ちあがった。

「きみはわたしを殺人犯に仕立てあげようとしている」という。

「なぜなら、あなたは人殺しだからよ」

アレックスをみつめ返す彼の目は、ぎらつく光で瞳孔が収縮していた。

「その点をはっきりさせておきましょう、テリー。あなたは人を殺している。ロバート・グラスを」

テリー・ニールが目をしばたたいた。いまや怯えていた。必死に首を横にふっている。

「あなたはロバート・グラスがユニス家のちかくで野宿していたことを知り、〈ビオスフェラ森林再生〉への投資をめぐるアイマン・ユニスとの口論を彼に聞かれたかもしれないと考えた。そうなれば、ゴルフ・クラブの会員から金を騙し取ったのは自分だということがばれてしまうかもしれない。だから、彼を始末した。あなたの過去を考えれば、通りでヘロインの代用品となるメタドンを入手するのはそう難しくなかったはず。それも、彼がふだん使っていそうなのよりもずっと強いやつを。どうやって彼に摂取させたの？　彼が自分からのんだ？　それとも、あなたが無理やり喉に押しこんだ？　どうなの？　お得意の〝ノー・コメント〟かしら？」

テリー・ニールは、ようやくまたしゃべれるようになっていた。「とんでもない話だ」

「そう？　わたしはずっと、あなただと考えていた。いまは確信している」

「金はきみから渡されたものだ、とわたしは警察にいった」

「そして、わたしはあなたが嘘をついているという。知ってるかしら？　わたしは決して曲がったことをしない警察官なの。この上なく堅物の。ずっと、そうだった。自分の親友のひとりを刑務所にぶちこむくらい。一方で、あなたはフランク・ホグベンと親交があったことが知られている。当時、彼からヤクを買っていた。そして、それにはまりこんで中毒となり、その事実を隠すために嘘をついて、大学を首になった。それなのに、あなたは本気で警察が自分の話を信じてくれると思っているわけ？　わたしのような人間があなたに金を仕込んだですって？」

アレックスがライトを消すと、物置のなかは真っ暗になった。

「あなたはどちらの殺人で刑に服するほうがいいかしら、テリー？　七年まえに起きたヤクの売人殺しで？　その場合、被害者は誰からもあまり惜しまれることのない人物で、あなたは中毒者として身も心もずたぼろの状態で罪を犯したことになる。それとも、金融詐欺を隠すために元軍人をあやめた計画殺人で告発されたい？　どちらをえらぶかは、あなたしだいよ。あの金はわたしから渡された――もしくは、どこからきたのかわからない――とあなたが力説すればするほど、あなたの財務状況はより深く調べられるでしょうね。あなたが金の流れを上手に隠しているのは知っているけど、もしも警察がなにか見つけたら？　そこからすべてが解明されていったら？」

アレックスの目は暗がりに慣れつつあり、テリー・ニールがまだ物置の奥に立っているのがわかった。真っ黒な空間に、ぼんやりとした月よろしく顔が浮かんでいる。

「もう寝るわ。あなたは帰りなさい」

アレックスはむきなおって、曇り空の夜のなかへとふたたび出ていった。

「きみはいい人だと思っていたのに」物置のなかからテリー・ニールの声がした。玩具(おもちゃ)をとりあげられた男の子みたいな口ぶりだった。

「わたしもよ」アレックスはいった。胸の動悸がおさまらないまま家の戸口にたどり着き、無事に鍵を錠前にさしこんだところで、ようやくふり返る。テリー・ニールがこそこそと物置から出てくるのが見えた。

アレックスは家にはいると、暗い室内を突っ切って階段をのぼり、自分の寝室へと急いだ。そして、そこの窓から外をうかがい、テリー・ニールが原子力発電所のオレンジ色の光を浴びながら細い小道を歩み去っていくのを最後まで見届けた。

49

――それについて話したいですか？

――いいえ、あんまり。正直、なにも口にしないのがいちばんかと。

――では、ここ最近の調子はいかがです？

――上々よ。実際、絶好調といってもいい。きのうの晩は、数カ月ぶりくらいによく眠れた。ようやく自分の人生に、いくらかまた秩序が戻ってきている気がする。まあ、自分の人生では、そうでもないのかもしれないけれど。それはこの先も、どうなるのかわからない。でも、とりあえずほかの人の人生では……それだって、悪くはないでしょ？

テリー・ニールに襲われた翌日、アレックスはゾーイから電話をもらい、何時ごろに帰宅するのかを伝えられた。

「ジルにはもう電話して、駅まで迎えにきてって頼んである。だって、うちには車がないから」ゾーイのうしろではアレックスの母親がつけているラジオから大音量でポップスが流れてきており、アレックスは娘のつぎの言葉を聞きそびれた。

「いまなんていったの？」アレックスはたずねた。

「ママとジルは大丈夫なのかって訊いたの」ゾーイがいった。「ジルが、ママに避けられてる気がするって。そんなのありえないって、いっといたけど」

今回の件でひどく嫌なことのひとつは、なにが起きたのかについて、友人と腹を割って話しあえないことだった。

ミントグリーンの車が家のまえにとまったとき、アレックスはあえて外まで出迎えにいかなかった。だが、どのみちジルはなかまではいってきた。

「調子はどうなの、アレックス？」

「ええ、大丈夫。元気よ。きのうはただ、ひとりの時間がいくらか必要だっただけ」

アレックスはいった。

「ママ！　その顔どうしたの？」

「自転車から落ちたの」またひとつ嘘をつく。「道路に水が溜まってて、深い穴ぼこが見えなかったから」嘘に嘘をかさねる。

「いつになったら、あたらしい車を手にいれるわけ?」ジルがたずねた。「この僻地で、車なしの生活は無理よ」

「その蠟燭は、なに?」ゾーイがきつい口調で質問した。

「セラピストに勧められたの。あなたは気にいるかと思ったんだけど」

「香料入りの蠟燭は癌になるんだから」

ジルは飲み物かなにかを勧められるのを待っていた。アレックスは心が痛んだが、ぐっとこらえた。ジルはフランク・ホグベン殺害の捜査にかかわっているだろうから、彼女といたら、アレックスは知っていることを隠すために、もっとたくさんの嘘をつかなければならない。

ジルは居心地悪そうにドアのそばにたたずんでいた。「あなたにストレスをかけたくはないんだけど、アレックス」ようやく口をひらいていう。「自分がテリー・ニールのことで事情を訊かれることになるのは、わかっているわよね?」

「そうなの?」

「彼は、自宅で見つかった金はあなたから渡されたものだといっている。そういった類のことを」

「なんでかしら」

ジルは足もとに目を落とした。「このまえはいわなかったけど、あなたと彼の関係って、ちょっとできすぎじゃない」

アレックスは顔をしかめた。「なにがいいたいの?」

「つまり……彼はあなたをたぶらかした」

アレックスはそのほのめかしにむっとしたものの、それを表に出すわけにはいかなかった。

「わからない、アレックス?」ジルは足をもじもじさせていた。「もしかすると、彼はあなたを利用していただけなのかも。警察官とつきあっていれば、なにかと役にたつ日がくるかもしれないと考えて。実際には、たぶん一度も……」

「一度も、なんなの? わたしに惹かれたことはなかった?」

ジルはこたえなかった。ゾーイは旅行かばんを手にしたまま、気まずそうに立っていた。

「そんなの、まったく馬鹿げてるわ」アレックスはようやくいった。

「そう。そうよね、もちろん」ジルはあとずさりながらいった。

そのあとでゾーイが言い張るので、アレックスは娘といっしょにアルム・コテージまで歩いていった。「ビルに話さなくちゃ」ゾーイはいった。

ふたりが彼の家に着いてみると、〈交渉中〉の看板は〈売約済み〉に変わっていた。

ゾーイがドアを叩いているあいだ、アレックスは夕日で深紅に染まった小鳥の水浴び用の水盤の美しさにうっとりと見入っていた。

「ママがいう？　それとも、あたしから？」ゾーイがいった。

「慎重にね」アレックスは娘にいった。ここへきて、急に何週間もなかったくらい緊張していた。すべてがとんでもないことになるかもしれないという予感。「ビルはとても独立心の強い人よ。これは間違いだったのかもしれない」

「すごく奇妙な話なんだが」戸口にあらわれたビルがいった。「結局、おれはここを出ていかずにすむことになった」

「どういうこと？」なにが起きているのか知らないふりをして、ゾーイがいった。

ドアを大きくあけて、ビルがふたりをなかに招きいれた。秋の訪れを感じさせるような涼しい晩で、ビルはストーブに火をいれていた。外の砂利を照らしている夕日とおなじ赤色の炎が揺れていた。

「この家を買った女性は、ただ同然の家賃でおれをここに住まわせてくれるというんだ。どうやら、たんに投資目的で不動産を購入したらしい。このあたりの物件が高値で買われているのは知ってるが、それにしたって……こっちは二十万ポンド支払ってもらったうえに、そのまま居座るような感じで……」

「それだけではないの」アレックスはいった。

「どうした？　なにをにやにやしてる？」

ゾーイが興奮で身体を震わさんばかりの様子でたずねた。「この家を買った女性は、〝ヘレン・ブリーン〟っていうんじゃない？」

「そうだ。どうしてそれを……？」

「ほら……ヘレンよ。ビルも知ってるでしょ。あたしのおばあちゃん」

ビル・サウスは愕然（がくぜん）として、アレックスをみつめた。彼の顔からは笑みが消えていた。「きみの母親のヘレンか？」

「おばあちゃんの考えよ」ゾーイの口調は、いまやためらいがちになっていた。「ママのじゃなくて」

ビルは息ができないといったふうに見えた。「自分がそれをどう感じているのか、よくわからないな」という。

ゾーイは心配そうな顔で、ビルと母親を交互に見ていた。

ようやくアレックスは口をひらいた。「わたしはあなたに借りがあった。でも、いまのは母の考えよ。わたしのではなく。あくまでも財政上の取引にしかすぎない。あなたがそれを気にいらないというのであれば、それはそれでかまわない。この家を売ったお金で、あなたは好きなようにできるんだから。でも、もちろん、わたしたちはあなたにここにいてもらいたいと思っている」

「なるほど」ビルは静かにいった。

もしかしたら自分はとんでもない読み違えをしたのではないか、とアレックスは考えていた。

だが、九月中旬になっても、ビル・サウスは依然としてアルム・コテージに住みつづけていた。そして、そのころちょうど、テリー・ニールはアレックスの重大犯罪班時代の同僚たちの働きによって、フランク・ホグベン殺害で正式に起訴された。『ケント・メッセンジャー』紙の見出しは、こうだった——**免職になった大学教授**

麻薬がらみの殺人で起訴。

テリー・ニールは、警察が彼の自宅で発見した偽札（にせさつ）まじりの金は自分のものではないと主張した。だが、彼がよく訪れているゴルフ・クラブのバーのレジからおなじ番号の偽札が出てきたことから、その言い分は否定された。アレックスとテリー・ニールがふたりで飲んだ晩、バーの支払いをアレックスが現金でしていたことは、誰も気に留めていないか覚えていなかった。ほかにも近所の店で偽札が出回っていることが判明した。ゴルフ・クラブのテーブルに置いてある黄色い募金箱からも、一枚見つかった。それまでテリー・ニールの人格者ぶりを保証していたゴルフ・クラブの会員たちも、しだいにその数が減ってきているようだった。元ドラッグ常用者が過去に凶悪な行為におよんでいたと信じるのは、そう難しいことではなかった。

そんなある日、マカダム警部が仕事帰りにアレックスの家に立ち寄った。彼女の回復ぶりを確かめるためだった。

ふたりでキッチンでしゃべっているときにトビー・マカダムがぽろりと漏らしたところによると、警察はフランク・ホグベンがドラッグ売買の金をめぐる争いで殺されたと考えていた。ドラッグの密輸で手を組んでいたテリー・ニールと揉めたのだ。テリー・ニール自身はその商売のことを認めていなかったが、過去数年間にわたって彼の個人口座に定期的にあらわれていた巨額ではないがそれなりの額の金の出所は、そこ以外に考えられなかった。彼の資産には、間違いなくどこかしら怪しげな点があった。

「残念だよ。きみにとってはつらい事態だ」トビー・マカダムがいった。

「ええ」アレックスはいった。

「娘さんのゾーイは元気かな?」

アレックスはマカダムのことが好きだった。彼は同僚の子供の名前まできちんと覚えておくタイプの上司なのだ。それに対して——いま気づいたのだが——アレックスは一度も彼の子供について質問したことがなかった。「あいかわらず、突拍子もないことをやってます」アレックスはこたえた。「でも、わたしの面倒をよく見てくれている。どうやらわたしは、すくなくともこの一週間は夜中に悲鳴をあげて飛び起きてはいないようです」

「娘さんは、きっといろいろと大変だったんだろうな」

「ええ、たぶん」アレックスはそういったものの、いまの言葉にすこし傷ついていた。

「もちろん、きみも大変だったにちがいない。じきに、きみを軽めの業務に復帰させることを考えている」

そう聞いてアレックスの心はふたたび沈みこんだが、マカダムのために感謝の表情を浮かべる努力をした。

50

「ティナとステラのところで降ろしてっていってるだけ」ゾーイがいった。「そんなに大変なことでもないでしょ」

アレックスはついに、カーリーの仲介で中古の緑のサーブを手にいれていた。したがって理論上は、なんの問題もなく娘をフォークストーンまで送っていくことができた。だが、アレックスはこういった。「忙しいのよ」

「嘘。ママは一日じゅう、うちでぶらぶらしてるじゃない。あたしがあのふたりと仲良くしてるのがひっかかるの？」

「いいえ」

「ほんとに？　だって、ママったら、同性愛嫌いの人みたいにふるまってるんだもの」

「彼女たちのどういうところがいいわけ？」

「わかんない」ゾーイがとげとげしくいった。「もしかして、あたしやっぱりレズビアンなのかも」

「レズビアンなのか、か、かも？　本気でいってるの？」

「ううん。それって、決める必要がある？　社会がレッテルを貼りたがってるだけでしょ。あたしはただ、ちょっとちがう人たちとつるむのが好きなの。あのふたりには面白い友だちがたくさんいるし」

「決める必要はないわ。それは、そのとおりよ」ゾーイは昔から、すこしちがう人たちといるのが好きだった。母娘でダンジェネスに越してきたとき、アレックスは十代の娘が自然に夢中になり、ビル・サウスのような大人たちとしょっちゅう出歩くことに、違和感をおぼえていた。だが、こうして娘がティナやステラとつきあうようになり、バードウォッチャーや自然愛好家とすごす時間が――そして、野生生物センターへいく回数が――減ると、それを懐かしく思う気持ちが芽生えてきていた。

　とはいえ、アレックスが娘をフォークストーンまで車で送ることに気乗り薄なのは、それが理由ではなかった。ティナの過去の行為を知っているいま、アレックスはあの女性たちといっしょにいないのがいちばんだった。あまりにも嘘が多すぎる。

「今夜は泊めてもらうかもしれない、ママ。フォークストーンのみんなとだらだらすごして」

「了解」

ゾーイが態度を和らげていった。「そんながっかりした声ださないで、ママ。あたしは十七歳よ。つまり、ママが悪夢やなんかに悩まされなくなって、もう自由に外出できる」

「家にいてくれと頼んだ覚えは、一度もないわよ。あなたがいなくても、わたしは大丈夫だった。あなたに面倒を見てもらう必要はなかった」

「そうだったの？」ゾーイはいった。

夜中に目がさめると、身体には羽毛掛け布団（ぶとん）が巻きつき、ベッドわきには黙ってすわっている娘がいる、ということはなくなっていた。もはや、土の匂（にお）いを嗅（か）いだり、胸に重みを感じたり、血のぬめる感触をおぼえたり、ということはなくなっていた。まだ仕事への復帰ははたしていなかったが、それももうじきだった。アレックスは恐怖にとらわれてはいなかった。なにかから解放され、いまでは退屈な日常が戻ってきていた。潮の満ち引きのようにおなじことがくり返され、しかもそこにあるのはただの水だった。アレックスは、ふたたび世界を自分の手に取り戻したように感じていた。たしかに悪事に手を染めはしたものの、それによって世界はいくらか筋のとおるものになっていた。

「わかった。それじゃ、車に乗りなさい」アレックスはいった。

ゾーイがめずらしく愛情をあらわにして、母親にキスをした。

「それで」海辺沿いの平坦(へいたん)な地にたちならぶ平屋建ての家のまえを車で通過しているときに、アレックスはできるだけさりげない口調でいった。「あなたはほんとうに自分をゲイだと思っているの？」

「ううん。あたしは自分のことをなんとも思っていない」

「そんな……あなたは素晴らしい子よ」アレックスはそう返した。すこしはやすぎるくらいに。

「あたし、そういう意味でいったんじゃないんだけど」

「ごめんなさい」娘に対するアレックスの愛情は、これまでに抱いたことのあるどんな愛情よりも強かった。とはいえ、ときどき親子のあいだの距離がかつてなく離れていると感じられることがあった。

アレックスは小さな連続住宅(テラスハウス)のまえで車をとめた。

「なかにはいって挨拶(あいさつ)してきなよ、ママ。ふたりとも喜ぶから。ティナはママのことを最高だと思ってるの」

「そうなの？」アレックスはほほ笑んだ。「それを聞いて嬉しいわ。でも、いいの。遠慮しとく」

アレックスは娘に手をふりながら、車を出発させた。

家に着いて玄関にはいったところで、アレックスはその傘に気がついた。返すのをすっかり忘れていた。〈ドルフィン・イン〉に傘を届け、そのままパブにひとりで腰を据えて読書するのも悪くない、という考えが頭に浮かんできた。アレックスは傘を自転車のフレームにくくりつけ、本をバックパックにいれると、ちかくの町にむかってペダルを漕ぎはじめた。

〈ドルフィン・イン〉には、ほとんど客がいなかった。アレックスがバーテンダーに傘を託していると、若いふたり連れのアメリカ人観光客がひとりでいる彼女に声をかけてきた。三人でおしゃべりするなかで、アレックスはダンジェネス在住であることを口にした。すると、あそこはじつに素晴らしくて薄気味悪いところだという返事がかえってきた。ふたりがここへきたのは、ダンジェネスにあるデレク・ジャーマンのコテージを訪れるためだった。そこはこの岬における聖地ともいうべき場所で、これは一種の巡礼の旅といえた。しばらく会話をつづけたあとで、アレックスは本をとりだした。その意を汲んで、ふたりが離れていく。こうしてようやくひとりになったアレックスは、神経科学についての本を読みながらコダラとチップスを食べ、白ワインのピノ・グリージョを飲んだ。最高の贅沢をしている気分だった。

カーリーがパブにはいってきた。アレックスの姿に気づいて、すこし身構える。だが、アレックスがうなずいてみせると、あちらからもうなずきが返ってきた。それだけだった。ついにアレックスも、地元の一員になったかのようだった。秘密を共有する仲間のひとりに。

「いっしょにどう?」アレックスは声をかけた。それに応じて、カーリーはまずラガーのパイントとスイートチリ味のポテトチップスをひと袋買ってから、テーブル席にいるアレックスに合流した。

「最近、ビルを見かけた?」アレックスはたずねた。「わたしは彼に避けられてるみたいなの」

「あいつなら大丈夫」そういって、カーリーはポテトチップスの袋をさしだしてきた。

アレックスは首を横にふってことわった。

「やつはずっとひとりで生きてきた。誰かが助けてくれようとしたとき、それにどう対応していいのかわからないんだ。小鳥の水浴び用の水盤くらいならともかく、家をまるごと一軒ともなるとな」

「それじゃ、彼から聞いたのね？　なにかせずにはいられなかったの」

カーリーはうなずいた。彼自身、このあたりで生まれ育っていたが、もはやダンジェネスに住むことは金銭的にかなわなくなっていた。「さっきもいったけど、やつなら大丈夫。機嫌のいいときだって、口数のすくない男だろ」

「まあ、たしかに」

カーリーはもう一枚ポテトチップスをつまみあげると、パブでの軽食にはもったいないくらいの時間をかけて、しげしげとそれをながめた。「やつがあんたを愛してるのは、わかってるよな？　いってみりゃ、老いらくの恋ってやつだ。それがなけりゃ、もっとすんなりと受けいれられてたんだろうけど」

「本人がそういってたの？」

カーリーはポテトチップスを口に放りこんで咀嚼(そしゃく)した。「いわれなくたって、わかるさ。だろ？　ワインのおかわりは？　おれはまだ飲む」

アレックスの白ワインを手に戻ってくると、カーリーは身をのりだしてこういった。

「お礼のしるしに、大盛りだ」

「なんのお礼？」

カーリーは声をひそめた。「例の大学の先生、罪を認めるそうじゃないか。これで、ティナが責任を問われることは完全になくなった」

そのことなら、すでにアレックスはジルから聞かされていた。驚きはしたものの、たぶんテリー・ニールは弁護士からそうするようにと助言されたのだろう。無罪を主張すれば、事件はさらにくわしく捜査される恐れがあり、その場合――可能性は小さいながらも――テリー・ニールにかんする真実や彼が実際におこなってきた数々の悪事が露見するかもしれない。いくら貯めこんでいようと金は無尽蔵にあるわけではないし、捜査がつづけばアイマン・ユニスやロバート・グラスの死との関連まで疑われはじめかねない。七年まえに起きたヤクの売人殺しの件で有罪を認めるのは、かならずしも最悪の選択肢というわけではなかった。刑務所のなかでおとなしくしていれば、五年で出てこられるだろう。そして、彼が海外だかどこだかに隠しておいた金は、そのときもまだ無事にそこにあるはずだ。

「あすは漁に出るつもりだ」話題を変える必要があるとでもいうように、カーリーがいきなりいった。「海の上はすこし風が強いだろうけど、上手くすればタイが釣れるんじゃないかな」

それはよくあるたわいのない考察のひとつだったが、アレックスにはそれがありがたかった。

パブでワインを飲みすぎたにもかかわらず、アレックスはその晩ぐっすりと眠った。だが、朝になって車の警笛で叩(たた)き起こされたため、目覚めすっきりというわけにはいかなかった。

アレックスは目をしばたたきながら浴室へいき、窓から下を見おろした。

家のまえに、エンジンをかけたままの車がとまっていた。真っ赤なフォード・エスコートだ。合金のホイールに、複葉機タイプのスポイラー。見覚えのないぶかぶかのピンク色のパーカーを着たゾーイが、助手席から母親にむかって手をふっていた。しばらく呆然(ぼうぜん)とみつめていたあとで、アレックスは階下へ駆けおりていき、裏口のドアをあけた。

運転席にいたのは、ステラだった。車から降りてきて、笑みを浮かべる。緑の作業服にオレンジ色のセーターという恰好(かっこう)で、漂白したみじかい髪の毛の下の顔はあいかわらず茶色く日焼けしていた。「なにはともあれ、お礼をいいたかったの」ステラが握手の手をさしだしてきた。「ティナのために、いろいろとしてくれたことに対して。わたしのためにも」

「わたしはなにもしてないわ」アレックスはそういって、ステラの手をとろうとはしなかった。

ステラが首をかしげた。「いいえ、してくれた。わたしにはわかってる。馬鹿じゃないから。とにかく、ものすごく感謝してるの。あなたはいい人だわ」ステラの手はなおしばらく宙に浮いていたが、アレックスはそのままにしておいた。

「この車を乗りまわすのは、まずいでしょ」とステラに指摘する。

カーリーの予言どおり風が強まってきており、窪地にある林から飛んできた灰色の枯れ葉が宙を舞っていた。「ほんと、ちょっとした車よね。ドイツで製造され、ボッシュ型の燃料噴射ポンプをもち、軽く時速百七十キロは出る。そして、フランクにはもう必要ない」

「なんの話をしてるの、ママ?」ゾーイが確信なさそうにいった。

「この車はわたしのものよ。乗りまわしていけない理由はどこにもない」

「なんでもないわ、ゾーイ」アレックスは娘のほうをむいた。「あなたは、もうなかにはいったら?」

「このセーターをステラから借りたの、ママ。きのうの晩は冷えたから。いまから着替えて、彼女に返さなくちゃ。寄ってかない、ステラ?」

「やめとくわ、ゾーイ」ステラがいった。「すぐに失礼させてもらう」

ゾーイは急いで家のなかへはいっていった。

「この車は、長いこと作業場にしまいこまれていた。すこし走らせてあげないと」ステラがいった。

「作業場に出入りしてるのは、あなたの弟さんだけかと思っていた」ゾーイが姿を消すと、アレックスはゆっくりといった。

「弟？　わたしに弟がいるって、誰がいったの？」

アレックスはとまどいの表情を浮かべた。「マンディ・ホグベンよ。あなたの弟さんが夜になるときてたって」

ステラが大声で笑った。「作業場で車をいじくってたのは、わたしよ。まったく、なにをいいだすかと思えば。ひょっとしたらマンディ・ホグベンは、女にはそんなことできないと思っているのかもしれない。かわいそうな人」

「確認させて。わたしが戦争の記念施設の駐車場で見かけたのは、あなただったの？」

ステラからの返事はなかったが、アレックスは自分が正しいのがわかった。

「わたしの車に細工したのも、あなたね？」

ステラが赤い車の屋根の上に身をのりだすと、ぴかぴかの車体にその顔が映った。

「かなり乱暴なやり方だったけど、ええ。そのことは謝るわ。わたしはただ、自分たちを守ろうとしてたの。わかるでしょ？　ティナとわたしを。すべては、そのためだった」

　アレックスは気温が急に下がるのを感じた。「あなたは車いじりをする？」

「ええ、そうよ。機械のことならまかせてちょうだい」ステラは落ちついた声でいった。「この車には、もう何年もまえからいろいろと手をくわえている」

　アレックスは、テリー・ニールに殴られたときにできた顔のかさぶたにふれた。

「あの日に作業場にいたのも、あなただった。ティナではなく。あなたがフランクの上に自動車を落とした」

「さっき、あなたはなんてったっけ？」ステラがいった。「そう、〝わたしはなにもしてない〟」

「でも、あなたはした」

　ステラはフォード・エスコートの運転席にふたたび乗りこむと、ハンドルに両手をのせた――ハンドルには赤い革のカバーがかかっており、赤い締め紐で留められていた――ひらいた窓越しにアレックスに語りかけた。「わたしとティナの関係をフランクが知ったからには、あとは時間の問題だった。ティナの状態を見せたかった。見るも無残な有り様だった。カーリーはただ、フランクを殺したのはティナだと思いこんだだけ。あなたの警察官のお友だちも。そして、あなたも」

ステラがエンジンをかけた。「あなたのせいですべてがぶち壊しになる、としばらくは考えていた。だから、あなたを混乱させせようとした。でも、あなたはいい人よ、アレックス。いいことをしてくれた。あのとき、わたしはティナを救うために立ちあがった」ステラはいった。「ちょうどいま、あなたがしてくれたみたいに」

「いいえ」アレックスはいった。「おなじではない。まったくちがうわ」

「あなたが怒るのも無理はない」ステラはきつく口を結んだ。「あれはすべて、なりゆきだった。慰めになるかどうかはわからないけど、あなたとおなじくらい、わたしも自分のしたことをいいとは思っていない。誇りには思っていない。でも、そうするしかなかった」

アレックスは相手の目をまっすぐに見ていった。「もうここへはこないで。いい？二度とふたたび」

ステラから借りた明るいピンク色のパーカーを袋にいれてゾーイが階下におりてきたとき、車はすでに走り去ったあとだった。

友人が別れの挨拶もせずに帰っていったことに、ゾーイはがっかりしていた。と同時に、ステラに対して母親が示してみせた敵意に、とまどってもいた。そんな娘をながめながら、アレックスがどこから話せばいいのかと悩んでいると、ちょうど運よく、ビル・サウスがいちばん端の家の角をまわって歩いてくるのが目にはいった。彼は丈長の黄色い防水コートを着て、手には贈り物としてスーパーマーケットで買ってきた花束をもっていた。

赤い菊の花束。その花言葉は、〝あなたを愛しています〟。

謝辞

いうまでもなく、本書で描かれているトロール漁の漁師たちとその家族は完全に想像の産物である。ザ・ステードには漁業関係者の強固な地域社会が存在する。自分のトロール漁船にわたしを乗せてくれたルーク・ノークスには深く感謝している。読者のなかでフォークストーンを訪れる機会のある人は、彼の手で水揚げされたばかりの魚をザ・ステードの1フィッシュ・マーケットにある〈ザ・フィッシュ・ショップ〉で買うことができる。ルークは十六歳のときに、英国でいちばん若くしてトロール漁船の船長と認定された。彼に船長の資格をあたえたのは――そして、わたしに彼を紹介してくれたのは――犯罪小説家であり翻訳家でもあるクウェンティン・ベイツである。

それ以外にも、ジェイク・ジョーンズ、ダレン・クック、パディ・マグレーン、リズ・コーレット、グレアム・バーレット、ジャスミン・パーマー、担当編集者のジョン・ライリー、代理人のカロリーナ・サットン、そしてカーティス・ブラウン社のチームに感謝する。古くからつきあいのあるロズ・ブロディ、マイク・ホームズ、ジャネット・キング、クリス・サンソムにも大いに感謝している。そして最後に、今回もまたありがとう、ジェーン。

本書の第一章の大部分は、わたしがダンジェネス・オープン・スタジオでおこなったワークショップの期間中に書かれた。わたしをいつでも紅茶でもてなして励ましてくれたアーティストのパディ・ハミルトンと共同開催者のブリジッド・ウィルキンズへ、多大なる感謝を。

解説

酒井貞道

本書は、本邦初訳となるイギリスの作家、ウィリアム・ショーの《刑事アレックス・キューピディ》シリーズ第五長篇 *The Trawlerman* の全訳である。長篇数のナンバリングについては若干の補足を要するが、それは後述する。

物語は、イングランドのケント州南東部に位置する、ダンジェネスという土地の駅前で始まる。駅から徒歩の距離に娘ゾーイと二人で暮らす主人公の刑事アレクサンドラ（アレックス）・キューピディは、現在、捜査活動でPTSDを発症しメンタル不調で休職中である。彼女はカフェに座り、「とてつもなく悪いことが起きようとしている」という根拠不明の第六感を鮮明に感じている。そんな中で駅に列車が入線してくる。特別に花で飾られた客車からは、両方が女性の新婚カップルが、招待客らしき人々と一緒に降り立つ。彼らはカフェに設けられた宴席で、結婚パーティを始める。

そこに店外から、刃物を持った女性がやって来る。そして新婚カップルの片方を指さして叫ぶのだ。「人殺し！」

アレックスはその場を何とか収めて、五十代ぐらいの女性の事情をその場にいた知り合いから聞く。彼女の名はマンディ・ホグベン。マンディが人殺しと指弾した花嫁の名はティナで、マンディの息子フランクの妻だった女性である。フランクは七年前、トロール漁船で漁に出て行方不明になった。マンディは、フランクをティナが殺したと固く信じているという。

続いて、もう一つ事件発生が判明する。ダンジェネスから自転車で行ける距離の町ニュー・ロムニーで、夫婦が自宅で惨殺(ざんさつ)されたのだ。同僚から情報を聞いたアレックスは、奇妙な衝動に駆られて、漁師失踪(しっそう)と夫婦惨殺の二つの事件を独自に追い始める。

メンタル面では不調ながらも、アレックスは調査に当たっては意外にも元気であり、関係者のもとを訪ねて話を積極的に聞き回り、果てはトロール漁船に乗り込む（そして船酔いでやられる）など、かなり行動的である。その過程で、雑多にすら見える様々な要素、人物、出来事が事件の周りに寄り集まってくる。遂には、妻の死亡推定時刻に家から光る魂が天に昇っていった、との目撃証言まで飛び出して、事件の謎(なぞ)は深まる一方となる。調査の過程では様々な事実が次々に明らかになっていくが、それらが関係しているのかいないのか、皆目見当が付かない。しかしアレックスはめげずに調査と推理を進め、意外な真相を解き明かすのである。

登場人物の性格や会話、交流が魅力的かつ丁寧に描写されているのが心憎い。アレックスとゾーイの、一定の距離を保ちつつも根本に愛情はある母娘(おやこ)関係。近所に住む元同僚ウィリアム・サウスとの友情。職場の後輩ジルとの仕事仲間としての信頼関係。事件の関係者が抱える複雑な思い。真面目(まじめ)なトーンだけではなく、思わず吹き出してしまうようなコントめいた場面を差し挟む茶目っ気も、物語にはある。現代的なテーマも徐々に顔を出す。これらをバランスよく配して細大漏らさず掬(すく)い取ったうえで、意外性ある展開と真相を伴う謎解きミステリとしてもうまくまとめる手腕には、舌を巻く。最後には、しみじみとした情感を読者の胸に残すのである。警察官を主役に据えた現代イギリス謎解きミステリの精華といえ、そのクオリティはアン・クリーヴスにすら匹敵する水準にある。

＊

とはいえ以上はほぼ全て、読めばわかる事柄だ。ここからは、小説本文だけではわかりづらい事項を補足していきたい。

＊

まずは土地柄である。『罪の水際』の物語は、若干の例外的場面を除き、最北東をドーヴァー、最南西をダンジェネスとする三十キロほどの海岸線沿いの地域を舞台とする。東から順に、ドーヴァー（ドーヴァー海峡にその名を冠し、対岸にフランスのカレーを望む）、フォークストン（ホグベン家やティナの住まいはここにある）、ハイズ、ディムチャーチ、ニュー・ロムニー（夫婦惨殺事件の現場）といった町が並び、最南西にあるのがダンジェネスである。

作品にとって最重要な地区はダンジェネス（Dungeness）だ。主人公アレックスが住むこの地域が、作品の情感面に強い影響を及ぼしているからである。この地は、海に突き出した岬状の形をしており、湿地帯と砂浜から成る。現地の映像を見る限り、低い灌木（かんぼく）が生えてはいるものの、辺り一面は荒野に近い原野で殺風景だ。ただしその見た目に反して生態系は豊かで、六百種以上の植物が生え、虫類も多く、鳥類も多数飛来してくる。このためダンジェネスには自然保護区が多い。バードウォッチャー垂涎（すいぜん）の地でもある。作中ではアレックスの娘ゾーイが、母の送迎で頻繁に自然保護区に出入りし、バードウォッチングに勤（いそ）しんでいる。

ところがこの地には自然物だけではなく、巨大な人工物も存在する。よりにもよって原子力発電所があるのだ。荒涼たる光景に聳（そび）え立つ巨大プラント（しかも核施設）という構図は、語弊はあるかもしれないが明らかに味がある。そしてダンジェネスには住民が非常に少ない。衛星写真で見ても、発電所を除くと、駅の周辺に小規模な建物がぽつぽつ建っているだけであり、住民は基本的にそこにしかいない。

主人公の自宅が特徴的な場所にあるミステリとしては、最近だとＭ・Ｗ・クレイヴンの《ワシントン・ポー》シリーズが思い浮かぶ。ポーの自宅はカンブリア州の湖水地方にあり、なかなか美しい風景の中に建っている。アレックス・キューピディの自宅も周辺の印象深さでは負けていない。ポー宅が湖水地方の隅っこにあり、キューピディ宅がダンジェネスのど真ん中にあることを考慮すると、軍配はアレックスに上がるのかもしれない。

この地を走る鉄道も特徴的なので言及しておく。物語冒頭でティナたちが使っているロムニー＝ハイズ＆ディムチャーチ鉄道（Romney, Hythe and Dymchurch Railway）は、ハイズからダンジェネスを結ぶ実在の鉄道である。この鉄道の特色は、車体のスケールと蒸気機関車（ＳＬ）だ。『罪の水際』でも車両が小さいことは触れられているが、その記述だけではまず想像できないぐらい、本当にミニサイズなのである。遊園地の遊具と見紛（みまが）うばかりなので、実物を見られない方は、是非動画か写真を見ていただきたい。運転士や乗客と車体を見比べると驚きます。この大きさでは、結婚パーティの主役と客が一両の客車に入ることなど不可能である。恐らく複数の車両に分乗したのだろう。また、この鉄道は、機関車が客車を牽（ひ）く形態で営業しているのだが、蒸気機関車が未（いま）だに現役である。二〇二五年二月時点の保有機関車十二台中、実に十台が（小さいけれど）れっきとしたＳＬであり、当然ながら石炭で動いている。記念列車だけＳＬで動かしているのではない、本当に地域住民の足としてＳＬが日常運行に使われているのだ。非常に個性的な路線といえ、鉄道マニアには知名度が高く、この鉄道自体が観光資源になっている。

　これらを踏まえて本作の冒頭を読むと、最初からかなり印象的な情景が用意されていたことがわかる。見晴らしこそ良いものの、主人公の目に映っているのは荒れ地であり、小さな駅や店、家が点在する寂しい光景である。遠景には原子力発電所が聳え立つ。そこに、遊園地の遊具めいた列車がもくもく煙を吐きながら到着し、小さな客車に身を縮こめていた花嫁たちと招待客が降り立つ。そしてその間ずっと、主役は病的に「悪い予感」を覚え続けているのだ。

ワシントン・ポーの住む湖水地方は、物語のトーンに影響をほぼ与えていない。しかし『罪の水際』でのダンジェネスは、情感面にかなりの影響を及ぼしている。なにせ、光景を知っているかどうかで各場面の印象がだいぶ変わるのだ。読者におかれては、ウェブ検索の労をとっていただいて、少しでいいからぜひ Dungeness の画像や動画をチェックしてほしい。

＊

そんな『罪の水際』の作者、ウィリアム・ショーは、一九五九年デボン州ニュートン・アボット生まれ、ナイジェリア育ちで、音楽雑誌 Zig - Zag の編集者としてキャリアをスタートした。一時は音楽ジャーナリストとなって著作を数冊ものした後、二〇一〇年代にクライム・ノベルを書き始めた。以後、年に一冊のペースでミステリの長篇を刊行し続けている。

ウィリアム・ショーの現在の著作リストは次のとおりである。

【長篇小説】

A Song from Dead Lips★（2013）
A House of Knives★（2014）
A Book of Scars★（2016）
Sympathy for the Devil★（2017）
The Birdwatcher＊（2017）
Salt Lane＊（2018）
Deadland＊（2019）
Grave's End＊（2020）
The Trawlerman＊（2021）※本書
Dead Rich（2022）※G・W・ショー名義
The Conspirators（2023）※G・W・ショー名義
The Wild Swimmers＊（2024）
The Red Shore（2025）

（★は刑事キャサル・ブリーン&女性警官ヘレン・トーザー、＊は刑事アレックス・キューピディのシリーズ）

【短篇小説】
"Prospect Cottage"（2023）※アレックスが登場するオンラインのみでの発表作

【ノンフィクション】
Travellers : Voices of the New - Age Nomads（1994）
Spying in Guru Land : Inside Britain's Cults（1995）
Westsiders : Stories of the Boys in the Hood（1999）
A Superhero for Hire : True Stories from the Small Ads（2004）
41 Places - 41 Stories : True Tales from Brighton（2007）

ウィリアム・ショーは、ミステリ作家としてのキャリアを《刑事キャサル・ブリーン&女性警官ヘレン・トーザー》シリーズによって踏み出した。このシリーズは一九六〇年代のロンドン近辺を舞台としているようだ。

さて、ここで、本書『罪の水際』の第44章で実際に登場し、台詞もある、アレックスの母親の名前がヘレンであり、ロンドン在住の元警官でもあることを思い出してほしい。しかも本書の終盤では、ヘレンの姓がブリーンだとわかるのだ。
つまり、アレックスは、別シリーズの主役コンビの娘なのである。作者がインタビュー等で語るところによると、彼らの親子関係は、*The Birdwatcher* の時点では作者の頭の中にしかない裏設定だったらしく、それを表に出したら面白いと考えるに至り、*Salt Lane* ではっきりさせたということだ。

また、シリーズの第一作 *The Birdwatcher* は、アレックスは（極めて重要な役柄ではあるが）脇役に過ぎず、事実上の主人公は、本書の登場人物でもあるウィリアム（ビル）・サウスが務めている。ビルは警官だったが、『罪の水際』でも書かれている通り、アレックスに罪を暴かれて職を追われた人物である。その経緯が描かれているのが *The Birdwatcher* なのだ。そんな因縁にもかかわらず、『罪の水際』では、アレックスとゾーイ母娘は、ウィリアムと確かな友情を抱き合っている。なぜそんなことが可能なのかは、恐らくシリーズ過去作で描かれているはずだ。

アレックスが正式に主役を張るのは、第二長篇 *Salt Lane* からである。人によってはこの *Salt Lane* をシリーズ第一作と捉えるだろうし、その場合『罪の水際』はシリーズ第四長篇ということになる。そして、どの作品でも一貫して、アレックスとゾーイは、特徴的なダンジェネスに居を構え続けている。

これらのことからわかるのは、ウィリアム・ショーが、人間ドラマを一作品どころか一シリーズですら完結させないことを選ぶほど、自分の創作人生を通して大きく太く広く構えて、ロングスパンで物語とその登場人物を描く気概を持っていることである。このような作家を真に味わうには、複数作品を読むことが必要になる。他の作品が訳されないか、私は早くも祈り始めている。それにはまず、『罪の水際』が日本で受け容れられることが肝要だ。一人でも多くの読者に、この傑作を楽しんでいただきたい。

（令和七年三月、書評家）

本書は本邦初訳の新潮文庫オリジナル作品です。

L・ホワイト
矢口　誠訳

気狂いピエロ

運命の女にとり憑かれ転落していく一人の男の妄執を描いた傑作犯罪ノワール。あまりに有名なゴダール監督映画の原作、本邦初訳。

D・E・ウェストレイク
木村二郎訳

ギャンブラーが多すぎる

ギャンブル好きのタクシー運転手が殺人の容疑者に。ギャングにまで追われながら美女とともに奔走する犯人探し——巨匠幻の逸品。

D・E・ウェストレイク
木村二郎訳

うしろにご用心！

不運な泥棒ドートマンダーと仲間たちが企む美術品強奪。思いもよらぬ邪魔立てが次々入り……大人気ユーモア・ミステリー、降臨！

P・ベンジャミン
田口俊樹訳

スクイズ・プレー

探偵マックスに調査を依頼したのは脅迫された元大リーガー。オースターが別名義で発表したデビュー作にして私立探偵小説の名篇。

W・グレアム
三角和代訳

罪の壁

善悪のモラル、恋愛、サスペンス、さまざまな要素を孕み展開する重厚な人間ドラマ。第1回英国推理作家協会最優秀長篇賞受賞作！

D・ヒッチェンズ
矢口　誠訳

はなればなれに

前科者の青年二人が孤独な少女と出会ったとき、底なしの闇が彼らを待ち受けていた——。ゴダール映画原作となった傑作青春犯罪小説。

D・R・ポロック
熊谷千寿訳
悪魔はいつもそこに
狂信的だった亡父の記憶に苦しむ青年の運命は、邪な者たちに歪められ、暴力の連鎖へ巻き込まれていく……文学ノワールの完成形！

R・トーマス
松本剛史訳
愚者の街（上・下）
腐敗した街をさらに腐敗させろ――突拍子もない都市再興計画を引き受けた元諜報員。手練手管の騙し合いを描いた巨匠の最高傑作！

R・トーマス
松本剛史訳
狂った宴
楽園を舞台にした放埒な選挙戦は、美女に酒に金にと制御不能な様相を呈していく……。政治的カオスが過熱する悪党どもの騙し合い。

H・マッコイ
田口俊樹訳
屍衣にポケットはない
ただ真実のみを追い求める記者魂――。疾駆する人間像を活写した、ケイン、チャンドラーと並ぶ伝説の作家の名作が、ここに甦る！

E・アンダースン
矢口　誠訳
夜の人々
脱獄した強盗犯の若者とその恋人の、ひりつくような愛と逃亡の物語。R・チャンドラーが激賞した作家によるノワール小説の名品。

M・ラフ
浜野アキオ訳
魂に秩序を
〝26歳で生まれたぼく〟は、はたして自分を虐待していた継父を殺したのだろうか？　多重人格障害を題材に描かれた物語の万華鏡！

M・ロウレイロ
宮崎真紀訳

生贄の門

息子の命を救うため小村に移り住んだ女性捜査官を待ち受ける恐るべき儀式犯罪。〈スパニッシュ・ホラー〉の傑作、ついに日本上陸。

J・バブリッツ
宮脇裕子訳

わたしの名前を消さないで

殺された少女と発見者の女性。交わりえないはずの二人の孤独な日々を死んだ少女の視点から描く、深遠なサスペンス・ストーリー。

S・ボルトン
川副智子訳

身代りの女

母娘3人を死に至らしめた優等生6人。ひとり罪をかぶったメーガンが、20年後、5人の前に現れる……。予測不能のサスペンス。

G・D・グリーン
棚橋志行訳

サヴァナの王国

CWA賞最優秀長篇賞受賞

サヴァナに〝王国〟は実在したのか？　謎の鍵を握る女性が拉致されるが……。歴史の闇を抉る米南部ゴシック・ミステリーの怪作！

W・C・ライアン
土屋　晃訳

真冬の訪問者

内乱下のアイルランドを舞台に、かつて愛した女性の死の真相を探る男が暴いたものとは……？　胸しめつける歴史ミステリーの至品。

C・フォーブス
村上和久訳

戦車兵の栄光

―マチルダ単騎行―

ドイツの電撃戦の最中、友軍から取り残されたバーンズと一輌の戦車。彼らは虎口から脱することが出来るのか。これぞ王道冒険小説。

Title : THE TRAWLERMAN
Author : William Shaw

罪(つみ)の水際(みぎわ)

新潮文庫　シ－45－1

Published 2025 in Japan
by Shinchosha Company

令和七年五月一日発行

訳者　玉木亨(たまきとおる)
発行者　佐藤隆信
発行所　株式会社新潮社
郵便番号　一六二―八七一一
東京都新宿区矢来町七一
電話　編集部(〇三)三二六六―五四四〇
　　　読者係(〇三)三二六六―五一一一
https://www.shinchosha.co.jp

価格はカバーに表示してあります。

乱丁・落丁本は、ご面倒ですが小社読者係宛ご送付ください。送料小社負担にてお取替えいたします。

印刷・株式会社三秀舎　製本・株式会社大進堂

ISBN978-4-10-240841-4　C0197